Un secret espagnol

*

Nuit de passion

*

Une proposition incroyable

LYNNE GRAHAM

Un secret espagnol

SAGA
PRÉCIEUX SECRETS

Traduction française de
LOUISE LAMBERSON

SAGAS

HARLEQUIN

Collection : SAGAS

Titre original :
NAIVE BRIDE, DEFAIANT WIFE

Ce roman à déjà été publié en 2012.

HARPERCOLLINS FRANCE
83-85, boulevard Vincent-Auriol, 75646 PARIS CEDEX 13
Service Lectrices — Tél. : 01 45 82 47 47

www.harlequin.fr

ISBN 978-2-2803-6141-5 — ISSN 2426-993X

1

Après avoir arrêté son superbe étalon noir à l'ombre d'un oranger, Alejandro Navarro Vasquez, comte Olivares, contempla la vallée inondée de soleil.

En ce beau matin de printemps, sous un ciel bleu et transparent, les terres fertiles et les bois s'étalaient à l'infini. Ils appartenaient à sa famille depuis plus de cinq cents ans, et pourtant Alejandro regardait ce magnifique domaine d'un air sombre.

Depuis l'échec de son mariage, survenu presque deux ans et demi plus tôt, tout avait changé.

Ce mariage inconsidéré avait divisé sa famille, et pour un Espagnol fier et puissant comme lui, cela représentait un drame irréparable. Ayant écouté son cœur et non sa raison, il avait commis une erreur colossale dont il payait encore le prix.

Depuis, son demi-frère Marco avait accepté un poste aux Etats-Unis, coupant tous les ponts avec lui, sa mère et sa sœur…

Après la mort prématurée de leur père, Alejandro avait été très présent pour son jeune frère. Mais si celui-ci était apparu devant lui à cet instant, aurait-il pu sincèrement lui pardonner ? L'aurait-il accueilli avec chaleur au château familial ?

En revanche, en ce qui concernait Jemima, non seulement il n'y avait aucune place pour le pardon dans son cœur, mais il frémissait encore d'indignation au souvenir de la bassesse de sa conduite.

Sa femme et son frère avaient trahi sa confiance et son amour.

Et depuis que Jemima l'avait quitté de façon scandaleuse, avant de disparaître totalement, Alejandro avait soif de venger son honneur.

Lorsque son mobile se mit à vibrer dans sa poche, il s'en saisit avec impatience. Ne pouvait-on pas le laisser tranquille, alors qu'il goûtait l'un de ses rares moments de solitude ?

Mais quand il apprit que l'enquêteur privé, engagé pour retrouver Jemima, était arrivé et désirait le voir, il retourna rapidement au château.

Alonso Ortega avait-il enfin réussi à localiser son épouse infidèle ? se demanda-t-il en éperonnant son cheval.

— Je vous prie de m'excuser d'être venu sans avoir sollicité de rendez-vous, Votre Excellence, dit l'enquêteur en s'inclinant avec respect. Mais je désirais vous communiquer cette information le plus rapidement possible : j'ai retrouvé la comtesse.

— En Angleterre ? demanda Alejandro.

Ortega opina du chef, puis relata en détail les résultats de son enquête. Mais au cours de son récit la mère d'Alejandro, la comtesse douairière, entra malheureusement dans la pièce. Dardant ses yeux noirs et perçants sur l'enquêteur, elle lui demanda s'il avait réussi dans sa mission. Après qu'il lui eut répondu par l'affirmative avec déférence, un léger sourire approbateur éclaira le visage altier et sombre de *doña* Hortencia.

— Je dois encore ajouter quelque chose, reprit Ortega avec une réticence manifeste. La comtesse a un enfant : un petit garçon d'environ deux ans.

Alejandro sentit le sang se figer dans ses veines tandis qu'un silence lourd accueillait ses paroles. Il durait toujours lorsque la porte s'ouvrit soudain sur Beatriz, sa sœur aînée. Embarrassée, la jeune femme s'arrêta sur le seuil.

— Cette sale aventurière d'Anglaise a donné naissance à un bâtard, dit alors leur mère d'un ton glacial.

Alonso Ortega comprit aussitôt que sa présence n'était

plus nécessaire ni désirée. Après avoir tendu un fin dossier à Alejandro, il s'excusa et quitta le bureau.

— Un enfant ? murmura Beatriz dès que la porte se fut refermée sur l'enquêteur.

Elle regarda son frère avec un mélange de consternation et de stupeur.

— Mais… de qui ?

Pour toute réponse, Alejandro se contenta de hausser les épaules.

Sa femme avait porté et mis au monde l'enfant d'un autre !

— Si tu m'avais écouté, Alejandro, commença alors *doña* Hortencia d'un ton sentencieux, ce ne serait pas arrivé. Dès le moment où j'ai fait la connaissance de cette créature, j'ai compris qu'elle n'était pas pour toi. Tu étais l'un des hommes les plus…

— J'ai épousé Jemima, l'interrompit-il d'une voix tranchante.

Il n'était pas d'humeur à supporter le mélodrame constant dans lequel vivait sa mère.

— Oui, poursuivit-elle néanmoins. Parce que cette femme dépravée t'a envoûté. A cause d'elle, mon pauvre Marco vit à l'autre bout du monde. Et le fait qu'elle ait pu donner le jour à un enfant illégitime, alors qu'elle portait encore notre nom, est l'acte le plus répugnant que j'aie…

— Assez ! Ce genre de récrimination ne sert plus à rien à présent, tonna-t-il.

Le visage empreint d'un mélange de colère et de méchanceté, *doña* Hortencia décocha un regard accusateur à son fils.

— Il reste néanmoins une chose essentielle à faire, que je sache ! Tu n'as pas encore commencé la procédure de divorce, n'est-ce pas ?

— Je me rendrai en Angleterre pour rencontrer Jemima dès que j'aurai pris les dispositions nécessaires, répliqua sèchement Alejandro.

— Tu n'as pas besoin d'y aller personnellement, protesta sa mère. Envoie notre avocat !

— Non, riposta-t-il. Jemima est encore mon épouse. Et je n'ai besoin ni de ta permission ni de ton approbation.

Puis il annonça qu'il désirait rester seul.

Beatriz se dirigea aussitôt vers la porte du bureau, tandis que sa mère adressait un dernier regard indigné à Alejandro avant de la suivre en redressant la tête.

Un enfant. Jemima avait un enfant, se répéta-t-il en se versant un cognac. Cette nouvelle était pour lui plus choquante encore parce que, peu de temps avant de le quitter, sa femme avait fait une fausse couche.

Par conséquent, il était absolument certain que celui-là ne pouvait être le sien. Alors, était-ce celui de Marco ? Ou d'un autre homme ? Ces questions étaient tellement sordides…, songea-t-il en tressaillant de dégoût.

Revenant vers son bureau, il ouvrit le dossier et le feuilleta, sans y trouver grand-chose. Jemima vivait maintenant dans un village du Dorset, où elle tenait une boutique de fleurs. L'espace d'un instant, des souvenirs de la femme qui l'avait lâchement trahi déferlèrent en lui, menaçant de le submerger. Il les repoussa aussitôt violemment, grâce à l'autodiscipline de fer qui était devenue pour lui une seconde nature.

Où était passée celle-ci, lorsqu'il avait rencontré Jemima Grey ?

Face à elle, il s'était montré incapable de résister au désir. Il lui avait paru vital de posséder son corps sensuel à la peau de porcelaine. Et cette faiblesse s'était avérée fatale.

Heureusement, ce désir brûlant était maintenant complètement éteint.

Mais tant que le divorce ne serait pas prononcé, la loi considérerait l'enfant qu'elle attendait comme le sien.

Alejandro serra les dents. Il devait aller en Angleterre.

Au moment où Jemima achevait d'envelopper un bouquet dans du papier transparent, Alfie apparut au coin du comptoir, ses grands yeux bruns pétillant de malice.

— Bonjour, dit-il gaiement à la cliente.

— Bonjour, répliqua celle-ci en lui souriant. Dis donc, tu es un beau garçon !

Les gens faisaient souvent ce compliment à son fils, songea Jemima en rangeant l'argent dans la caisse. Alfie avait en effet hérité des sublimes yeux sombres de son père, de sa peau mate et de ses épais cheveux noirs et soyeux. De sa mère, il n'avait que les boucles indisciplinées…

Pas seulement, se corrigea-t-elle en son for intérieur, car il possédait également sa chaleur naturelle et sa nature optimiste. Plus rarement, il révélait un tempérament ombrageux et passionné, semblable à celui de son père.

Jemima repoussa cette pensée et baissa les yeux sur son fils. Tout en se parlant à lui-même, Alfie jouait avec ses petites voitures à côté d'elle, à même le sol. Heureusement qu'il était un enfant facile, se dit-elle en se remettant à la préparation d'un arrangement floral commandé par un client.

C'était par pur hasard qu'elle avait échoué à Charlbury St Helens, au moment où elle traversait une des périodes les plus difficiles de sa vie. Et, depuis, elle n'avait jamais regretté d'y être restée et d'y avoir posé les fondations de sa nouvelle existence.

Etant alors enceinte, le seul travail qu'elle avait pu trouver avait été un poste de vendeuse, dans cette boutique. Et à sa grande surprise, elle s'était découvert un réel intérêt pour l'art floral. Si bien que, non seulement elle avait trouvé un travail sur lequel se concentrer, mais elle s'était rapidement inscrite à des cours du soir pour acquérir une qualification professionnelle.

Quelque temps plus tard, lorsque sa patronne avait décidé de prendre une retraite anticipée, pour raisons de santé, Jemima avait eu l'audace de saisir l'opportunité et de reprendre la boutique. Ensuite, elle avait élargi ses activités en se lançant dans des projets ponctuels, comme la décoration florale pour des mariages ou des manifestations locales.

A présent, elle était très fière de son entreprise même si,

parfois, elle avait du mal à croire à sa réussite. En effet, venant d'un milieu très humble, rien ne l'avait prédestinée à ce succès.

Non seulement son père avait été un homme violent et brutal, ne travaillant presque jamais — sauf quand il y était vraiment acculé —, mais il dominait impitoyablement sa femme, ne répugnant pas à recourir à la brutalité.

Le cœur serré, Jemima repensa à sa mère alcoolique, morte dans un accident de voiture, alors que son mari était au volant.

Adolescente, elle n'avait jamais osé nourrir la moindre aspiration : dans sa famille, personne n'avait jamais essayé de grimper un seul degré de l'échelle sociale.

« Ce n'est pas pour des gens comme nous. Jemima doit travailler. » C'est ce qu'avait dit sa mère à l'enseignante qui tentait de la persuader que sa fille aurait dû poursuivre sa scolarité jusqu'au baccalauréat.

« Tu n'es qu'une idiote, comme ta mère. Une bonne à rien ! » Son père lui avait asséné ces mots si souvent qu'elle en était restée marquée pendant des années…

Jemima secoua la tête. Elle ne voulait pas penser à tout ça.

Après avoir déjeuné avec Alfie, elle le conduisit à la garderie municipale. Dès qu'il aperçut ses amis, le petit garçon se précipita vers eux en poussant des cris de joie. En effet, même si elle lui avait installé un coin jeu dans l'arrière-boutique, cela ne suffisait pas à contenir longtemps l'énergie débordante de son fils.

Aidée par Flora, une assistante maternelle qui était aussi son amie, Jemima avait réussi à garder Alfie avec elle au magasin. Mais à présent, il était assez grand pour passer ses après-midi à la garderie. Cet arrangement était parfait, car Flora était de plus en plus occupée par ses chambres d'hôte.

Une heure plus tard, Jemima, ravie, vit entrer la jeune femme dans sa boutique.

— Tu as le temps de boire un café ? lui demanda-t-elle aussitôt.

Une fois dans la kitchenette, Jemima regarda son amie aux cheveux flamboyants et aux superbes yeux verts. Visiblement, Flora était embarrassée.

— Qu'est-ce qu'il y a ? demanda-t-elle en fronçant les sourcils.

— Ce n'est probablement rien. J'avais l'intention de venir t'en parler samedi, mais une famille a réservé à la dernière minute pour le week-end, et j'ai été débordée.

Flora soupira brièvement avant de poursuivre.

— Apparemment, un type venu dans une voiture de location a traîné dans le village, mardi dernier. Et quelqu'un l'a vu prendre ta boutique en photo. Il a aussi posé des questions sur toi à la poste.

Un frisson glacé parcourut le dos de Jemima.

— Quel genre de questions ? demanda-t-elle d'une voix tendue.

— Il a demandé si tu vivais bien ici, et quel âge avait Alfie. Le type était jeune et pas mal. A la poste, Maurice a cru qu'il…

— Etait-il espagnol ? l'interrompit Jemima.

— Non, c'était un Anglais, de Londres, répondit son amie en secouant la tête. Il tentait probablement juste sa chance avec toi…

— Je n'ai aucun souvenir d'avoir vu un jeune Londonien dans ma boutique la semaine dernière.

Flora haussa les épaules.

— Ecoute, je n'en sais pas plus. Et, si j'avais pensé que cela te tracasserait comme ça, je ne t'en aurais pas parlé. Pourquoi n'appelles-tu pas… Comment s'appelle-t-il, déjà, ton mari ?

— Alejandro, répondit Jemima, le ventre affreusement noué. Pourquoi l'appellerais-je ?

— Pour lui dire que tu veux divorcer.

— Personne ne dit à Alejandro ce qu'il doit faire. C'est lui qui décide de tout. Et puis ce ne serait pas aussi simple, une fois qu'il découvrirait l'existence d'Alfie.

— Alors, va voir un avocat et raconte-lui ce que t'a fait ce salaud.

— Il ne m'a rien fait, protesta Jemima. Il ne buvait pas, ne me battait pas…

— Sans aller jusque-là ! répliqua vivement Flora. On peut avoir d'autres motifs pour divorcer : les mauvais traitements psychologiques, par exemple. Ou l'indifférence systématique.

Sans compter la façon dont il t'a laissée à la merci de son horrible famille !

— C'était sa mère qui était horrible, pas son frère ni sa sœur, lui fit remarquer Jemima. Et ce n'est pas juste de dire que j'ai subi de mauvais traitements psychologiques.

Flora, dont le tempérament était aussi vif que la couleur de ses cheveux, la regarda avec désapprobation.

— Alejandro critiquait tout ce que tu faisais, il te laissait seule tout le temps. Et il t'a mise enceinte alors que tu n'étais pas encore prête à l'être.

Jemima rougit jusqu'à la racine de ses cheveux. Au tout début de leur amitié, elle s'était confiée à Flora, lui racontant des secrets qu'elle regrettait parfois d'avoir partagés. Mais, à ce moment-là, elle s'était trouvée dans un tel état de détresse qu'elle avait eu désespérément besoin de parler à quelqu'un.

— Je n'étais pas assez bien pour lui, c'est tout…

Durant son enfance et son adolescence, elle avait toujours eu le sentiment de n'être pas assez bien pour ses parents. D'où sans doute sa tendance à prendre tous les torts pour elle-même… Un jour, alors qu'elle était toute jeune, sa mère l'avait inscrite à un concours de beauté. Mais elle était si timide qu'elle n'avait pu sourire au photographe, et personne ne l'avait remarquée.

Plus tard, devenue une adolescente rêveuse, elle avait échoué tout aussi lamentablement à suivre des cours de secrétariat, décevant une fois de plus sa mère. Celle-ci nourrissait en effet l'espoir de la voir devenir l'assistante d'un millionnaire — qui, immanquablement, serait un jour tombé amoureux fou de sa fille…

La pauvre femme vivait dans un monde de fantasmes, entretenu par la consommation excessive d'alcool. C'était hélas le seul recours qu'elle avait trouvé pour échapper à son quotidien sordide, et à son mariage catastrophique.

Quant au père de Jemima, dont la seule ambition était de gagner des tonnes d'argent sans bouger de son canapé, il aurait voulu que sa fille devienne mannequin. Mais elle n'était pas assez grande pour cela. Et, un mois après la mort de sa femme, il avait poussé Jemima à devenir danseuse dans une boîte louche, dirigée par un de ses amis.

Lorsqu'elle avait refusé de s'affubler d'une robe affreusement vulgaire et indécente, son père l'avait battue, avant de la flanquer à la porte. Jemima ne l'avait revu que des années plus tard, dans des circonstances qu'elle préférait oublier.

En tout cas, elle avait appris, dès son plus jeune âge, qu'elle n'était pas à la hauteur. Et, malheureusement, son bref mariage n'avait fait que confirmer ce douloureux constat.

Pourtant, quand elle avait rencontré Alejandro, elle avait bien cru avoir trouvé le héros de ses rêves. Mais à présent cette pensée lui semblait risible. A l'époque, l'amour l'avait emportée comme un ouragan, lui faisant croire à l'impossible, avant que tout ne bascule, la plongeant dans un nouvel enfer. Comment avait-elle pu penser que ce mariage pourrait fonctionner ? Avec cet homme riche, cultivé, appartenant à une très ancienne lignée aristocratique ?

Le fossé qui les séparait s'était vite révélé infranchissable, vouant leur union à l'échec. Mais sa plus grave erreur avait été de nouer des liens trop étroits avec son beau-frère, Marco. Toutefois, se disait-elle parfois rétrospectivement, si son mari avait été plus présent, s'il avait fait un peu plus d'efforts pour l'aider à s'accoutumer à sa nouvelle vie, elle ne se serait pas sentie aussi esseulée.

Et puis elle avait adoré son beau-frère, songea-t-elle avec tristesse. Mais, après l'échec de son mariage, il n'avait fait aucune tentative pour reprendre contact avec elle…

La voix passionnée de Flora la ramena brusquement au présent.

— Au contraire, tu étais trop bien pour ton mari, affirma son amie d'un ton péremptoire. Mais maintenant je crois que tu devrais vraiment lui parler d'Alfie, au lieu de persister à te cacher comme si tu avais fait quelque chose de mal.

Jemima détourna la tête pour dissimuler son embarras. Son amie ne savait pas tout… Mais lui avouer l'entière vérité ne ferait sans doute que détruire leur belle amitié, se dit-elle en sentant son cœur se serrer.

— Je crois que si Alejandro apprenait l'existence d'Alfie, il ne renoncerait à rien pour obtenir sa garde. Il prend très à cœur ses responsabilités et ses devoirs envers sa famille.

— D'accord, si tu penses qu'il y a un risque qu'Alfie te soit enlevé par son père, tu as raison de lui dissimuler son existence.

Cependant, une lueur de doute se lisait toujours au fond de son regard, remarqua Jemima.

— Tu ne pourras pas le laisser indéfiniment dans l'ignorance, ajouta Flora.

— Non, tu as raison. Mais pour l'instant, c'est la meilleure solution, répliqua-t-elle en posant sa tasse sur la table.

Puis elle se leva en entendant un client entrer.

Jemima quitta la boutique pour livrer une composition florale destinée à une soirée qui serait donnée dans l'une des grandes propriétés situées à l'extérieur du village. Une fois sa livraison effectuée, elle alla chercher Alfie, qu'elle trouva épuisé après avoir joué comme un fou avec ses petits camarades.

En bordure du village, le cottage qu'elle louait comportait un jardin, où elle avait installé une balançoire et un bac à sable. Elle était très fière de sa maison, même si elle était minuscule, peinte à la va-vite et décorée avec des meubles bon marché. Pour la première fois de sa vie, elle se sentait chez elle.

Par moments, son mariage avec Alejandro lui semblait appartenir à un conte de fées incroyable. Dire qu'elle avait même vécu dans un château…

Construit pour les ancêtres guerriers d'Alejandro, le Castillo del Halcón — le Château du Faucon — offrait un somptueux mélange de style mauresque et européen. Chargée d'histoire, la vieille bâtisse regorgeait d'innombrables œuvres d'art d'une valeur inestimable. Déplacer le moindre meuble ou tableau y était formellement interdit, et toute tentative de modification de la décoration inenvisageable. De toute façon, *doña* Hortencia, la comtesse douairière, ne pouvait tolérer l'ingérence d'une autre personne dans ce qu'elle considérait comme sa demeure.

Durant sa brève vie au château, Jemima avait souvent eu l'impression d'être une invitée non désirée. D'autre part, elle n'avait jamais pu s'habituer au style de vie guindé qui régnait là-bas, notamment l'obligation de s'habiller pour le dîner, ainsi que le fait d'avoir affaire à des serviteurs ou de recevoir des hôtes importants.

Soudain, le visage sublime d'Alejandro resurgit dans son esprit malgré elle. Son fabuleux mari lui avait d'abord paru être un merveilleux cadeau offert par la vie, mais Jemima n'avait jamais pu se débarrasser du sentiment qu'elle ne le méritait pas. Et que lui méritait mieux qu'elle.

Cependant, le destin lui avait octroyé des cadeaux merveilleux, elle ne pouvait le nier. Par exemple la conception non prévue d'Alfie, la découverte de Charlbury St Helens après sa fuite d'Espagne. Et même sa première rencontre avec Alejandro…

Ce jour-là, la luxueuse voiture d'Alejandro, conduite par un chauffeur, avait percuté la bicyclette de Jemima. Travaillant comme réceptionniste dans un hôtel, elle circulait le plus souvent ainsi : dans cette région reculée, les bus étaient quasiment inexistants.

La Mercedes s'était aussitôt arrêtée, puis Alejandro et son chauffeur en étaient sortis à la hâte. Jemima, elle, s'efforçait de refouler ses larmes, dues à la douleur qu'elle ressentait à la hanche et aux genoux.

Avant qu'elle n'ait eu le temps de recouvrer ses esprits, sa bicyclette avait été embarquée dans le coffre, et elle-même installée sur la confortable banquette en cuir. Puis elle s'était vue emportée dans la luxueuse Mercedes, à destination des urgences de l'hôpital le plus proche — par l'homme le plus somptueux qu'elle eut jamais rencontré de sa vie.

Sourd à toutes ses protestations — elle était sûre de ne pas avoir besoin de voir un médecin —, il avait attendu qu'elle passe une radio, puis que ses légères blessures soient soignées. A ce moment-là, Jemima avait déjà succombé au charme ravageur d'Alejandro.

Etait-ce cela, le coup de foudre ? s'était-elle interrogée avec réticence, en se tournant et se retournant cette nuit-là dans son lit. Jusqu'alors, elle n'avait jamais cru à ce phénomène. Au contraire, elle s'était toujours juré de ne jamais laisser aucun homme exercer sur elle le pouvoir que son père avait exercé sur sa mère.

Mais en dépit de toutes ses résolutions, Jemima était tombée amoureuse d'Alejandro Navarro Vasquez.

Et même avant qu'il ne lui demande de l'épouser, il lui avait fait vivre un véritable enfer : ne téléphonant pas alors qu'il avait promis de le faire, annulant des rendez-vous à la dernière minute, sortant avec d'autres femmes et se faisant photographier avec elles…

Tout d'abord, elle avait excusé son comportement. Après tout, il était comte, alors qu'elle travaillait pour un salaire de misère, dans un petit hôtel qui devait paraître minable aux yeux d'Alejandro.

Jemima avait toujours su qu'elle n'était pas son égale, dans aucun domaine, et que cette différence le gênait. Néanmoins, six mois après leur première rencontre, il avait semblé ne plus s'inquiéter de rien.

— *Sol y sombra…* Le soleil et l'ombre, *mi querida.*

Il lui avait murmuré ces mots en comparant la peau claire de son bras à la sienne, vibrante et halée.

— Ils sont indissociables, avait-il ajouté d'une voix rauque. Nous sommes faits l'un pour l'autre.

Mais la suite avait prouvé le contraire, songea douloureusement Jemima, avant de coucher son fils.

Les doigts gourds à cause de la fraîcheur de ce début de printemps, Jemima se frotta les mains sur son jean en réprimant un frisson. De toute façon, été comme hiver, la boutique était toujours froide. Il s'agissait en effet d'une vieille construction à l'isolation médiocre ; et la chaleur aurait nui à ses fragiles marchandises.

Après être allée dans l'arrière-boutique pour prendre sa grosse veste en laine noire suspendue au portemanteau, elle l'enfila en regardant Alfie. Insensible au froid et à l'heure matinale, il jouait dehors, trônant sur son tricycle dans la petite cour de derrière, en faisant toutes sortes de bruits de moteur.

— Jemima…

Elle sursauta brutalement. Jamais, elle n'avait espéré entendre de nouveau cette voix : riche, mélodieuse, grave et profonde, imprégnée d'une sensualité virile qui la faisait frissonner violemment au plus intime de son être.

Serrant fortement les paupières et refusant de se retourner, Jemima se répéta qu'elle était victime d'une hallucination auditive…

Mais lorsqu'elle se résolut enfin à faire volte-face, il était bien là : Alejandro Navarro Vasquez, son mari. L'homme qu'elle avait aimé, dont elle avait eu besoin, avant qu'elle ne subisse la torture du manque.

En proie à un choc atroce, Jemima écarquillait les yeux sans pouvoir rien dire.

Elle contempla ses épais cheveux noirs aux reflets bleutés coiffés en arrière, son front haut, son beau visage aristocratique, au nez droit et arrogant, sa bouche au dessin viril et parfait, tellement sensuelle… Somptueusement vêtu comme toujours, Alejandro portait ce matin-là un costume classique gris anthracite coupé sur mesure.

Soudain, une véritable panique déferla en elle.

— Que fais-tu ici ? demanda-t-elle dans un souffle.

2

— Nous avons encore des choses à régler, dit-il doucement en laissant errer son regard sur le corps de Jemima.

Aussitôt, elle se sentit envahie par une chaleur brûlante, suivie d'un froid glacial. Puis elle rougit en songeant au tableau qu'elle devait offrir, avec ses cheveux tombant négligemment sur ses épaules, son visage à peine maquillé... Sans parler de son jean usé, de sa veste informe et de ses veilles bottes.

Se forçant à se ressaisir, elle s'appuya au chambranle de la porte et redressa la tête. Immédiatement, Alejandro serra les mâchoires, tandis qu'une lueur étincelante traversait ses yeux sombres. Visiblement, il avait senti le défi émaner d'elle, sans qu'elle ait eu besoin de prononcer un seul mot.

Soudain, l'atmosphère vibra entre eux. Horrifiée, Jemima sentit ses tétons se dresser sous son soutien-gorge et le désir frémir au creux de son ventre. Comment cet homme, qu'elle haïssait autant qu'elle l'avait aimé autrefois, pouvait-il produire sur elle un effet aussi puissant ? se demanda-t-elle, choquée par ses propres réactions.

— Que veux-tu ? dit-elle en raffermissant sa voix.

— Je veux divorcer. Aussi avais-je besoin de vérifier ton adresse avant de t'envoyer les papiers, répondit-il d'un ton sarcastique. Cela ne t'est pas venu à l'esprit, quand tu t'es enfuie en faisant preuve d'égoïsme et d'immaturité ?

A ces mots, Jemima eut envie de soulever l'un des seaux

d'eau posés à ses pieds, avant d'en renverser le contenu sur son élégante silhouette.

— C'est à cause de toi que j'ai agi ainsi, riposta-t-elle. Tu m'y as forcée.

— En quoi t'y ai-je forcée ? fit-il en s'avançant vers elle d'un air agressif.

— Tu ne m'écoutais jamais. Nous étions dans une impasse, et c'était pour moi le seul moyen d'en sortir.

— Je t'avais dit que nous dépasserions ça, lui rappela Alejandro d'un ton condescendant.

La simple évocation de cette période raviva toute la souffrance passée de Jemima.

— Mais, durant tout le temps de notre mariage, tu n'as rien fait pour le dépasser. Comment aurions-nous pu avancer, puisque tu ne me parlais jamais ? Quand je t'ai dit que j'étais malheureuse, qu'as-tu fait pour améliorer la situation ?

La colère embrasa le regard d'Alejandro. Mais à cet instant, la porte s'ouvrit : Sandy, l'assistante de Jemima, pénétra dans la boutique. Le silence devint si lourd et si tendu que la jeune femme adressa un regard contrit à Jemima.

— Je suis en retard ? Tu m'attendais plus tôt, aujourd'hui ?

— Non, non, la rassura Jemima. Mais je vais devoir m'absenter pendant environ une heure. Tu voudras bien t'occuper de tout, s'il te plaît ?

Après que Sandy eut hoché la tête en silence, Jemima sortit dans la cour pour aller chercher Alfie, sans jeter le moindre regard dans la direction d'Alejandro. Puis elle prit son fils dans ses bras et revint dans la boutique.

— J'habite à cent mètres d'ici, au numéro quarante-deux, laissa-t-elle tomber à l'attention d'Alejandro.

Mais, avant qu'elle n'ait atteint la porte, un jeune homme entra en souriant et en brandissant un sachet blanc.

— Tout juste sortis du four, Jemima ! Des scones aux cerises confites pour la pause-café de 11 heures…

— Oh ! Charlie, j'avais complètement oublié que tu devais venir aujourd'hui ! répliqua Jemima avec embarras.

Elle lui avait fixé ce rendez-vous à la répétition de la chorale, une semaine plus tôt.

— Je suis désolée, je dois m'absenter. Mais je vais te montrer la prise électrique qui ne fonctionne pas.

Arrimant plus fermement Alfie sur sa hanche, Jemima passa derrière le comptoir, suivie par le jeune homme.

— Si tu préfères, je peux revenir demain, dit-il.

— Non, aujourd'hui c'est parfait, Charlie, insista-t-elle.

Puis elle se détourna pour regagner la porte, où l'attendait Alejandro, le regard dardé sur le jeune électricien. Quant à ce dernier, il ne tenta pas de dissimuler sa déception de voir Jemima partir.

— Sandy s'occupera de toi, dit-elle en se retournant brièvement vers lui.

Puis elle sortit dans la rue, terriblement consciente de la présence d'Alejandro à côté d'elle. Et puis pourquoi n'avait-il accordé aucun regard à Alfie ?

— Retrouvons-nous à la maison, dit-elle d'un ton neutre en reposant son fils sur ses pieds.

— Je t'emmène en voiture.

— Non, merci, dit-elle avant de traverser la rue.

Sans se retourner, elle s'éloigna rapidement tandis qu'Alfie trottait près d'elle. Mais à peine avait-elle fait quelques mètres qu'une voiture noire s'arrêta à sa hauteur. C'était Jeremy, l'agent immobilier du village, avec lequel elle avait sympathisé.

— Tu vas chez toi ? demanda-t-il. Monte. Je vais te déposer.

— Merci, mais je n'ai vraiment pas beaucoup de chemin à faire, répondit-elle machinalement.

En effet, ses pensées étaient à mille lieux. Elle ne songeait qu'à une chose : la venue d'Alejandro et son désir de divorcer.

Avait-il déjà rencontré une autre femme ? Une beauté appartenant à son milieu, une femme fortunée, et bien plus à sa place au côté d'Alejandro qu'elle-même ne l'avait été ? Avec un pincement au cœur, Jemima se demanda combien de maîtresses il avait fréquentées depuis son départ.

Certes, elle ne désirait pas revivre avec lui, mais elle ne supportait pas non plus de l'imaginer avec une autre.

Jeremy sortit et ouvrit la portière du côté du passager.

— Monte. Vous allez être trempés tous les deux.

Se rendant soudain compte que la pluie s'était mise à tomber, Jemima prit Alfie dans ses bras et s'installa sur le siège. Et quelques instants plus tard, Jeremy se gara derrière la voiture de sport luxueuse arrêtée devant chez elle. Il poussa un sifflement admiratif en regardant le véhicule.

— A qui appartient cette merveille ?

— A un vieil ami, répondit-elle en ouvrant sa portière. Merci de m'avoir accompagnée.

Jeremy sortit à son tour et la rejoignit.

— Tu dînes avec moi, ce soir ? dit-il en lui posant la main sur le bras.

Jemima soutint son regard bleu.

— Juste en amis, précisa-t-il.

Rougissant malgré elle, Jemima s'écarta. Deux mètres plus loin, Alejandro l'attendait et ne perdait rien de cette conversation gênante.

— Je regrette, mais je ne peux pas, répliqua-t-elle.

— Je te préviens, je ne te lâcherai pas, fit Jeremy.

Elle tressaillit devant son sourire prédateur. Récemment, elle avait compris que Jeremy, un divorcé d'une trentaine d'années, était incapable d'accepter son refus de sortir avec lui. Depuis le jour où elle avait signé le bail de location de son cottage, il lui avait proposé de sortir avec lui une bonne douzaine de fois.

Sentant le regard glacial d'Alejandro posé sur elle, Jemima se dirigea rapidement vers la porte et introduisit la clé dans la serrure.

— Pourquoi ne lui as-tu pas dit que tu étais mariée ?

— Il le sait déjà. Tout le monde le sait, répondit Jemima avec irritation. Mais il sait également que je suis séparée de mon mari.

— Notre séparation n'est pas officielle, fit-il en entrant dans l'entrée minuscule. Mais je suis surpris de voir que tu portes encore ton alliance.

Jemima haussa les épaules sans répondre, tout en déboutonnant le manteau d'Alfie.

— Du jus d'orange, dit celui-ci en tirant sur sa manche.

— S'il te plaît, lui rappela Jemima.

— S'il te plaît, répéta-t-il docilement.

— Tu veux du café ? demanda-t-elle à Alejandro d'un ton neutre.

Sans attendre d'y être invité, il était entré dans le salon et regardait par la fenêtre, son large dos bloquant quasiment toute la lumière.

— Oui, répondit-il en se retournant.

— S'il te plaît, intervint aussitôt Alfie. Dis s'il te plaît.

— S'il te plaît.

Une fois de plus, Jemima constata avec stupeur qu'il s'était exécuté en s'obstinant à ne pas jeter un seul regard au petit garçon. Au contraire, elle s'était attendue à ce qu'il soit stupéfait d'apprendre qu'elle avait un enfant, et qu'il l'assaille de questions à son sujet.

— Tu ne m'interroges pas à propos de mon fils ? demanda-t-elle.

Indifférent à ce qui se passait autour de lui, Alfie se pencha pour prendre ses chères voitures dans le coffre à jouets, avant de les aligner soigneusement sur le parquet.

Il aimait en effet que tout soit bien organisé, à sa place. Soudain, Jemima se souvint de l'ordre impeccable qui régnait dans le bureau d'Alejandro, au château.

— Notre avocat prendra rapidement contact avec un confrère londonien qui représentera mes intérêts. C'est lui qui te posera les questions qui s'imposent, répondit-il sèchement.

— Ainsi, tu es déjà convaincu qu'il n'est pas de toi, dit-elle d'une voix à peine audible.

— Comment pourrait-il l'être ? répliqua-t-il avec une moue sardonique.

Ses paroles provoquèrent une telle irritation en elle que Jemima eut envie de se précipiter vers lui et de le frapper, jusqu'à ce qu'il l'écoute. Mais la violence n'était pas son style, et puis cela n'aurait servi à rien. Etant donné qu'Alejandro ne l'avait jamais écoutée ni crue, et qu'il n'avait jamais eu confiance en elle, il se montrerait encore plus fermé maintenant.

N'était-ce pas l'une des raisons pour lesquelles elle l'avait quitté ? Parce qu'elle avait l'impression de se trouver face à un mur ? Et puis, comment aurait-elle pu rester avec lui, alors qu'il était entièrement convaincu qu'elle l'avait trompé avec son frère ?

Tout en attendant que l'eau soit assez chaude, Jemima appela Flora. Après avoir demandé à son amie si elle pouvait s'occuper d'Alfie pendant une heure, elle précisa :

— Alejandro est là.

— J'arrive dans cinq minutes, promit aussitôt son amie.

Regagnant le salon, Jemima posa une tasse de café sur la table basse, à côté de la fenêtre, avant de rester immobile à l'entrée du salon.

Heureusement, Flora arriva très vite.

— Alejandro… Flora, dit Jemima d'une voix crispée en remettant son manteau à Alfie.

— J'ai beaucoup entendu parler de vous, répliqua son amie sans hésiter. Et pas en bien.

Alejandro la toisa d'un air hautain tandis que Jemima rougissait.

Sans ajouter un mot, Flora lui sourit d'un air d'encouragement et quitta le cottage avec le petit garçon. Après leur départ, le silence devint glacial.

— Je suis désolée de le répéter, dit enfin Jemima, mais tu ne m'as pas vraiment laissé le choix. Et je n'ai pas couché avec ton frère.

— Lui, au moins, a eu le courage de ne pas nier, laissa-t-il tomber avec un haussement de sourcils dédaigneux. Et je…

— Oh ! je vois, l'interrompit Jemima, bouillonnant de rage. Comme Marco ne l'a pas nié, c'est forcément moi qui mens !

— Mon frère ne m'a jamais menti, mais toi, si, riposta Alejandro.

— Quand t'ai-je menti ?

— Lorsque nous vivions ensemble, tu as dépensé des sommes colossales, mais tu n'as jamais pris la peine de justifier ces extravagances. Alors que je t'avais alloué une pension plus que généreuse. Et quand je t'ai demandé des explications, tu ne m'as servi que des mensonges.

Jemima blêmit. C'était vrai. Elle avait dépensé des sommes colossales. A l'époque, non seulement elle n'avait pu se justifier, mais durant les dernières semaines de leur vie commune, elle s'était retrouvée dans l'incapacité totale de régler ses propres factures. Et tout cela, parce que le jour de leur première rencontre, elle lui avait menti sur un point de son passé, sans songer un seul instant que cela put avoir des répercussions désastreuses.

— As-tu donné tout cet argent à Marco ? demanda brutalement Alejandro. Sur le plan financier, il se montrait souvent désinvolte, et j'ai craint qu'il ne se soit rapproché de toi pour te demander un prêt.

Durant un bref instant, Jemima fut tentée de se justifier, mais elle baissa les yeux en silence. A cause de Marco, qui avait refusé de nier leur prétendue liaison, elle se trouvait accusée à tort d'infidélité. Mais en même temps, elle avait gardé trop d'amitié pour lui pour révéler la vérité à Alejandro.

— Non. Marco ne m'a jamais demandé d'argent, dit-elle lentement en relevant la tête.

— Je suppose que tu es toujours en contact avec lui ?

Jemima le regarda avec stupeur.

— Non. Je ne lui ai pas parlé depuis mon départ d'Espagne.

— Tu me surprends, puisque vous étiez si intimes.

Une fois encore, Jemima eut envie de tout lui dire. Malheureusement, les conséquences auraient été trop importantes. En outre, elle avait promis à Marco de ne jamais trahir son secret.

Et puis, de toute façon, ce n'était pas seulement la faute de ce dernier si son mariage avec Alejandro s'était effondré.

— Marco travaille à New York depuis deux ans, dans notre galerie d'art. Tu n'as vraiment eu aucun contact avec lui ? insista Alejandro d'une voix doucereuse. Je suppose qu'il t'aide néanmoins à élever son enfant, au moins sur le plan financier ?

— Alfie n'est pas l'enfant de Marco ! protesta-t-elle avec indignation.

— Ce n'est pas la peine de le prendre sur ce ton, murmura Alejandro.

Jemima s'efforça de contenir sa fureur. Deux ans plus tôt, quand elle avait quitté son mari, elle était épuisée et anéantie, mais depuis elle avait fait beaucoup de chemin.

— Alfie n'est pas le fils de Marco, dit-elle d'un ton plus calme.

— Ton enfant n'est qu'un élément mineur dans le conflit qui nous oppose, répliqua-t-il d'un ton neutre.

Un tel mépris brillait dans ses yeux que Jemima tressaillit malgré elle. D'autre part, la façon dont il venait de parler d'Alfie la blessait profondément.

— Ce qui m'intéresse davantage, reprit-il, c'est de savoir ce que tu as fait au lit avec mon frère, et pourquoi tu en as ressenti le besoin.

Choquée, Jemima était incapable de répliquer quoi que ce soit.

— Vous retrouviez-vous dans notre lit ? reprit-il d'une voix dure et méprisante.

Il serrait si violemment les poings que Jemima prit peur et recula. Mais dans l'espace confiné du salon, elle se retrouva bientôt acculée contre le mur.

Elle ne désirait pas s'engager dans de nouvelles disputes interminables, ni chercher en vain à se justifier, comme elle l'avait fait deux ans plus tôt.

— Alejandro,... commença-t-elle, le plus calmement possible.

Il se rapprocha d'elle, puis promena sur elle son regard étincelant, avec une telle intensité que Jemima se sentit aussitôt prisonnière. Elle se rappela son attente fébrile, son excitation, les rares soirs où Alejandro rentrait à temps au château pour le dîner. A ces moments-là, elle frissonnait à la seule pensée que, un peu plus tard, il la rejoindrait dans leur chambre et l'entraînerait dans un monde de volupté fabuleux, lui faisant oublier sa solitude et sa détresse.

— Tu n'as jamais pensé à ce que cela a représenté pour moi, dit-il d'un ton lugubre, lorsque j'ai été forcé d'imaginer ma femme dans les bras de mon frère ?

Comment aurait-elle pu y penser, puisqu'elle n'avait jamais partagé ce genre d'intimité avec Marco ?

— Pourquoi y aurais-tu pensé, en effet ? répliqua-t-il d'un ton cynique. Marco n'a représenté à tes yeux qu'un caprice, il n'était qu'un jouet destiné à satisfaire ta vanité, à combler ton ennui. Et surtout, tu as trouvé là un moyen sordide et vil de me blesser, ainsi que ma famille…

— Ce que tu dis est absurde ! l'interrompit Jemima avec colère.

— Alors, pourquoi l'as-tu laissé t'approcher, te toucher ? Tu crois que je ne me suis pas demandé ce que tu ressentais avec lui ? riposta-t-il d'une voix amère. Tu crois que cela ne me faisait pas mal de t'imaginer nue avec lui, gémissant sous ses caresses, criant de plaisir ?

— Tais-toi ! l'implora Jemima, mortifiée. Comment peux-tu dire des choses pareilles ?

— Cela t'affecte trop ? fit-il entre ses dents. Tu t'en es tirée à bon compte alors que tu n'es qu'une sale menteuse. Une garce ! Alors, cesse de me regarder avec cet air choqué. Cette fois, je ne tomberai pas dans le piège : je sais qui tu es vraiment.

Ebranlée par ces accusations sordides, Jemima s'écarta et passa devant lui avant d'aller s'immobiliser devant la fenêtre. Elle devait reprendre le contrôle de ses émotions. Oui, elle était affectée, très profondément.

Deux ans plus tôt, quand il l'avait accusée d'avoir une liaison avec Marco, il était resté si froid, si maître de lui-même, qu'elle avait cru que cette supposée infidélité le laissait de marbre. Elle s'était alors dit qu'il ne ressentait plus rien pour elle, qu'il était peut-être même ravi de saisir ce prétexte pour mettre fin à leur malheureuse union.

Mais à présent elle voyait à quel point elle s'était trompée. Il avait été blessé dans sa virilité et dans son honneur. Profondément blessé…

— Je ne suis pas une garce pour la bonne raison que je ne t'ai jamais trompé, Alejandro. Ni avec ton frère ni avec qui que ce soit d'autre, dit-elle en se retournant lentement vers lui. Et tu devrais maintenant avoir compris qu'Alfie est ton fils.

— Si c'est une plaisanterie, elle est vraiment de très mauvais goût ! Et cette fausse couche que tu as faite juste avant ton départ ?

— Nous avons cru que je faisais une fausse couche, corrigea-t-elle. Mais quand je suis allée voir un médecin, en arrivant en Angleterre, j'ai découvert que j'étais toujours enceinte. Il a émis l'hypothèse que j'avais peut-être porté des jumeaux et que j'en avais perdu un, ou que mon hémorragie était seulement une menace de fausse couche.

Jemima serra nerveusement ses mains l'une contre l'autre, guettant avec inquiétude sa réaction.

— En tout cas, poursuivit-elle, j'étais bien encore enceinte lorsque je suis arrivée en Angleterre, et Alfie est né cinq mois plus tard.

Alejandro la contemplait d'un regard dur et incrédule.

— C'est impossible !

Jemima se dirigea vers son petit bureau de bois blanc et ouvrit un tiroir pour y chercher le certificat de naissance d'Alfie. Le fait d'en être réduite à cette extrémité lui semblait surréaliste, mais si c'était le seul moyen de prouver à Alejandro qu'Alfie était bien son fils…

Quand elle l'eut trouvé, elle le lui tendit.

— Ce que tu dis est totalement absurde ! fit-il d'une voix sourde.

— Eh bien, dans ce cas, explique-moi comment j'ai pu donner naissance à un enfant à cette date, sans qu'il soit le tien, répliqua-t-elle sans hésitation. Vas-y, je t'écoute !

Après avoir parcouru le certificat, Alejandro releva les yeux. Un éclat farouche y brilla brièvement.

— Ce document prouve seulement que tu étais effectivement encore enceinte lorsque tu es partie. Mais cela n'implique en aucun cas que cet enfant soit de moi.

Jemima hocha la tête en soupirant.

— Je comprends que cette nouvelle ne t'enchante pas. Quant à moi, je ne désirais pas que tu l'apprennes. Tant de choses se sont passées depuis notre séparation, et nos vies ont pris des chemins si différents… Mais c'est bien la vérité : Alfie est ton fils.

Le regard sombre, Alejandro la contempla longuement en silence.

— Si ce que tu viens de dire est vrai, dit-il enfin, si ce petit garçon est réellement le mien, c'était injuste et extrêmement égoïste de ta part de m'avoir caché son existence !

— Quand je t'ai quitté, j'ignorais que j'étais encore enceinte, comme je viens de te l'expliquer, protesta-t-elle en pâlissant.

— Mais après ? Comment justifies-tu ton silence ? Durant ces deux dernières années, tu n'as pas cherché à m'informer que j'étais père. Je ferai effectuer un test ADN pour être sûr de ce que tu avances. Ensuite, je prendrai les décisions qui s'imposent, si décisions à prendre il y a.

Une fois de plus, il l'insultait. En demandant la réalisation d'un test ADN, Alejandro sous-entendait qu'elle lui avait été infidèle et qu'il doutait encore de la paternité d'Alfie.

— Fais ce que tu veux, dit-elle sèchement. En ce qui me concerne, je sais parfaitement qui est le père d'Alfie. Il n'y a jamais eu aucun doute sur son identité.

— Je m'occuperai des formalités concernant le test, et je reprendrai contact avec toi une fois que les résultats m'auront été communiqués, fit-il avec hauteur.

— Et moi, je vais aller voir un avocat pour entamer la procédure de divorce.

Elle était bien déterminée à ne pas se laisser intimider. Alejandro n'était pas le seul à pouvoir agir et prendre des décisions.

Il fronça les sourcils en la regardant d'un air perçant.

— Ce serait stupide d'entamer quoi que ce soit avant d'avoir eu les résultats du test ADN.

— Je ne suis pas d'accord. J'aurais d'ailleurs dû demander le divorce dès l'instant où je t'ai quitté !

— Et pourquoi ne l'as-tu pas fait ?

Jemima le foudroya du regard mais resta silencieuse. Après être passée de nouveau devant lui, elle regagna l'entrée et ouvrit calmement la porte qui donnait sur la rue. Mais au fond d'elle-même, elle tremblait de rage.

Elle avait oublié à quel point Alejandro avait le pouvoir de la mettre en colère, avec son besoin arrogant de prendre tout en charge et de toujours agir selon son bon plaisir, sans se soucier de son opinion à elle.

— Je reviendrai, dit-il en franchissant nonchalamment le seuil.

Jemima prit une carte posée sur la console et la lui tendit.

— La prochaine fois, j'apprécierai que tu me préviennes. Appelle-moi avant de venir, s'il te plaît.

Puis, incapable de contenir sa fureur, elle lui claqua la porte au nez et se dirigea misérablement vers la cuisine.

Debout devant la fenêtre, elle regarda son coupé de sport disparaître au bout de la rue. Par sa simple présence, Alejandro avait ravivé tous les doutes, les regrets et le sentiment d'insécurité qu'elle avait laissés derrière elle en le quittant…

3

Après avoir donné ses dernières instructions à Audra, la jeune baby-sitter, Jemima referma doucement la porte derrière elle. Le jeudi soir, Flora et elle participaient aux répétitions de la chorale, passant une soirée très agréable avec leurs amis, et Jemima attendait habituellement cette sortie avec impatience mais, depuis deux semaines, elle était en proie à un mélange de colère et de ressentiment insurmontable qui lui gâchait tout plaisir.

— Allons, lui dit Flora tandis qu'elles se dirigeaient vers la belle petite église médiévale, située sur la ravissante place de Charlbury St Helens. Tu ne devrais pas te laisser anéantir par cette histoire de test ADN, ce n'est pas bon pour toi.

— Je n'y peux rien : j'ai l'impression d'avoir subi une humiliation publique !

— Le notaire et le médecin sont tenus à la confidentialité, lui rappela Flora d'un ton rassurant. Je ne crois pas qu'ils iraient parler de ta vie privée avec quiconque, surtout si tout cela doit se terminer devant les tribunaux.

Flora essayait visiblement de la réconforter, et elle lui était reconnaissante de ces efforts ; néanmoins, ses arguments n'avaient rien de rassurant ni de convaincant, bien au contraire.

A la demande d'Alejandro, un avocat au ton arrogant lui avait téléphoné depuis Londres, pour lui faire part de la procédure à suivre. Elle avait dû alors se rendre chez un notaire pour y faire une déclaration assermentée, avant d'aller chez son médecin généraliste. Celui-ci avait effectué des prélèvements de salive, sur Alfie et sur elle. Cette démarche l'avait profondément blessée. Le notaire et le médecin savaient maintenant que son mari doutait qu'Alfie soit son fils.

Jamais elle ne pourrait pardonner à Alejandro de l'avoir forcée à subir cette humiliation, pour la simple raison qu'il restait convaincu qu'elle l'avait trompé.

Mais comment aurait-elle pu refuser de se soumettre à son exigence ? Il aurait considéré son refus comme un aveu.

Flora et elle pénétrèrent enfin dans la vieille église, et quelques instants plus tard, concentrée sur le chant puis sur son solo de soprano, elle oublia pour un moment ses préoccupations. Quand elle aida les autres à ranger les chaises à la fin de la répétition, elle se sentait beaucoup plus détendue. Fabian Burrows, l'un des médecins du coin, un très bel homme âgé d'environ trente-cinq ans, lui tendit sa veste.

— Vous avez vraiment une belle voix, dit-il.

— Merci, répondit-elle en rosissant légèrement.

— Vous allez boire un verre ? demanda-t-il quand ils sortirent de l'église.

— Oui.

— Ça vous dirait d'essayer le *Red Lion*, pour changer un peu ? proposa-t-il en s'arrêtant sur le trottoir.

Les autres membres de la chorale traversaient déjà la rue pour rejoindre le pub habituel.

— Merci, mais je suis avec Flora…, dit-elle d'un ton léger en se tournant vers son amie.

— Mon invitation s'adressait à vous deux, précisa-t-il en souriant.

Jemima essaya de déchiffrer le froncement de sourcils de son amie. Flora désirait-elle accepter l'invitation, ou non ?

— Je crois que le moment est mal choisi, dit enfin cette dernière en se tournant délibérément vers la droite.

Jemima suivit son regard et aperçut la voiture de sport garée un peu plus loin. Appuyé contre le capot, Alejandro l'attendait.

Un mélange de consternation et de colère envahit de nouveau la jeune femme. Ne lui avait-elle pas demandé expressément de l'avertir avant de revenir la voir ? Comment osait-il surgir ainsi dans sa vie sans la prévenir, comme si elle était à sa disposition ?

Malgré son irritation, elle ne put réprimer la vague de désir qui montait en elle tandis qu'elle le regardait. Elle eut même soudain du mal à respirer. En dépit de sa colère, elle trouvait toujours Alejandro incroyablement sexy.

Tout était élégant et sensuel en lui, son corps puissant appuyé avec une nonchalance étudiée contre sa voiture, ses traits empreints d'une grâce tout aristocratique.

Refoulant son trouble, elle décida d'ignorer sa présence, mais au fur et à mesure qu'elle s'approchait de lui, elle sentait qu'elle ne pourrait résister et elle finit par s'arrêter.

— Comment as-tu su où j'étais ? demanda-t-elle.

— La baby-sitter me l'a dit, répondit-il doucement. Je suis désolé de perturber ta soirée…

— Qui est-ce ? demanda Fabian.

Visiblement, Alejandro ne lui faisait pas peur, et il était prêt à intervenir.

— Oh ! Je ne suis que son mari…

Ulcérée, Jemima le regarda avec stupeur, sentant Fabian se raidir à côté d'elle.

— Eh bien à la semaine prochaine, alors ? dit ce dernier avant de se tourner vers Flora.

Ils s'éloignèrent tous les deux, non sans que Flora lui ait jeté un dernier regard désolé.

— Qu'est-ce qu'il t'a pris de lui parler ainsi ? demanda alors Jemima à Alejandro, absolument hors d'elle.

Il la dévisagea de cet air condescendant qui l'irritait tant.

— Je n'ai dit que la vérité. Chaque fois que je te vois, je te trouve en train de flirter avec un homme !

— Tu n'as plus le droit de me faire des remarques ou des reproches sur ma conduite ! riposta-t-elle en redressant le menton, l'air vindicatif.

Les yeux étincelant d'une lueur farouche, Alejandro posa ses longues mains sur ses épaules, puis l'attira contre lui avant de pencher son visage vers le sien. Et, quand sa bouche sensuelle prit possession de la sienne, Jemima sentit une passion brûlante exploser en elle, annihilant toutes ses défenses.

Jamais elle n'avait osé penser qu'il pourrait de nouveau la toucher et, ainsi prise au dépourvu, elle se sentit affreusement vulnérable. Ses jambes tremblaient ; elle se sentait sans force, et si Alejandro ne l'avait pas tenue fermement contre lui, elle serait probablement tombée, tant déferlaient en elle des sensations qu'elle avait cru oubliées pour toujours.

Mais tout aussi brutalement qu'il avait pris sa bouche, Alejandro mit fin à leur baiser. Il se redressa, le souffle haché, les yeux incandescents.

— *Por Dios* ! Allons-y, dit-il d'une voix rauque.

Puis il s'écarta et lui ouvrit la portière, lui faisant de la main signe de s'installer sur le siège en cuir.

Aller où ? faillit-elle lui demander. Mais elle connaissait déjà la réponse à cette question. Par ailleurs, elle était trop choquée par la réaction de son corps à cette brève étreinte pour prononcer un mot. Après avoir tout fait pour oublier son désir désespéré, elle était terrifiée devant la force des émotions qui resurgissaient en elle.

Alejandro alluma le contact.

— Nous ne devrions pas nous conduire ainsi dans un endroit public, dit-il lentement.

Jemima serra les mâchoires en se maudissant de ne pas l'avoir repoussé. Comment osait-il se comporter ainsi avec elle ? Comment osait-il lui prouver qu'il avait encore le pouvoir de la faire réagir ?

Elle l'avait toujours désiré, du jour de leur rencontre au jour de son départ et ce malgré leur mésentente de la fin. Un besoin insatiable de lui la consumait dès qu'elle le regardait, et ce n'était que dans ses bras qu'elle se sentait en sécurité, oubliant tout le reste.

Se forçant à refouler ce souvenir encore si vivace, elle afficha une expression dure. Il était hors de question qu'elle lui montre à quel point ce baiser l'avait ébranlée.

— Pourquoi es-tu revenu ? demanda-t-elle quand il se gara devant chez elle.

— Nous en parlerons à l'intérieur, répondit-il en ouvrant sa portière.

Jemima retint la réplique acerbe qui lui était montée aux lèvres et sortit du véhicule. En toutes circonstances, Alejandro prenait la direction des opérations, se rappela-t-elle avec agacement, et apparemment, ces deux dernières années n'y avaient rien changé.

Après avoir rémunéré Audra, Jemima raccompagna la jeune fille jusqu'à la porte. Elle vivait avec ses parents à quelques mètres à peine du cottage, ce qui était fort pratique pour toutes les deux.

— Tu laisses souvent ton fils à la garde d'une aussi jeune baby-sitter ? demanda Alejandro d'un ton réprobateur.

— Non. Et, bien qu'elle ait l'air particulièrement jeune, sache qu'Audra a dix-huit ans. De plus, elle suit une formation pour devenir infirmière.

Inutile d'attendre évidemment qu'il s'excuse de ce jugement hâtif et erroné ; Alejandro ne reconnaissait jamais ses torts, songea Jemima en suspendant sa veste au portemanteau de l'entrée.

— Il est un peu tard pour une visite, tu ne trouves pas ? reprit-elle en se retournant vers lui.

— Je voulais voir mon fils, répondit-il d'une voix légèrement voilée.

Son fils, maintenant ? Ainsi, il avait eu les résultats du test, et il était enfin forcé de reconnaître qu'elle ne lui avait pas menti. Mais une fois encore il n'allait pas faire amende honorable pour avoir douté de ses paroles. Pour avoir douté d'elle.

— Alfie dort, dit-elle.

— Alors je le regarderai dormir…

Il sembla à Jemima que durant un très bref instant, l'expression de son visage s'était adoucie. Il paraissait même avoir du mal à contenir une certaine impatience.

— Lorsque je t'ai affirmé qu'il était de toi, tu ne m'as pas crue...

— Ne revenons pas là-dessus. Maintenant, je sais qu'Alfie est bien mon fils. Je ne l'ai appris que ce matin et je suis venu dès que j'ai pu.

Cet empressement à voir l'enfant après l'avoir si ostensiblement ignoré lors de leur première entrevue déstabilisa Jemima, même si elle essayait de se convaincre qu'une telle réaction était naturelle. La nouvelle qu'il était père était extrêmement récente pour lui après tout.

— Suis-moi, dit-elle d'une voix crispée. Sa chambre est à l'étage.

Après s'être arrêté un instant sur le seuil de la pièce, Alejandro s'avança doucement vers le lit et regarda Alfie endormi. Posant sa longue main sur le montant du lit, il se pencha vers lui, son regard voilé par ses longs cils noirs.

Puis soudain, il se tourna vers Jemima.

— Je désire l'emmener avec moi en Espagne, dit-il.

Jemima eut l'impression de recevoir une douche glacée. Dévorée par une crainte atroce, elle recula vers la porte tandis qu'Alejandro jetait un dernier regard attendri à son fils.

Il l'avait regardée ainsi le jour où ils avaient appris qu'elle était enceinte, se rappela-t-elle en sentant son cœur se serrer douloureusement. Et tout d'abord, sa joie l'avait effrayée, car sa grossesse était loin de susciter le même enthousiasme en elle.

Elle tressaillit. Comment pouvait-elle repenser à ces moments et s'en émouvoir, alors qu'Alfie était maintenant devenu le centre de son univers ? Si on lui avait donné la possibilité de revenir en arrière, elle aurait agi de la même façon, fait exactement les mêmes choix. Elle aurait gardé son enfant, tout en sachant les difficultés qui l'attendaient.

Alejandro désirait l'emmener en Espagne ? Tandis qu'elle redescendait au rez-de-chaussée, elle tenta de calmer ses alarmes et de se raisonner. C'était tout à fait naturel qu'il désire présenter son fils à sa famille. Et Alfie devait découvrir le pays de son père. L'Espagne faisait aussi partie de ses racines. Il ne fallait pas qu'elle réagisse de façon excessive, ni qu'elle s'affole avant d'en savoir plus.

— Qu'envisages-tu exactement ? demanda-t-elle alors le plus posément possible.

Alejandro ôta son épais manteau en cashmere noir et le posa sur une chaise, à côté de la table installée dans le petit *bow-window* du salon. Dans son élégant costume sombre, il lui parut encore plus grand.

— Je ne peux pas te laisser assumer la garde exclusive de mon fils, commença-t-il sans ménagement. Je ne pense pas que tu puisses lui offrir ce dont il a besoin pour grandir. Je ne désire pas me battre avec toi pour obtenir sa garde, Jemima, mais si tu me contrains à le faire, je n'hésiterai pas un instant. Par devoir envers lui.

— Comment… Comment peux-tu…

Elle s'interrompit et le contempla, indignée, le cœur cognant de révolte dans sa poitrine.

— J'ai mis ton fils au monde toute seule, sans le moindre soutien, et je l'ai élevé seule depuis. Pourtant, dès l'instant où tu apprends qu'il est ton fils, tu déclares que je suis une mère incompétente ? Tu ne sais rien de lui ; tu ne sais rien de notre vie et pourtant tu juges, tu décrètes ! Alfie est un petit garçon très heureux et facile. Et je sais ce qui est bon pour lui !

— Est-il seulement informé qu'il a un père et une famille en Espagne ? Apprend-il notre langue ? Quelle stabilité espères-tu lui donner ? Tu n'es pas une personne responsable et tu…

— De quel droit oses-tu me parler ainsi ? le coupa-t-elle d'une voix à peine audible.

— Songe à la façon dont tu as assumé — ou plutôt dont tu n'as pas assumé — notre mariage. Pense à tes dettes, à ta liaison avec mon frère…

— Je n'ai pas eu de liaison avec ton frère ! l'interrompit-elle, violemment cette fois. Comment te le faire comprendre, à la fin ?

— Tu es incapable d'affronter les problèmes, tu fuis devant la moindre difficulté, poursuivit Alejandro sans se troubler. Dans ces conditions, comment peux-tu espérer élever dignement notre enfant, l'éduquer correctement ?

— Rien ne m'oblige à supporter tes critiques. Nous sommes séparés. Alors va-t'en.

Alejandro reprit son manteau sans faire de difficulté.

— C'est impossible de parler avec toi, dit-il d'un ton exaspéré.

— Tu viens me menacer de me prendre mon enfant et tu appelles ça parler ? Comment suis-je supposée répondre à ça ?

— Il ne s'agit pas d'une menace, mais de faits. Je te préviens : je ne reculerai devant rien pour obtenir la garde de mon fils.

Jemima inspira profondément pour essayer d'apaiser le tumulte d'émotions qui la secouait. Crier et perdre le contrôle d'elle-même ne servirait à rien face à la calme et froide détermination d'Alejandro, habitué à exiger et à obtenir.

— Qu'est-ce que je peux faire ou dire pour te convaincre que je suis une bonne mère ? demanda-t-elle plus posément.

Ayant terminé de boutonner son manteau, Alejandro haussa les épaules, comme si cette question était totalement absurde.

Il ferait appel aux meilleurs avocats, songea Jemima avec terreur, tandis que de son côté, elle n'aurait pas les moyens d'engager des adversaires à la hauteur. En outre, le fait même de lui avoir caché l'existence d'Alfie jouerait en sa défaveur. Et la famille Vasquez était l'une des plus puissantes de l'aristocratie espagnole. A côté, seule et sans appuis, elle ne ferait pas le poids.

— Tu ne peux pas me faire ça, Alejandro. J'aime Alfie et il m'aime. Il a besoin de moi…

— Il est peut-être temps que je m'occupe de lui à mon tour, répliqua-t-il sèchement en ouvrant la porte. Quand un enfant est impliqué dans un divorce, les deux parents doivent faire des concessions.

Jemima se plaça devant lui, lui bloquant le passage.

— Nous devons en discuter maintenant !

— Tu es une véritable girouette, dis-moi ! Tu viens de me demander de partir à l'instant…

— J'ai réagi un peu trop vivement, je te l'accorde. Je ne m'attendais pas à ce que tu aies déjà tout prévu pour Alfie. Et puis, ton comportement m'a agacée. Pourquoi m'as-tu embrassée, tout à l'heure ?

Alejandro se rapprocha si bien qu'elle se retrouva prisonnière entre la porte et lui.

— Parce que j'en avais envie, *mi querida*.

Sa réponse lui coupa le souffle. Une coulée de lave chaude déferla immédiatement en elle, tandis que ses tétons s'épanouissaient comme des bourgeons sous la caresse du soleil.

— Laisse-moi passer la nuit avec toi, poursuivit-il d'une voix rauque, en la poussant contre la porte.

— Tu veux rester ?

Avec une lenteur insupportable, il leva la main et effleura son cou, là où son pouls battait frénétiquement.

— Tu le désires, toi aussi…

— Non, protesta-t-elle avec une faiblesse pathétique.

Toute détermination fondait inexorablement en elle.

— Menteuse, répliqua-t-il, sûr de son pouvoir de séduction.

Tout le corps de Jemima vibrait d'attente, mais au prix d'un violent effort, elle réussit à se dégager, puis s'écarta d'un pas. Succomber au désir qu'elle éprouvait pour lui serait une erreur fatale. Alejandro n'attendait qu'une seule chose : la confirmation du pouvoir qu'il conservait sur elle, sur ses sens, et il n'était pas question que cette confirmation elle la lui donne.

— Je voudrais que tu t'en ailles, dit-elle soudain d'une voix creuse.

Le froid l'envahit, si glacial qu'elle resserra les bras autour de sa poitrine.

— Appelle-moi quand tu auras retrouvé tes esprits, dit-il en se détournant et en laissant tomber une carte de visite sur la console.

Puis il s'en alla sans ajouter un mot, la laissant en proie à un épouvantable tumulte intérieur.

Elle n'avait rien résolu. Le désir n'avait fait qu'exacerber les tensions qui les opposaient. Mais elle aurait dû surmonter son trouble et ne penser qu'à Alfie.

Un violent frisson l'ébranla tout entière à la pensée qu'Alejandro avait voulu passer la nuit avec elle. Durant un bref instant, il avait été aussi vulnérable qu'elle devant le désir irrépressible qui palpitait encore entre eux.

Non, Alejandro ne s'était pas montré vulnérable, réfléchit-elle. Si elle l'avait laissé rester, il aurait couché avec elle, mais cela n'aurait rien signifié pour lui. Il était persuadé qu'elle avait eu une liaison avec Marco et il la haïssait pour cela. L'étreinte d'une nuit n'y aurait rien changé.

Elle prit la carte et contempla machinalement l'adresse et les numéros de téléphone inscrits en élégants caractères. Alejandro tenait de nouveau les rênes de la situation, et cela ne lui plaisait pas du tout.

Pourtant, autrefois, elle avait aimé ce trait de caractère chez lui ; elle avait aimé la façon dont il s'était occupé d'elle. A vrai dire, elle avait même adoré qu'il use de son instinct protecteur farouche.

Lorsqu'elle l'avait rencontré elle était encore vierge, aussi l'avait-elle rapidement idéalisé, s'imaginant qu'ils partageaient quelque chose de spécial. Elle ne s'était même pas rendu compte qu'il était un play-boy invétéré, jusqu'à ce qu'une femme de chambre de l'hôtel où elle travaillait lui glisse un journal sous le nez.

Sur la photo qui accompagnait l'article, on voyait Alejandro en compagnie d'une blonde superbe, vêtue d'une époustouflante robe de soirée. Le journaliste le dépeignait comme un bourreau des cœurs, mais Jemima avait refusé de croire à l'évidence, alors qu'il annulait souvent leurs rendez-vous à la dernière minute.

Lorsqu'elle l'avait interrogé, il s'était montré d'une franchise totale.

— Je ne veux pas de relation à long terme, avait-il répondu. Ni d'engagement d'aucune sorte.

Elle s'était alors sentie blessée et surtout ridicule de s'être laissée aller à des fantasmes stupides de relation hors du commun, de courant spécial qui serait passé entre eux. Elle avait déclaré que dans ce cas, elle ne voulait plus de relation exclusive avec lui non plus et s'était remise à voir ses amis. Peu de temps après, elle avait rencontré un autre homme qui s'était montré très empressé.

Quand Alejandro s'en était rendu compte, il lui avait fait une scène épouvantable, lui disant que si elle-même devait accepter de le partager, lui n'était pas prêt à en faire autant.

Après cette violente dispute, ils avaient cessé complètement de se voir. Même si elle en avait eu le cœur brisé.

Un mois plus tard à peine, Alejandro était revenu. Il lui avait annoncé qu'il ne fréquenterait plus d'autres femmes, la rendant folle de joie. Leur relation était alors entrée dans une deuxième phase, bien plus intense. Eperdument amoureuse, elle s'était abandonnée à sa passion et passait des week-ends fabuleux avec lui, dans la villa qu'il avait louée, non loin de son lieu de travail.

De toute sa vie, elle n'avait jamais vécu un tel bonheur. Et pourtant ses affaires et sa famille réclamaient souvent Alejandro. Mais leurs retrouvailles n'en étaient que plus éblouissantes.

Puis, le jour de son vingtième anniversaire, il lui avait demandé de l'épouser. Il n'avait pas dit qu'il l'aimait ; il avait seulement affirmé que sa place était en Espagne et qu'il ne pouvait continuer à passer autant de temps en Angleterre avec elle. A l'entendre, le mariage constituait l'évolution naturelle et logique de leur relation.

Néanmoins, il ne lui avait pas fait rencontrer sa famille avant de franchir le pas décisif. Il savait sans aucun doute que celle-ci désapprouverait son choix : elle n'était qu'une Anglaise banale et roturière, dont le milieu d'origine n'avait rien de commun avec le leur.

Quelques semaines après la demande en mariage d'Alejandro, ils s'étaient mariés dans une église de Londres, en compagnie de leurs seuls témoins. Jemima ignorait alors complètement à quoi pouvait ressembler la vie de son tout nouvel époux en Espagne. En fait, elle avait fait preuve d'une naïveté phénoménale…

Refoulant ses souvenirs douloureux, Jemima redressa la tête. Cette jeune fille naïve et aveuglée par l'amour était bel et bien morte. Elle maîtrisait sa propre destinée à présent.

Elle attrapa le téléphone.

— Nous devons nous voir pour parler d'Alfie, dit-elle lorsque Alejandro répondit.

— Nous aurions pu le faire lorsque j'étais encore chez toi, répondit-il sèchement.

— Je ne suis pas comme toi : je ne prévois pas tout.

Alejandro lui proposa alors de venir chez lui, dans son appartement londonien, avec Alfie, l'après-midi suivant.

— Je sais que tu désires voir ton fils et je le comprends, mais je crois qu'il vaut mieux que je vienne seule. Notre discussion risque d'être houleuse.

Cette fois, il reconnut qu'elle avait raison, mais lorsque Jemima reposa le téléphone, elle se sentit gagnée par un affreux mélange d'appréhension et de crainte.

Par quel miracle allait-elle bien pouvoir le persuader qu'il valait mieux que leur fils reste vivre avec elle, en Angleterre ?

4

L'appartement n'était pas celui qu'avait connu autrefois Jemima. Situé en plein centre de Londres, celui-ci était plus grand et décoré dans un style plus contemporain que le précédent.

Un serviteur âgé d'une quarantaine d'années la conduisit dans un salon raffiné, aux murs couleur ivoire, sur lesquels se détachaient des tableaux abstraits aux teintes éclatantes. La famille Vasquez possédait plusieurs galeries d'art moderne fort célèbres, se souvint alors Jemima en admirant une peinture dont les tons de rouges allaient du vermillon clair à un vibrant bordeaux.

Apercevant son reflet dans la vitre d'une cloison intérieure, elle se trouva l'air très juvénile avec sa courte jupe noire, ses bottes qui lui arrivaient aux genoux et son pull vert gazon. Son style de vie ne nécessitant plus désormais de tenues habillées, elle préférait investir dans sa boutique, ou mettre de l'argent de côté sur un compte d'épargne, en prévision d'éventuels jours difficiles.

Alejandro apparut soudain dans la pièce, le téléphone à la main. Après avoir salué brièvement son interlocuteur, il rangea l'appareil dans la poche de sa veste. Son élégant costume noir à fines rayures blanches et sa chemise bleu clair lui allaient à ravir, mettant en valeur ses larges épaules et ses hanches étroites, ainsi que ses longues jambes musclées. Il avait toujours parfaitement su s'habiller…

Contemplant l'ombre qui couvrait sa mâchoire, Jemima se

perdit un instant dans le souvenir de cette peau contre la sienne, le matin. Elle se rappela ses cheveux noirs encore humides de la douche. Alejandro était incontestablement l'homme le plus séduisant qu'elle eut jamais rencontré.

— Qui s'occupe d'Alfie en ce moment ? demanda-t-il sans préambule.

— Mon amie Flora que tu as aperçue l'autre soir. Sinon, l'après-midi, il va à la garderie.

— Tu veux boire quelque chose ?

— Non, merci.

Après s'être dirigé vers la table basse sur laquelle était posé un service à café, Alejandro s'en remplit une tasse. A ce simple geste, les souvenirs submergèrent alors de nouveau Jemima. C'était lui qui lui avait appris à faire du vrai café. Grâce à lui, elle avait découvert tant de choses… Il faisait même mieux la cuisine qu'elle et, dès leur première rencontre, elle avait été subjuguée par ce mélange de savoir-faire pratique et de sophistication.

— Je n'ai pas fermé l'œil de la nuit, avoua-t-elle nerveusement. J'étais trop inquiète à propos d'Alfie.

— J'ai été agréablement surpris de voir que tu lui avais donné ce prénom en souvenir de mon père, Alfonso.

— Oui. Mais c'est aussi à cause de mon grand-père, Alfred. Tout le monde l'appelait Alfie.

Elle ne précisa pas que le père de sa mère, un vieil homme adorable dont elle se rappelait encore avec affection, avait été le seul membre présentable de son cercle parental.

Il la regarda un long moment sans rien dire, puis déclara abruptement :

— Nous ne pouvons pas partager la garde d'un enfant en vivant dans deux pays différents.

Cette déclaration ne la surprit pas : elle savait bien que cette entrevue serait pénible…

Tendue, elle lissa sa jupe d'une main moite.

— Des tas de gens le font…

— Je veux que mon fils grandisse en Espagne…

— Mais on ne peut pas toujours obtenir ce que l'on veut, Alejandro ! C'est tout !

Il reposa sa tasse vide et se dirigea vers elle.

— Moi aussi j'ai beaucoup réfléchi cette nuit. Je te laisse donc le choix…

Jemima devint raide d'appréhension.

— Quel genre de choix ? demanda-t-elle avec circonspection, sachant qu'avec lui elle pouvait s'attendre au pire.

— Première option : tu reviens vivre en Espagne et tu donnes une seconde chance à notre mariage. Seconde option : je porte l'affaire devant le tribunal, et nous nous battons pour obtenir sa garde.

A ces mots, Jemima sentit son sang se glacer dans ses veines. Elle le contempla sans rien dire, incrédule. S'attendre au pire, oui, c'était bien cela…

— Ma proposition est équitable, ajouta-t-il d'un ton dur, plus que tu ne le mérites.

Réprimant la réponse véhémente qui lui venait à l'esprit, Jemima se força à ne rien dire avant d'avoir réfléchi calmement. Avait-elle bien compris ? Il lui proposait de reprendre la vie commune ? De redevenir sa femme ? Cette éventualité était tellement extravagante ! Jamais elle n'aurait imaginé une pareille suggestion de sa part.

— Ta proposition est insensée, dit-elle faiblement.

— Si tu prends les intérêts de notre fils en considération, elle est au contraire très rationnelle, répliqua-t-il avec calme.

Jemima se força à respirer lentement en essayant de se concentrer uniquement sur les intérêts d'Alfie. Mais son cerveau était englué dans une sorte de brouillard épais. Bien sûr, la plupart des enfants préféraient avoir deux parents plutôt qu'un seul, mais ce n'était pas aussi simple.

— Si nous ne sommes pas heureux ensemble, comment Alfie pourrait-il l'être ? dit-elle enfin. Je ne comprends pas que tu puisses envisager que nous revivions ensemble.

— Es-tu vraiment aussi naïve ? fit-il en dardant un regard

brûlant sur elle. Je te désire encore. Si ce n'était pas le cas, je ne te proposerais pas cette alternative.

La chaleur de son regard jeta Jemima dans un trouble profond.

— Veux-tu dire que tu me pardonnes de t'avoir quitté ?

Il eut un rire dur.

— Non, je n'irais pas aussi loin ! Je dis seulement que si tu reviens partager mon lit, je m'efforcerai de fermer les yeux sur tes égarements passés.

Blessée au plus profond de son amour-propre, Jemima inspira à fond afin de pouvoir répondre sans se laisser submerger par la colère.

— Heureusement pour moi, je n'ai pas le moindre désir de redevenir ta femme. Tu as sans doute pensé me faire une faveur et un honneur en m'épousant autrefois, mais en réalité, notre vie commune n'a été pour moi qu'un enfer.

Il lui adressa un regard noir, visiblement furieux. Il estimait sans doute se montrer extrêmement généreux en lui proposant de revenir vivre avec lui, et des tas de femmes auraient accepté le marché à sa place. Alejandro était un homme superbe, un amant fabuleux, et il savait se montrer prodigue… à condition de savoir où passait son argent.

Jemima réprima un frisson en refoulant ses mauvais souvenirs. Au fond, cet homme était aussi inébranlable et aussi redoutable que son vieux château. Il pensait qu'elle l'avait trahi, et il ne le lui pardonnerait jamais, refusant catégoriquement d'écouter sa version des faits. Même si elle vivait avec lui jusqu'à la fin de ses jours, il la considérerait toujours comme une femme qui avait failli, et trahi sa confiance.

— Je me suis créé une nouvelle existence à Charlbury St Helens, et j'y vis bien, reprit-elle d'une voix crispée. En Espagne, j'étais malheureuse, et tu ne semblais pas ravi non plus de m'avoir pour épouse. Comment peux-tu désirer revenir en arrière ?

— Pour la seule et unique raison que nous avons un fils

maintenant. Et cette fois, notre vie pourrait être beaucoup plus simple.

— Pourquoi ?

— Parce que sachant qui tu es vraiment, je ne nourrirais plus de fausses attentes à ton égard, ni d'idées sentimentales. Notre mariage serait simplement un arrangement pratique, au profit d'Alfie. Je ne te demanderais que de respecter les apparences…

— Et de partager ton lit, l'interrompit-elle avec une moue dédaigneuse.

Elle se sentait affreusement humiliée qu'il ait osé inclure cette condition dans sa proposition.

— Tu devrais être heureuse d'avoir gardé autant d'attrait à mes yeux, *mi querida*. Sans cela, je n'aurais jamais envisagé de te reprendre.

Soutenant à grand-peine son regard à la fois incandescent et méprisant, Jemima sentit avec horreur que son corps réagissait sans ambiguïté, alors même que l'indignation faisait rage en elle. Et, ce, en dépit du bon sens et de sa propre préservation. Car éprouver du désir pour Alejandro était la réaction la plus stupide et la plus périlleuse qui soit.

— Peut-être, mais l'attirance que tu éprouves encore pour moi te déplaît… Est-ce que je me trompe ?

— Je peux l'assumer quoi qu'il en soit.

Une lueur dorée incendia ses yeux sombres tandis qu'il promenait son regard sur elle.

— Je crois même que cet arrangement me donnera la possibilité de te sortir enfin de mon esprit.

Jemima ne put réprimer l'onde de chaleur délicieuse qui parcourut son traître de corps à cet aveu. Ainsi donc, durant tout ce temps, elle avait occupé ses pensées ?

Son désir pour lui avait toujours été puissant, irrépressible. Elle avait bien tenté de garder ses distances avec lui, mais pour toujours échouer lamentablement. Elle avait simulé l'indifférence quand il avait arrêté de coucher avec elle, après l'annonce de sa grossesse. Mais, en réalité, c'était lui qui avait cessé de s'intéresser à elle. Et durant les dernières semaines de leur cohabitation, il avait même semblé ne plus remarquer sa présence.

— Je ne peux pas retourner en Espagne, dit-elle. J'ai travaillé trop durement pour monter mon entreprise. Je ne veux pas la perdre.

— Je suis disposé à financer un poste de responsable du magasin intérimaire pendant plusieurs mois, le temps de trouver une solution plus définitive.

Abasourdie par cette proposition aussi pratique qu'inattendue, Jemima murmura :

— Je ne pourrai pas revivre avec toi, Alejandro…

— Réfléchis avant de prendre une décision que tu pourrais regretter. Je viens de manquer deux années de la vie de mon fils et je n'ai pas l'intention de me priver de lui plus longtemps. Mon avocat anglais attend mes instructions. Tout dépend maintenant de ta décision.

— Tu veux que je décide maintenant ? demanda-t-elle d'une voix tremblante.

— Pourquoi pas ? Je ne suis pas d'humeur à me montrer patient ou compréhensif.

Cette déclaration la glaça. Elle ne devait attendre de lui ni souplesse ni sympathie. Deux ans plus tôt, elle avait passé de nombreuses nuits à pleurer sur son mariage raté, rejetant totalement la faute sur Alejandro. A présent, il s'était écoulé suffisamment de temps pour qu'elle soit disposée à admettre qu'elle aussi avait commis de graves erreurs, contribuant incontestablement à la mise en œuvre de leur séparation. Elle lui avait caché bien trop de choses, mais cela ne voulait pas dire qu'elle était prête à retenter avec lui l'aventure de la vie à deux.

Néanmoins, elle se rendait compte de tout ce dont elle l'avait privé, en lui dissimulant sa paternité.

— Je puis éventuellement accepter de venir passer quelques semaines en Espagne, proposa-t-elle maladroitement.

— Un arrangement temporaire de cette nature ne m'intéresse pas !

— Je ne peux m'engager à redevenir ta femme pour le restant de mes jours. Pas comme ça… Pas du jour au lendemain. Mais je veux bien envisager de retourner en Espagne pour une période d'essai, disons de… trois mois.

Alejandro plissa le front d'un air sombre.

— A quoi cela servirait-il ?

— Eh bien, nous aurions le temps de voir si un arrangement aussi extravagant que celui que tu proposes a une chance de tenir, et dans le cas contraire, je reviendrais à Charlbury St Helens. Mais tu devras attester légalement que tu n'essaieras pas de réclamer la garde d'Alfie pendant qu'il sera en Espagne, parce que cela te donnerait un avantage injuste.

— Exactement le même que celui que tu aurais en tant qu'Anglaise, si tu demandais sa garde devant un tribunal de ton pays, répliqua sèchement Alejandro.

— Non, c'est impossible… Nous ne pouvons pas revivre ensemble, protesta-t-elle une nouvelle fois en resserrant les bras autour de son buste.

Puis elle se dirigea vers la large fenêtre et regarda les branches d'un grand platane chargées de nombreux bourgeons.

— Il n'y a jamais eu de divorce dans ma famille ! dit alors Alejandro.

— Il n'y a pas de quoi s'en vanter : nous ne vivons plus au Moyen Age. Les gens ne sont plus condamnés à payer une erreur toute leur vie !

— Parce que tu estimes juste que notre fils souffre des conséquences d'une séparation ?

Jemima réprima une sourde plainte. L'idée même de revivre avec Alejandro la mettait dans un état de trouble et d'angoisse épouvantable.

— Nous ne pouvons pas tout rendre parfait pour Alfie.

— Non, mais c'est notre responsabilité de parents que de lui donner le meilleur de nous-mêmes, même si cela implique des sacrifices personnels, répliqua-t-il sèchement.

— Tu es toujours tellement supérieur ! Moi aussi je ne veux que son bien, figure-toi !

— Ah bon ? Pourtant, tu n'as pas vu d'inconvénient à l'élever sans père, fit-il d'une voix coupante. Si tu veux vraiment son bien, reviens en Espagne avec moi.

C'était du chantage pur et simple... Alejandro savait comment s'y prendre. Connaissant ses points faibles, il avait l'art de parler à sa conscience. Mais puisqu'elle n'avait pas été assez bonne pour lui deux ans plus tôt, elle le serait encore moins maintenant, et leur nouvelle vie commune serait encore plus désastreuse que la première. Nul doute sur ce point, malheureusement...

Néanmoins, lui avait-elle vraiment offert le meilleur d'elle-même, à l'époque ? A présent, elle était plus mûre, plus sûre d'elle. Serait-ce vraiment dangereux pour elle d'accorder une seconde chance à leur union ?

Si cette tentative échouait, une nouvelle séparation la laisserait encore plus cruellement blessée, c'était certain. Mais au moins, elle aurait la satisfaction de se dire qu'elle avait tout essayé.

Elle se retourna alors vers lui. Immobile, il l'observait, le regard indéchiffrable.

— C'est d'accord. J'accepte de venir en Espagne avec Alfie, mais pour trois mois seulement dans un premier temps. Ensuite, nous aviserons...

Aussitôt qu'elle se fut engagée, un flot d'émotions contradictoires déferla en elle à la pensée des conséquences de sa décision.

Alejandro continua à la regarder en silence.

— Très bien, j'accepte de mon côté tes conditions, dit-il enfin d'une voix grave.

Soudain, Jemima se sentit pétrifiée. Cet homme était redoutable ! Non seulement il avait fait appel à son amour maternel pour arriver à ses fins — quelle mère, en effet, n'aurait pas accepté sa proposition, pour le bien-être de son enfant ? — mais encore il lui avait dit qu'il la désirait encore.

— As-tu déjeuné ? demanda-t-il.

— Non, mais je n'ai pas faim. Je crois que je ferais mieux de retourner au magasin.

— Tu vas devoir mettre beaucoup de choses en place. Je vais demander à une agence de te trouver un remplaçant, ou une remplaçante, quelqu'un de capable et de digne de confiance.

Sa voix était maintenant redevenue lisse et froide, et ses yeux brillants se promenaient sur elle sans ambiguïté.

— Je ne veux pas que cette mise en place dure trop longtemps, poursuivit-il. Et je désire voir Alfie.

— Est-ce que tu restes en Angleterre, ce week-end ?

Il acquiesça d'un bref hochement de tête.

— Dans ce cas, viens le voir demain.

— Quand estimes-tu pouvoir venir en Espagne ?

— Dès que je me serai organisée pour le magasin, répondit-elle en se dirigeant vers la porte.

— Je vais te ramener chez toi…

— Non. Je préfère prendre le train. J'ai l'habitude.

— Alors je t'emmène à la gare.

Il lui soufflait le chaud et le froid d'une manière éprouvante. Après s'être montré dur et menaçant, voilà qu'il se comportait de nouveau comme s'il devait prendre soin d'elle.

Quand ils furent descendus dans le garage souterrain, elle se glissa sur le siège passager de sa luxueuse voiture de sport. Au moment où elle bouclait sa ceinture de sécurité, Alejandro se tourna vers elle et lui prit le menton avant de refermer sa bouche sur la sienne avec fougue.

Elle eut l'impression d'être terrassée par un maelström de sensations. Incapable d'y résister, elle entrouvrit les lèvres tandis qu'Alejandro glissait sa langue dans sa bouche et l'enroulait à la sienne. Ivre de plaisir, Jemima leva instinctivement les mains et glissa les doigts dans ses épais cheveux noirs. Cela faisait si longtemps…

— *Por dios* ! Je te désire autant qu'autrefois, dit-il d'une voix rauque en écartant son visage du sien.

Un désir si intense flamboyait dans ses yeux que Jemima se

mit à trembler de tout son corps. Alejandro semblait parvenir si facilement à revenir en arrière… Alors que pour elle, ce n'était pas aussi simple.

— Si tu restais, je te donnerais tant de plaisir… ajouta-t-il.

Elle se força à détourner la tête, envahie par un sentiment de honte insupportable. Elle était tentée d'accepter alors qu'au fond d'elle-même son amour-propre se rebellait farouchement.

— Je dois rentrer maintenant, dit-elle d'une voix étouffée. Nous nous reverrons demain.

Une fois dans le train, l'image de son visage si beau, de son regard brûlant, resta gravée dans son esprit. L'espace d'un instant, elle eut même l'impression qu'Alejandro l'avait envoûtée !

A son arrivée à la gare, Sandy l'attendait au volant de la fourgonnette du magasin, et la conduisit chez Flora.

Vingt minutes plus tard, Jemima bavardait avec son amie, Alfie tombant de fatigue sur ses genoux.

— Tu ne parles pas sérieusement, n'est-ce pas ? lui demanda Flora, la regardant avec de grands yeux horrifiés. Je croyais que tu haïssais ton mari…

Jemima haussa les épaules.

— La proposition d'Alejandro m'a paru sensée. Il souhaite que nous redonnions une chance à notre mariage pour le bien d'Alfie. Quand je l'ai quitté, il y a deux ans, je pensais que je venais de faire une fausse couche, et honnêtement, je ne suis pas sûre que je serais partie si j'avais su que j'étais encore enceinte.

Flora fronça les sourcils, perplexe.

— Quand je t'ai connue, tu étais dans un état épouvantable. Tu avais perdu tout amour-propre, toute estime de toi. Ce n'est pas mon rôle de critiquer ton mari, mais si c'était votre vie commune qui t'avait rendue comme ça, c'est que quelque chose n'allait vraiment pas entre vous !

— Tu as raison, mais tout n'était pas de sa faute.

Alfie nicha sa tête brune dans le creux de son épaule en

poussant un petit soupir heureux tandis qu'elle le réinstallait plus confortablement contre elle.

— Marco vit à New York, à présent. Quant à un autre problème que j'avais à l'époque… eh bien, il est résolu, lui aussi.

Elle baissa les yeux pour dissimuler la détresse qui l'avait envahie au souvenir de ces derniers mois atroces passés en Espagne. Les pires de sa vie…

— Et toi, Jemima, que veux-tu vraiment ? C'est ce qui est le plus important à déterminer, il me semble. Si toi aussi tu désires redonner une chance à votre mariage, alors je te souhaite que ça marche, et de tout mon cœur. Mais dans le cas contraire, tu peux compter sur moi : je serai toujours là pour t'offrir mon soutien.

5

Debout au bord de l'aire de jeux, Jemima regarda Alejandro garer sa voiture. Situé à quelques kilomètres du village, le domaine de Halston Manor et ses jardins restaient ouverts au public toute l'année. Jemima avait choisi ce lieu de rendez-vous en pensant que dans un endroit public, Alfie pourrait se dépenser à loisir, tandis qu'Alejandro et elle seraient forcés de garder leurs distances.

Contrairement à ses habitudes, il était habillé de façon décontractée, portant une veste en cuir noir et un jean. Avec ses cheveux soulevés par la brise, il était absolument stupéfiant de beauté, constata Jemima avec un violent frisson. D'ailleurs, toutes les femmes présentes semblaient fascinées à sa vue.

Refusant de se laisser troubler plus longtemps, Jemima enfonça les mains dans les poches de son manteau et se concentra sur son fils. A cet instant, le petit garçon grimpait sur l'échelle du toboggan en poussant des cris de joie.

— Il a tout d'un Vasquez, fit remarquer Alejandro avec une satisfaction évidente quand il les eut rejoints, même s'il a hérité de tes boucles. Il me ressemble trait pour trait, mais il y a néanmoins quelque chose de toi dans son regard et l'expression de sa bouche.

— Je lui ai parlé de toi…

— Comment a-t-il réagi ?

— Il est tout excité à l'idée d'avoir un père, reconnut-elle. Même s'il ne comprend pas tout à fait ce que c'est.

Sans attendre une seconde de plus, Alejandro se dirigea à grands pas vers son fils. Justement, un garçon plus grand venait de le bousculer pour arriver avant lui en haut du toboggan, le faisant presque tomber. Après avoir levé les bras pour saisir le garçonnet, Alejandro rétablit son équilibre en un clin d'œil.

Alfie éclata de rire puis le regarda en souriant. Alejandro lui adressa quelques mots avant de reculer, et quand Alfie se laissa glisser sans se tenir, puis atterrit dans le sable sur les fesses, il applaudit à la prouesse de son fils.

Totalement subjuguée, Jemima les regardait tous les deux. Ils avaient les mêmes cheveux, la même peau mate, les mêmes yeux sombres. Quant à leur façon de sourire, elle était absolument identique.

A cet instant, Alfie lui cria de venir les rejoindre aux balançoires. Les traits tendus et les yeux humides, elle se dirigea vers eux. Elle pouvait à peine communiquer avec Alejandro, et pourtant ils avaient fait un enfant ensemble, songea-t-elle profondément troublée par ce constat.

Elle aida l'enfant à s'installer sur la balançoire, puis le poussa pour lui donner un peu d'élan et le regarda ensuite faire le malin pour impressionner son père. Mais, lorsqu'il sauta de la balançoire avant que celle-ci ne fût complètement arrêtée et tomba, il fondit en larmes.

Aussitôt, Alejandro le souleva dans ses bras, l'emmena vers un autre jeu pour le consoler et, effectivement, Alfie cessa rapidement de pleurer. Jemima en fut très surprise : jamais elle n'aurait imaginé qu'Alejandro se montrerait aussi à l'aise avec un jeune enfant… Elle le regarda sortir un mouchoir de la poche de sa veste, puis se pencher pour essuyer le visage du petit garçon. Alfie lui passa alors les bras autour du cou et le serra contre lui, et elle ne put s'empêcher de se raidir, jalouse presque que son fils accorde si vite ses faveurs à un homme qui, la veille encore, menaçait de lui en enlever la garde.

Elle devait cependant admettre que jamais elle n'avait perçu une telle chaleur au fond de ses yeux sombres. Il paraissait réellement ému d'être en compagnie de son fils. Et lorsqu'il se redressa en tenant Alfie dans ses bras, une telle émotion contenue se lisait sur ses traits qu'elle sentit un frisson étrange la traverser.

Dès qu'il se retrouva sur le sol, Alfie courut vers elle.

— Les canards ! Les canards ! réclama-t-il en la tirant par la main.

Puis il tourna la tête vers Alejandro.

— Papa… Papa ! cria-t-il, comme s'il avait vécu avec son père depuis le premier jour de sa vie.

— Il veut que nous allions voir les canards, expliqua Jemima.

Alfie gambadant devant eux, ils s'avancèrent côte à côte sur l'allée qui entourait le lac.

— Alfie est un petit garçon merveilleux, déclara tout à coup Alejandro. Tu t'es bien débrouillée avec lui…

Elle se tourna vers lui avec surprise.

— Merci…

— Seul un enfant heureux et confiant peut accepter aussi facilement un étranger.

Réconfortée par cette remarque, elle se détendit un peu et s'appuya contre un arbre, tandis qu'Alfie s'approchait prudemment du bord de l'eau en appelant joyeusement les volatiles. Alejandro le laissa faire, mais il le surveillait avec attention.

Soudain, le petit garçon se retourna vers lui et se mit à lui raconter toutes sortes de choses concernant ses amis à plumes. Son vocabulaire était encore limité, et ses paroles n'avaient pas grand sens, mais Alejandro joua le jeu et lui répondit avec sérieux.

Lorsque Alfie lui prit la main, il lui parla à son tour du lac du Castillo del Halcón et des canards qui vivaient là-bas.

Quand ils se remirent à marcher tous les trois, Jemima annonça d'un ton neutre à Alejandro que l'agence de recrutement l'avait appelée la veille.

— Ils m'ont promis de m'envoyer quelques CV en début de semaine prochaine…

— *Muy bien*, répondit Alejandro en lui adressant un bref regard.

Elle se sentit rougir. Ses tétons se dressaient déjà sous ses vêtements, et elle dut serrer les cuisses pour refouler la marée brûlante qui sourdait de sa féminité.

— Dis-moi, reprit-il d'une voix faussement détachée, en s'arrêtant et en se tournant vers elle. Que t'a donc donné Marco que je ne pouvais te donner ?

Jemima s'écarta de lui, comme s'il lui avait donné un coup de poing en pleine poitrine, et s'éloigna de quelques pas.

— C'est normal que je désire le savoir, tu ne crois pas ? reprit-il brutalement.

Elle était si belle, mais également si traîtresse, songeait-il sombrement en contemplant ses beaux cheveux blonds ondulant sur ses épaules. Il ne fallait pas qu'il l'oublie.

Jemima se retourna vers lui, redressant la tête, ses yeux violets emplis d'une émotion intense.

— Il me parlait, m'emmenait visiter des endroits intéressants, me présentait à ses amis… Il appréciait mon avis et ma compagnie, ce qui n'était pas ton cas !

Alejandro hocha lentement la tête, comme s'il enregistrait tous ces avantages.

— Cependant, il ne s'intéressait pas vraiment à toi, n'est-ce pas ? Ne m'as-tu pas dit que, après ton départ d'Espagne, tu n'as plus jamais eu de ses nouvelles ?

Elle resta silencieuse. Néanmoins, il crut lire de la crainte dans ses yeux. Durant le reste de la promenade, elle lui adressa la parole uniquement lorsqu'elle y était forcée.

Un mois plus tard, un 4x4 conduit par un employé du château attendait Jemima et Alfie à leur arrivée à l'aéroport. Elle avait espéré qu'Alejandro viendrait lui-même les chercher, mais elle ne fut pas vraiment surprise de voir qu'il avait envoyé quelqu'un à sa place.

Comme elle l'avait appris au cours de leur brève période de vie commune, l'emploi du temps de son époux était très rempli, et sa femme représentait habituellement la dernière de ses priorités.

Ce constat l'irrita particulièrement. Elle venait de quitter sa maison, sa boutique qu'elle aimait énormément, sans parler de ses amis qu'elle ne reverrait probablement pas de sitôt, et lui considérait cela à ce point normal, que son arrivée en Espagne ne méritait pas qu'il modifie d'un iota son emploi du temps de la journée !

Heureusement, une femme très qualifiée, âgée d'une quinzaine d'années de plus qu'elle, la remplaçait à la boutique. Et comme elle lui louait également son cottage, elle avait placé la plupart de ses affaires dans un garage prêté par un ami de la chorale.

Brusquement, tout le travail qu'elle avait fourni depuis deux ans lui sembla complètement vain. D'un autre côté, elle avait accepté de séjourner en Espagne pour trois mois seulement, se rappela-t-elle pour se redonner du courage. Il ne s'agissait pas d'une décision irrévocable, mais d'un essai. Céder au chantage d'Alejandro lui avait coûté cher, mais ce qui comptait au-delà de tout, c'était de conserver la garde du petit garçon installé bien en sécurité à l'arrière du véhicule.

Assez rapidement, elle aperçut le Castillo del Halcón qui se dressait fièrement au sommet de son promontoire rocheux des Alpujarras, la région montagneuse du sud de l'Espagne.

Au fur et à mesure que le véhicule suivait la route escarpée, ils dépassèrent de petits villages constitués de maisons blanches aux toits plats qui s'étalaient sur les flancs de la montagne. Leurs habitants exploitaient les immenses oliveraies, orangeraies, ils cultivaient les amandiers, s'occupaient des vignobles réputés ainsi que des terres fertiles dont la culture était destinée à la production de biocarburants.

Durant des siècles, les Vasquez avaient dominé cette région protégée comme des seigneurs féodaux, et lorsqu'elle avait vu les gens du pays saluer avec déférence Alejandro, l'actuel comte Olivares, elle avait compris tout le poids que représentait encore cet héritage.

Néanmoins, l'agriculture seule n'avait pas suffi à garantir le train de vie auquel la famille d'Alejandro était habituée. Aussi, un certain nombre d'années plus tôt, le père de celui-ci avait-il ouvert une galerie d'art à Madrid. A sa suite, en homme d'affaires intelligent et audacieux, Alejandro avait développé ce projet et créé une chaîne internationale et renommée de galeries. Encouragé par ses succès, il avait élargi ses activités en devenant propriétaire d'un groupe hôtelier et de plusieurs sociétés financières.

Par conséquent, entre les exigences de ce vaste empire et la direction du domaine familial, il restait peu de temps à Alejandro pour les loisirs et la vie privée.

En dépit de sa notoriété, il s'était efforcé de rester à l'écart des médias, tant en Espagne qu'à l'étranger. Cependant, il n'avait pu éviter l'intérêt importun des paparazzi avec son physique avantageux et particulièrement photogénique, son statut d'héritier d'un titre nobiliaire, et ses nombreuses conquêtes féminines qui avaient défrayé la chronique dans le monde entier. Du moins, jusqu'à son mariage.

Et lorsqu'elle l'avait quitté, leur séparation n'était pas passée inaperçue, au grand dam d'Alejandro.

Aussi, quand elle s'était vue assaillie par des journalistes qui guettaient son arrivée à l'aéroport d'Heathrow, s'était-elle trouvée totalement prise au dépourvu. Comment la presse avait-elle été mise au courant de sa réconciliation temporaire avec Alejandro, et de l'existence de leur fils ? C'est qu'elle avait de très bonnes raisons de redouter de se voir exposée aux médias, et à la simple pensée de ce qui risquerait de se produire de nouveau, elle sentait une appréhension affreuse lui nouer le ventre.

Se forçant à reprendre le contrôle de ses émotions, elle s'absorba dans la contemplation du paysage. Le 4x4 traversait maintenant une forêt familière, dont elle admira les chênes et les châtaigniers qu'elle avait tant aimés au moment de son premier séjour en Espagne.

Quelques instants plus tard, le véhicule pénétra dans la cour entourée de ses énormes pots de terre cuite, portant le blason de la famille. Ils contenaient de superbes arbustes ornementaux.

Alfie se redressa soudain sur son siège et resta bouche bée devant l'impressionnante forteresse du XIIIe siècle qui les encerclait sur trois côtés.

Laissant son fils dans la voiture, Jemima alla soulever le heurtoir en bronze de l'immense porte cloutée. Celle-ci s'ouvrit sur Maria, la gouvernante âgée d'une cinquantaine d'années. Après avoir souri chaleureusement à Jemima, celle-ci recula rapidement et s'effaça. La silhouette vigoureuse de *doña* Hortencia apparut alors, ses cheveux argentés soigneusement coiffés en arrière, ses yeux noirs étincelant d'indignation.

Elle s'immobilisa sur le seuil, les épaules raides et la tête haute.

— Comment osez-vous revenir chez moi ? lui demanda-t-elle d'un ton sec en la regardant dans les yeux.

Visiblement embarrassée, Beatriz apparut à son tour en se tordant les mains.

— Jemima, je suis tellement heureuse de te revoir… *Mamá*, je t'en prie… nous devons respecter la volonté d'Alejandro…

A cet instant, le conducteur du 4x4 arriva avec leurs bagages, tandis que Beatriz dévorait des yeux l'enfant qu'elle apercevait derrière la vitre du véhicule.

— C'est Alfie, n'est-ce pas ? Je peux aller le voir ?

Et sans même attendre la réponse de Jemima, elle se précipita vers la voiture.

— Bonjour, *doña* Hortencia, dit alors courageusement Jemima avant de suivre l'homme qui transportait ses bagages dans le hall.

Bien déterminée à ne pas se laisser intimider par l'attitude haineuse de sa belle-mère, elle se rappela qu'elle n'était plus la jeune fille timide qui était arrivée là, un peu plus de deux ans auparavant.

Doña Hortencia essaierait encore d'exercer son autorité sur elle avec morgue et cruauté, mais Jemima avait beaucoup mûri, et les choses se passeraient autrement.

Le visage rayonnant, Beatriz revint alors en tenant Alfie par la main.

— *Mamá*, regarde comme il est beau !

Doña Hortencia baissa ses yeux perçants sur son premier petit-enfant. Elle parut s'adoucir un très bref instant, puis redressa la tête d'un air sombre.

— Donner un héritier à Alejandro est la seule chose intelligente que vous ayez réussi à faire, laissa-t-elle tomber avec mépris.

Réprimant une repartie bien sentie, Jemima resta silencieuse. A quoi bon répliquer ? La mère d'Alejandro ne l'aimerait jamais et ne la considérerait jamais comme son égale. Au lieu de se marier avec une aristocrate fortunée digne de son rang, son fils avait épousé une roturière qui travaillait pour gagner sa vie. Et, de plus, une étrangère !

En outre, *doña* Hortencia était trop obtuse, trop arrogante et trop encombrée de préjugés pour remettre son attitude en question.

La première fois que Jemima était venue au château, la comtesse douairière avait tout fait pour que la vie quotidienne de sa belle-fille soit un véritable enfer. Mais à présent, Jemima n'avait absolument pas l'intention de s'en laisser imposer.

Beatriz s'efforçait de bavarder de tout et de rien — sans doute pour tenter de corriger, par sa cordialité, l'accueil hostile de sa mère —, tandis qu'elles gravissaient le majestueux escalier à la rampe finement ouvragée. Des portraits à l'huile représentant les ancêtres d'Alejandro ornaient les murs du hall et des paliers. Même s'il était souvent grave et sérieux, Alejandro aurait pu paraître inconsidérément fantasque en comparaison de leurs mines austères et compassées, songea Jemima en contemplant leurs visages sinistres…

— Alejandro a embauché une nurse pour t'aider, dit soudain Beatriz.

— Ton frère est très aimable d'y avoir pensé, répondit Jemima après un léger silence.

— Placida est la fille de l'un de nos fermiers, et c'est une personne tout à fait digne de confiance, précisa la jeune femme.

Ne voulant pas mettre sa belle-sœur mal à l'aise, Jemima lui dit en souriant :

— Je suis sûre qu'elle sera parfaite.

— Voici la chambre que j'ai choisie pour Alfie… Mais bien sûr tu peux en choisir une autre si celle-ci ne te plaît pas.

Avec ses murs peints en un camaïeu de tons pastel, la pièce avait été entièrement redécorée et aménagée de façon à accueillir un enfant. Un immense tapis de jeu recouvrait une bonne partie du plancher, sur lequel était disposée une quantité incroyable de jouets.

— Elle est tout à fait charmante. Est-ce toi qui as choisi tous ces jouets ?

Beatriz éclata de rire.

— Non, c'est Alejandro. Tu ne vas pas me croire, mais il est allé lui-même faire du shopping pour son fils !

— En effet, si ce n'était pas toi qui me le disais, je ne le croirais pas, reconnut Jemima.

La répugnance d'Alejandro à faire du shopping étant connue de tous, elle ne put s'empêcher d'être touchée par l'effort qu'il avait fait pour son fils. C'était un bon début…

Alfie, totalement inconscient du trouble de sa mère, était d'abord resté muet de stupeur sur le seuil de la chambre. Puis, lâchant la main de Beatriz, il traversa la pièce en courant avant de saisir une voiture rouge vermillon d'une main avide. Absolument fascinée par son neveu, Beatriz ne le quittait pas des yeux.

— Tu dois être tellement fière de lui…, dit-elle doucement.

Une fois encore, Jemima sentit son cœur se serrer. Alors qu'elle n'avait que trente-deux ans, Beatriz était considérée comme un cas désespéré par sa mère. Aucun homme digne de l'approbation de la comtesse douairière ne s'étant encore présenté, cette dernière en avait conclu que Beatriz était condamnée à rester vieille fille. Entièrement dévouée à sa famille, la sœur aînée d'Alejandro menait une vie bien trop tranquille pour une jeune femme de son âge.

Un peu plus tard, Placida, une jolie fille de petite taille mais de constitution robuste, dotée de cheveux noirs et d'yeux pétillants, vint se présenter à Jemima. Après avoir parlé un long moment avec elle, Jemima fut totalement rassurée sur ses compétences et la laissa avec Alfie.

En proie à un mélange d'appréhension et d'excitation, elle se dirigea alors vers la suite immense qui avait constitué leurs appartements privés, à Alejandro et elle. Quand elle ouvrit la porte, elle resta figée de stupéfaction sur le seuil du vaste salon. Tout le mobilier en avait été changé et un beau jaune pâle remplaçait les teintes sombres du papier peint à motifs qu'elle avait détesté autrefois. Mais à l'époque, *doña* Hortencia lui ayant annoncé que celui-ci avait été peint à la main, qu'il était donc extrêmement précieux et qu'il durerait encore une éternité, Jemima avait renoncé à tout espoir de donner à leur lieu de vie intime une touche plus personnelle.

La chambre avait subi elle aussi une métamorphose totale, Alejandro ayant apparemment enfin tenu compte du fait qu'ils vivaient au XXIe siècle… L'harmonie qui régnait dans la pièce lui plut énormément, avec son mélange de sobriété contemporaine et de meubles anciens.

Dans l'immense dressing, une jeune domestique était déjà en train de défaire ses valises, rangeant ses vêtements avec soin.

Néanmoins, une impression très désagréable de déjà-vu envahit Jemima. Alejandro n'était pas venu les attendre à l'aéroport, et il n'était pas au château pour les accueillir. Rien n'avait changé, songea-t-elle avec amertume. Son mari lui montrait ainsi qu'il continuerait à n'en faire qu'à sa guise, et qu'il avait gardé l'habitude de tout prendre en charge, sans lui demander son avis.

En engageant Placida sans lui en parler, il avait en outre démontré que l'opinion de sa femme n'avait aucune importance, même en ce qui concernait leur fils.

Après le départ de la jeune bonne, Jemima décida de prendre une douche et se dirigea vers le dressing pour y attraper des vêtements propres. A sa grande surprise, elle découvrit qu'il était occupé par une garde-robe somptueuse. Et les tiroirs regorgeaient de lingerie raffinée. Bien sûr, tout était à sa taille. En comparaison, ses modestes vêtements lui parurent soudain minables…

Alejandro, qui détestait le shopping, avait non seulement acheté des jouets pour son fils, mais il avait également sélectionné une garde-robe entière pour son épouse. Cette générosité lui ressemblait tout à fait, pourtant Jemima se sentit brusquement mal à l'aise. S'il avait agi ainsi, c'était sans doute parce qu'il trouvait qu'elle ne s'habillait pas avec assez de style et d'élégance pour faire honneur à son rang et à sa famille.

Cependant, à la perspective de dîner avec sa hautaine belle-mère aussi élégamment vêtue qu'elle, un malin plaisir l'envahit, et elle choisit soigneusement sa tenue.

Après avoir pris sa douche, elle enfila la ravissante robe bleu saphir qui avait emporté son choix, puis chaussa des sandales en cuir fin couleur ivoire. Ainsi parée, elle se dirigea vers la chambre d'Alfie pour voir si tout allait bien.

Elle le trouva en train de jouer dans son bain avec toute une famille de canards en plastique, surveillé par Placida installée sur une chaise, à côté de la baignoire. La jeune fille lui indiqua que le petit garçon avait déjà dîné, si bien que Jemima retourna se coiffer, totalement rassurée et l'esprit tranquille.

Elle était en train de démêler ses boucles rebelles en se regardant dans le miroir de la coiffeuse en acajou, lorsque la porte de la chambre s'ouvrit. Elle se retourna et vit Alejandro qui entrait dans la pièce en dénouant sa cravate. Pour une fois, sa tenue était loin d'être impeccable. Son costume taillé sur mesure semblait froissé, presque sale, il avait les cheveux décoiffés, et une ombre couvrait sa mâchoire, lui donnant l'air encore plus viril.

Même avec cette apparence négligée, il réussissait à rester

terriblement sexy. Jemima s'efforça de garder la bride sur les sensations qui se bousculaient en elle.

— J'ai demandé à Maria de nous servir le dîner dans notre salon privé, ce soir, dit-il. Je te demande seulement de m'accorder dix minutes pour prendre une douche.

Une lueur chaude et dorée flamboya au fond de ses yeux bruns, tandis qu'il laissait errer son regard sur ses cheveux, puis sur son visage, avant de le laisser descendre sur son buste. Furieuse contre les réactions de son corps à cet examen sans équivoque et l'attitude effrontée d'Alejandro, Jemima lui adressa un regard incendiaire.

— Pourquoi me regardes-tu ainsi ? lui demanda-t-elle d'un ton de reproche.

S'il pensait qu'un dîner romantique suffirait à la faire redevenir la docile petite épouse d'autrefois, il se trompait lourdement !

Après avoir ôté sa veste en haussant les sourcils d'un air moqueur, Alejandro commença à déboutonner sa chemise.

— Tu es tellement ravissante que je ne peux pas m'en empêcher…

Jemima se détourna pour se retrouver face au miroir. Pourquoi lui donnerait-elle la satisfaction de savoir qu'elle avait été déçue de ne pas le voir à l'aéroport ? Puis de constater qu'il ne se donnait même pas la peine de l'appeler pour s'excuser de ne pas se trouver au château à son arrivée ? Ce manque de considération était totalement semblable à son attitude d'autrefois…

— Je suis vraiment idiote ! s'exclama-t-elle soudain, incapable de tenir secrets plus longtemps ses griefs. Je pensais que certaines choses changeraient… Que tu ferais quelques efforts pour que ça marche mieux…

— De quoi parles-tu ? l'interrompit-il en se débarrassant de sa chemise.

Le reflet de son torse musclé apparut alors dans le miroir, et Jemima ne put s'empêcher de fixer sa toison brune, son ventre plat et ferme.

Puis elle se leva et vint se planter devant lui, en s'ordonnant de ne pas réagir à l'attraction que cette semi-nudité opérait sur elle.

— A ton avis, qu'ai-je ressenti en étant accueillie par ta mère à mon arrivée au château, avant même de t'avoir revu ? Pour une fois, tu aurais pu être là pour moi ! Mais bien sûr, cela ne t'est même pas venu à l'esprit.

— J'avais chargé ma mère de te transmettre un message. Dois-je comprendre qu'il ne t'est pas parvenu ? demanda-t-il d'un ton hautain qui irrita Jemima encore plus.

— Ta mère me hait. Es-tu naïf au point de croire qu'elle puisse se donner la peine de me transmettre quoi que ce soit ?

— Si tu n'as pas eu connaissance de mon message, je ne peux que m'excuser de cet incident…

Puis il acheva de se déshabiller avec un calme inouï, avant de se diriger vers la salle de bains, entièrement nu.

Sa réponse et son attitude rendirent Jemima folle de rage.

— Cesse de te conduire avec ton indifférence aristocratique, espérant ainsi me mettre mal à l'aise et me réduire au silence ! dit-elle en le suivant jusqu'au seuil de la salle de bains.

— Depuis quand est-il possible de te réduire au silence ? répliqua-t-il en ouvrant les robinets de la douche.

Il entendait donc la forcer à ravaler sa colère, puisqu'avec le bruit de l'eau, il ne l'entendrait pas ? Eh bien il allait voir !

— Je te déteste, quand tu me traites de cette façon ! cria-t-elle.

Imperturbable, Alejandro continua à se doucher tandis qu'elle faisait les cent pas dans la chambre. Tout son passé douloureux lui revint à la mémoire. Pour rien au monde, elle ne renouvellerait cette expérience ! Et, pourtant, ne venait-elle pas d'accepter de rester trois mois en Espagne, pour le bien d'Alfie ? Mais si elle avait perpétuellement envie de gifler son père, en quoi cela ferait-il du bien à son fils ?

Brusquement le bruit de l'eau cessa, et quelques instants plus tard, Alejandro réapparut, les hanches ceintes d'une serviette blanche, ses cheveux humides rejetés en arrière et des gouttelettes scintillant sur sa peau bronzée.

— Tu ne me détestes absolument pas.

— Comment peux-tu affirmer ça, je te prie ? Lorsque je t'ai quitté, je ne pouvais plus te supporter.

Alejandro se dirigea vers elle, une lueur menaçante au fond des yeux.

— Parce que j'avais compris ce que tu faisais avec Marco ? Parce que je t'ai demandé de m'expliquer où passait tout cet argent ? N'importe quel époux aurait exigé de telles réponses de sa femme.

— Avant toute chose, je t'ai quitté parce que tu ne m'aurais pas écouté et encore moins crue. Mais j'avais un tas d'autres bonnes raisons, riposta-t-elle en le foudroyant du regard.

L'air soudain las, il plissa le front.

— J'ai faim. Je désire m'habiller et dîner. Et je ne souhaite vraiment pas entrer en conflit avec toi pour l'instant.

— Evidemment, ce n'est jamais le moment avec toi ! Pour rien ! Mais j'aimerais bien que, pour une fois, tu regardes en face en quoi tu as contribué à l'échec de notre mariage, et que tu cesses de me rendre responsable de tout ce qui…

— Cela ne sert à rien de ressasser le passé, l'interrompit-il sèchement.

— Comment peux-tu dire ça, alors que tu me renvoies sans cesse à la figure ce que j'ai fait autrefois ?

— Très bien, dis ce que tu as à dire, fit-il d'un ton exaspéré. Mais le plus rapidement possible, s'il te plaît.

— Tu m'as forcée à vivre sous le même toit que ta mère…

— De tels arrangements sont fréquents en Espagne. De plus, le château est immense.

— Peut-être, mais non seulement *doña* Hortencia me hait, mais elle me méprise, si bien qu'elle avait transformé ma vie en enfer. Et qu'as-tu fait pour l'en empêcher ?

— Tu exagères toujours. En quoi ta vie était-elle *un enfer* ?

— Je ne pouvais rien demander à aucun membre du personnel sans solliciter d'abord la permission de ta mère, qui m'avait affirmé, dès mon arrivée, qu'elle était la seule maîtresse au château. Et quasiment toutes mes demandes étaient refusées. C'était terriblement humiliant. En outre, elle critiquait tout ce que je faisais et elle allait jusqu'à refuser de m'adresser la parole durant les repas — lorsque tu étais absent, bien sûr. A plusieurs reprises, elle m'a carrément insulté devant des hôtes. Demande à ta sœur. Beatriz évite soigneusement les conflits, mais si tu lui poses les bonnes questions, elle ne te mentira pas.

Alejandro la regarda un instant avec des yeux perçants, puis pinça les lèvres.

— Je vais vérifier, dit-il enfin.

— Tu ne me crois pas, n'est-ce pas ?

— Apparemment, je suis destiné à rester affamé ce soir ! Alors de quoi encore m'accuses-tu ?

Ulcérée par sa réaction, Jemima soutint son regard avec défi.

— Si je suis tombée enceinte d'Alfie, c'est ta faute !

— Tu aimes notre fils, dit-il en la regardant avec stupeur. Tu ne peux pas m'en vouloir de l'avoir conçu !

— Si ! Lorsque j'ai appris que j'étais enceinte, je t'en ai voulu. Tu ne t'étais pas soucié de mettre un préservatif ce jour-là, et c'est moi qui en ai subi les conséquences.

Jemima rougit en repensant à l'étreinte passionnée à laquelle ils s'étaient livrés sous la douche, et qui avait conduit à sa grossesse non désirée.

— Nous étions mariés depuis à peine quelques mois, et je n'étais pas prête à porter un enfant, continua-t-elle. Ensuite, j'ai eu des nausées si épouvantables que ça n'a pas arrangé les choses. J'ai eu l'impression d'avoir été piégée, mais tu ne comprenais rien à ce que je ressentais, n'est-ce pas ?

— Non, en effet. A ce moment-là, tu étais moins bavarde qu'aujourd'hui, répliqua tranquillement Alejandro. Et puis, je pensais que tu avais laissé toute cette amertume derrière toi…

— Je dois oublier toute cette amertume, comme tu dis, mais je dois me souvenir de toutes mes erreurs ou prétendues telles, c'est ça ? Tandis que toi, tu es blanc comme neige, évidemment !

— Alfie n'est pas une erreur, Jemima. Il représente probablement la meilleure chose qui nous soit arrivée, à toi comme à moi, déclara-t-il avec une émotion visible.

Par ailleurs, une lueur inhabituelle éclairait son regard, et Jemima sentit les larmes lui monter aux yeux malgré elle.

— En parlant d'erreurs, je ne pensais pas à lui…

— Alors à quoi pensais-tu, exactement ?

— Tu vois, tu recommences déjà à penser des choses affreuses sur mon compte ! l'accusa-t-elle en sentant les larmes déborder.

— Non, tu te trompes, Jemima…

Il lui posa les mains sur les épaules et l'attira contre lui.

— Mais j'ai du mal à comprendre que tu puisses regretter que nous ayons conçu Alfie, alors que tu l'aimes aussi profondément, poursuivit-il d'une voix rauque.

Jemima tressaillit en sentant la chaleur de son corps la pénétrer à travers sa robe.

— Je ne le regrette plus, murmura-t-elle.

— Pourtant, tu m'en veux encore de ce moment d'irresponsabilité alors que, si tu réfléchissais un peu plus, tu te rendrais compte que tu t'es montrée aussi irresponsable que moi.

Il avait raison, reconnut-elle en son for intérieur. Et lorsqu'il s'écarta légèrement d'elle, elle sentit une langueur irrésistible se diffuser en elle. Soudain, une seule chose compta : le désir qui se déployait au fond de son ventre, que seul Alejandro avait le pouvoir de faire naître en elle.

Lentement, il pencha la tête et l'embrassa avec une passion non dissimulée, sa langue réclamant la sienne en de savantes caresses. Incapable de résister, Jemima ferma les yeux et s'abandonna à son baiser.

Il l'embrassa jusqu'à ce qu'elle se retrouve pantelante, brûlante, incapable d'enchaîner deux pensées cohérentes. Confusément, elle sentit qu'il faisait glisser la fermeture de sa robe, puis le tissu soyeux lui caressa les bras avant de tomber autour de ses pieds en un doux bruissement.

Il la souleva sans le moindre effort, et elle se débarrassa de ses sandales. Elle adorait sa force, son assurance sans faille, et se laissa allonger sur le lit sans protester.

Non, cette fois elle ne pourrait pas dire qu'il avait profité d'un moment de faiblesse. Le désir qui la consumait était si puissant qu'elle en était presque choquée.

— Nous ne devrions pas, murmura-t-elle faiblement en levant la main pour effleurer ses pommettes sculptées.

Lentement, elle lui caressa les joues, puis suivit le contour de sa belle bouche. Cette bouche qui savait si bien lui procurer des plaisirs divins.

— Ces petits jeux n'ont plus aucune raison d'être, *mi querida*, répliqua-t-il d'une voix rauque. Nous ne sommes plus les mêmes qu'avant notre mariage.

Totalement déroutée par ses paroles, Jemima laissa retomber sa main, le regardant d'un air perplexe.

— Je ne comprends pas… Que veux-tu dire ?

6

— « Pas d'engagement, pas de sexe », répondit Alejandro en l'imitant. Tu utilisais l'arme féminine la plus élémentaire.

— Ce n'était ni un jeu ni une arme ! protesta-t-elle d'une voix peinée.

Comment pouvait-il penser cela ? Dès l'instant où elle s'était rendu compte de l'emprise qu'Alejandro exerçait sur son cœur, elle avait fait de son mieux pour se protéger. Si elle avait refusé de coucher avec lui alors qu'il fréquentait encore d'autres femmes, ç'avait été un réflexe d'autoprotection, et une mesure de bon sens élémentaire. Et certainement pas une tentative de manipulation de sa part !

— Pourquoi faire semblant ? murmura-t-il en penchant sa tête vers sa gorge.

Puis il posa ses lèvres sur sa peau, avant de l'embrasser aux endroits les plus érogènes. Et, lorsque Jemima tressaillit violemment, il laissa échapper un rire terriblement sexy.

— Ta tactique a été très efficace. A la fin, je te désirais comme un fou, toi et seulement toi. Je te désirais même tellement que je ne pensais plus qu'à une chose : te séduire. Et je dois reconnaître qu'une fois dans mon lit, tu ne m'as pas déçu. Au contraire.

Jemima devint écarlate.

— C'était peut-être un jeu pour toi, mais pas pour moi. J'étais vierge, ne l'oublie pas !

— Oui, et je l'ai hautement apprécié. Je t'ai épousée, ne l'oublie pas non plus.

Elle se sentait affreusement déstabilisée par ce qu'il venait de dire, notamment sur la façon dont il avait interprété son attitude durant la période qui avait précédé leur mariage.

Il l'avait épousée parce qu'il ne pouvait plus réprimer son désir physique pour elle. Afin qu'elle soit toujours là pour lui, à sa disposition...

Dans ces conditions, comment s'étonner que leur union se soit effondrée ? La passion sexuelle ne peut, seule, faire tenir un couple sur la durée. Et, pourtant, elle souleva les hanches pour mieux savourer la pression de son corps sur le sien.

Après s'être redressé un instant, Alejandro pencha de nouveau la tête et déposa un baiser entre ses seins, sur la dentelle de son soutien-gorge. Puis il le dégrafa et referma les doigts sur sa chair en fermant les yeux. Quand il fit rouler les pointes gonflées entre ses doigts, Jemima gémit sans la moindre retenue.

— J'adore tes seins. Ils sont si étonnants, si épanouis chez une femme aussi mince que toi.

Creusant les reins pour mieux s'offrir à ses caresses, elle sentit une moiteur chaude se répandre entre ses cuisses. Et, lorsque Alejandro se pencha pour prendre un mamelon durci dans sa bouche, elle eut l'impression que ses seins étaient reliés à son sexe par un réseau brûlant.

Comme s'il l'avait deviné, il fit glisser sa main sur son ventre, puis la posa sur l'endroit où palpitait son désir. Elle le désirait tellement que c'en était douloureux.

— Sais-tu combien de fois j'ai rêvé à cet instant, durant ces dernières semaines ? demanda-t-il d'une voix rauque, en faisant glisser sa culotte humide de plaisir sur ses cuisses.

Puis il passa son genou entre ses jambes pour les écarter. Les yeux étincelants d'une lueur sauvage, il promena son regard sur le corps totalement nu qui s'offrait à lui.

Soudain embarrassée, Jemima se mit à trembler. Elle avait toujours trouvé ses jambes trop courtes et ses seins trop généreux pour sa taille. Mais quand il se pencha et écrasa sa bouche sur la sienne avec passion, le désir l'enflamma tout entière. Les caresses de sa langue faisaient naître des étincelles délicieuses qui déferlaient dans tout son être, lui faisant bouger les hanches malgré elle.

— Viens, je t'en supplie, murmura-t-elle. Maintenant…

— Je veux d'abord te goûter… dit-il en se redressant au-dessus d'elle. Je veux prendre mon temps…

Puis il immisça ses doigts dans les replis les plus intimes de son corps en la regardant dans les yeux.

— Ne me regarde pas, le supplia-t-elle.

Ses doigts se livrèrent alors à un tourment si voluptueux qu'elle se mordit la lèvre pour ne pas crier de plaisir.

Il la caressait avec un raffinement exquis, connaissant les endroits les plus sensibles, le rythme le plus dévastateur. Alors, incapable de se retenir, Jemima poussa un cri et ferma les yeux tandis que le plaisir ruisselait en elle.

Alejandro se laissa glisser sur son corps, puis pencha de nouveau la tête et lui lécha l'intérieur des cuisses. Puis, avec une lenteur presque insupportable, ses lèvres remontèrent vers l'endroit le plus secret de son intimité. Cette fois, Jemima crut qu'elle allait s'évanouir tant le plaisir qui l'inondait était puissant. Son orgasme l'emporta comme un ouragan, atteignant des sommets de jouissance qu'elle n'avait encore jamais atteints, même dans leurs étreintes les plus folles d'autrefois.

Brusquement, il s'écarta, alors que le monde extérieur avait cessé d'exister pour elle et qu'elle restait encore abandonnée dans la chaleur de leur étreinte. Puis elle l'entendit ouvrir un tiroir, et un instant plus tard, il la rejoignit avant de s'installer au-dessus d'elle. Après ce qu'elle lui avait dit, il ne voulait pas prendre de nouveau le risque de la mettre enceinte, comprit-elle.

Il était terriblement excité, constata-t-elle avec un violent frisson, tandis que le désir renaissait déjà en elle, réclamant l'assouvissement total.

Sans plus attendre, Alejandro la pénétra et, dès le premier

coup de rein, elle se mit à haleter. C'était si bon de le sentir de nouveau en elle…

— Tu me désires violemment…, murmura-t-il avec une satisfaction purement virile.

Puis il s'enfonça de nouveau en elle, avant d'instaurer un rythme qui exacerba son plaisir.

Son cœur battait de plus en plus vite, s'accordant avec les poussées vigoureuses d'Alejandro. Elle arqua le dos pour mieux se coller à lui : son corps dansait avec le sien en une harmonie parfaite.

Perdue dans la jouissance, Jemima cria avant de sombrer dans l'extase. Alejandro la suivit en laissant échapper une longue plainte rauque.

— *Por Dios*, c'était extraordinaire ! chuchota-t-il dans ses cheveux, en la serrant contre lui. Dire que je craignais de ne pas bander, à cause de Marco. Il se dégage un tel érotisme de toi qu'il faudrait être de marbre pour te résister.

Aussitôt, Jemima se raidit et plissa le front. Ainsi, même dans ce moment des plus intimes, il avait pensé à son frère.

— Inutile de le nier, *querida*. Chaque fois que tu le fais, cela m'irrite. Surtout aujourd'hui, car ma journée a été particulièrement difficile.

Privée de la possibilité de se défendre devant ce mur d'incrédulité et de méfiance, Jemima se dégagea de son étreinte et s'écarta. Puis, après s'être tournée sur le côté, elle le regarda. Il semblait si détendu avec ses cheveux ébouriffés qui lui tombaient sur le front… En dépit de la souffrance causée par ses paroles, elle ressentit une satisfaction physique indescriptible au plus profond d'elle-même, dans cet endroit resté délaissé pendant si longtemps.

Au lit, ils s'étaient toujours entendus à merveille, mais elle ne se sentait pas prête à lui révéler combien ses caresses, son corps lui avaient manqué.

A cet instant, Alejandro tourna son beau visage vers elle.

— Tu te rends compte que nous ne pouvons pas revivre ensemble sans accepter sincèrement le passé, n'est-ce pas ?

Elle ne put s'empêcher de faire la moue. Après avoir refusé de la croire, il avait refusé de l'écouter, ne lui laissant aucune possibilité de se justifier. Dans ces conditions, comment pouvait-elle espérer que leur vie commune fût épanouie ? Alejandro resterait toujours persuadé de son infidélité.

— Douche, puis dîner, annonça-t-il d'un ton sans appel en roulant sur le côté avant de la prendre dans ses bras.

Puis il repoussa le drap et se redressa sur son séant en l'entraînant avec lui.

— Où étais-tu, aujourd'hui ? Et quel était ce message que ta mère a décidé de ne pas me transmettre ? demanda-t-elle brusquement tandis qu'il l'emportait dans la salle de bains.

— L'un des employés du vignoble a eu un accident de tracteur. Il a été gravement blessé. Je suis resté à l'hôpital pour soutenir sa femme. Ils n'ont qu'un enfant, qui vit à l'étranger, et leurs autres parents sont âgés. Malheureusement, il ne s'en est pas tiré… J'ai ramené sa femme chez elle et je suis resté un moment, avec quelques-uns de leurs amis proches…

Horrifiée, Jemima le regarda en écarquillant les yeux.

— C'est affreux, murmura-t-elle. Je suis désolée, si j'avais su cela, je n'aurais rien dit…

— Mais tu ne le savais pas, aussi avais-tu le droit de te plaindre, l'interrompit-il.

Visiblement, il ne désirait pas parler plus longtemps de sa journée.

Quand il la déposa sur ses pieds dans la douche et s'appuya quelques instants contre la paroi vitrée en fermant les yeux, Jemima comprit à quel point il était exténué. Pour s'occuper de l'ouvrier agricole et de sa femme, il avait été contraint de la négliger, songea-t-elle en se sentant gagnée par un assaut de culpabilité. La femme avait dû apprécier sa présence et son soutien. Alejandro était ainsi : fort et digne de confiance en temps de crise.

L'ayant toujours su, elle s'était souvent demandé pourquoi il l'avait laissé tomber quand elle avait eu besoin de lui. Sa malheureuse et indigne épouse avait-elle représenté un fardeau supplémentaire pour lui ?

Elle aurait été stupide d'oublier qu'il ne l'avait reprise que pour avoir son fils avec lui, chez lui, en Espagne.

Ils se douchèrent rapidement, et Jemima ne se rhabilla pas, se contentant de passer une chemise de nuit bleu turquoise et un peignoir de soie assorti. Quand elle rejoignit son mari dans le salon attenant à la chambre, il était déjà installé devant le dîner qui venait visiblement de leur être servi.

Vêtu d'un jean et d'un T-shirt blanc, il avait l'air plus jeune et moins distant, tout en demeurant d'une beauté à couper le souffle. Devant lui, un beau vase ancien en pâte de verre trônait au milieu de la table ronde, contenant de grands narcisses à collerette blanche et cœur jaune. Jemima se souvint alors de la brutalité avec laquelle *doña* Hortencia avait fait jeter à la poubelle l'un des arrangements floraux qu'elle avait un jour confectionné.

A cette époque, elle était fragile et naïve, se laissant facilement blesser et déstabiliser. Pas assez mûre pour son rôle d'épouse, encore moins pour celui de mère, elle avait pris plus d'une décision stupide et fait de mauvais choix.

Même avec ses cheveux clairs retombant en boucles souples sur ses épaules et sans une once de maquillage, Jemima restait d'une beauté stupéfiante, constatait Alejandro, qui ne pouvait s'empêcher de se repaître de la vue de ses traits fins et délicats, de son teint de porcelaine et de ses yeux à la nuance si rare. Sans rien faire de spécial, sans apprêt particulier, et sans chercher à le séduire, elle exerçait sur lui une force d'attraction incroyable.

Leur étreinte avait été encore plus fabuleuse que celles qu'ils avaient partagées autrefois, et pourtant quelque chose qui ressemblait à un malaise entachait le moment qu'ils venaient de passer ensemble. Les trois mois d'essai qu'elle avait exigés outrageaient son sens de la justice et heurtaient sa fierté. Jemima était son exact opposé, en tout. Elle était impulsive, capricieuse et, comme il l'avait appris à ses dépens, totalement imprévisible.

Une fois de plus, il se trouvait en lutte avec lui-même, ce qui n'était malheureusement pas une nouveauté lorsqu'il s'agissait d'elle. Ne l'avait-il pas reprise dans sa vie à l'encontre de ses convictions les plus intimes, cette épouse infidèle qui refusait toujours de reconnaître sa culpabilité ? Une aventurière sans scrupule qui avait réussi à survivre en Angleterre sans son soutien financier, parce qu'elle lui avait extorqué des milliers d'euros avant de le quitter.

Cependant, de quel droit la jugeait-il ? De son côté, force lui était d'admettre qu'il s'était servi de leur fils comme d'une arme, exerçant un chantage sur la jeune femme pour la forcer à revenir en Espagne. Et pourtant, curieusement, il ne se sentait pas à ce point coupable d'avoir agi ainsi. Ne l'avait-il pas fait dans l'intérêt d'Alfie ? Face à une femme aussi particulière, il fallait user de stratagèmes extraordinaires.

Alejandro porta son verre de vin à ses lèvres et savoura la qualité de cette cuvée, tout en continuant à songer à des vérités qu'il aurait préféré ignorer. Jemima le faisait brûler de désir, mais elle n'était pas une bonne compagne pour lui. Un homme devait aspirer à fonder une famille avec une femme qui possédait de solides principes moraux, qui partageait ses valeurs, et non s'abaisser au niveau d'une créature dépourvue du sens de l'honneur, et qui s'était de plus montrée infidèle.

Mais dès l'instant où il avait vu ces types lui tourner autour, dans ce petit village du Dorset, sa libido et son instinct de possession s'étaient enflammés. A la perspective d'imaginer ces hommes dans le lit de Jemima, à sa place, il s'était vu condamné à une suite de nuits sans sommeil et à un abonnement illimité aux douches froides.

Jemima était à lui et elle représentait, indubitablement, sa faiblesse. Néanmoins, tout homme pouvait se permettre une faiblesse, estima-t-il, du moment qu'il en contrôlait les conséquences. De toute façon, Jemima ne pouvait pas le faire souffrir, puisqu'il ne l'aimait pas. Il n'avait jamais été amoureux et en était fier. Amoureux, ses pairs se comportaient comme des imbéciles. Tandis qu'un homme simplement en proie au désir savait exactement ce qu'il faisait et pourquoi il le faisait.

— Quand nous sommes arrivés à Heathrow, des journalistes nous attendaient, dit Jemima que le silence prolongé d'Alejandro rendait mal à l'aise.

Il fronça les sourcils d'un air contrarié.

— Quelqu'un a dû les avertir. Sinon, comment auraient-ils pu être au courant de ton départ ?

— En tout cas, ce n'est pas moi…

— Tu en es sûre ? l'interrompit-il d'un ton cynique.

Consternée par sa réaction, elle resta un instant sans voix.

— Mais pourquoi aurais-je prévenu les paparazzi ? demanda-t-elle enfin.

— Parce qu'ils t'auraient payée cher pour obtenir l'information, ou bien parce que tu étais ravie d'attirer l'attention des médias.

Il laissa tomber sa serviette sur la table et se leva.

— En tout cas, je te préviens que je n'apprécie pas du tout ce genre de publicité !

Puis il se dirigea vers la porte d'entrée du salon.

— Où vas-tu ? demanda Jemima d'une voix étouffée.

— Voir Alfie, et après j'irai me coucher. *Buenas noches, querida…*

Buenas noches ? Etait-ce à dire qu'il n'avait pas l'intention de dormir avec elle dans leur chambre ? Cette éventualité lui fit l'effet d'une gifle, après l'étreinte passionnée qu'ils avaient partagée.

— Je n'ai rien dit à la presse, répéta-t-elle avec force.

Il se retourna et soutint son regard d'un air farouche.

— Quelqu'un les a pourtant renseignés !

— J'aurais aimé que tu me consultes avant d'embaucher la

nurse, dit-elle encore, exaspérée de nouveau par cette façon qu'il avait de douter de la moindre de ses paroles.

— Nous en parlerons demain, répliqua-t-il avec impatience.

Et l'instant d'après, il avait disparu, la laissant devant son dessert encore intact.

Quelques instants plus tard, lorsque la jeune bonne vint débarrasser la table, Jemima quitta la pièce et alla voir Alfie.

Elle le trouva dormant paisiblement dans son petit lit. Le fait de s'être retrouvé dans une chambre étrangère, entouré de visages inconnus ne l'avait pas troublé le moins du monde. Si seulement elle pouvait réagir comme lui…

Mais, à la différence de son fils, elle avait connu une enfance faite de peurs, de violence et d'insécurité qui l'avait marquée à jamais. Alfie, heureusement, avait toujours été protégé et ses besoins comblés. Il n'avait jamais été privé d'amour, n'avait subi ni violence ni méchanceté. Et Jemima était fière d'avoir pu lui apporter ce dont elle-même avait cruellement manqué.

De retour dans la grande chambre conjugale, elle se coucha et alluma la télévision, choisissant une chaîne musicale.

Elle fut réveillée en sursaut par un bruit tout près d'elle. Se redressant vivement sur les oreillers, elle se frotta les yeux et vit Alejandro appuyer sur la télécommande pour éteindre la télévision.

— Je dois m'être endormie, murmura-t-elle d'une voix ensommeillée, incapable de dire depuis combien de temps elle s'était assoupie.

Elle jeta un coup d'œil au réveil posé sur la table de nuit. Il était 3 heures du matin.

Puis elle regarda Alejandro : il était torse nu, sa toison brune disparaissant sous la ceinture déboutonnée de son jean. Fascinée par la vue de sa peau dorée luisant dans la lumière douce de la lampe de chevet, Jemima sentit le désir l'envahir immédiatement.

— Je dors ici ce soir, dit-il d'un ton qui semblait la défier d'exiger le contraire.

Apparemment, il s'attendait à ce qu'elle proteste.

En proie à un mélange confus d'émotions, elle le regarda se débarrasser de son jean. Il ne portait rien dessous, et son érection était formidable.

Une coulée de lave chaude se répandit alors en elle. Alejandro la désirait si violemment qu'il n'avait pu rester loin d'elle, et ce constat exacerba son propre désir.

— Je devrais être trop fatigué pour le sexe, *querida*, dit-il en s'allongeant à côté d'elle. Mais je te désire tant que je n'arrive pas à trouver le sommeil.

Sans plus attendre, il pencha son visage vers le sien et prit possession de sa bouche avec une fièvre telle que Jemima en trembla de tout son corps. Avide de sentir sa chair excitée, elle referma les doigts autour de son membre tandis qu'il laissait échapper un gémissement contre ses lèvres.

Il lui ôta sa chemise de nuit, et prit ses seins dans ses mains. Puis, avec la même ardeur, il laissa glisser une main sur son ventre pour aller caresser l'endroit où se répandait la rosée de son désir.

— *Dios mío*, je ne peux plus attendre, murmura-t-il avant de reprendre sa bouche avec passion.

Emerveillée devant l'intensité de son propre désir, Jemima ferma les yeux tandis qu'il s'installait au-dessus d'elle, puis la pénétrait, l'emplissant tout entière.

Une excitation presque délirante l'envahit. Alejandro la possédait, la dominait, et cette réalité redoublait l'affolement de ses sens. Avec un art divin, il titilla le bouton gonflé de sa féminité. Puis il instaura un va-et-vient voluptueux qui les conduisit rapidement à l'extase.

Des spasmes incroyables l'ébranlaient, une marée sauvage l'emportait, vague après vague, jusqu'à ce qu'elle retombe dans les bras d'Alejandro, inerte et totalement épuisée.

Il roula sur le côté en l'entraînant avec lui, puis lui déposa un baiser sur la joue avant de se redresser pour éteindre la lampe.

— Aucune femme ne m'a jamais procuré autant de plaisir, *mi querida*.

Des paroles qui renvoyèrent Jemima à ses blessures et à ses doutes. Rien n'avait changé. Pour Alejandro, il ne s'agissait que de plaisir sexuel. Il ne l'avait jamais aimée.

De toute façon, elle n'avait jamais été assez bonne pour lui, songea-t-elle douloureusement. L'histoire semblait se répéter inexorablement, même si elle comportait des variantes superficielles.

Sa mère l'aurait aimée si elle avait été le garçon qu'elle avait ardemment désiré pour faire plaisir à son mari. Quant à son père, il ne s'était même jamais donné la peine de faire semblant. Elle n'était rien pour lui. Avant de rencontrer Alejandro, elle avait bien eu quelques petits amis, mais aucun n'avait vraiment compté pour elle. Et quand elle l'avait rencontré lui, elle était tombée si profondément amoureuse que, même encore maintenant, le souvenir de l'échec de leur mariage lui causait une souffrance insupportable.

Immobile dans l'obscurité, elle se sentait rassurée pourtant par la proximité d'Alejandro. Il ne s'intéressait à elle que pour le sexe, mais n'était-ce pas mieux que rien ? De toute façon, elle ne l'aimait plus. Il lui avait fait trop de mal.

Le plus important désormais, c'était le bien-être et la sécurité de leur fils, se rappela-t-elle avec conviction.

Réprimant néanmoins un soupir de regret, elle ferma les yeux et se sentit enfin dériver dans le sommeil.

7

Jemima ouvrit les yeux et se redressa sur son séant. Le soleil baignait le lit d'une chaude lumière dorée, projetant des reflets bleutés sur les cheveux noirs de la bonne qui déposait un large plateau sur la table située près de la fenêtre. Puis la jeune fille alla chercher le peignoir de Jemima et l'étala soigneusement sur le lit, en lui demandant si elle préférait prendre son petit déjeuner dans la chambre, dans le salon, ou sur la terrasse.

Gênée par sa nudité — et par sa chemise de nuit jetée en un petit tas à côté du lit —, Jemima saisit son peignoir et réussit à s'en envelopper, tout en gardant à grand-peine le drap serré sur elle.

— Je vais le prendre sur la terrasse, merci…, dit-elle en posant le pied sur l'épaisse descente de lit.

Après avoir enfilé ses mules, elle suivit la domestique qui grimpait les quelques marches du petit escalier menant à la terrasse, au sommet de la tour. Cet endroit avait été son lieu de prédilection et son refuge. Là, au moins, elle s'était sentie à l'abri des remarques désobligeantes et des regards inquisiteurs.

Quand elle sortit et put contempler à loisir la vue magnifique qui s'offrait à elle, un bien-être total l'envahit. Le paysage était resté totalement fidèle au souvenir qu'elle en avait gardé, barré, au loin, par les sommets enneigés de la Sierra Nevada.

Du jardin monta soudain le rire clair d'Alfie. Se penchant

au-dessus du parapet, Jemima l'aperçut en train de jouer au ballon avec Placida sur la pelouse parfaitement entretenue.

Depuis son arrivée au château, elle avait passé bien peu de temps avec son fils, se rendit-elle compte brusquement avec une certaine contrariété. Elle décida donc qu'elle passerait toute la journée avec lui, puis s'installa à la table protégée du soleil par un grand parasol blanc, avant d'entamer le véritable festin qu'on lui avait préparé. En fait, elle mourait de faim et mangea avec appétit.

Quand elle eut terminé une deuxième tasse de café délicieux, elle quitta la terrasse, emportant le plateau. Elle choisit un pantalon court en coton blanc et un T-shirt vert vif parmi ses propres affaires, puis se dirigea vers la salle de bains.

Une demi-heure plus tard, alors qu'elle arrivait au rez-de-chaussée, elle surprit une discussion des plus âpres entre *doña* Hortencia dont la voix s'élevait, agressive, et Alejandro qui lui répondait en phrases brèves, de sa voix grave et impérieuse.

Le visage rouge et l'air malheureux, Beatriz sortit brusquement de l'immense salon d'apparat où, comprit Jemima, avait lieu la dispute.

— Que se passe-t-il ? lui demanda-t-elle.

— *Mamá* est très fâchée contre mon frère, répondit sa belle-sœur, l'air excessivement mal à l'aise.

Refoulant sa curiosité, Jemima songea qu'elle ferait mieux de ne pas se mêler de cette histoire de famille.

— Je vais rejoindre Alfie et Placida dehors, dit-elle en se dirigeant vers la porte donnant sur les jardins.

Beatriz lui emboîta le pas, manifestement désireuse d'échapper à l'atmosphère tendue qui régnait au château.

— Alejandro a demandé à *Mamá* de déménager et de s'installer dans une autre maison située sur le domaine, dit-elle d'une voix mal assurée.

Totalement abasourdie par cette nouvelle extraordinaire, Jemima s'immobilisa et se tourna vers sa belle-sœur.

— C'est incroyable !

— Ses affaires ont déjà été emballées, reprit sa belle-sœur. *Mamá* est très choquée, et je n'avais jamais vu Alejandro aussi furieux ni aussi déterminé. Elle va devoir s'installer quelque temps à l'hôtel avant que la maison ne soit tout à fait prête à l'accueillir.

Jemima était incapable de simuler le regret, trop contente à l'idée que sa détestable belle-mère fasse place nette, mais elle était néanmoins stupéfaite qu'Alejandro eût pris une décision aussi radicale.

— Alfie va beaucoup me manquer, dit tristement Beatriz.

— Comment ça ? Tu ne vas pas partir toi aussi ?

— *Mamá* s'attend à ce que je l'accompagne.

— Mais pas Alejandro, ni moi ! affirma Jemima avec force.

Elle savait que son mari aimait énormément sa sœur et qu'il était peiné de la voir mener cette vie de recluse.

— Tu es chez toi ici, Beatriz, insista-t-elle.

La jeune femme la dévisagea d'un air indécis.

— Tu es sûre que si je restais, cela ne vous dérangerait pas, Alejandro et toi ?

— Bien sûr que non ! Et puis, étant donné qu'Alejandro est souvent absent à cause de ses affaires, ta compagnie me sera très précieuse.

— Ma belle-mère ne me pardonnera jamais de l'abandonner… Et je ne sais pas si je serai capable d'aller à l'encontre de ses désirs…

— Ta belle-mère ? souligna Jemima.

Beatriz lui jeta un regard surpris.

— Tu ne le savais pas ? Alejandro et moi l'avons toujours appelée *Mamá*, mais notre vraie mère est morte alors que j'avais trois ans et qu'Alejandro venait de naître.

Jemima réprima à grand-peine la foule de questions qui lui montaient aux lèvres. C'était tellement typique d'Alejandro de ne pas lui avoir révélé ce fait capital ! Par ailleurs, cela expliquait pourquoi *doña* Hortencia avait toujours montré une certaine froideur envers lui alors qu'elle adulait Marco.

— Mais Marco, lui, est son fils, n'est-ce pas ?

— Absolument… Il est né quatre ans après son mariage avec notre père.

A cet instant, Alfie aperçut sa mère, et traversa la pelouse en courant pour se jeter dans ses bras en riant. Jemima le serra contre elle et dit à Placida qu'elle pouvait aller se reposer. Puis elle proposa à Beatriz de rester avec eux un moment.

Voyant la joie de la jeune femme, Jemima pria de tout son cœur pour qu'elle ait le courage d'affronter *doña* Hortencia et de se libérer enfin de son emprise étouffante.

Une heure plus tard, Alejandro vint les rejoindre, vêtu d'un pantalon léger couleur kaki et d'une chemise à manches courtes en lin blanc. Il était très élégant comme d'habitude, et quand son regard sombre s'accrocha au sien, Jemima se troubla. Quelques heures plus tôt, ils avaient partagé une si fiévreuse intimité… songea-t-elle en sentant son visage s'empourprer.

Après avoir souri à son père d'un air extatique, Alfie lui lança le ballon. Beatriz s'excusa alors de devoir les laisser. Elle allait voir si *doña* Hortencia avait besoin d'elle, se justifia-t-elle avec une discrétion exquise, puis elle s'éloigna rapidement.

Jemima regarda un moment le père et le fils jouer au ballon ensemble, refoulant les questions qui se bousculaient dans son esprit. Au bout d'un certain temps, Alejandro proposa qu'ils fassent une promenade au lac. Jemima accepta et tous trois se dirigèrent vers le garage à voitures du château.

— Beatriz vient de m'apprendre que *doña* Hortencia était votre belle-mère, dit-elle en s'asseyant sur son siège, après avoir installé Alfie à l'arrière.

Alejandro alluma le contact d'un geste brusque.

— Je ne me souviens pas d'une autre mère. La mienne est morte juste après ma naissance.

— C'est terrible, murmura Jemima.

— Mon père s'est remarié quelques mois après son décès. C'est Hortencia, et non ma mère, qui a été le grand amour de sa vie. Il vénérait le sol où elle posait les pieds et il a failli mener le domaine à sa perte, avide qu'il était de satisfaire tous ses caprices.

— Leur union a-t-elle été heureuse ?

— Mon père a été très heureux, oui. Mais il en fallait toujours plus à ma belle-mère. Avant de mourir, mon père était très inquiet pour l'avenir de sa femme, et m'a supplié de toujours la traiter comme si elle était ma véritable mère. Je lui ai donné ma parole et l'ai toujours respectée depuis. Jusqu'à ce que je me rende compte qu'en tolérant ses excès je m'étais montré injuste envers toi.

— Pourquoi ? Que s'est-il passé ?

— Si tu m'avais dit, lors de ton premier séjour ici, comment elle te traitait en mon absence, j'y aurais mis immédiatement un terme. Tu aurais dû m'en parler, Jemima, murmura-t-il d'un ton de reproche dénué cependant d'agressivité. Tu étais chez toi au château, et comme ma femme, tu avais parfaitement le droit de t'occuper de l'organisation domestique et de diriger le personnel…

— Je ne suis pas sûre que j'en aurais été capable, l'interrompit-elle doucement.

A sa propre surprise, elle constata qu'elle ne désirait qu'une seule chose : apaiser les inquiétudes d'Alejandro.

Son beau visage se crispa.

— Mais tu n'as même pas eu la possibilité d'essayer. Sans la conduite inadmissible d'Hortencia, tu aurais parfaitement réussi, j'en suis certain.

— Est-ce ta sœur qui t'a parlé de sa méchanceté envers moi ?

A présent, ils étaient arrivés à proximité du lac, aussi Alejandro se gara-t-il au bord du chemin sans répondre à sa question. Puis il alla détacher son fils de son siège.

Lorsqu'ils furent descendus tous trois du véhicule, ils s'avancèrent dans l'allée qui bordait le lac, Alfie courant devant eux et gazouillant gaiement.

— Beatriz n'a pas eu besoin de m'en parler, répondit-il enfin. La façon dont *doña* Hortencia m'a parlé de toi aujourd'hui m'a suffi à comprendre le degré de haine qu'elle te porte. La seule solution envisageable était son départ…

— Tu le regrettes ?

Il eut un rire dur.

— Comment pourrais-je le regretter ? Beatriz et moi l'avons toujours considérée comme notre mère parce que nous n'avions pas le choix, mais elle n'a jamais eu d'amour maternel à nous offrir, ni même d'amitié. Dès qu'elle l'a pu, elle nous a envoyés en pension tous les deux. Et après la naissance de Marco, elle m'en a voulu de ma position de fils aîné et elle a tout fait pour que j'aie le moins de contact possible avec mon père.

— Dans ce cas, tu t'es montré très indulgent avec elle, plus qu'elle ne le méritait !

— En tout cas, je regrette sincèrement de ne pas avoir vu comment elle se comportait avec toi, il y a deux ans.

Il se tourna vers elle et la fixa de son regard intense, puis lui prit la main.

— J'espère que tu pourras oublier ce mauvais départ et apprendre à aimer le domaine et les gens qui y vivent autant que je les aime moi-même, dit-il avec chaleur.

Son attitude émut profondément Jemima. Mais ce fut la chaleur qui illuminait ses yeux bruns qui la troubla le plus. Cette fois, Alejandro semblait vraiment désirer que leur mariage fonctionne, même si ce désir reposait principalement sur son souhait d'offrir à Alfie la sécurité d'un foyer stable. Non seulement il avait pris la décision d'éloigner *doña* Hortencia, mais il était visiblement déterminé à la rendre heureuse, elle.

Etait-il possible que cette seconde chance porte ses fruits, en définitive ?

Vêtue d'un élégant tailleur émeraude, Jemima monta sur le podium, le cœur martelant sa poitrine. C'était sa première déclaration publique en tant que comtesse et, même si celle-ci était brève et qu'elle l'avait répétée soigneusement avec Beatriz, elle était morte de peur.

Lorsque la responsable de la fondation lui fit un signe, Jemima commença donc à exposer à son auditoire le projet visant à agrandir un refuge destiné à accueillir les femmes victimes de violences conjugales. La collecte de fonds serait destinée à construire de nouveaux locaux confortables, où femmes et enfants pourraient s'installer et essayer de reconstruire leur vie.

Elle sentait le regard d'Alejandro rivé sur elle. Installé au fond de la salle, il l'observait d'un air indéchiffrable, tandis que, à côté de lui, Beatriz lui souriait pour l'encourager.

Quand elle eut fini de parler, elle regagna leur table, soulagée et heureuse d'avoir pu contrôler son appréhension et de s'être exprimée clairement. C'était grâce à Beatriz, qui s'occupait depuis longtemps d'œuvres caritatives, qu'elle s'était jointe à ce projet. Elle n'en avait pas touché mot à Alejandro, mais elle avait ressenti une grande empathie vis-à-vis de ces femmes terrorisées et de ces enfants qu'elle avait rencontrés au refuge.

— Tu as été sensationnelle ! la félicita Alejandro avec une lueur admirative au fond des yeux.

Ses paroles la touchèrent profondément.

Durant les deux mois qu'elle venait de passer avec lui, Jemima avait découvert une nouvelle facette de la personnalité de son mari, fort différente du caractère sombre et sévère qu'elle lui connaissait. Ils semblaient avoir réussi à laisser le passé où il devait être — derrière eux —, même si parfois, elle redoutait qu'il ne resurgisse subitement. Pas une seule fois, le nom de Marco n'avait été prononcé. Et ils n'avaient jamais reparlé des sommes colossales qu'elle avait dépensées sans lui expliquer à quoi elles étaient destinées.

A présent, ils semblaient partager une entente nouvelle, d'autant qu'Alejandro réussissait à trouver du temps libre pour sa femme et son fils.

Il leur avait fait découvrir la vallée dans ses moindres recoins, les emmenant visiter les différentes exploitations, les présentant aux nombreuses personnes qui y travaillaient. Tout se passait si harmonieusement que Jemima commençait à se sentir chez elle au Castillo del Halcón, ainsi que dans le vaste domaine des Vasquez.

Au cours d'une journée portes ouvertes organisée au château, elle avait profité de l'occasion pour créer plusieurs compositions florales. La famille, les amis et les relations professionnelles d'Alejandro qui avaient été invités à dîner ce soir-là s'étaient montrés très impressionnés par la beauté et la finesse de ses réalisations. A tel point que plusieurs d'entre eux lui avaient ensuite demandé de leur servir de conseillère pour de futures manifestations.

Après avoir rempli bien volontiers ce rôle à plusieurs reprises, elle hésitait néanmoins encore à se lancer dans la création d'une nouvelle entreprise. Débarrassée de la présence castratrice de *doña* Hortencia, elle prenait de plus en plus goût à recevoir au château et pour l'instant, son rôle de mère, d'épouse et d'hôtesse lui suffisait amplement.

De son côté, Alfie s'épanouissait de jour en jour. Le contenu de ses journées était bien plus attractif et varié qu'à Charlbury St Helens, et il était entouré de beaucoup plus de monde. En fait, durant quelque temps, toute cette attention admirative lui était montée à la tête, et il était devenu exigeant.

Voyant cela, Jemima avait décidé qu'il était temps d'user de sévérité. Lorsque Alfie s'était vu opposer un non répété et systématique pour toute réponse à ses caprices, il avait réagi en piquant des colères très violentes.

Jemima avait alors découvert avec amusement qu'Alejandro, si dur et implacable dans d'autres domaines, avait dû s'endurcir pour rester ferme face à son fils. Surtout lorsque le petit garçon s'était plusieurs fois roulé par terre en hurlant... N'ayant jamais eu la possibilité de développer de liens aussi étroits avec son propre père, Alejandro découvrait là un univers totalement inconnu.

Jusqu'à présent cependant, il s'était montré un père attentif, faisant de nombreux efforts pour construire une bonne relation avec son fils. Alfie l'adorait et se précipitait vers lui dès qu'il entendait le son de sa voix ou le bruit de ses pas.

Jemima n'avait qu'à les regarder ensemble pour savoir qu'elle avait pris la bonne décision en revenant en Espagne.

Cependant, elle avait encore bien souvent le sentiment de flotter sur une mer traîtreusement calme, redoutant que des rochers menaçants puissent surgir tout à coup, et rompre cet équilibre trompeur…

Le jour suivant la soirée organisée par la fondation caritative, Alejandro l'emmena déjeuner dans un merveilleux petit restaurant, situé en bordure d'un village reculé. Ils y accédèrent après avoir roulé longtemps sur les routes serpentant à flancs de montagne.

— Est-ce que Marco t'avait amenée ici ? lui demanda abruptement Alejandro quand ils furent réinstallés dans le véhicule, alors qu'ils venaient de passer un moment charmant à déguster un petit festin.

Totalement abasourdie, Jemima sentit son visage se figer.

— Non, répondit-elle d'une voix étouffée. Sinon, je te l'aurais dit.

Voilà… Les rochers qu'elle craignait tant de voir resurgir… Il n'avait ni oublié ni pardonné sa prétendue infidélité. Durant quelques instants, elle se sentit traversée par un affreux mélange de ressentiment et d'amertume. Leur belle harmonie tenait à si peu de chose…

— Je n'aurais pas dû te demander ça, s'empressa de dire Alejandro d'une voix crispée, faisant marche arrière mais un peu trop tard.

— Je suis surprise que tu me poses cette question : les goûts de Marco sont plus urbains. La campagne ne lui plaît guère, lui rappela-t-elle en regardant fixement devant elle sans rien voir.

Pourquoi avait-elle dit cela, au lieu de profiter de l'occasion pour continuer le dialogue et démentir une fois de plus cette prétendue liaison qui l'obsédait ?

— Et tu aimais beaucoup danser…

— Après notre mariage, pourquoi ne m'as-tu plus jamais emmenée en discothèque ?

A bout de patience, elle se sentait maintenant prête à l'affronter.

Une lueur farouche traversa son regard, et il lui prit fermement la main pour l'attirer contre lui. Puis, avec une passion non contenue, il referma sa bouche sur la sienne. Aussitôt, Jemima sentit tout son corps s'embraser tandis qu'elle répondait à ses baisers avec la même passion.

Visiblement troublé par l'ardeur de sa réaction, Alejandro s'écarta d'elle en poussant un juron étouffé, puis alluma le contact.

— Pourquoi commencer, si tu ne peux pas aller jusqu'au bout, chuchota Jemima.

Alejandro éclata de rire et lui adressa un regard sensuel.

— *Por Dios* ! J'ai bien l'intention de finir ce que j'ai commencé, ne t'en fais pas…

— Il faut plus d'une heure pour rentrer au château, lui rappela-t-elle.

Mais quelques minutes plus tard, il quitta la route pour s'engager sur une autre, beaucoup plus étroite, avant de garer sa Ferrari devant un hôtel.

— Tu plaisantes ? fit Jemima avec stupeur en se tournant vers lui.

— Il faudrait être des acrobates pour se livrer à une étreinte dans cette voiture ! répliqua-t-il en ouvrant sa portière.

— Mais nous n'avons pas de bagage ! protesta Jemima en sortant à son tour du véhicule.

Affreusement embarrassée, elle le suivit qui se dirigeait avec assurance vers la réception, avant de demander une chambre sans la moindre gêne.

— Tout le monde te connaît, murmura-t-elle dès que le réceptionniste eut refermé la porte de la chambre.

Mais en même temps, une excitation folle embrasait tout son corps.

Alejandro tendit les bras vers elle avec un sourire terriblement sexy.

— Après avoir bu ce vin délicieux, j'aurais risqué de m'endormir au volant. Alors, j'ai jugé plus raisonnable de faire une pause.

— Tu peux dormir, si tu veux.

Il l'attira contre lui en éclatant d'un rire profond et sensuel.

— J'ai une bien meilleure idée, chuchota-t-il contre sa bouche.

Il l'embrassa avec fougue, et Jemima s'abandonna au désir qui déferlait en elle, sous les caresses délicieusement érotiques de ses lèvres et de sa langue. Il écarta son visage du sien et la regarda avec cet adorable sourire en coin qu'elle aimait tant, et la vérité fondit alors sur elle, avec une force qui l'ébranla au plus profond.

Submergée par un véritable déluge d'émotions, elle ferma les yeux. Elle ne pouvait plus s'imaginer retournant vivre et travailler en Angleterre. Quitter de nouveau Alejandro lui semblait totalement impossible.

La simple perspective d'une nouvelle séparation lui était insupportable.

Et, pourtant, n'avait-elle pas accepté de revenir en Espagne pour une période d'essai de trois mois, qui s'achèverait bientôt ?

Depuis son retour, ses défenses s'étaient effondrées peu à peu. Lorsque Alejandro s'absentait, elle l'attendait, comptant les heures qui la séparaient encore du moment où elle allait le revoir.

Elle était retombée amoureuse de lui, malgré ce qu'elle s'était promis, malgré la certitude qu'il la ferait immanquablement souffrir, parce qu'il croyait toujours qu'elle l'avait trompé avec son frère.

— Qu'y a-t-il ? demanda-t-il en fronçant les sourcils.

— Rien…

Puis elle lui offrit ses lèvres afin d'oublier les tourments qui l'étreignaient. Bientôt elle sombra dans le plaisir tandis qu'ils faisaient longuement l'amour, avant de tomber de fatigue et de s'endormir dans les bras l'un de l'autre.

Après avoir dîné à l'hôtel, ils regagnèrent le château à une heure tardive. Maria accueillit Jemima en lui annonçant qu'un homme, un Anglais, avait appelé deux fois et demandé à lui parler, mais qu'il n'avait pas laissé son nom.

— Vous êtes sûre que c'était un homme ? demanda-t-elle.

En Angleterre, elle n'avait pratiquement que des amies.

— Oui absolument, répondit Maria en hochant la tête.

— Eh bien, si c'est important, il rappellera.

Pendant qu'elle parlait avec la gouvernante, Beatriz était sortie du salon et s'entretenait avec son frère. Elle avait l'air très préoccupée ; quant à Alejandro, son visage s'était considérablement assombri tandis qu'il l'écoutait.

— Une mauvaise nouvelle ? demanda-t-elle après que Beatriz se fut éloignée en leur souhaitant une bonne nuit.

Alejandro se tourna vers elle et lui adressa un regard sombre et dur.

— Marco est de retour. Il séjourne chez sa mère.

Puis il lui annonça que du travail l'attendait encore et, sans lui laisser le temps de dire un mot, il s'éloigna à grands pas avant de disparaître au fond du vaste hall.

8

Marco était en Espagne ! Etait-ce une coïncidence qu'il ait choisi de revenir, pour la première fois depuis son départ aux Etats-Unis, alors qu'elle-même était de retour au château ? s'interrogea Jemima en se tournant et retournant dans son lit sans parvenir à trouver le sommeil.

Et où était Alejandro ? Car elle doutait fortement qu'il fût en train de travailler.

L'annonce du retour de son frère était loin de l'enchanter, alors qu'autrefois Alejandro aimait beaucoup Marco. Une vague de culpabilité assaillit Jemima ; sans le vouloir, elle avait participé à leur éloignement.

Cependant, avec le recul, elle se dit que les sentiments de Marco envers son frère avaient toujours été ambigus. Benjamin de la fratrie, Marco avait été idolâtré et gâté par ses parents, mais il avait néanmoins grandi dans l'ombre d'Alejandro sans jamais réussir à l'égaler. Doté d'un corps athlétique et bardé de brillants diplômes, le grand frère avait fait de l'ombre au petit, qui avait considéré alors son aîné comme un modèle impossible à atteindre. Même dans le domaine professionnel, Alejandro avait accumulé les réussites, alors que Marco avait échoué en tant qu'homme d'affaires indépendant.

Finalement, il avait pris la direction de l'une des galeries d'art appartenant à l'empire économique Vasquez. Ce qui lui allait d'ailleurs parfaitement.

De son côté, elle s'était parfaitement entendue avec lui, et ce dès leur première rencontre. Alejandro étant un véritable drogué du travail, elle s'était sentie affreusement délaissée et malheureuse, en proie de surcroît à un ennui mortel. Dans l'atmosphère étouffante du château alors régi par *doña* Hortencia, Marco avait représenté pour elle une véritable bouffée d'air frais. A l'époque, elle ne s'était absolument pas doutée que sous son charme exubérant de méridional, Marco pouvait se montrer impitoyable, lui aussi.

Il avait brutalement sacrifié leur amitié, après lui avoir pourtant juré qu'elle lui était extrêmement précieuse. Et sans la moindre hésitation, il avait laissé Alejandro croire qu'elle avait couché avec lui.

Pourquoi Marco avait-il fait cela ? Comment avait-il pu se montrer aussi cruel, à la fois envers son frère et envers une amie ?

Jemima n'avait toujours pas trouvé la réponse.

Elle savait seulement que, indifférent au chaos qu'il laissait derrière lui, Marco était parti à New York pour y recommencer sa vie.

Un flot de colère l'envahit. Pourquoi s'interrogeait-elle ainsi sur les motivations qui avaient poussé son beau-frère à mentir et sur le refus d'Alejandro de la croire ? C'était Marco le coupable de ce mensonge, pas elle ! Et à cause de cette funeste méprise, Alejandro était persuadé qu'elle lui avait été infidèle, et restait sourd à toutes ses protestations d'innocence.

Alors pourquoi avait-elle l'impression d'avoir fait quelque chose de mal ? Pourquoi se sentait-elle obligée d'assumer une faute qu'elle n'avait pas commise ?

Repoussant brusquement le drap, Jemima quitta le lit et enfila son peignoir avant de partir à la recherche de son mari. Si elle continuait à se comporter en coupable, elle n'arriverait à rien, songea-t-elle en s'avançant sur le palier.

Alejandro n'était pas dans son bureau. Guidée par son instinct, elle gagna la terrasse située à l'arrière du château.

Son mari s'y trouvait comme elle le pensait. Les deux mains

fortement appuyées sur la balustrade de pierre, il contemplait la nuit étoilée. Frappée par la beauté de ce tableau vivant, Jemima s'arrêta et admira son profil bien dessiné.

Devinant sa présence, il se tourna vers elle et lui jeta un regard indéchiffrable.

— Je pensais que tu dormais, dit-il.

— Je ne suis pas aussi insensible. Et je n'aime pas avoir l'impression d'avoir fait quelque chose de mal, alors que ce n'est absolument pas le cas.

— Ne reparlons pas de cela, s'il te plaît…

— Marco a bien réussi son coup, dit-elle en ignorant sa demande. En choisissant de le croire plutôt que de faire confiance à ta femme, tu lui as donné le pouvoir de te tourmenter.

— *Por dios* ! s'exclama-t-il d'un ton glacé, personne ne me tourmente !

Il lui fit penser à une panthère, prête à bondir sur sa proie.

— Très bien, répliqua-t-elle calmement. Mais moi je suis tourmentée par cette histoire !

Farouchement déterminée à se faire entendre cette fois, elle s'avança de quelques pas.

— C'est comme si un gouffre se creusait entre nous, une fois de plus.

— Et cela te surprend ?

Jemima tressaillit : pour la première fois depuis son retour en Espagne, elle se rendit compte qu'elle redoutait de se voir rejetée de nouveau par son mari.

— Ne nous fais pas ça, Alejandro, murmura-t-elle d'une voix suppliante.

Il laissa son regard errer sur son visage, s'attarda sur sa bouche, descendit sur sa poitrine…

— Retourne te coucher avant que nous ne disions des choses que nous regretterions ensuite, dit-il brutalement.

Mais elle ne partageait pas son avis. Refouler les choses, refuser de les aborder de face ne faisait qu'empirer les problèmes.

— Je n'ai pas peur et je n'ai pas envie de fuir. Je veux être avec toi.

— Mais peut-être que moi, je ne veux pas être avec toi pour l'instant.

Sa remarque frappa Jemima en plein cœur.

— Parce que tu ne t'autorises pas à le désirer, riposta-t-elle en redressant le menton d'un air de défi.

— Si je pouvais oublier le passé, je l'aurais déjà fait, crois-moi !

Une foule de souvenirs heureux envahit les pensées de Jemima. Car ils avaient été heureux durant ces dernières semaines. Tout ce qui comptait pour elle, et pas seulement ce bonheur, était en jeu. Cette pensée la terrifia.

— Viens te coucher avec moi, dit-elle en faisant un pas vers lui.

Elle se méprisait un peu d'utiliser une arme aussi vile.

— Je n'ai pas non plus envie de ça ce soir, répondit-il d'un ton mordant.

Lui parler quand il était de cette humeur était totalement vain. Il n'avait même pas besoin de hausser le ton. Il s'était fermé à elle, complètement.

— Pourquoi m'as-tu demandé de redonner une chance à notre mariage, si tu te comportes ainsi ? lui lança-t-elle avec reproche.

— Je n'ai jamais prétendu pouvoir repartir de zéro, mais je trouve que je ne me suis pas si mal débrouillé, vu les circonstances…

— Non, je ne suis pas d'accord ! En fait, je crois même que tu fais tout pour faire échouer cette tentative, exactement comme tu l'as fait la première fois !

Alejandro lui adressa un regard noir.

— Moi, je fais tout pour faire échouer cette tentative ? demanda-t-il sèchement.

— Quand tu seras enfin obligé de reconnaître que je n'ai jamais entretenu de liaison avec ton frère, à qui vas-tu t'en prendre ? Au rythme où tu vas, notre union ne tiendra pas longtemps. Moi non plus, je ne pourrai pas te pardonner indéfiniment. En outre, je commence à me dire que je suis en train de gâcher ma jeunesse dans une relation morte…

Une tension formidable étreignait maintenant Alejandro.

— Elle n'est pas morte…

— A cet instant précis, Alejandro, je la sens complètement morte… Je me demande pourquoi je me casse la tête à essayer de te convaincre. Je devrais plutôt demander le divorce et chercher un homme qui me désire vraiment… Pas un individu borné qui persiste à déchirer notre couple à cause d'une histoire qui n'a jamais existé !

— Je te désire vraiment et je refuse de divorcer !

— Tu ne peux ni vivre avec moi, ni sans moi, c'est ça ? Mais, moi, je peux me débrouiller sans toi. Parfaitement même ! Et je l'ai prouvé. Je vivais très bien, à Charlbury St Helen's…

Un sourire sardonique déforma sa belle bouche.

— Mais pas au point de refuser de quitter ton cher village pour revenir à une vie plus luxueuse avec moi !

Blêmissant de rage, Jemima se mit à trembler de tout son corps.

— Je suis revenue uniquement à ta demande et pour le bien d'Alfie. Comment oses-tu me faire passer pour une aventurière intéressée ?

Le silence tomba, lourd et épais. Alejandro la regarda d'un air fermé, comme si elle n'avait eu que ce qu'elle méritait. Dans un sens, il avait raison. Son refus d'assumer le rôle de la femme disgraciée, prise en flagrant délit d'adultère, les séparait, et cet obstacle ne serait jamais surmonté.

— Je ne t'ai jamais désiré pour ta fortune, reprit-elle en redressant les épaules. J'ai peut-être commis des erreurs et dépensé plus d'argent que je n'aurais dû au cours de notre première période de vie commune, mais je ne l'ai pas fait par cupidité ; je n'ai jamais eu l'intention de t'escroquer.

— Je te crois, dit-il en dardant son regard étincelant sur elle.

Surprise par cette soudaine bonne volonté, elle resta silencieuse un instant.

— J'en suis vraiment désolée… crois-le bien… j'ai été stupide, reconnut-elle.

Effectivement, elle s'était conduite comme une imbécile. Et, pourtant, elle ne pouvait toujours pas se résoudre à lui dire ce qu'elle avait fait de tout cet argent.

— Le moment était surtout mal choisi, dirons-nous. Mes entreprises avaient connu un développement trop rapide. Le vent de la récession commençait à souffler, et je me battais pour garder ce que j'avais. C'était en fait le pire moment pour des folies d'ordre financier… Mais c'est ma faute, je n'aurais pas dû mettre autant d'argent à ta disposition.

Jemima le regarda, stupéfaite.

— Tu veux dire que tu avais des difficultés financières à ce moment-là ? demanda-t-elle avec incrédulité. Pourquoi ne m'en as-tu pas parlé ?

Alejandro eut un sourire amer.

— Je ne voulais pas t'inquiéter…

Les larmes montèrent aux yeux de Jemima.

— Mais je te croyais immensément riche, dit-elle sans réfléchir.

— Je sais. Tu ne soupçonnais absolument pas que je puisse connaître des difficultés. Mais en fait, mon père avait laissé tellement d'argent à ma belle-mère et à Marco que, jusqu'à tout récemment, j'ai dû beaucoup me battre pour garder le domaine à flot.

Incapable de dissimuler le choc que lui causaient ses paroles, Jemima secoua lentement la tête.

— Je n'ai absolument rien soupçonné… Tu aurais vraiment dû m'en parler, Alejandro. Non seulement tu ne m'en as jamais touché un mot, mais tu m'as donné des sommes colossales, et tu m'as offert des cadeaux luxueux. Pourquoi as-tu fait cela ?

— Tu voulais vivre un conte de fée, avec château et cadeaux somptueux… Et je voulais te faire vivre ce conte, avoua-t-il avec une moue désabusée. Comment aurais-je pu te dire que je courais le danger de tout perdre ?

— Ainsi, tout ce temps que tu passais à travailler, quand tu rentrais si tard et restais si peu avec moi…, murmura-t-elle avec stupeur en luttant pour retenir ses larmes… C'est parce que tu essayais de sauver le domaine et tes entreprises ?

— Oui, et mon travail a fini par payer. J'ai décroché de nouveaux contrats, et le courant a tourné. Mais à ce moment-là, il était trop tard : j'avais perdu ma femme, ajouta-t-il d'une voix sombre.

Jemima dut faire un effort pour ne pas le prendre dans ses bras et le serrer contre elle… tout en ayant une furieuse envie de le gifler pour ne rien lui avoir confié de cet enfer. Il l'avait traitée en petite fille fragile, incapable d'affronter les problèmes des adultes, alors qu'elle n'avait jamais été une vraie petite fille, et certainement pas une enfant fragile.

Horrifiée, elle repensa à toutes ces heures durant lesquelles elle sortait faire du shopping avec Marco et fréquentait toutes sortes de lieux à la mode avec lui, alors qu'Alejandro travaillait avec acharnement.

— Alejandro… si tu m'avais dit la vérité, si tu avais partagé tes difficultés avec moi au lieu de me laisser dans l'ignorance, tout aurait été tellement différent…

Les larmes coulaient sur ses joues à présent, et, affreusement embarrassée, elle les essuya d'un revers de main brusque.

— J'aurais compris, reprit-elle d'une voix étouffée. J'en aurais tenu compte.

Alejandro sortit un grand mouchoir blanc de sa poche et lui essuya doucement les joues avec.

— Je ne suis pas sûr que ça aurait été différent. Tu étais très jeune, déjà enceinte et malheureuse. A l'époque, je ne crois pas que tu aurais pu supporter davantage de stress.

Il se trompait, mais elle ne contesta pas ses paroles. Elle le connaissait suffisamment maintenant pour savoir que c'était aussi par fierté qu'il ne s'était pas confié à elle. C'était un homme de principes, à l'ancienne mode, qui avait toujours considéré que son rôle était de subvenir aux besoins de son épouse. Il l'avait couverte de cadeaux, cherchant toujours à lui faire plaisir. Alors qu'avant lui jamais personne ne s'était soucié de la combler.

— Si tu t'étais confié à moi, je n'aurais jamais passé autant de temps avec ton frère. Je me sentais négligée. Je pensais que tu regrettais de m'avoir épousée et que tu t'étais lassé de moi. Je croyais que c'était pour cela que tu n'étais jamais au château.

— Il ne me serait jamais venu à l'esprit qu'en te révélant que j'étais sur le point de tout perdre, y compris le château, cela aurait pu sauver notre mariage, avoua-t-il d'un ton dubitatif.

— Ce qui montre que tu me connais vraiment mal. Je suis quelqu'un de loyal et je serais restée à tes côtés, contre vents et marées !

— Je croyais que tu avais plus de choses en commun avec mon frère qu'avec moi. Il aime tellement sortir, s'amuser…

— Je n'étais pas aussi superficielle ! protesta-t-elle. Mais tu ne m'as pas laissé la moindre chance de te le montrer.

Après lui avoir adressé un dernier regard, Jemima regagna sa chambre sans ajouter un mot.

Posé sur la commode, son mobile clignotait. Elle avait manqué un appel, et il y avait deux textos. L'un venait de Beatriz, disant qu'elle espérait que cela ne la dérangeait pas qu'elle ait donné son numéro à son frère. Le second et l'appel manqué venaient de Marco.

J'ai besoin de te parler. Rapidement.

Les doigts tremblants, Jemima supprima le texto et reposa son téléphone sur la commode. Marco devait plaisanter. Elle n'avait certes pas l'intention de prendre le risque de le revoir, même si elle avait quelques explications à lui demander…

Ce n'était pas le moment d'attiser la tension qui vibrait entre Alejandro et elle.

Une demi-heure plus tard, la porte de la chambre s'ouvrit, la faisant sursauter dans son demi-sommeil. Lorsqu'elle vit Alejandro sur le seuil, Jemima bondit hors du lit et se précipita vers lui pour se jeter dans ses bras.

— J'ai cru que tu ne viendrais pas, murmura-t-elle entre deux baisers.

— Ce n'est pas en nous éloignant loin l'un de l'autre que nous avancerons, *querida*, dit-il en la repoussant doucement pour déboutonner sa chemise. Lorsque tu étais enceinte, nous avons dormi dans des chambres séparées, et cela n'a fait qu'empirer la situation.

— C'est toi qui en avais décidé ainsi, pas moi, lui rappela-t-elle.

— Ce n'était pas une décision, répliqua-t-il en fronçant les sourcils. Mais une nécessité.

Puis il disparut dans la salle de bains.

— Comment ça, une nécessité ? demanda-t-elle quand il en ressortit dix minutes plus tard et la rejoignit dans le lit.

— Dès le début de ta grossesse, le Dr Santos avait craint une fausse couche, et ne me l'avait pas caché. Tu étais très fine, et il s'est vite avéré que le bébé serait gros.

Il glissa un bras sous elle et l'attira contre lui.

— Ta grossesse ne m'a pas rendu heureux très longtemps… Je me suis senti affreusement coupable d'avoir mis ta santé en danger.

— Mais je ne courais aucun danger ! protesta Jemima.

— Peut-être. Mais moi j'en avais l'impression. Et comme ma propre mère était morte de complications juste après m'avoir mis au monde, je ne pouvais pas prendre la situation à la légère.

Jemima enregistra non sans contrariété que son gynécologue avait été plus franc avec son mari qu'avec elle-même. De plus, le fait qu'Alejandro ait été sérieusement inquiet pour elle lui causait un nouveau choc, et une chose à laquelle elle n'avait jamais pensé lui vint à l'esprit.

— Tu veux dire que tu as cessé de me faire l'amour à cause de l'avertissement du Dr Santos ?

— Pourquoi aurais-je cessé, sinon ? murmura-t-il à son oreille, en faisant glisser son grand corps contre le sien. Si je me suis installé dans une autre chambre, ce n'était pas seulement parce que je me couchais très tard, mais aussi parce que je ne me faisais pas assez confiance pour continuer à dormir à côté de toi sans te toucher.

— Tu aurais dû me l'expliquer…

— J'étais présent lorsque le médecin t'a prévenue que tu devrais faire très attention, si tu voulais aller jusqu'au terme de ta grossesse. Tu avais déjà fait une hémorragie, souviens-toi. Effectivement, je n'en ai pas parlé avec toi… mais qu'aurais-je pu dire ? Nous n'avions pas le choix.

Jemima appuya ses lèvres contre son épaule chaude. Elle s'était tellement trompée sur son compte ! Son propre sentiment d'abandon et d'insécurité avait troublé son jugement et sa perception des événements. Alejandro ne s'était pas lassé d'elle. Il ne l'avait pas non plus négligée délibérément.

Dans ces moments difficiles, il avait simplement fait de son mieux pour eux deux, alors que de son côté, elle n'avait fait qu'empirer la situation ! Elle fut soudain envahie par un fort sentiment de honte rétrospective.

— Passons un accord, murmura Alejandro. Tu restes à l'écart de Marco, tu ne lui parles pas, tu ne le vois pas. Ainsi, il n'y aura pas de problèmes.

Stupéfiée par sa proposition, Jemima se raidit légèrement dans ses bras.

— Très bien… Si c'est ce que tu désires.

— C'est la seule solution.

— Je ne conteste rien du tout, dit-elle d'une voix étouffée. Je m'en fiche complètement.

Elle sentit la tension se relâcher dans son corps robuste, et il lui passa doucement la main dans les cheveux.

— Dors, maintenant, chuchota-t-il en lui caressant doucement la joue. Sinon, tu seras trop fatiguée pour prendre le petit déjeuner avec moi, demain matin. Je partirai tôt car j'ai une réunion de conseil d'administration à Séville et je devrais y rester plusieurs jours.

Jemima sourit contre son épaule à la pensée qu'il songeait déjà au petit déjeuner. Elle avait accepté sa proposition de bon gré : Marco était peut-être revenu en Espagne, mais elle n'avait pas l'intention de le laisser gâcher son mariage une seconde fois.

Le lendemain matin, elle savourait son café sur la terrasse, après le départ d'Alejandro, quand Beatriz vint la rejoindre.

— Ai-je eu tort de donner ton numéro de portable à Marco, lui demanda cette dernière avec une anxiété visible. Il a tellement insisté que je ne savais pas quoi faire.

— Ne t'inquiète pas. De toute façon, je n'ai pas envie de le voir, répondit calmement Jemima.

— Mais si vous parliez tous les deux à Alejandro, cette mauvaise atmosphère pourrait peut-être se dissiper, tu ne crois pas ? fit Beatriz avec une lueur d'espoir dans les yeux. Cette situation rend tout le monde malheureux, et maintenant que Marco est de retour, ça risque de devenir encore plus compliqué. Nos parents et amis ne vont pas tarder à l'inviter. En dehors de ces murs, personne ne sait que mes frères sont brouillés…

— Vraiment ? Je croyais qu'après mon départ ta belle-mère aurait raconté toutes sortes de choses affreuses sur mon compte, à tout le monde.

— Non, mais c'est uniquement parce qu'elle croyait que Marco avait eu une liaison avec toi. *Doña* Hortencia est très fière du nom de notre famille, et son but était sans doute de défendre la réputation de Marco en se taisant, et non pas la tienne. Maintenant qu'il est revenu, elle espère qu'il va faire un beau mariage.

— Eh bien, elle risque d'attendre longtemps !

Une lueur amusée passa-t-elle furtivement dans le regard de Beatriz, ou était-ce le fruit de son imagination ? s'interrogea Jemima en observant le visage de sa belle-sœur. Une fois de plus, elle se demanda ce que savait exactement Beatriz de la vie de son jeune frère. Ce n'était jamais facile à deviner, car la jeune femme se montrait toujours très discrète et réservée.

Cependant, elle avait prouvé récemment qu'elle était capable de résister à sa belle-mère. Après l'avoir aidée à s'installer dans sa très confortable nouvelle demeure, elle avait annoncé à *doña* Hortencia qu'elle continuerait à vivre au château, auprès de son frère et de sa femme. Evidemment, elle avait aussitôt essuyé les foudres de sa belle-mère, qui l'avait accusée d'ingratitude et d'égoïsme. Heureusement, elle n'avait pas fléchi dans sa décision.

Jemima appréciait beaucoup l'amitié de Beatriz et aurait aimé se confier davantage à elle. Flora lui manquait tellement, ainsi que leurs bavardages à bâtons rompus.

Jemima occupa la majeure partie de la semaine suivante à transformer, avec l'aide de Maria, une pièce lumineuse en salle à manger, pour remplacer celle qui existait déjà, sombre, immense et assez lugubre. Jusqu'alors, *doña* Hortencia avait bien sûr jugé cet espace nécessaire à sa dignité…

Tout d'abord, elle s'était demandé si elle devait attendre le retour d'Alejandro et demander son approbation avant de procéder à ces nouveaux aménagements. Puis elle avait décidé que ce n'était pas la peine. En effet, en ce qui concernait les décisions domestiques, il la laissait totalement libre.

— Bonjour, Jemima…

Au son de cette voix bien connue, Jemima se figea sur place et reposa la rose qu'elle allait ajouter au bouquet qu'elle était en train de composer. Puis elle se retourna lentement.

Marco était si élégant qu'il semblait sortir tout droit d'un magazine de mode.

— Marco ? dit-elle avec stupeur. Qu'est-ce que tu fais là ? Tu sais pourtant que je ne souhaite pas te voir…

— Pas très gentil, comme accueil, dis-moi…, fit-il d'un ton de reproche. Nous sommes pourtant parents, non ?

9

— Comment as-tu le culot de venir me voir !

Marco fronça les sourcils, visiblement surpris par cet accueil des plus frais.

— Je ne comprends pas pourquoi tu es si furieuse contre moi, Jemima.

Ainsi, il avait décidé de se comporter comme s'il n'avait rien fait ? Eh bien elle n'était pas disposée à lui faciliter les choses !

— Tu sais très bien pourquoi je suis en colère ! Pourquoi as-tu laisser Alejandro croire que nous avions eu une liaison, toi et moi ?

— Tu avais déjà quitté le pays. Ton mariage était terminé. Qu'est-ce que cela pouvait bien faire, ce qu'il pensait ? répliqua-t-il nonchalamment.

— Parce que ça ne fait aucune différence pour toi ? Tu n'as donc aucune affection pour ton frère, pour lui avoir laissé croire une chose pareille ?

— D'accord, Jemima… Je vais être franc avec toi… Je me moquais bien de ce que pensaient les autres, quand je suis parti. J'ai même profité de la chance qui s'offrait à moi : j'avais un prétexte pour m'en aller et m'installer à New York. Dario et moi avions besoin de vivre librement notre histoire. Et comme je pensais sincèrement que votre couple était définitivement brisé, j'ai pensé que ce mensonge n'avait pas d'importance.

— Tu transformes les faits ! Et tu aurais pu aller à New

York avec Dario sans blesser ni humilier ton frère avec ce mensonge abject !

— Je n'ai pas menti. Je n'en ai pas eu besoin. Alejandro était convaincu que nous avion une liaison, et je ne l'ai pas détrompé. Il désirait le croire, en fait, même si c'était ridicule, alors je me suis dit que c'était son problème, et que cela n'avait rien à voir avec moi…

— Au contraire, cela avait tout à voir avec toi ! l'interrompit-elle brutalement. Tu ne t'es pas soucié de faire du mal et tu t'es servi de moi, d'une certaine façon…

— Ton mariage était terminé. Et j'ignorais que tu étais encore enceinte…

— Je ne le savais pas non plus quand j'ai quitté l'Espagne.

— Evidemment, si j'avais su qu'un enfant était en jeu, je n'aurais pas laissé mon frère croire à cette absurdité. Mais sincèrement, Jemima, je l'ignorais…

— Eh bien, tu le sais, maintenant ! Je vis de nouveau avec Alejandro, et nous essayons de donner une nouvelle chance à notre mariage. Mais c'est une gageure, justement parce qu'il croit toujours que j'ai couché avec toi…

— Il a toujours eu la vie facile : à l'école, en affaires, avec les femmes, reprit Marco avec une amertume manifeste. Un peu de souffrance ne lui fera pas de mal.

Jusqu'à présent, Jemima n'avait jamais compris à quel point Marco enviait son frère aîné. Si elle l'avait soupçonné, jamais elle ne se serait confiée à lui comme elle l'avait fait autrefois.

— Il faut que tu lui dises la vérité, Marco…

Il secoua la tête.

— Non, c'est impossible.

— C'est ta décision, répondit-elle d'une voix tendue. Mais tu ne peux me demander de garder plus longtemps le silence. Si tu ne parles pas à ton frère, c'est moi qui le ferai.

Un mélange d'appréhension et de peur se lut sur le visage de Marco.

— Tu m'as promis de garder mon secret, dit-il en s'avançant vers elle.

— Je ne savais pas alors que mon silence aurait de telles conséquences sur ma vie et sur mon mariage. A présent, tu peux être sincère avec les tiens, non ? Ce n'est pas ce qu'ils désirent pour toi, mais bien d'autres familles ont surmonté de pires révélations que celle-ci.

— Pour ma mère, il ne peut rien exister de pire que d'apprendre que l'amour de ma vie est un homme. Tu l'as déjà entendue parler des homosexuels ?

— Oui, mais si tu t'expliquais sincèrement avec elle, si tu lui donnais la possibilité de comprendre qui tu es vraiment, elle changerait peut-être.

— Tu plaisantes ! Elle me jetterait dehors sur-le-champ et me couperait les vivres !

Jemima l'observa avec attention.

— Je ne savais pas qu'elle te versait une pension.

— Tu crois vraiment que je peux mener la vie confortable que je mène avec un salaire d'employé ? lui lança-t-il, l'œil mauvais.

— Tes arrangements financiers ne me regardent pas, répondit-elle sèchement. Que tu parles ou non à ta mère non plus. Mais, en ce qui concerne Alejandro, je compte vraiment sur toi pour lui dire que tu es homosexuel. C'est le seul moyen pour qu'il comprenne qu'il n'y a jamais rien eu entre nous.

Marco la foudroya du regard.

— Il est hors de question que je le lui dise !

— Très bien, fais comme tu voudras. Mais si tu ne lui parles pas, je le ferai. Je n'ai plus à garder ton secret alors qu'il menace d'anéantir mon bonheur et celui de mon enfant…

— C'est du chantage ! lui lança-t-il d'un ton accusateur.

— Après ce que tu m'as fait subir à cause de ton mensonge à ton frère, je ne te dois ni explications ni excuses. Je ne te dois rien !

Cette fois, Marco dut comprendre qu'elle parlait sérieusement, car il perdit tout contrôle. Après lui avoir jeté toutes sortes d'injures à la figure, il partit en claquant la porte derrière lui.

Jemima se remit alors à son bouquet, se forçant à respirer à fond pour calmer les battements désordonnés de son cœur. L'attitude égoïste et irresponsable de Marco l'avait mise dans une fureur noire. Ils avaient pourtant été de bons amis, autrefois… Mais elle venait d'apprendre un détail qui éclairait d'une façon nouvelle leur relation. Marco dépendait financièrement de sa mère et, à en juger par les réflexions de *doña* Hortencia, il risquait effectivement de se voir privé de tout soutien s'il lui révélait son homosexualité.

Marco l'avait utilisée comme alibi quand ils allaient dans des endroits où il préférait ne pas être vu sans être accompagné par une femme. Son petit ami italien, Dario, était souvent sorti avec eux au cours de ces soirées. Comme elle avait été naïve ! songea-t-elle avec amertume. Elle avait fait confiance à son jeune beau-frère, sans aucune arrière-pensée… Et cette amitié lui avait coûté très cher, car elle avait dû cacher de plus en plus de choses à son mari.

Dès le début de son mariage, elle avait dissimulé une part de sa vie à Alejandro. Et même avant, songea-t-elle avec un frisson.

Elle repensa aux sommes énormes qu'elle avait dépensées. Lorsqu'elle lui révélerait à quoi celles-ci avaient servi, Alejandro se montrerait d'abord reconnaissant qu'elle lui dise enfin la vérité. Mais cinq minutes plus tard, il la regarderait avec mépris. Peut-être même avec dégoût.

Leur mariage ne survivrait pas à ce nouvel assaut.

Au moment où elle terminait son bouquet, Beatriz entra dans la pièce et lui adressa de chaleureux éloges concernant l'aménagement de la nouvelle salle à manger. Quelques instants plus tard, Maria vint à son tour, pour l'informer qu'Alejandro avait appelé : il passerait encore une nuit dans l'appartement sévillan de la famille.

Jemima en conçut une telle déception que Beatriz s'en aperçut.

— Va le rejoindre là-bas, lui proposa-t-elle. Tu as envie d'être avec lui, n'est-ce pas ? Je m'occuperai d'Alfie, ne t'inquiète pas. Cet après-midi, je vais chez une amie, Serafina, et si tu n'y vois pas d'inconvénient j'aimerais emmener le petit avec moi. Serafina a un garçon du même âge.

Faisant entièrement confiance à sa belle-sœur, Jemima accepta sa proposition et monta à l'étage pour se changer. Elle était ravie à la perspective de surprendre Alejandro, aussi se prépara-t-elle avec un mélange de joie et d'excitation.

Au moment où elle allait quitter la chambre, le téléphone sonna. Elle fit demi-tour, se dirigea vers le lit et souleva le combiné posé sur la table de nuit.

— Jemima, c'est toi ? fit une voix rocailleuse.

Jemima sentit un froid glacial se répandre dans ses veines et ses jambes se mirent à trembler. Elle avait espéré ne jamais réentendre cette voix, mais apparemment, le destin s'acharnait contre elle, la remettant face à ses erreurs passées. Elle comprit brusquement qui était l'Anglais qui l'avait déjà appelée sans laisser de message.

— Comment m'as-tu retrouvée ? demanda-t-elle d'une voix dure.

— Ta cousine Ellie t'a vue en photo dans un magazine et me l'a montrée. Ma petite Jem dans une robe de soirée qui a dû coûter une fortune, au milieu de tout ce beau monde… ! Alors, comme ça, tu es retournée vivre avec ton prince charmant, sans te donner la peine de le dire à ton père ?

— Pourquoi l'aurais-je fait ?

— Dans le magazine, on disait que tu avais un gosse, maintenant. J'ai un petit-fils et je ne l'ai jamais vu. Peut-être que je pourrais venir vous faire une petite visite, un de ces jours, non ? Si je débarquais tout à coup, tu serais dans un drôle d'embarras, Jemima, pas vrai ? Tu as beaucoup à perdre…

— Je n'ai pas d'argent et je ne te donnerai rien ! Alors, ce n'est pas la peine de me menacer. Fiche-moi la paix !

Sans attendre sa réaction, Jemima raccrocha et resta immobile et tremblante à côté du lit. Elle ne se laisserait pas entraîner dans un nouvel engrenage, ni intimider par ses odieuses menaces.

Cet homme était un monstre qui avait maltraité son épouse et sa fille physiquement et moralement, avant de la jeter, elle, à la rue alors qu'elle n'était encore qu'une adolescente sans ressources. Et si elle s'était tracé un chemin dans la vie, ce n'était certainement pas grâce à Stephen Grey !

Aussi n'avait-il aucun droit de la terroriser, ni de lui demander de l'argent. Il rappellerait, elle en était certaine, ou pis, il viendrait comme il l'avait déjà fait une fois, deux ans plus tôt. A ce moment-là, elle l'avait payé pour qu'il la laisse tranquille. Et à présent, il devait espérer qu'elle cède de nouveau à ses menaces et lui redonne de l'argent.

A l'époque, elle avait menti à Alejandro parce qu'elle avait cru devoir lui dissimuler l'horrible vérité par simple mesure de bon sens. Alejandro venait d'un milieu privilégié et respectable, et elle n'avait vu aucune raison de lui dévoiler les conditions sordides dans lesquelles elle avait vécu, enfant.

Comment aurait-elle pu lui avouer que son père avait même fait de la prison, à plusieurs reprises ?

A Séville, Jemima se gara devant le haut immeuble qui abritait le siège de l'entreprise de la famille Vasquez. Quand elle arriva au dernier étage, l'hôtesse l'informa qu'Alejandro participait à une réunion mais que si elle le désirait, elle pouvait l'attendre.

Après s'être installée dans un profond fauteuil en cuir, Jemima repensa à son père. Il fallait absolument qu'elle le fasse taire. Perdue dans ses pensées, elle sursauta lorsqu'elle vit Alejandro surgir dans le hall et se leva aussitôt en souriant.

Il était d'une beauté somptueuse, même si elle remarqua tout de suite la forte tension qui empreignait ses traits.

— As-tu un petit peu de temps à m'accorder ? demanda-t-elle.

— Aucun homme ne pourrait te refuser cela, *querida*, murmura-t-il en saluant brièvement les directeurs qui l'accompagnaient.

Ceux-ci inclinèrent légèrement la tête en direction de Jemima, puis s'éloignèrent vers les ascenseurs.

— Tu es irrésistible dans cette robe, ajouta-t-il.

Cependant, la lueur qui venait de traverser son regard ne contenait aucune admiration sincère ni aucune chaleur, remarqua-t-elle en frissonnant intérieurement. Mais quand il posa la main sur ses reins pour la guider vers les ascenseurs, un frisson d'une tout autre nature la secoua.

Une fois dans la cabine, Alejandro resta silencieux et évita soigneusement de croiser son regard. Si bien que lorsque les portes coulissèrent devant eux au rez-de-chaussée, Jemima demanda d'une voix mal assurée :

— As-tu fini ta journée ? Parce que, si tu as encore du travail à faire, je ne voudrais surtout pas te déranger.

— J'allais m'en aller. Tu t'es garée dans le coin ?

— Oui.

— Qu'est-ce qui t'amène à Séville ? demanda-t-il tandis que son chauffeur s'arrêtait devant eux, au bord du trottoir.

Jemima s'empourpra.

— Eh bien, je... Je voulais te voir...

Sans rien dire, il lui ouvrit la portière, puis contourna le véhicule avant de s'installer à côté d'elle.

— Vraiment, tu voulais me voir ? fit-il d'un air incrédule.

— Oui.

Elle soutint son regard.

— Aurais-tu quelque chose à me dire ?

Pourquoi lui posait-il cette question ?

— Non... Je devrais avoir quelque chose à te dire ?

— Il n'y a que toi qui puisses répondre à cette question, répondit-il sèchement.

Cette fois, Jemima perdit son calme.

— Je ne suis pas douée pour les questions pièges. Dis-moi ce qui ne va pas, s'il te plaît.

Le visage sombre, les traits tendus, il resta silencieux. De plus en plus irritée, Jemima se tourna alors vers la vitre et contempla les rues animées en attendant vainement sa réponse.

— Visiblement, j'ai commis une erreur en venant te surprendre à ton bureau, fit-elle avec dépit en se retournant vers lui.

Cependant, elle était bien déterminée à ne pas lui montrer combien son attitude la blessait.

— A quoi t'attendais-tu, exactement ?

A cet instant, la limousine s'arrêta. L'appartement des Vasquez se situait dans l'une des rues piétonnes de la plus ancienne partie de Séville, dans un immeuble au charme inouï.

Quand ils s'avancèrent ensemble dans les rues étroites bordées de hautes demeures du XVIIIe siècle, avant de parvenir à la belle cour emplie de fleurs, le cœur de Jemima battait si violemment qu'elle avait du mal à respirer.

— Pourquoi es-tu en colère contre moi, Alejandro ? demanda-t-elle en essayant de refouler son appréhension.

— Parce que tu es une menteuse et que je ne peux pas rester marié à une femme en qui je ne peux avoir aucune confiance !

Jemima eut l'impression de recevoir un coup de poing en pleine poitrine et, après avoir franchi la porte à claire-voie en fer forgé, puis celle de bois ciré du vieil ascenseur, elle se tourna brutalement vers son mari.

— Tu sais que j'ai vu Marco, c'est ça ? Qui te l'a dit ?

— J'ai appelé au château pour te parler, et Maria m'a dit que tu étais avec lui.

A cet instant, l'ascenseur s'immobilisa, et Alejandro en sortit rapidement, avant de se diriger vers la porte en chêne de l'appartement. Après l'avoir déverrouillée, il entra, traversa la spacieuse entrée et gagna le salon sans se retourner.

Quand Jemima y pénétra à son tour, elle constata que, là aussi, la décoration avait été totalement refaite. Au lieu des anciennes couleurs profondes, tout était en nuances d'ivoire et de brun clair.

Immobile devant l'une des hautes fenêtres, Alejandro lui tournait le dos en silence.

— Marco est venu au château pour me parler, commença-t-elle nerveusement. Il m'avait envoyé un texto après avoir essayé de m'appeler, mais comme je ne lui ai pas répondu, il a décidé de venir en personne.

Alejandro se retourna et lui décocha un regard glacial.

— Et tu n'as pas songé à m'en parler ?

— Je ne voulais pas laisser un texto stupide et un appel manqué creuser un nouveau fossé entre nous !

Le visage dur, Alejandro la toisa de toute sa hauteur.

— Sans confiance, je ne peux pas vivre avec toi, dit-il.

Il y avait une telle violence contenue dans sa voix que Jemima en eut peur.

— Je croyais que nous avancions, reprit-il, et aujourd'hui, j'apprends que tu as revu Marco, en dépit de la promesse que tu m'as faite.

A présent, Jemima tremblait carrément, et une nausée effroyable lui monta aux lèvres. S'il décidait que la séparation était la meilleure attitude à adopter, Alejandro n'hésiterait pas un instant, quel qu'en soit le prix.

Après lui avoir promis de ne plus voir Marco, elle avait effectivement rompu sa promesse, même si tout s'était passé en dehors de sa volonté. Comment aurait-elle pu se défendre de cette accusation ?

De plus, ce n'était pas le moment d'essayer de le convaincre de son innocence ; il n'était pas dans son état normal, elle le voyait parfaitement. Il contenait tant d'émotions puissantes que son corps en vibrait littéralement. Jemima sentait la barrière qu'il avait dressée entre eux comme s'il s'était agi d'un obstacle concret. Il s'était coupé d'elle et de leur mariage.

Soudain, la pensée de le perdre après l'avoir retrouvé, après avoir goûté à ce bonheur, lui fut si cruelle qu'elle ne put le supporter.

— Il n'y a jamais rien eu entre ton frère et moi, et il va te le prouver avant la fin de la semaine, dit-elle d'une voix blanche.

— De quoi parles-tu ?

— Marco m'a expliqué qu'il ne t'avait jamais dit que nous avions eu une liaison. Il s'est contenté de ne pas nier ta propre accusation. Mais tu vas connaître la vérité parce que soit lui, soit moi, nous te dirons pourquoi une telle liaison est parfaitement impossible…

— Bon sang ! l'interrompit Alejandro d'un air furieux. Arrête de parler par énigmes !

— J'ai donné ma parole à Marco que je le laisserais te parler avant moi.

Visiblement à bout de patience, il lui adressa un regard fulminant.

— S'il y a un fait que j'ignore et que je dois savoir, j'exige que tu m'en informes immédiatement !

Le silence se referma sur eux, dense, lourd.

— Marco est homosexuel…

Jemima avait presque chuchoté ces trois mots, consciente de trahir son serment. Mais elle refoula la culpabilité qui l'assaillait et poursuivit d'une voix plus ferme :

— Alors tu comprends pourquoi il était hors de question qu'une relation intime se développe entre nous.

Alejandro la contempla avec un mélange d'indignation et de colère.

— Jusqu'où es-tu prête à aller pour dissimuler tes mensonges ? Celui-ci ne mérite que le mépris !

— Je comprends que ce que je viens de dire te cause un choc, mais je ne mens pas, et je n'essaie pas de dissimuler mes mensonges.

— Mon frère a commencé à fréquenter les filles à l'âge de seize ans ! S'il était homosexuel, nous le saurions depuis longtemps.

— Marco a tout fait pour dissimuler ses véritables penchants, et ce n'est qu'à l'université qu'il a compris qu'il préférait vraiment les hommes. Quant à ses prétendues conquêtes féminines, elles lui ont servi d'alibi pour cacher ses relations masculines. Tu ne t'es jamais demandé pourquoi il ne restait avec aucune d'elles plus d'une semaine ou deux ?

— Il est encore jeune. Il a le temps de s'engager.

Jemima ne put retenir un rire désabusé.

— Je n'arriverai jamais à rien avec toi, n'est-ce pas ? Tu ne me crois pas, alors que je ne dis que la vérité. Marco ne voulait pas que tu le saches, et encore moins sa mère. Il craint terriblement la réaction de *doña* Hortencia et redoute qu'elle ne suspende la pension qu'elle lui verse.

— Je ne vois pas l'utilité de poursuivre cette conversation. Tu m'as déjà déçue, mais je n'aurais jamais cru que tu puisses avoir recours à des méthodes aussi basses.

Jemima blêmit et s'efforça de ne pas perdre tout courage.

— D'après ce que je sais, Marco est toujours avec Dario Ortini, dit-elle d'une voix tremblante.

— Je ne vois pas le rapport. Ils se connaissent depuis l'université et sont toujours restés amis depuis.

— Non, il y a beaucoup plus que de l'amitié entre eux. Ils forment un couple, Alejandro. Tu n'as pas trouvé bizarre que Dario parte vivre à New York lui aussi ? Et exactement au même moment que Marco ?

Il sembla sur le point de riposter, mais se ravisa.

— J'ai vraiment du mal à le croire, dit-il enfin. En ce qui concerne Dario, cela me surprendrait moins. Mais Marco…

Jemima l'observa : il luttait farouchement contre l'évidence.

— Mon frère aurait vécu une double vie depuis des années ? reprit-il d'une voix sans timbre. *Dios mío*, pourquoi ne m'en a-t-il jamais parlé ? Croyait-il que je l'estimerais moins ? Que j'aurais moins d'affection pour lui ? Je me fiche complètement de son orientation sexuelle ! Il n'en reste pas moins mon frère. Mais pourquoi m'a-t-il laissé croire que vous aviez eu une aventure, tous les deux ?

— Parce qu'il t'envie. Il est jaloux de tes réussites, avoua-t-elle avec réticence.

— C'est vrai qu'il s'est toujours comporté en rival avec moi, reconnut Alejandro.

— Je ne sais pas comment il a pu t'inciter à croire que nous avions été amants, mais c'est avec lui qu'il faut que tu en parles, pas avec moi.

— Dans l'immédiat, c'est plutôt un remontant qu'il me faut.

Il se dirigea vers le bar et lui demanda si elle voulait boire quelque chose.

Quand il lui tendit son verre un instant plus tard, elle put l'observer mieux. Son visage était terriblement pâle sous son hâle, et ses pommettes semblaient plus saillantes. D'autre part, ses mains tremblaient légèrement. Il était vraiment secoué.

— Tu te sens bien ? demanda-t-elle doucement.

— Non, reconnut-il. Je suis sous le choc : mon frère est homosexuel, et je ne l'ai jamais soupçonné. Jamais !

— C'est ce que voulait Marco.

— Ma belle-mère va en faire une crise ! Mais pour l'instant, il est plus important que je me concentre sur ce que je t'ai fait. Je t'ai condamnée, accusée à tort. J'ai refusé de croire en ta parole.

Jemima haussa les épaules avec embarras.

— Je suis contente que tu aies fini par connaître et accepter la vérité. Et comme Marco n'a pas nié avoir eu une liaison avec moi, je peux comprendre que tu aies eu du mal à me croire, quand je t'ai affirmé qu'il n'y avait rien eu entre nous.

— J'aurais dû avoir davantage confiance en toi.

Après avoir vidé son verre d'un trait, il le reposa brutalement sur le bar.

— Viens, allons dîner, dit-il en se dirigeant vers la porte.

Jemima aurait voulu se jeter dans ses bras et lui dire qu'elle l'aimait suffisamment pour lui pardonner, mais elle se contenta de le suivre en silence. Alejandro était très fier. Il avait des principes très élevés et, malheureusement, il venait de manquer à ces principes. A présent, il devait surmonter cela et l'accepter, seul.

Ils dînèrent dans un petit restaurant situé à deux cents mètres à peine de l'appartement, où leur fut servie une nourriture raffinée. Alejandro avait repris le contrôle de lui-même et ne fit pas la moindre allusion à son frère.

La lumière diffusée par les bougies posées sur la table rehaussait ses traits altiers et, lorsqu'elle tendit la main vers la sienne, il referma les doigts autour des siens avec force.

— Ne dis rien, fit-il d'une voix rauque. Je préférerais affronter ta colère que ta pitié.

Pressentant qu'un sujet de conversation neutre serait le bienvenu, Jemima lui demanda d'un ton léger quand il avait fait redécorer l'appartement.

— Très rapidement après ton départ, parce que je m'attendais toujours à te voir surgir de l'une ou l'autre des pièces dès que j'en franchissais le seuil, avoua-t-il, le regard sombre. Et cela ne me plaisait pas.

— Et quand tu entrais dans notre chambre, au château ?

— Même chose, répondit-il en haussant les épaules.

Le sujet était clos, comprit Jemima.

Alejandro était tellement plus sensible qu'elle ne l'avait pensé. Cette découverte la troublait plus qu'elle ne lui faisait plaisir, car cela l'amena à analyser différemment le choc qu'il avait dû ressentir, lorsqu'il avait cru à son infidélité, et avec son propre frère qui plus était.

Cette méprise l'avait atteint dans ses fondements mêmes, blessant sa fierté, son instinct possessif et son sens profond des valeurs familiales, entraînant des répercussions dévastatrices dans tous les domaines de sa vie.

Quelques heures plus tard, elle se glissa entre les draps en lin blanc du grand lit de la chambre principale de l'appartement. Alejandro avait du travail à terminer avant le lendemain matin, aussi était-il allé s'enfermer dans le bureau. Avait-il vraiment du travail, ou préférait-il s'éloigner d'elle ? Jemima tourna et retourna cette question dans son esprit, tout en refoulant son désir d'être avec lui.

Après avoir fini par sombrer dans un sommeil agité, elle se réveilla en sursaut et se redressa sur son séant. Il était trois heures du matin, constata-t-elle en jetant un coup d'œil au réveil posé sur la table de chevet.

Où était Alejandro ? Travaillait-il encore ? S'était-il installé dans une autre chambre ? A moins qu'il ne soit en train de ruminer des idées noires dans le salon…

10

Il était ivre, comprit Jemima dès qu'elle aperçut son mari.

Installé dans le salon éclairé seulement par le clair de lune, il était à moitié allongé sur le canapé, pieds nus et la chemise ouverte sur son torse.

Quand il la vit, il se leva maladroitement et voulut se diriger vers elle, mais il vacilla et perdit presque l'équilibre. Il se rétablit en posant la main sur le dossier d'un fauteuil.

Ses cheveux étaient dans un état indescriptible, et une lueur inconnue brillait au fond de ses yeux.

— Alejandro ? demanda Jemima avec inquiétude.

Visiblement, il devait faire un effort pour se concentrer.

— Je ne suis pas en état de te parler, dit-il lentement.

— Peut-être, mais tu vas le faire quand même, répliqua-t-elle d'une voix à la fois douce et ferme. Je ne veux pas que tu restes ici à boire tout seul.

Elle saisit la bouteille posée sur la table basse juste avant qu'il ne la prenne.

Un éclair indigné traversa son regard, puis il se figea. Il se rendait compte qu'il avait été surpris dans un état peu présentable et il ne savait pas comment retrouver sa dignité.

— Tu as bu, et je veux savoir pourquoi, reprit-elle.

Au prix d'un effort manifeste, Alejandro redressa ses larges épaules en inspirant profondément.

— Pas maintenant…

— J'ai besoin de comprendre, insista-t-elle.

— Ce n'est pas évident ? J'ai complètement détruit notre mariage en commettant erreur sur erreur ! lança-t-il avec une rage impuissante. Complètement !

— Ça arrive, soupira Jemima. Il faut vivre avec, c'est tout.

— Tu ne ressens aucune compassion pour moi ?

— Etant donné que tu m'as fait vivre un enfer, tu ne mérites pas ma compassion, répondit-elle sans ménagement.

— Tu as le pouvoir de me rendre fou de jalousie. Tu l'as toujours eu. Un jour, je t'ai vue en compagnie d'un homme et je n'ai jamais oublié ce que j'ai ressenti.

— Quand ? fit Jemima en plissant le front, essayant de se souvenir des circonstances auxquelles il faisait allusion.

— Bien avant notre mariage. Au moment où tu avais décidé que, puisque je fréquentais d'autres femmes, tu avais le droit de sortir avec d'autres hommes.

Nullement ébranlée par ses paroles, elle redressa le menton.

— C'était juste, non ?

— Tu étais dans la rue et tu lui souriais de la même façon que tu me souriais. Et ce type te tenait la main. J'aurais fait n'importe quoi pour le faire sortir de ta vie ! Je ne peux rien contre ce penchant à la jalousie. C'est ancré en moi.

Elle se souvint que leur relation était devenue exclusive, dès qu'Alejandro avait compris qu'elle se comportait librement de son côté. Mais elle n'avait jamais soupçonné qu'ensuite la jalousie avait continué à le ronger.

— Puisque tu veux que je sois franc, je vais aller jusqu'au bout, reprit-il en serrant les poings. Je te détestais parce que tu passais tout ce temps avec mon frère. J'ai essayé de me contrôler, de toutes mes forces. Je savais que je travaillais trop, que tu te sentais délaissée et malheureuse. Mais Marco et toi vous alliez si bien ensemble ! Vous sembliez si proches. J'ai cru que je te perdais. Et, bien sûr, j'ai commencé à penser que votre relation était plus que platonique.

— Alors que j'étais enceinte et que j'avais des nausées épouvantables durant des jours entiers ?

A présent, elle était déterminée à le pousser à reconnaître que ses soupçons étaient totalement infondés.

— Ton amitié avec Marco avait commencé bien avant ta grossesse. Il t'emmenait toujours dans toutes sortes d'endroits, il t'appelait sans cesse, vous partagiez des secrets…

— Nous étions très proches, c'est vrai. Et quand il m'a confié son grand secret, je me suis sentie privilégiée, murmura-t-elle. Comment aurais-je pu me rendre compte que cela te rendait jaloux, puisque tu ne le montrais pas ?

— J'étais trop fier pour laisser voir mon talon d'Achille. Mais la jalousie me torturait et déformait ma vision des choses. Je pensais que tu me provoquais en me montrant ta préférence pour la compagnie de Marco.

— Il y avait un peu de cela dans mon attitude, c'est vrai, reconnut-elle. Je désirais tellement attirer ton attention. Je pensais que si tu voyais combien Marco appréciait ma compagnie, tu aurais peut-être un peu plus envie d'être avec moi. Je ne savais pas que tu travaillais énormément parce que tu essayais de redresser ta situation financière. Je croyais que tu t'étais lassé de moi.

— J'ai ressentis toutes sortes de choses durant notre vie commune, mais jamais de lassitude ! fit-il avec une ironie amère.

Dans la pièce peu éclairée, sa peau luisait doucement et les traits de son visage étaient mis en valeur, lui conférant une beauté presque féerique. Soudain, Jemima comprit qu'elle l'aimait bien plus profondément que lorsqu'ils avaient vécu ensemble la première fois.

Alejandro n'était pas parfait, mais cela n'avait aucune importance. De toute façon, elle ne l'était pas non plus.

— Pourquoi as-tu bu autant ? demanda-t-elle avec un regain d'inquiétude.

Un rire sinistre s'échappa des lèvres d'Alejandro.

— Je t'ai laissé tomber. A tous points de vue. Tu étais ma

femme et, moi, au lieu de te soutenir et de prendre soin de toi, je t'ai accusée d'avoir couché avec mon frère !

— Maintenant, tu connais la vérité.

— Oui, mais je vais avoir du mal à assumer mon obstination dévastatrice.

Puis il ôta brusquement sa chemise et la laissa tomber sur le sol avant de passer devant Jemima, la tête haute et le pas plus sûr.

— Je vais prendre une douche…

Jemima retourna se coucher et resta éveillée à l'attendre, mais il ne vint pas la rejoindre.

Le lendemain matin, Alejandro se comporta comme si rien ne s'était passé au cours de la nuit. Son visage ne portait aucune trace de l'excès auquel il s'était livré, remarqua Jemima avec stupeur, et sa vitalité était intacte.

Il prit le petit déjeuner avec elle, faisant preuve d'une légèreté et d'une courtoisie exemplaires, puis il appela son assistante pour lui demander de faire ramener la voiture de Jemima au château. Une demi-heure plus tard, son chauffeur les conduisit à l'aéroport où ils prirent un avion privé qui les ramena au domaine.

Dès qu'ils arrivèrent au château, Alfie se précipita vers eux en courant, et Alejandro souleva son fils dans ses bras pour le serrer farouchement contre lui. Son attitude toucha Jemima en plein cœur. Si seulement il l'avait traitée avec la même chaleur, songea-t-elle tristement.

Ce fut le lendemain qu'elle reçut le deuxième appel de son père. Comme elle se trouvait avec Alejandro et Alfie quand Maria voulut lui passer la communication, elle s'excusa auprès de son mari et sortit de la piscine pour prendre l'appel ailleurs.

— C'est normal qu'un père s'attende à recevoir de l'aide de sa fille, larmoya Stephen Grey dès qu'elle lui répondit. Je suis sorti de prison depuis peu, et les temps sont durs…

— As-tu essayé de trouver du travail ? demanda-t-elle d'un ton neutre.

— Ce n'est pas aussi simple.

— Tu n'as jamais travaillé, ni essayé de vivre de façon honnête ! Cette fois, je ne te donnerai pas d'argent.

— Comment peux-tu être aussi égoïste ? Tu as un mari riche comme Crésus… J'ai fait des recherches sur lui. Tu peux te permettre d'être généreuse…

— Je n'ai pas l'intention de supporter tes chantages jusqu'à la fin de mes jours. Je t'ai dit non, alors c'est non. De toute façon, ce n'est pas mon argent, mais celui de mon mari. Il a durement travaillé pour le gagner.

Puis elle raccrocha aussitôt et se dirigea vers la piscine en s'ordonnant de ne pas penser à la façon odieuse dont son père avait réussi à lui extorquer des sommes colossales, alors qu'Alejandro traversait une période cruciale.

— Qui c'était ? demanda-t-il après avoir lancé le ballon à son fils qui barbotait à deux mètres de lui.

— Oh ! Quelqu'un de Charlsbury St Helens, dit-elle négligemment. Rien d'important.

Alejandro lui jeta un regard appuyé, mais n'ajouta rien. Jemima s'installa sur un transat et contempla les lointains sommets enneigés de la Sierra Nevada.

Son mariage avait retrouvé un horizon, un avenir, songeat-elle farouchement. Et elle n'y renoncerait pour rien au monde !

Durant la semaine suivante, Alejandro trouva le moyen de passer pas mal de temps avec Alfie et elle, mais bien qu'il eût regagné le lit marital, il ne lui fit plus l'amour. Ils allèrent dîner au restaurant à deux reprises et la deuxième fois, juste avant de partir, il lui offrit une bague ornée d'un sublime diamant.

— Pourquoi ce cadeau ? demanda-t-elle un peu plus tard en faisant miroiter le joyau dans la lumière de la lampe suspendue au-dessus de leur table.

— Tu es ma femme, répondit-il en haussant les sourcils. Il est donc naturel que je t'offre un cadeau de temps en temps.

— Du moment que tu ne le fais pas par mauvaise conscience, repondit-elle en essayant de dissimuler son malaise… Tu n'as pas besoin de m'acheter, Alejandro. Je suis à toi.

— Vraiment ? J'aimerais bien en être certain. Tu aimes les belles choses, fit-il d'une voix douce. Et j'aime te les offrir. J'ai toujours aimé cela.

— Je n'ai pas été très choyée dans mon enfance, dit-elle en se sentant rosir, et je suppose que j'essaie encore de compenser les manques que dont j'ai souffert autrefois.

— Tu ne parles jamais de ton enfance, lui fit-il remarquer.

Jemima se raidit et se força à hausser nonchalamment les épaules.

— Il n'y a pas grand-chose à raconter, dit-elle avec un sourire contraint. Nous manquions toujours d'argent et mes parents ne s'entendaient pas très bien.

— Je me souviens que tu m'as dit que ta mère était morte dans un accident de ta voiture.

— Oui.

Il fallait absolument qu'elle fasse dévier la conversation, sinon elle se verrait forcée de lui mentir. En outre, son père l'avait rappelée. La première fois, elle n'était pas au château et la seconde, quand Stephen Grey avait réclamé une somme exorbitante, en liquide, elle lui avait répété quasiment mot pour mot ce qu'elle lui avait dit au cours de leur précédente conversation.

— J'ai décidé de voir Marco ce week-end, dit Alejandro. Je ne crois pas qu'il soit prêt à me parler, mais je voulais lui donner l'opportunité de le faire.

— Laisse-lui un peu plus de temps, suggéra Jemima.

— Je ne peux pas, *querida*. Je dois régler cette histoire au plus vite. Cette mésentente n'a que trop duré et, même si je vois bien que Marco préfère garder ses distances, je suis décidé à tout faire pour éclaircir la situation. Au fait, Beatriz est au courant.

— Je m'en doutais.

— Elle était certaine que Dario était homosexuel et elle en

a déduit le reste. Mais elle n'a rien dit, de crainte de blesser quelqu'un. Je regrette qu'elle se soit montrée aussi discrète.

Il la regarda en plissant légèrement le front.

— Dis-moi, c'est la perspective que je voie Marco qui te rend aussi nerveuse ?

— Tu me trouves nerveuse ?

— Depuis une semaine, j'ai souvent l'impression que tu es inquiète. Je t'assure que je n'ai pas l'intention de me montrer brutal avec Marco.

— Je te crois, dit-elle en essayant de sourire le plus tranquillement possible. De toute façon, c'est le passé.

Lorsqu'elle sortit de la voiture quelques instants plus tard, Alejandro lui tendit la main, et quand ils gravirent les marches usées du perron, il lui passa un bras possessif autour des épaules. Mais ce fut le seul rapprochement qu'il s'autorisa.

Quand elle fut allongée à côté de lui, plus tard, elle se demanda pourquoi il se comportait ainsi. Bien sûr, elle aurait pu faire le premier pas, mais elle se sentait dans un état de nerfs épouvantable à cause de la menace que représentait son père. Aussi préférait-elle ne prendre aucun risque susceptible de bousculer l'équilibre fragile qui régnait entre eux.

Il ne lui avait jamais dit qu'il l'aimait et il ne le lui dirait sans doute jamais. C'était ainsi, et elle devrait s'en contenter… Par ailleurs, il faisait beaucoup d'efforts pour la rendre heureuse, et il se révélait un père formidable pour Alfie. De son côté, elle l'avait toujours aimé, mais quand leur mariage avait sombré, elle avait appris à vivre sans lui. Cependant, à présent qu'elle était devenue plus mûre et plus sage, elle avait compris qu'aucun homme ne pourrait jamais la rendre aussi heureuse qu'Alejandro. Aussi était-elle prête à tout faire pour que leur union perdure et s'épanouisse.

Les jours suivants, Alejandro se montra particulièrement attentionné avec elle. Alors qu'il détestait les discothèques, il l'emmena à Séville, et ils y restèrent trois jours, sortant chaque soir. Il organisa également un pique-nique au bord du lac du château, pour la plus grande joie d'Alfie.

Le soir, ils dînaient sur la terrasse, savourant cette pratique que *doña* Hortencia avait interdite pendant des années, sous prétexte que dîner dehors était indigne de leur rang.

A l'occasion du soixante-dixième anniversaire d'un oncle d'Alejandro, une soirée fut organisée chez le vieil homme. Marco et Dario étaient présents et s'y affichèrent en tant que couple, pour la première fois. *Doña* Hortencia quitta l'assemblée de bonne heure en prétextant un malaise. Quant aux autres invités, ils firent tous mine de ne rien remarquer d'inhabituel…

Au cours de la soirée, Marco annonça que Dario et lui retourneraient à New York dès le week-end suivant. Un peu plus tôt, il avait appris à Jemima que sa mère avait accueilli la nouvelle sans faire aucun commentaire. Elle était sans doute soulagée qu'il reparte à New York, précisa-t-il, et elle lui en voulait probablement de décevoir tous les espoirs qu'elle avait nourris sur le beau mariage qu'elle espérait lui voir faire, mais elle continuerait néanmoins à lui verser sa pension.

Par ailleurs, Jemima savait qu'il n'avait toujours pas parlé à son frère.

Le matin suivant, au moment où elle s'apprêtait à rejoindre Alfie et Placida au jardin, Maria, l'air très embarrassée, vint lui annoncer qu'un visiteur désirait la voir.

L'instant d'après, Jemima vit avec horreur son père pénétrer dans le salon comme s'il était chez lui. Stephen Grey n'était pas grand, mais il était assez costaud. Avec son crâne rasé et ses boucles d'oreilles en diamant, sans parler de sa chemise à rayures roses et violettes, il offrait dans le cadre élégant du château une vision stupéfiante…

— Tu vis au bout du monde ! J'ai payé une fortune en taxi pour arriver dans ce foutu château ! se plaignit-il en regardant autour de lui d'un œil appréciateur. J'espère que tu vas t'arranger pour me dédommager de m'être déplacé jusqu'ici.

S'efforçant de dissimuler sa consternation, Jemima inspira profondément. Dieu merci, Alejandro passait la journée dans le domaine et ne reviendrait qu'en début de soirée.

— Qu'est-ce que tu veux ? Je t'ai demandé de me laisser tranquille.

Ses yeux injectés de sang se durcirent.

— Tu n'as pas le droit de me parler comme ça, Jem ! Je suis ton père et je t'ai élevée, alors j'ai droit à ton respect.

Jemima se sentit pâlir mais ne recula pas, même s'il s'était approché beaucoup trop près d'elle à son gré.

— Après la façon dont tu nous as traitées, maman et moi, je ne te dois rien, riposta-t-elle sans dissimuler sa colère. Tu m'as fichue dehors alors que je n'étais qu'une adolescente. Mon fils et moi sommes heureux ici, et je ne vais pas te laisser gâcher notre existence !

— Ah… Parce que tu crois que ton comte de pacotille te gardera auprès de lui, quand il saura de quel milieu tu sors ? railla-t-il, le regard fixé sur la cheminée.

Il s'approcha et décrocha un portrait miniature suspendu sur le manteau, avant d'examiner le cadre en or fin incrusté de perles avec le plus grand intérêt.

— Laisse cette miniature, lui ordonna Jemima. Elle est très ancienne…

Son père lui lança un regard entendu.

— Alors, ça doit valoir un paquet ! Si tu ne peux pas me donner de liquide comme la dernière fois, tu peux au moins fermer les yeux pendant que je choisis quelques bricoles.

— Non ! cria Jemima en traversant la pièce et en s'arrêtant devant son père. C'est hors de question ! Et rends-moi ce portrait immédiatement !

Il glissa la miniature dans sa poche en la regardant avec mépris.

— Occupe-toi de tes affaires, tu veux ? Ou je prends quelques babioles, ou je reviens un de ces soirs avec des potes, et là on se servira, crois-moi !

— Si tu fais ça, je parle de toi à Alejandro.

Stephen Grey éclata d'un rire gras.

— Tu parles ! Tu serais prête à tout pour que ton précieux mari ne sache rien de moi. Tu l'as bien montré, non ?

— C'est vrai, et j'ai eu terriblement tort. Je m'en rends compte maintenant, reconnut douloureusement Jemima. Rends-moi ce portrait ou j'appelle la police…

— Tu n'oseras jamais faire ça !

Il avait raison. Il avait beau avoir été le pire des pères et le pire des époux, elle n'était pas prête à le dénoncer. Gagnée par un accès de panique, elle essaya de glisser la main dans sa poche pour reprendre la miniature. Mais il lui décocha aussitôt un vigoureux coup de poing dans l'épaule pour l'en empêcher, si bien qu'elle perdit l'équilibre et tomba en arrière sur la table basse. Sa tête heurta quelque chose de dur ; elle poussa un cri étouffé tandis qu'un voile opaque obscurcissait sa vision.

Au même instant, elle entendit un fracas épouvantable et des vociférations en espagnol. Une seconde plus tard, Alejandro la soulevait dans ses bras puis la déposait délicatement sur un canapé en lui demandant ce qui s'était passé.

— C'est mon père, et il m'a frappée, murmura Jemima. Il a une miniature dans sa poche et il m'a donné un coup de poing parce que j'ai voulu la lui reprendre.

— C'est moi qu'il faut écouter, fit alors son père d'une voix forte.

— Le portrait d'abord, répondit calmement Alejandro en tendant la main d'un geste impérieux.

Les yeux exorbités de fureur, Stephen Grey sortit l'objet de sa poche et le lui tendit. Battant des paupières, Jemima regarda son mari raccrocher le portrait à sa place. A vrai dire, elle souffrait plus d'une anxiété épouvantable à l'idée de ce qu'il pensait de cette intrusion et de la tentative de vol que du coup qu'elle avait reçu à l'épaule, et de la douleur qui lui vrillait l'arrière de sa tête.

Aussitôt, son père se rapprocha d'Alejandro et lui dit quelques mots à voix basse. Pour le plus grand plaisir de Jemima, Alejandro pivota alors sur lui-même et asséna à Stephen Grey un coup de poing terrible. Celui-ci recula en laissant échapper un gémissement, tandis qu'Alejandro bondissait vers la porte et lui ordonnait de sortir avant qu'il n'appelle la police.

Deux employés de la vigne se tenaient derrière la porte, et sur un signe d'Alejandro, ils pénétrèrent dans le salon et s'emparèrent de Stephen Grey pour l'entraîner de force hors de la pièce, malgré ses cris de protestation et ses menaces.

— Comment as-tu appris ce qui se passait ici ? demanda Jemima d'une voix tremblante.

— Maria a été terrifiée de la façon dont il a exigé de te voir. Et elle n'a pas apprécié son allure, ni la brutalité de langage dont il a fait preuve avec elle. Elle m'a appelé alors que j'étais au vignoble, et je suis venu immédiatement avec du renfort.

— Tu ne me pardonneras jamais de t'avoir caché la vérité, n'est-ce pas ? murmura-t-elle.

Alejandro s'assit à côté d'elle et lui fit tourner délicatement la tête.

— Tu as une grosse bosse, mais je crois que ce n'est pas très grave, dit-il.

— Quand nous nous sommes rencontrés, insista Jemima, je n'avais plus aucun contact avec lui depuis longtemps. Alors j'ai préféré te dire qu'il était mort, plutôt que de te raconter quel genre de vie il menait.

Il la regarda dans les yeux.

— Je crois que je peux comprendre pourquoi tu as agi ainsi, dit-il lentement.

— Il a un casier judiciaire très chargé.

Puis, soudain, elle oublia sa honte et lui raconta tout : la violence de son père, ses séjours répétés en prison, l'alcoolisme de sa mère, et l'atmosphère délétère qui régnait à la maison durant son enfance.

— Quand nous nous sommes rencontrés, tu avais trouvé un travail honnête et tu étais totalement indépendante, répondit-il tranquillement. Cela en révèle bien plus sur ta personnalité que tes parents — que tu n'as pas choisis. Je ne suis pas stupide : j'ai toujours compris que tu préférais ne pas me parler de certaines choses, et je regrette de ne pas avoir cherché à en savoir plus. Je me moquais de ces détails. Je voulais juste que tu sois ma femme, quels que soient ton passé et tes origines.

En proie à un tumulte intérieur incroyable, Jemima le regarda à travers ses larmes.

— Tu es sincère ?

— Tu te souviens des week-ends que nous avons passés dans la villa que je louais, à côté de l'hôtel où tu travaillais ? demanda-t-il en scrutant son regard.

Elle hocha la tête en silence.

— Ces moments ont été les plus heureux de ma vie. Après cela, je ne t'aurais jamais laissé partir.

— Mais à l'époque, tu annulais sans cesse nos rendez-vous à la dernière minute, et tu ne me téléphonais jamais alors que tu avais promis de le faire…

Alejandro poussa un soupir embarrassé.

— Je regrette la façon dont je me suis conduit à ce moment-là, Jemima, mais, c'est parce que, dès le début, j'ai refusé d'admettre ce que je ressentais pour toi. J'étais irrité de te désirer aussi violemment. Je n'étais pas prêt à m'installer avec une femme. A m'engager durablement. Après avoir été témoin de l'obsession dont avait souffert mon père avec sa seconde épouse, j'étais résolu à ne pas tomber amoureux.

Il se passa nerveusement la main dans les cheveux.

— Lorsque nous nous sommes séparés, alors que tu travaillais encore dans cet hôtel, j'ai compris que ta présence m'était devenue indispensable, reconnut-il d'une voix tendue, le visage grave. Tu ne ressemblais à aucune des femmes que j'avais connues avant toi. Tu me fascinais.

— Je pensais…, murmura Jemima. Je pensais que pour toi, il ne s'agissait que de sexe.

— Si tel avait été le cas, les choses auraient été plus faciles pour moi ! J'ignorais encore que tu étais mon âme sœur, je savais seulement que je désirais que tu fasses partie de ma vie chaque jour, et pas seulement lorsque je pouvais venir passer le week-end en Angleterre. Quand j'étais loin de toi, tu me manquais tellement que j'ai compris que je n'avais pas le choix : je devais t'épouser.

— Je ne l'aurais jamais deviné, à l'époque. Tu ne m'as jamais dit que je te manquais autant.

— Bien sûr que je ne te l'ai pas dit, *cariño.* Je voulais garder mon sang-froid et je n'ai jamais été enclin à partager mes pensées intimes, répliqua-t-il avec un léger sourire. Mais le fait est que j'ai cessé de fréquenter d'autres femmes puisque c'était la seule façon de t'avoir à moi tout seul, et plus je te voyais, plus je désirais que tu partages ma vie. C'est ma faute si tu as eu l'impression de ne pas pouvoir me parler de ton passé. Je me rends bien compte que, avec moi, tu ne te sentais pas suffisamment en confiance.

— Même avant de te rencontrer, je disais que mes parents étaient morts tous les deux, quand on m'interrogeait à leur sujet. C'était plus facile que de dire la vérité. C'est à mon père que j'ai donné tout cet argent, il y a deux ans. Il me menaçait d'aller tout raconter à la presse, pour te mettre dans l'embarras.

— Cela ne m'embarrasserait absolument pas ! Laisse-le vendre ses salades aux médias, si ça lui chante, affirma calmement Alejandro. De toute façon, la plupart des gens ne s'intéresseront que brièvement au fait que le père de mon épouse soit un habitué des prisons. Ainsi, tu as cédé à son chantage, il y a deux ans ?

— Oui. Je croyais que tu aurais honte de moi si tu apprenais de quel milieu je venais.

Alejandro referma les bras autour de ses épaules et la serra contre lui.

— Je ne regrette qu'une chose : que tu ne m'aies pas dit qu'il te menaçait et que tu ne m'aies pas donné l'opportunité de régler cette affaire. Ton père est comme la plupart des types de son engeance : une fois qu'il a vu que je n'avais pas peur de lui ni de ce qu'il pourrait dire ou faire, il a perdu la face.

— Tu dois quand même me haïr de lui avoir donné tout cet argent, murmura Jemima en pâlissant.

— Tu as paniqué, c'est tout. Mais tu aurais dû me faire confiance, dit-il en la regardant, les yeux emplis de regret. Cela dit, je me rends compte que je n'étais pas digne de t'inspirer cette confiance…

— C'est aussi un peu à cause de lui que je suis partie. En plus de tes soupçons concernant ma prétendue relation avec Marco, je ne voyais pas comment venir à bout des exigences de plus en plus folles de mon père. J'ai eu l'impression que notre mariage était voué à l'échec de toute façon et que la meilleure chose à faire était encore de m'en aller.

— Tu aurais plutôt dû tout me raconter. Je n'aurais jamais laissé quiconque te faire du mal ! Mais j'avais pris l'habitude de ne jamais te parler de ce que je ressentais ou pensais. C'est à cause de cela que notre mariage a sombré.

Jemima regarda son beau visage et se haussa sur la pointe des pieds pour l'embrasser. L'espace d'un instant, Alejandro se raidit, avant de lui rendre son baiser avec une telle ferveur qu'elle laissa échapper un long soupir de bonheur. Le cœur battant à tout rompre, elle appuya son visage brûlant au creux de son épaule.

— Je commençais à penser que tu ne m'embrasserais plus jamais, murmura-t-elle.

— J'évitais de prendre des risques.

— Que veux-tu dire par là ? fit-elle en redressant vivement la tête.

— Tu avais demandé une période d'essai de trois mois, lui rappela-t-il d'une voix sombre. Ces trois mois arrivent à échéance cette semaine, et tu te comportais si étrangement… Alors naturellement, j'ai pensé que tu étais nerveuse parce que tu envisageais de nouveau de me quitter, et que tu te demandais comment conserver la garde d'Alfie malgré tout.

— Ça alors, j'avais complètement oublié cette histoire d'essai de trois mois ! s'exclama Jemima en plissant le front de stupéfaction.

— Tu avais oublié ? répéta Alejandro avec incrédulité.

Comment as-tu pu oublier une chose pareille, alors que ce délai m'a hanté depuis que j'ai eu la stupidité de l'accepter !

— Oh..., c'est pour ça que tu m'as emmenée danser ? répliqua-t-elle en ne pouvant s'empêcher de rire doucement.

— J'essayais de faire des efforts, reconnut-il, l'air un peu blessé par sa réaction. J'étais terrifié à la pensée que tu aies pu décider de retourner en Angleterre.

Jemima posa la main sur sa chemise blanche pour sentir les battements de son cœur. Ils étaient sourds, solides, et une chaleur délicieuse émanait de son torse puissant.

— Je veux rester avec toi, dit-elle sans la moindre hésitation.

Il referma la main sur la sienne.

— Pour toujours ? demanda-t-il d'une voix rauque.

— Oui, pour toujours.

— Je veux vivre avec toi, moi aussi, jusqu'à mon dernier souffle. Depuis la première fois que je t'ai vue. Mais je ne voulais pas le reconnaître parce que cela me rendait si démuni, si vulnérable... Je t'aime tellement...

— Pourquoi ne me l'as-tu jamais dit, murmura Jemima se sentant au bord des larmes.

— J'avais peur des mots. Mais pourquoi pensais-tu que j'aie voulu t'épouser ? Notre entente était fabuleuse au lit, mais si je n'avais pas ressenti beaucoup plus qu'une attirance physique pour toi, je ne me serais jamais marié avec toi. Quand tu es partie, j'ai été anéanti.

— C'était peut-être mieux ainsi, dit-elle en soupirant. J'avais besoin de grandir, de réfléchir aussi de mon côté. J'étais trop immature pour toi.

— Je savais que tu étais trop jeune pour te marier, mais je ne pouvais pas imaginer d'attendre.

Pour la première fois, Jemima crut totalement ce que lui disait Alejandro et lui sourit avec tout son amour.

— Ne me quitte plus jamais, dit-il d'une voix rauque.

— Je ne te quitterai plus jamais, affirma-t-elle de tout son cœur.

Soudain, une question qu'elle avait longtemps refoulée resurgit en elle.

— Après mon départ, as-tu… connu d'autres femmes ?

— Non. Je me disais que j'attendrais d'avoir divorcé. Mais en réalité, si je suis resté chaste, c'est parce que je ne désirais personne d'autre que toi.

— Moi non plus, je n'ai connu personne, murmura-t-elle.

Il lui caressa doucement la joue en la regardant dans les yeux.

— Ne me quitte plus jamais, répéta-t-il d'une voix sourde.

— Je n'en ai vraiment pas l'intention… Et dans l'immédiat, si tu en as envie toi aussi, je… Je voudrais te montrer à quel point je ne désire pas te quitter… dans… notre chambre.

Après un moment d'hésitation, Alejandro se leva en la soulevant dans ses bras.

— Est-ce qu'il ne serait pas plus prudent de consulter d'abord un médecin pour ta tête ?

— Ce n'est qu'une bosse, et je n'ai pas perdu connaissance. Ce que je veux vraiment…

— Je vais te le donner, *mi cariño*, l'interrompit-il, les yeux étincelants de tendresse et de passion.

Il la déposa sur le grand lit, et la dévêtit avec des mains fiévreuses avant de caresser ses seins avec impatience. Quelques secondes plus tard, il s'enfonça en elle, et Jemima se sentit emportée dans une marée de volupté si intense, qu'elle sombra aussitôt dans l'extase en criant de plaisir.

— Je ne sais pas si c'est le meilleur moment pour te dire que j'ai oublié d'utiliser un préservatif…, fit alors Alejandro en essayant de reprendre son souffle.

Jemima se figea dans ses bras, songea aux éventuelles conséquences de cette étreinte, puis lui adressa un grand sourire.

— Tu as dû oublier parce que je n'y ai pas pensé non plus, voilà tout.

— J'adorerais avoir un autre enfant avec toi, murmura Alejandro.

Une lueur dorée illumina son regard brun, et il reprit sa bouche avec passion.

Quand il écarta légèrement son visage du sien, Jemima chuchota contre ses lèvres :

— Nous pouvons toujours essayer…

Alejandro redressa la tête et la regarda avec un sourire radieux qui fit déferler une chaleur brûlante en elle.

— Je suis prêt à essayer tout de suite, *mi cariño*. Et comme je voulais te proposer une seconde lune de miel, nous aurons tout le temps de réitérer nos tentatives… Nous irons sur la côte : Alfie sera fou de joie d'aller à la plage.

— Je t'aime, Alejandro Navarro Vasquez, chuchota Jemima en l'attirant contre elle.

— Pas autant que je t'aime. Alfie et toi êtes tout mon univers. Sans vous, je ne serais plus rien.

Brusquement, Jemima eut l'impression de flotter sur un petit nuage et, oubliant toutes ses inquiétudes et ses craintes, elle offrit ses lèvres à l'amour de sa vie.

Un an plus tard, Jemima donna naissance à une fille, Candice, qui vint au monde avec des cheveux noirs et des yeux bleus. Avant même qu'elle leur eût adressé son premier sourire, son mari et son fils étaient fous de la petite fille.

Après avoir fermé sa boutique de fleurs à Charlbury St Helens, Jemima décida de ne pas en rouvrir une en Espagne. En effet, pour arriver à des résultats satisfaisants, elle aurait dû se baser à Séville, ce qu'elle ne désirait absolument pas. Elle préférait passer la majeure partie de son temps au château où elle se sentait maintenant vraiment chez elle. En revanche, elle continuait à offrir régulièrement ses services pour des mariages, et diverses manifestations organisées dans la région.

Ensuite, lorsqu'elle avait appris qu'elle attendait un deuxième enfant, elle s'était concentrée sur sa grossesse, craignant que celle-ci ne s'avère aussi difficile que la première. Mais, à son grand soulagement, elle ne souffrit que de quelques nausées au début, et l'accouchement se passa sans problèmes.

A présent, elle partageait son temps entre ses enfants, son rôle d'hôtesse lorsqu'ils recevaient au château, et son investissement de plus en plus important dans la fondation qui s'occupait de l'accueil et de l'aide aux femmes battues. Tout cela suffisait amplement à remplir sa vie.

Tous les trois mois environ, Flora venait la voir d'Angleterre, et elles se retrouvaient toujours avec bonheur, bavardant à bâtons rompus comme à Charlbury St Helens. Quant à Beatriz, elle avait rencontré un architecte au cours d'une manifestation familiale, et l'avait épousé six mois plus tard. Maintenant enceinte de son premier enfant, elle s'était épanouie et restait la plus proche amie de Jemima en Espagne.

Parmi tout ce petit monde et tous ces chamboulements, c'était *doña* Hortencia qui avait changé le moins. Bien que Marco vienne encore lui rendre visite, les relations entre la mère et le fils étaient souvent tendues, car elle restait incapable de l'accepter tel qu'il était vraiment et ne comprenait toujours pas ses choix de vie. D'un autre côté, désirant farouchement garder des liens avec le château, elle se montrait maintenant plus polie envers Jemima.

Avec le temps, Alejandro et Marco s'étaient rapprochés, même si Alejandro demeurait méfiant. Cependant, Marco ayant enfin accepté sa véritable place au sein de l'entreprise familiale, laquelle était de diriger la galerie new-yorkaise, il semblait maintenant très équilibré et heureux. Il vivait toujours avec Dario.

Alfie grandissait bien et allait à l'école maternelle depuis peu, faisant de rapides progrès en espagnol. Stephen Grey avait vendu son histoire à la presse, relatant l'histoire de sa fille et de son gendre dans un tabloïd minable. L'article eut fort peu de retentissement, et depuis Jemima n'avait plus entendu parler de lui. Toutefois, Alejandro avait appris récemment que Stephen Grey était retourné en prison après avoir commis un nouveau délit.

Alejandro et elle avaient fait tant de chemin, songea un soir Jemima en attendant son époux dans leur appartement sévillan.

Lorsqu'il restait longtemps à Séville, elle l'y accompagnait afin qu'ils ne restent pas séparés trop longtemps.

Quand elle entendit le bruit de la clé dans la serrure, elle s'élança dans le hall pour l'accueillir.

Alejandro s'appuya contre la porte après l'avoir refermée et la regarda, les yeux étincelants.

— Tu transformes mon arrivée en un tel événement…, dit-il d'une voix rauque.

— Tu as déjà dîné ? demanda-t-elle en faisant glisser sa veste sur ses épaules.

— Oui, quand j'ai vu que les discussions se termineraient très tard, je me suis commandé un repas.

Il déboutonna rapidement sa chemise, se débarrassa de ses chaussures, puis prit Jemima par la main et l'entraîna vers la chambre. Sur le seuil, il s'arrêta et ôta rapidement son pantalon, avant de se pencher pour défaire ses chaussettes.

— J'adore vraiment être ton mari, dit-il en la soulevant dans ses bras pour l'allonger sur le lit.

— Et moi, je suis de plus en plus heureuse d'être ta femme, murmura-t-elle en le regardant faire glisser son boxer sur ses hanches.

Il se pencha vers elle et l'embrassa, la faisant frissonner au plus profond de son être. C'était vendredi, songea-t-elle en fermant les yeux, aussi avaient-ils toute la nuit pour profiter l'un de l'autre. Elle était folle de ses enfants, mais de temps en temps, cela faisait du bien de ne pas être réveillée par un petit garçon plein de vie qui sautait sur le lit en poussant des hurlements de joie…

— Je t'aime tellement que je n'ai pas assez de mots pour te le dire…, murmura Alejandro contre ses lèvres.

— Moi, j'en ai plein, répondit-elle en souriant.

— Chut…, fit-il en reprenant sa bouche.

Il avait raison, songea-t-elle en s'abandonnant à ses caresses. Pour l'instant, toute parole était totalement inutile.

LYNNE GRAHAM

Nuit de passion

SAGA
PRÉCIEUX SECRETS

Traduction française de
LOUISE LAMBERSON

♦ SAGAS ♦

HARLEQUIN

Titre original :
FLORA'S DEFIANCE

Ce roman a déjà été publié en 2012.

1

Angelo contempla la petite fille âgée de neuf mois qu'il tenait dans ses bras. Ses grands yeux bleus rivés aux siens, Mariska lui adressa un sourire empli d'une telle confiance et d'une telle candeur qu'il sentit son cœur se serrer douloureusement.

Mis à part une marque violacée et une égratignure sur l'une de ses joues de porcelaine, rien ne témoignait de l'accident dont elle était sortie miraculeusement indemne. Sans doute parce qu'elle avait été installée en sécurité à l'arrière du véhicule, dans son siège auto, alors que la tragédie avait coûté la vie à ses parents.

— Vous n'étiez que le demi-frère de son père, n'est-ce pas monsieur van Zaal ? demanda la doctoresse assise en face de lui.

— Non, en effet. Mais je considérais Willem comme mon frère à part entière et je l'avais toujours traité comme tel. Par conséquent, je suis tout à fait prêt à adopter sa fille.

— L'assistante sociale en charge du dossier a effectivement souligné que, dès sa naissance, vous aviez été très impliqué dans la vie de Mariska.

— J'ai fait ce que j'ai pu pour aider Willem et Julie, l'interrompit Angelo avec amertume. Je regrette que cela n'ait pas suffi.

Seule l'équipe médicale savait dans quel état les parents de Mariska étaient au moment où la mort les avait fauchés. Heureusement, la vérité sordide n'avait pas filtré dans la presse.

— La tante de Mariska, Flora Bennett — la sœur aînée de

Julie, si j'ai bien compris — a également manifesté le désir de l'adopter, reprit la doctoresse.

Angelo se raidit aussitôt. Dans le même temps, il fut assailli par une vision d'yeux couleur émeraude, d'un teint de lys et d'une superbe bouche pulpeuse. Flora était une grande rousse fougueuse, dotée d'une sensualité qui aurait fait perdre la tête à tout homme moins prudent et moins expérimenté que lui.

— La *demi-sœur*, précisa-t-il tranquillement. Elle et Julie ont des mères différentes.

Il aurait pu fournir plus de détails ; cependant, il serra les lèvres et se tut : l'hostilité qu'il éprouvait envers l'autre partie de la famille de Mariska relevait d'une sphère beaucoup trop privée.

Lorsque son frère avait décidé d'épouser Julie Bennett, Angelo avait fait faire une enquête sur elle, et ses réserves s'étaient vues confirmées. Sans les penchants néfastes de sa femme, Willem serait encore en vie, il en était certain. Et d'après ce qu'il avait appris sur Flora Bennett, celle-ci n'était pas plus digne de confiance que sa sœur cadette. En effet, ses enquêteurs lui avaient révélé qu'elle avait, quelques années plus tôt, eu recours à des procédés méprisables pour avancer dans sa vie professionnelle, avant d'exploiter une situation scabreuse pour s'enrichir.

Sachant cela, Angelo était bien déterminé à tout faire pour devenir le tuteur de Mariska et pour qu'elle hérite un jour du legs qui aurait dû revenir à Willem. Ce dernier étant mort avant d'avoir atteint l'âge de toucher cet argent, sa fille pouvait un jour devenir une jeune femme très riche. Il n'avait pas réussi à sauver Willem de ses démons, mais il mettrait toute son énergie pour que son enfant grandisse dans la sécurité et le bien-être.

La doctoresse s'éclaircit la gorge, le tirant de ses pensées. Il s'aperçut alors qu'il avait les poings si serrés que ses jointures avaient blanchi.

— Avez-vous l'intention de vous marier ? demanda la jeune femme en rosissant légèrement.

Angelo l'observa un instant avant de répondre. Il n'allait certes pas lui révéler ses véritables intentions, aussi charmante soit-elle.

— C'est possible. Ce tragique accident va forcément entraîner beaucoup de changements dans mon existence.

Dans un premier temps, une seule chose lui importait : obtenir la garde définitive de Mariska ; car dans l'immédiat, le bébé ne lui était confié que temporairement.

Assise à l'arrière du véhicule, le dos terriblement raide, les nerfs tendus à craquer, Flora essayait de reprendre ses esprits. Comme prévu, un taxi l'avait attendue à l'aéroport de Schiphol — chaque étape de son voyage à Amsterdam avait été organisée pour elle. Cependant, même si ces dispositions lui avaient facilité la tâche, elle ne se sentait pas reconnaissante envers celui qui en avait pris l'initiative.

A la pensée qu'elle devrait bientôt remercier Angelo van Zaal de s'être occupé de son voyage, elle ne put réprimer une moue dédaigneuse.

Non seulement elle méprisait cet homme, mais, en outre, elle ne supportait pas la façon dont il contrôlait *tout*. Sa parole faisait en effet office de loi, tant dans le cercle familial que dans la sphère professionnelle. Et même au-delà, grâce à son immense fortune qui lui conférait un pouvoir et une influence considérables dans bien des domaines.

N'ayant jamais apprécié qu'on lui dicte sa conduite, Flora ne tolérait pas ce genre d'attitude. Toutefois, elle avait dû apprendre à s'y plier lorsqu'elle avait travaillé en entreprise. Elle avait aussi appris à contrôler ses humeurs vis-à-vis des hôtes parfois trop autoritaires ou trop exigeants qui séjournaient chez elle, à acquiescer en souriant alors qu'au fond d'elle-même, elle n'en pensait pas moins.

Mais Angelo van Zaal avait le don de l'irriter, quoi qu'il fasse. Elle se souvint avec rancœur que, lorsque Willem et Julie était morts, peu de temps après leur accident de voiture, il n'avait pas eu la courtoisie de l'appeler personnellement. Au lieu de cela, il avait demandé à son avocat de lui téléphoner pour lui annoncer l'horrible nouvelle.

Par cette attitude, il avait voulu montrer sa détermination à la tenir à l'écart, souligner que c'était lui qui détenait l'autorité familiale, tout en rappelant à Flora qu'il n'existait aucun lien substantiel entre eux.

Toutefois, elle savait qu'il y avait une autre raison à ses réactions épidermiques envers Angelo van Zaal : dès la première fois qu'elle l'avait rencontré, il lui avait fait tourner la tête comme à une adolescente. Un an et demi avait passé depuis cette lamentable première rencontre, mais au seul souvenir de l'effet qu'il avait produit sur elle, Flora ne put s'empêcher de rougir. Et pourtant, elle savait pertinemment qu'un tel homme ne s'intéresserait jamais à une femme comme elle.

Mesurant un bon mètre quatre-vingt-cinq, il avait hérité de sa mère espagnole des cheveux jais. Quant à ses yeux bleus perçants, Julie lui avait expliqué qu'il les tenait de son père néerlandais. Angelo était indéniablement d'une beauté à couper le souffle ; quand elle s'était trouvée face à lui, Flora avait eu un mal fou à ne pas se laisser entraîner dans un flot de fantasmes débridés. En proie à un trouble irrépressible, elle avait rougi et bégayé et, même si elle s'efforçait de contrôler ses réactions, elle ne pouvait s'empêcher de frémir à la perspective de le revoir.

Cette excitation n'avait aucun sens, se raisonna-t-elle avec exaspération. En outre, le fait de se sentir attirée par un homme qu'elle ne trouvait même pas sympathique la choquait profondément. Par conséquent, elle était farouchement déterminée à ne rien laisser soupçonner de son absurde faiblesse à Angelo.

En revanche, s'il s'imaginait qu'elle allait rester dans son coin pendant qu'il adoptait tranquillement sa nièce, il la sous-estimait vraiment. Car Flora était prête à se battre pour obtenir le droit de ramener Mariska avec elle et de l'élever comme sa propre fille.

Comment Angelo pouvait-il se croire la personne la plus appropriée pour se charger de la petite fille ? Flora possédait une maison confortable avec jardin, dans le ravissant village de

Charlbury St Helens, et sa situation lui permettrait d'offrir à sa nièce les soins et l'attention dont elle avait besoin : non seulement Flora possédait la qualification d'assistante maternelle, mais ses chambres d'hôte marchaient fort bien. Si nécessaire, elle pourrait même cesser son activité jusqu'à ce que Mariska atteigne l'âge d'être scolarisée. Financièrement, ce serait tout à fait possible, puisqu'elle avait une somme rondelette à la banque. Cette sécurité financière augmenterait certainement ses chances d'être considérée comme une mère adoptive crédible.

Préférant ne pas songer à la provenance de cet argent, ni à ce qu'elle avait enduré pour l'obtenir, Flora se concentra sur le présent. Elle se força à ne plus penser à la vie qu'elle avait menée à Londres avant d'aller s'installer dans l'ancienne maison de sa grand-tante. A ce moment-là, Julie était déjà partie vivre aux Pays-Bas ; ensuite, Flora avait trop peu vu sa jeune sœur.

Willem et Julie étaient en effet rarement revenus en Angleterre. De son côté, elle ne s'était rendue à Amsterdam qu'une seule fois, car le jeune couple menait une existence très active, et elle avait rapidement compris qu'ils étaient peu disposés à la recevoir.

Pourtant, malgré leurs cinq ans d'écart, Flora et sa benjamine avaient autrefois été très proches — alors que leur histoire aurait pu au contraire les séparer. Comme son père était un coureur de jupons invétéré, Flora gardait des souvenirs d'enfance emplis de disputes, de cris, et de sanglots de sa mère. Celle-ci, très fragile émotionnellement, avait souvent laissé entendre à sa fille que, si elle en avait eu les moyens, elle aurait quitté son infidèle de mari. Après avoir été témoin de ses perpétuelles lamentations, Flora en avait tiré une détermination farouche à obtenir le plus de diplômes possible afin de ne jamais avoir besoin de dépendre d'un homme.

Finalement, ses parents avaient divorcé alors qu'elle était à l'Université. Flora avait alors fait une découverte pour le moins choquante : son père avait *déjà* une seconde famille qui vivait à quelques centaines de mètres de la maison où elle avait grandi !

Presque dès le début de son mariage, il avait entretenu une liaison avec Sarah, la mère de Julie.

Aussitôt après le divorce, il avait épousé Sarah ; quand il avait tenu à présenter ses filles l'une à l'autre, une épouvantable dispute avait éclaté. Mais Julie et Flora avaient rapidement développé une affection réciproque, si bien que plus tard, quand ce second mariage avait été rompu à son tour, elles étaient restées proches. Ensuite, à la mort de Sarah, survenue au moment où Julie allait entrer à l'Université, Flora était venue s'installer chez celle-ci, à Londres. Elles avaient vécu ensemble pendant deux ans, au cours desquels Flora avait traversé une période de chaos terrible, dans sa vie tant professionnelle qu'intime.

Elle sentit ses yeux s'embuer tandis qu'elle revoyait le visage délicat de sa sœur. Blonde, plutôt petite, Julie était une jeune fille pétillante et bavarde. Elle avait rencontré Willem à Londres, où il était venu habiter, vivant de petits jobs, pendant l'année sabbatique qu'il s'était octroyée avant d'entrer à l'Université. Lorsque le moment avait été venu pour lui de rentrer dans son pays, Julie n'avait pas envisagé un seul instant de se séparer de son jeune amoureux. Elle avait décidé d'arrêter ses études pour aller vivre avec lui à Amsterdam, sur une péniche.

Repoussant les avertissements et conseils de sa sœur, Julie avait fait passer l'amour avant toute autre considération, avec l'enthousiasme d'une adolescente. Quelques semaines après avoir quitté l'Angleterre, elle avait annoncé sa grossesse à Flora ; peu de temps après, les deux jeunes gens s'étaient mariés précipitamment.

Angelo van Zaal, le demi-frère de Willem, avait assumé les frais du mariage civil et de la petite réception qui s'était tenue à Londres. C'était à cette occasion que Flora l'avait rencontré pour la première fois ; déjà prévenue par sa sœur, elle n'avait pas été surprise qu'il désapprouve cette union.

— Je suis trop ordinaire à son goût. Pas assez instruite et trop délurée, lui avait dit Julie en secouant sa jolie tête blonde. Tu m'imagines en train de m'incliner sans cesse comme le fait

Willem ? Il est terrifié devant son frère aîné parce qu'il a réussi dans tous les domaines, alors que Willem n'a pas du tout son ambition.

Au crédit d'Angelo, Flora avait dû porter une tranchante franchise.

— Ils sont beaucoup trop jeunes et trop immatures pour devenir parents. C'est une véritable catastrophe, avait-il déclaré sombrement après la courte cérémonie.

Tout en parlant, il avait toisé Flora d'un air supérieur.

— C'est un peu tard, avait-elle répliqué. Ils s'aiment vraiment et, Dieu merci, Willem a assez d'argent pour…

— Où avez-vous été cherché cela ? l'avait-il interrompue d'une voix glaciale. Willem ne touchera son héritage que dans trois ans.

Mortifiée, Flora avait senti le sang se figer dans ses veines. A en juger par le mépris affiché par Angelo, elle avait commis une erreur regrettable en faisant allusion à la future situation de Willem.

— Mais vu que Julie attend un enfant, avait-elle balbutié en essayant de se justifier. Je pensais…

— Ce serait une folie que je ne permettrai pas, avait décrété Angelo d'un ton péremptoire. Willem et sa femme devront travailler pour gagner leur vie. Peut-être n'était-ce pas exactement ce qu'envisageait votre sœur…

Choquée par son insinuation odieuse, Flora avait frémi d'indignation.

— Julie est évidemment prête à travailler, avait-elle répliqué en redressant les épaules.

— Ne possédant aucune qualification ni aucun diplôme, elle ne trouvera pas grand-chose, lui avait fait sèchement remarquer Angelo. Et Willem devra terminer ses études de commerce avant de pouvoir postuler à un emploi bien rémunéré.

Finalement, Julie étant devenue trop malade pour travailler durant sa grossesse, Willem avait dû interrompre ses études pour prendre le relais. A l'époque, Flora avait rendu Angelo responsable de cette situation : ce milliardaire à la volonté de fer aurait pu faire un geste, s'arranger pour que le jeune couple profite de l'argent promis à Willem avant la date prévue au lieu que cet héritage dorme sur un compte en banque, sans profiter à personne.

— Voici votre hôtel, déclara le chauffeur de taxi en se tournant vers elle. Je vous attends ici le temps que vous preniez possession de votre chambre, puis je vous emmènerai là où se tient la cérémonie funéraire.

Brutalement tirée de ses souvenirs, Flora bafouilla un vague assentiment. Angelo van Zaal avait décidément tout planifié à la perfection. A la perspective de se retrouver face à lui, une nervosité proche de la panique l'envahit.

Dès son arrivée, Flora constata que de nombreuses personnes étaient déjà rassemblées, très jeunes pour la plupart. Mais en dépit de la foule, elle ne remarqua vraiment que l'homme qui traversait déjà la salle pour se diriger vers elle. Aussitôt, elle sentit son corps s'embraser inexorablement. Les épaules affreusement raides, elle s'efforça d'éviter de croiser le regard d'Angelo van Zaal.

Avec une courtoisie exemplaire, celui-ci lui adressa les condoléances habituelles, puis l'entraîna parmi les invités pour la présenter à certains parents de Willem. Il se comportait avec une aisance et une politesse parfaites, mais Flora pouvait à peine respirer tant elle se sentait tendue. Détestant ce trouble — le même qui l'avait envahie dès leur première rencontre —, elle se fustigea de laisser ce quasi-inconnu exercer un tel pouvoir sur elle.

Aucun homme, même Peter, qu'elle avait autrefois envisagé d'épouser, n'avait jamais produit une impression aussi forte sur elle. Elle avait de toute façon vu trop de malheurs dans le couple formé par ses parents pour se précipiter aveuglément dans une relation amoureuse. D'autre part, après avoir subi, sur son lieu de travail, un harcèlement atroce de la part d'un véritable obsédé sexuel, elle était devenue encore plus méfiante envers les hommes. Et comme la découverte de la sexualité n'avait jamais été sa priorité, elle était encore vierge.

Dans ces conditions, comment Angelo van Zaal, qu'elle ne trouvait même pas sympathique, pouvait-il faire naître un tel trouble en elle ?

— Comment va Mariska ? demanda-t-elle comme ils se trouvaient un peu à l'écart des invités.

— Les enfants ont des ressources incroyables. Ce matin, au cours du petit déjeuner, elle n'a pas cessé de sourire, répondit Angelo en dardant ses yeux bleu électrique sur les siens.

— Vous êtes allé la voir à l'hôpital très tôt, alors, s'étonna-t-elle.

Il laissa errer le regard sur son visage, puis descendit lentement sur son buste. Horrifiée, Flora se rendit compte que ses tétons durcissaient sous ses vêtements. Se sentant inexorablement rougir, elle essaya de calmer les réactions traîtresses de son corps en regardant fixement le nœud de la cravate d'Angelo.

— Mariska n'est plus à l'hôpital, dit-il tranquillement. Elle m'a été confiée hier.

Choquée de n'avoir pas été mise au courant de cette décision, Flora redressa le menton.

— Vous avez agi très rapidement. Qui s'occupe d'elle ?

— Sa nounou, Anke.

— Après avoir perdu ses parents, ce ne doit pas être très rassurant pour Mariska de se retrouver avec une étrangère.

— Anke n'est pas une étrangère : elle s'occupe de ma nièce depuis déjà plusieurs mois.

— Willem et Julie avaient embauché quelqu'un ? s'exclama Flora avec stupéfaction.

Au cours de ses conversations téléphoniques, Julie avait souvent mentionné les problèmes financiers du ménage. Dans ces conditions, Flora n'aurait jamais imaginé qu'ils puissent s'offrir un tel luxe. De plus, sa sœur n'avait jamais fait allusion à cette *Anke*.

— C'est moi qui m'en suis chargé et qui ai assumé tous les frais, fit Angelo en serrant ses lèvres sensuelles.

En même temps, il lui avait adressé un regard dur, comme pour faire comprendre à Flora que ces détails ne la regardaient absolument pas.

— Même si ce n'était pas nécessaire, c'est très généreux à vous d'avoir financé mon voyage, dit-elle alors d'une voix crispée. Cela m'a évité du stress supplémentaire et m'a permis d'arriver plus rapidement, je vous en remercie. Malheureusement, je ne peux pas rester longtemps à Amsterdam et j'aimerais passer le plus de temps possible avec…

— Avec votre nièce, bien sûr, l'interrompit-il d'une voix suave. Dès la fin de cette cérémonie, tout le monde est invité à venir chez moi pour prendre le café. Vous la verrez à ce moment-là.

Flora, qui ne s'attendait pas à ce qu'il acquiesce aussi facilement à sa requête, fut légèrement décontenancée.

— Je dois vous préciser que…

Elle hésita un instant avant de poursuivre, puis opta pour la franchise.

— J'ai rendez-vous avec un avocat demain, ici, à Amsterdam, et ensuite avec les services sociaux. Je voudrais adopter Mariska.

L'espace d'un instant, les incroyables yeux bleus d'Angelo se teintèrent d'une nuance glacée ; mais ce fut si rapide que Flora se demanda si elle l'avait imaginé.

— Bien sûr, dit-il en hochant la tête. C'est votre droit.

Les funérailles furent suivies par des hommages rendus à Willem et Julie, courts et émouvants. Flora ne put retenir ses larmes. C'était si injuste que des êtres aussi jeunes soient partis alors qu'ils avaient toute la vie devant eux. Elle se sentait soudain horriblement seule au monde : à part Mariska, elle n'avait plus aucun parent en vie. De plus, sa meilleure amie, Jemima, était retournée vivre avec son mari en Espagne, laissant un autre vide douloureux dans son existence.

La cérémonie achevée, un oncle et une tante de Willem lui proposèrent de l'emmener chez Angelo, ce que Flora accepta volontiers. Julie lui avait raconté que son beau-frère vivait dans un manoir imposant, décrivant celui-ci comme un véritable palais. Elle constata bientôt que la haute bâtisse majestueuse, qui avait appartenu à plusieurs générations de van Zaal, était en effet très raffinée, tant à l'extérieur qu'à l'intérieur. Elle admira les hauts plafonds, les beaux parquets cirés, les superbes meubles anciens et les immenses tableaux de maîtres ornant les murs. Puis elle découvrit un salon à la fois élégant et accueillant, où un café délicieux leur fut servi par une gouvernante au visage rond et souriant qui s'appelait Therese, lui apprit son hôte.

Tout en conversant avec Hans, un partenaire d'affaires devenu ami, Angelo ne pouvait s'empêcher d'observer discrètement Flora. Il nota son visage extrêmement mobile alors qu'elle souriait à Therese. Mais, en dépit de ce sourire, il distingua des traces de larmes sur ses joues. Le genre de femme tout en émotions, se dit-il. Les plus dangereuses selon lui ; aussi avait-il toujours pris le plus grand soin de les éviter.

Depuis leur première et unique rencontre, elle s'était laissé pousser les cheveux. Malgré lui, il imagina sa superbe chevelure de feu libérée de son ruban de velours noir, répandue sur un oreiller blanc… Aussitôt sa virilité réagit vigoureusement. Furieux après lui-même, il tâcha alors de refouler ces images et de reprendre l'emprise sur son corps. Pourquoi diable la proximité de Flora Bennett le faisait-elle ainsi réagir ?

S'efforçant de se concentrer sur les paroles de Hans, il ne put s'empêcher de continuer à observer la jeune femme. Exactement comme lors de leur rencontre, il dut faire appel à toute sa volonté pour résister au charme magnétique qui émanait d'elle. Il fallait qu'il retrouve sa lucidité, c'était vital. En effet, il était bien placé pour savoir qu'une femme pouvait mener un homme à la catastrophe.

Après avoir bu son café et échangé quelques mots avec certains invités, Flora s'absorba dans la contemplation d'un magnifique tableau ancien représentant des personnages au teint clair portant de superbes costumes brodés. Lorsqu'elle se retourna, elle aperçut Angelo, qui s'entretenait avec Therese. Tout en s'adressant à la gouvernante, il darda des yeux perçants sur elle, si bien que leurs regards s'imbriquèrent. Une flèche de désir pur la traversa alors, éveillant tous ses sens. Les lèvres pincées, elle se dirigea vers lui, en réprimant farouchement les réactions de son corps.

— Therese va vous conduire auprès de Mariska, dit-il en s'inclinant brièvement.

Quelques instants plus tard, la gouvernante la conduisait dans une vaste pièce, à l'étage. Elle lui présenta Anke, une jolie jeune femme aux cheveux noirs. Mais Flora n'avait vraiment d'yeux que pour sa nièce, installée au milieu de ses jouets sur un vaste tapis de jeu. Avec son petit nez légèrement retroussé et ses fossettes, ses yeux bleus et ses cheveux dorés, la fillette était le portrait vivant de Julie.

Les larmes aux yeux, Flora s'agenouilla à côté de Mariska en lui souriant malgré son chagrin ; elle regrettait d'être une quasi-étrangère pour elle. Celle-ci l'observa d'abord avec ses grands yeux, mais quand sa tante lui chatouilla la main, elle éclata de rire. Flora commença alors à jouer avec sa nièce, qui se révéla être une petite fille affectueuse et spontanée. Cette découverte lui mit du baume au cœur.

Quand Mariska commença à montrer des signes de fatigue, Flora constata avec surprise que, sans s'en rendre compte, elle avait passé tout l'après-midi avec elle ! La laissant entre les mains d'Anke, elle redescendit au rez-de-chaussée. Angelo se tenait dans le hall, grand et sombre, ses cheveux brillant sous l'éclairage diffusé par l'immense lustre en cristal. Il avait le profil et le corps d'un dieu grec, songea-t-elle en réprimant un violent frisson.

— Serait-il possible que je visite demain après-midi la péniche sur laquelle vivaient Willem et Julie ?

— Bien sûr. Une équipe de nettoyage est sur les lieux, car le propriétaire va reprendre son bien. Vous désirez peut-être emporter quelques affaires ayant appartenu à votre sœur ?

La gorge affreusement nouée, Flora hocha la tête et, après s'être forcée à adresser un sourire tremblant à Angelo, elle le salua rapidement, se détourna et quitta le manoir.

Tout en la regardant s'éloigner par la fenêtre, Angelo reconnut qu'il se conduisait comme un mufle. Flora se retrouvait dans une ville étrangère, elle venait d'y enterrer sa sœur et son beau-frère, et pourtant, il la laissait regagner son hôtel anonyme, où elle passerait la soirée complètement seule.

Il serra les mâchoires en observant le balancement délicieusement sexy des hanches de la jeune femme. La jupe droite de son tailleur bleu marine faisait ressortir les courbes ravissantes de son fessier rebondi et, s'arrêtant au genou, elle laissait voir le galbe parfait de ses mollets et ses chevilles fines. Elle avait des jambes vraiment fabuleuses, constata-t-il en s'imaginant en train de remonter lentement cette jupe sur ses cuisses. Aussitôt sa libido réagit violemment tandis qu'il laissait échapper un gémissement sourd.

Complètement exténuée, Flora referma la porte de sa chambre et se débarrassa de ses chaussures. Depuis qu'elle avait appris la sinistre nouvelle, elle n'avait quasiment pas dormi. Après s'être allongée sur le grand lit confortable, elle s'assoupit presque aussitôt. La sonnerie du téléphone la réveilla brutalement.

— Allô ! fit-elle d'une voix ensommeillée.

— C'est Angelo. Avez-vous dîné ?

Stupéfaite, Flora se redressa maladroitement sur son lit.

— Euh…

— S'il en est encore temps, je serais ravi de vous inviter, poursuivit-il.

Sa voix grave et profonde avait fait naître un tremblement au creux de ses reins. Elle ne pouvait décemment pas accepter son invitation. Cependant, elle dut refouler le désir irrésistible, et totalement inapproprié, de passer la soirée avec cet homme superbe et sensuel.

— Merci, j'ai déjà dîné, mentit-elle sans hésiter. Mais c'est aimable de me l'avoir proposé.

— Je ne l'ai pas fait par amabilité, rétorqua-t-il d'un ton un peu brusque.

— Oh…

La bouche sèche, Flora s'interrompit. Un silence embarrassant s'installa entre eux.

— Eh bien, je vous souhaite une bonne nuit, dit-il alors avant de raccrocher.

Lui non plus ne la trouvait pas sympathique, songea Flora en contemplant le combiné qu'elle tenait encore dans sa main. Elle en était absolument certaine. Cela se voyait dans son regard, dans ce léger dédain qu'il manifestait toujours à son égard. Qu'avait-elle bien pu faire pour mériter son mépris ? Et dans ces conditions, pourquoi avait-il soudain décidé de l'inviter à dîner ? Par pitié ?

Après avoir commandé un repas léger au service de chambre, Flora se dirigea vers la salle de bains pour prendre une douche rapide. Ensuite, elle s'installa en tailleur sur son lit et dîna, tout en lisant le roman qu'elle avait emporté.

Mais les mots dansaient devant ses yeux et une foule de questions se pressaient dans son esprit. Pourquoi avait-elle refusé de dîner avec Angelo van Zaal ? Certes, elle était fière de lui avoir dit non, mais elle devait reconnaître qu'elle avait refusé à cause du mélange de panique et de surprise qui l'avait envahie. De plus, elle n'avait rien à se mettre car, hormis son tailleur bleu marine, elle n'avait emporté qu'un jean et un haut décontracté pour ce court séjour.

Au fond, elle ne parvenait pas à s'imaginer dînant dans un restaurant chic en compagnie d'Angelo. La dernière fois qu'elle était venue à Charlbury St Helens, Julie lui avait montré un article de magazine people, illustré par des photos de quelques-unes des conquêtes d'Angelo : des femmes sublimes, vêtues de tenues éblouissantes, à la hauteur de sa sophistication à la fois raffinée et décontractée.

Néanmoins, à la pensée qu'elle aurait pu passer la soirée avec lui, une excitation insensée frémit au plus profond de sa féminité. Flora se raidit aussitôt pour refouler cet assaut inopportun.

Elle eut un mal fou à trouver le sommeil.

2

Angelo se répéta pour la centième fois qu'il aurait mieux fait de rester à Amsterdam. En dépit de ses efforts, il ne parvenait pas à se concentrer sur cette réunion organisée à Rotterdam.

Comment la logique froide et l'intelligence dont il était si fier pouvaient-elles l'avoir déserté complètement la veille au soir, l'empêchant de prévoir le refus de Flora Bennett ? se demanda-t-il tout en s'efforçant d'écouter ce que disait l'un de ses partenaires.

En invitant la jeune femme à dîner, il avait pensé pouvoir au cours de la soirée lui exposer les derniers événements survenus dans la vie de sa sœur. De cette façon, il lui aurait évité d'apprendre la vérité de la bouche des services sociaux.

Angelo plissa le front. C'était bien la première fois qu'une femme lui opposait un refus. En fait, celles qu'il fréquentait habituellement se montraient au contraire plus qu'empressées d'accepter toute invitation de sa part, de satisfaire le moindre de ses désirs — et même le moindre de ses caprices… Les réactions des femmes qu'il côtoyait étaient toujours totalement prévisibles, et il n'avait jamais ressenti le moindre désir de sortir de cet univers planifié ni de s'aventurer dans des aventures plus incontrôlables.

Bien des années plus tôt, son défunt père avait commis cette erreur en épousant la mère de Willem, une belle veuve hélas volage. Et Angelo n'avait jamais oublié les années pénibles qui en avaient résulté.

Après le dîner, Flora aurait-elle couché avec lui ? Cette question, surgie de son subconscient, le prit totalement au dépourvu. En sentant sa virilité réagir, force lui fut de reconnaître qu'il la désirait. Il était même prêt à s'avouer que quelque chose en Flora le fascinait. Pourtant, la veille au soir, ses intentions étaient pures et désintéressées.

Cependant, il était fort possible que Flora Bennett en sache beaucoup plus long qu'il ne le pensait sur le style de vie de Willem et Julie. Angelo s'assombrit à cette pensée. Depuis le mariage de sa sœur, Flora l'avait peu vue. Peut-être avait-elle préféré rester à l'écart des problèmes de sa benjamine. De son côté, Angelo n'avait jamais eu ce choix : devant les frasques répétées du couple, il s'était vu forcé d'intervenir, poussé par le besoin irrépressible de protéger Mariska.

Malheureusement, son attachement à la petite fille l'obligerait à entretenir des rapports avec la branche anglaise de sa famille. Et s'il n'avait aucune confiance en Flora, elle restait néanmoins la seule parente vivante de la Mariska. Il ne pouvait ignorer ce lien familial, ni le fait que la jeune femme avait passé plus de deux heures avec sa nièce, lui témoignant une sincère affection et se comportant avec naturel, comme le lui avait rapporté Anke. Mariska avait semblé ravie de sa compagnie.

Aux yeux des services sociaux, cette admirable démonstration de fibre maternelle, ajoutée à l'élan spontané de sa nièce, allait sans doute jouer en faveur de Flora Bennett.

De son côté, était-il prêt à se marier uniquement pour augmenter ses chances d'adopter Mariska ? Angelo se redressa sur son siège. A la seule perspective de partager son lit avec la même femme jusqu'à la fin de ses jours, l'angoisse le saisissait : sa vie se transformerait en un véritable enfer terrestre.

Bien sûr, il pourrait faire en sorte que ce mariage ne soit qu'un arrangement, de façon à garder sa liberté. Plus d'une femme serait disposée à accepter ces règles pour devenir une van Zaal et profiter de tous les avantages inhérents à cette position enviable.

Dès son plus jeune âge, Angelo avait compris qu'il était

possible d'acheter quasiment tout ce qu'il désirait. Aussi était-il prêt à donner une fortune pour trouver l'épouse idéale. Celle-ci serait naturellement blonde, cultivée, raffinée et néerlandaise. Les femmes de son pays étaient dotées d'un merveilleux sens pratique et d'une tolérance exemplaire. Il avait besoin d'une partenaire issue d'un milieu respectable, ayant les pieds sur terre, capable d'accepter ses horaires difficiles sans se plaindre, prête à assumer son rôle domestique et social d'épouse tout en respectant sa vie privée. Bref, une femme se contentant de profiter du style de vie qu'Angelo lui offrirait, sans rien attendre de plus de lui.

A ces conditions seulement, il pourrait envisager de se marier, pour le bien de Mariska. En évitant avec soin tout romantisme et toute promesse de fidélité.

Se rendant soudain compte que ses associés l'observaient en silence, Angelo consulta sa montre et prit une décision éclair. Après un déjeuner professionnel au cours duquel il se rattraperait pour sa non-participation à la réunion, il irait retrouver Flora Bennett sur la péniche de Willem. Là, il mettrait les choses au point avant qu'elle ne reparte chez elle.

C'était la solution la plus rationnelle, et il se savait capable de ne pas se laisser influencer par l'attirance qu'il ressentait pour elle. Il était bien trop pondéré pour s'engager sur un territoire aussi périlleux, avec une femme dont les valeurs morales étaient plus que douteuses.

Lorsqu'elle ressortit de l'immeuble abritant les services sociaux, Flora s'avança sur le trottoir, titubant presque. Après ce qu'elle venait d'apprendre, elle se trouvait en proie à un choc terrible. Elle n'avait jamais eu le moindre soupçon quant au mode de vie de Willem et Julie. Au cours de leurs conversations téléphoniques hebdomadaires, sa sœur avait réussi à la convaincre qu'ils menaient une existence tout à fait ordinaire — en fait, la réalité était tout autre…

Pour satisfaire leur dépendance à la drogue, Willem et Julie avaient eu recours à de menus larcins. Les jeunes gens avaient été voleurs et toxicomanes. Désespérément toxicomanes, si bien que, en dépit des supplications et des offres de soutien qui leur avaient été proposées, ils avaient continué à s'enfoncer dans une autodestruction inéluctable. Et quand leur voiture s'était écrasée, Willem au volant, ils étaient tous les deux sous l'emprise de la drogue.

Seule la petite Mariska avait survécu à ce drame atroce.

Les personnes avec qui Flora s'était entretenue étaient restées très discrètes sur le rôle joué par Angelo. Cependant, elle avait compris que, dès le départ, le demi-frère de Willem avait été fortement impliqué dans les tentatives pour sauver le jeune couple d'un naufrage programmé. Il avait notamment essayé, avec les services sociaux, de les persuader d'entamer un processus de désintoxication. Par ailleurs, il avait fait tout ce qu'il avait pu pour protéger Mariska.

Durant les derniers mois, la petite fille n'avait pratiquement jamais été laissée seule avec ses parents. Anke s'occupait d'elle quasiment en permanence ; lorsque Willem et Julie sortaient et que sa nounou n'était pas disponible, celle-ci amenait Mariska chez Angelo.

Pourtant, en dépit de toutes ces mesures, sa nièce aurait fort bien pu trouver la mort en même temps que ses parents. Ce jour-là, Julie avait en effet décidé de se passer de la nounou et d'emmener sa fille avec eux, sans en parler à personne. La survie de Mariska relevait du pur miracle.

Tout en marchant le long du canal, le visage caressé par la brise fraîche de la fin du printemps, Flora ne put retenir ses larmes. Elle s'écarta pour laisser un cycliste la dépasser et s'arrêta un instant pour sortir son plan de son sac. Dans ce dédale de rues entrecoupées de canaux, elle était submergée par un tel mélange de colère, de tristesse et de regrets qu'elle craignit de s'être égarée.

Sa demi-sœur était partie pour toujours, et rien ne la ramènerait, songea-t-elle douloureusement. Mais qui avait donné des instructions pour qu'elle-même soit tenue à l'écart des problèmes, la privant de toute tentative pour les aider ?

Les travailleurs sociaux étaient liés par le secret professionnel ; c'était donc forcément Angelo qui avait jugé préférable de la laisser dans l'ignorance, alors qu'elle était la seule parente proche de Julie.

Elle en était là de ses pensées lorsqu'elle aperçut la péniche où avait vécu le jeune couple. Quand elle s'était installée à Amsterdam, Julie lui avait envoyé des tas de photos, aussi n'eut-elle aucune difficulté à la reconnaître. Peinte en bleu et blanc, la péniche était amarrée parmi d'autres embarcations le long du quai bordé de maisons pittoresques.

Au moment où elle montait sur le pont, la porte de la cabine s'ouvrit sur Angelo.

L'espace d'un instant, Flora resta figée sur place. Dans son élégant costume gris, dont la coupe était manifestement signée par un créateur de talent, Angelo lui sembla déplacé à bord de la péniche.

Sa tenue mettait en valeur ses épaules puissantes, ses hanches étroites et ses longues jambes musclées. Quand il s'avança vers elle, la brise ébouriffa ses épais cheveux noirs. Le charme et la sensualité qui émanaient de cet homme l'atteignirent alors en plein cœur, tandis qu'une douce chaleur se répandait dans son ventre et qu'un frisson la parcourait.

— Qu'est-ce que vous faites ici ? demanda-t-elle d'une voix crispée.

— J'ai pensé que c'était l'endroit idéal pour vous parler.

— Pour me parler ? C'est un peu tard pour cela, vous ne croyez pas ? répliqua-t-elle en le foudroyant du regard.

Puis elle passa devant lui avant de pénétrer dans la partie de la cabine aménagée en salon. L'espace était presque nu ; toutes les affaires avaient été rangées dans des cartons alignés dans un coin.

— Et puis, je ne voudrais surtout pas gâcher votre précieux temps, poursuivit-elle vivement.

Peu habitué à ce que l'on s'adresse à lui sur ce ton, Angelo la regarda en esquissant une moue sardonique. Même vêtue d'un simple trench noir, d'un jean et d'un pull vert, Flora Bennett demeurait absolument stupéfiante. Sa peau d'albâtre de vraie rousse était presque transparente, même si, en ce moment, une délicate roseur soulignait ses pommettes. Il l'observa tranquillement, troublé par l'intensité des émotions qui irradiaient de cette jeune femme silencieuse.

Flora ôta son trench, le laissa tomber sur un carton et se retourna brusquement vers Angelo.

— Comment avez-vous pu me laisser dans l'ignorance de ce qui se passait ici ? lui lança-t-elle d'un ton accusateur. Willem et Julie faisaient également partie de ma famille. Par conséquent, j'avais au moins le droit de savoir que Julie se droguait !

— Elle avait vingt et un ans, Flora. Et elle avait demandé que sous aucun prétexte vous ne soyez mise au courant de ses problèmes.

— Ce qui veut dire ? riposta-t-elle en redressant le menton.

— Exactement ce que je viens d'expliquer. Je lui ai parlé à maintes reprises, et l'assistante sociale qui la suivait l'avait poussée à se confier à vous. Mais votre sœur ne voulait pas que vous sachiez qu'elle était prise dans cet engrenage infernal. Et je n'étais pas en mesure d'aller à l'encontre de ses souhaits.

— Je ne vous crois pas ! Vous n'en faites jamais qu'à votre tête, Angelo. Vous êtes un homme puissant, pas un gamin impressionnable.

— Néanmoins, vous devez me croire : j'ai dû énormément me battre pour garder le contact avec Willem et Julie. Leur style de vie m'était odieux mais, pour le bien de leur fille, il était impératif que je conserve un lien avec eux.

L'expression d'Angelo devint particulièrement sombre.

— Si je n'avais pas tenu compte des volontés de votre sœur, reprit-il, elle et Willem n'auraient plus eu confiance en moi, et Mariska aurait risqué d'en souffrir.

— Vous avez été impliqué tandis que moi, je suis restée dans l'ignorance totale, jusqu'à ce qu'il soit trop tard !

— J'ai fait passer les besoins de Mariska avant toute autre considération, répliqua fermement Angelo. Dans cette situation terriblement difficile, j'ai agi de mon mieux.

— Mais cela n'a pas suffi, n'est-ce pas ? Moins d'un an après la naissance de Mariska, votre frère et ma sœur sont morts tous les deux en laissant une jeune orpheline !

Les traits soudain tendus, il lui adressa un regard glacial.

— Ensemble, tous deux ont formé une association qui est rapidement devenue fatale, dit-il d'un ton égal. Willem était un être faible, perturbé, et Julie était déjà droguée avant leur rencontre.

Choquée par ces paroles accusatrices, Flora laissa échapper un rire dur et incrédule.

— Comment pouvez-vous rejeter la responsabilité de ce qui leur est arrivé sur ma sœur ? Comment osez-vous insinuer que c'est elle qui a perverti son mari ?

— Je vous dis simplement la vérité. Croyez-moi, je n'ai aucun désir de souiller la mémoire de Julie.

— Dans ce cas, ne dites pas des choses aussi odieuses !

— Ce n'est pas moi qui ai commencé, répliqua calmement Angelo.

Son regard se posait sans cesse sur son pull vert. Le fin jersey moulait les seins ronds de Flora, laissant percevoir le renflement de ses tétons. Apparemment, elle ne portait pas de soutien-gorge. La sensation déstabilisante qui le titillait au creux des reins s'exacerba tandis qu'il se voyait en train de lui ôter ce pull. Le désir qui le consumait devint si puissant qu'il lui fallut recourir à toute sa volonté pour arracher son esprit à cette rêverie érotique. Sans chercher à le séduire, cette femme avait le don de le troubler ; ce constat le rendit furieux contre elle et contre lui-même.

— Vous auriez dû me dire que Willem et Julie étaient toxicomanes ! lui reprocha Flora. Il aurait suffi de me demander de ne pas leur révéler comment je l'avais appris.

— Je vous répète que, après toutes mes tentatives pour les persuader de se faire aider, mon but principal a été de protéger Mariska de leurs excès.

Flora inspira profondément pour calmer les émotions qui l'étouffaient presque. Elle traversa l'espace, le dos raide, puis croisa fermement les bras sur sa poitrine. Toutefois, en dépit de sa colère, elle ne put s'empêcher de se retourner vers Angelo et d'admirer sa haute silhouette puissante. Comment pouvait-elle se laisser fasciner par son physique dans de pareilles circonstances ? Révoltée par sa propre attitude, elle contempla, à travers le hublot, les eaux calmes du canal qui miroitaient doucement au soleil.

— C'est tellement injuste de rejeter le blâme sur Julie.

— Je n'ai jamais accusé votre sœur, protesta Angelo.

Agacé de constater qu'il restait attentif au moindre des mouvements de Flora, il se força à détourner les yeux de ses hanches moulées dans son jean. Décidément, cette femme semblait détenir le pouvoir de saper son self-control…

— Je tiens à me montrer honnête envers vous, continua-t-il, même si ma franchise vous paraît offensante.

— Effectivement, je trouve très offensant que vous accusiez ma sœur de s'être droguée depuis longtemps, fit-elle en se retournant vers lui.

De plus en plus irrité, Angelo la regarda passer le bout de sa langue sur ses lèvres.

— Même si c'est vrai ? répliqua-t-il.

Incapable de détourner les yeux de sa bouche sensuelle, il imagina les effets que produirait cette petite langue rose sur la partie la plus sensible de son anatomie. Il serra les poings pour contenir son désir.

— Comment pouvez-vous savoir que c'est vrai ? rétorqua Flora, avec un mélange de mépris et de colère.

Elle soutint le regard bleu électrique d'Angelo, tandis que de délicieuses flammèches embrasaient sa chair.

— Je le sais parce que, avant qu'elle n'épouse Willem, j'ai fait faire une enquête sur Julie. Quand elle était étudiante à Londres, votre sœur sortait avec une bande de toxicos et prenait régulièrement de l'ecstasy et de la cocaïne. Même enceinte, elle n'a pas renoncé à ces habitudes, et il n'a pas fallu longtemps à Willem pour la suivre. Ensuite, ils sont rapidement passés à l'héroïne.

Totalement immobile, Flora l'avait écouté en silence, écarquillant les yeux d'un air incrédule.

— Vous avez fait faire une enquête sur Julie ? fit-elle avec stupeur. Ils ont dû se tromper…

— Non, ils ne sont pas trompés, répliqua tranquillement Angelo.

Il remarqua combien Flora était devenue blême. Sa pâleur accentuait la teinte flamboyante de ses cheveux cuivrés ainsi que celle de ses superbes yeux verts.

— L'enquête a été menée par une entreprise réputée et le rapport était très détaillé, continua-t-il. Malheureusement, votre sœur se droguait depuis plusieurs années…

— C'est impossible, le coupa brutalement Flora. Depuis qu'elle avait commencé ses études, Julie vivait avec moi.

Mais soudain, se concentrant sur cette période, elle sentit une sensation affreuse se déployer dans son ventre.

Julie était venue s'installer chez elle au moment où elle-même traversait une période très chaotique. A l'époque, elle devait rester de longues heures au bureau, harcelée par un patron abusant de son pouvoir. Parallèlement, sa relation avec Peter traversait alors une phase très difficile. Par conséquent, Flora n'avait pas pu accorder assez d'attention à sa sœur. Néanmoins, elle gardait des souvenirs précieux de cette époque et elle n'avait rien remarqué de suspect dans le comportement de Julie. Jamais elle n'avait soupçonné que quelque chose clochait sérieusement dans sa vie.

Flora se rappelait que, comme la plupart des étudiants, Julie menait une vie sociale très active, entourée de nombreux amis. Souvent, elle rentrait très tard, alors que Flora dormait depuis longtemps — elle devait se lever tôt pour aller travailler. Par ailleurs, Julie était sujette à de brusques changements d'humeur, qui la poussaient parfois à rester au lit toute la journée. Attribuant ce comportement au jeune âge de sa sœur, Flora n'y avait jamais rien vu d'anormal.

— Si Julie prenait de la drogue à l'époque, fit-elle brusquement, ce dont je doute encore, je n'en avais pas la moindre idée.

Lorsque Angelo vit ses beaux yeux verts briller et qu'il comprit qu'elle luttait pour ne pas pleurer, il se rapprocha instinctivement d'elle. Il s'arrêta à quelques centimètres, surpris par la vivacité de sa propre réaction et par l'hésitation, inhabituelle chez lui, qui s'en était suivie. D'ordinaire, quand une femme manifestait quelque état d'âme, il fuyait aussitôt dans la direction opposée ; d'ordinaire, il ignorait l'indécision.

Quand il vit les larmes rouler sur les joues de Flora, il prit fermement ses mains dans les siennes — encore une attitude qui lui était totalement étrangère.

— Ne pleurez pas, je vous en prie, dit-il avec empressement. Ne vous sentez pas responsable de cette catastrophe. De nombreuses personnes expérimentées et bienveillantes ont essayé d'aider Willem et Julie, sans succès. Parfois, quoi que nous fassions, nous restons impuissants devant le malheur d'autrui. Vous n'êtes pour rien dans ce qui leur est arrivé.

Devant son évidente sincérité, Flora comprit qu'Angelo avait dit la vérité. Cependant, la culpabilité continuait à la tarauder douloureusement : elle n'avait pas été là pour sa sœur au moment où celle-ci avait eu le plus besoin d'elle.

— Julie a eu une enfance si horrible ! dit-elle d'une voix étranglée. Elle voyait presque chaque jour mon père dans son quartier, avec ma mère et moi, mais elle devait faire semblant de ne pas le connaître, alors qu'il était son père à elle aussi. La liaison qu'il entretenait avec sa mère était secrète, aussi pendant des années Julie a-t-elle grandi dans le mensonge. Ce passé a laissé des cicatrices inguérissables : elle désirait toujours être remarquée, sortir du lot, parce qu'elle avait un besoin insatiable d'amour et d'attention…

— Ce n'est pas votre faute, Flora. Vous n'êtes pas sa mère, vous n'aviez pas à exercer d'autorité sur elle. Et puis, soyez réaliste : qu'auriez-vous pu faire ? dit Angelo d'une voix douce en regardant ses yeux emplis de larmes.

Flora frissonnait, mais c'était la proximité d'Angelo qui à présent la perturbait. La fragrance boisée de son eau de toilette, mêlée à l'odeur mâle de sa peau, lui donnaient presque le vertige. Il fallait absolument qu'elle s'éloigne de lui, qu'elle reprenne ses distances au propre comme au figuré. Mais, étrangement, ses pieds refusèrent de lui obéir.

Impuissante, elle se sentit attirée magnétiquement vers Angelo, le regard rivé à ses traits sublimes, comme pour les graver à jamais dans sa mémoire : hautes pommettes, ligne altière de son nez patricien, bouche sensuelle… qui s'approchait de la sienne… se rapprochait… Seigneur, allait-il… ?

Quand Angelo l'embrassa, Flora sentit une véritable explosion de sensualité surgir du plus profond de sa chair. Gagnée par une ivresse délicieuse, elle leva les mains et s'agrippa à ses larges épaules en fermant les yeux. Etait-ce bien Angelo van Zaal qui lui donnait ainsi l'impression que son cœur allait jaillir de sa poitrine ? Brusquement, le chagrin du deuil, l'appréhension qui l'avait étreinte depuis son départ pour Amsterdam, la culpabilité, tout s'évanouissait dans l'intensité d'un baiser merveilleux.

Quand Angelo referma les mains sur ses hanches et la serra contre lui, un long tressaillement la parcourut. La tiède fermeté de son membre pressé contre son ventre fit naître en elle une excitation folle, alors qu'avec les quelques autres hommes qu'elle avait fréquenté, ce contact intime l'avait toujours dégoûtée.

— Tu es beaucoup trop habillée, dit-il soudain d'une voix rauque en s'écartant de ses lèvres.

Flora le regarda en reprenant son souffle. Un désir sauvage

se lisait au fond de ses yeux bleus, les striant de violet. Ainsi, le contrôle de ses émotions lui échappait parfois, à lui aussi, constata-t-elle avec émerveillement et stupéfaction. Soudain, elle sentit une part inconnue d'elle se révéler au grand jour, comme si cet homme sensuel détenait la clé d'un territoire resté secret jusque-là.

Etait-ce parce qu'il la regardait comme si elle était la femme la plus sexy du monde ? La force de son désir viril lui faisait en tout cas l'effet d'un baume sur la blessure que lui avait infligé l'homme qu'elle aimait le jour où il l'avait rejetée. Flora avait toujours cru que cette blessure ne guérirait jamais.

Promenant sa main sur le torse puissant d'Angelo, elle savoura la dureté de ses muscles et la chaleur de sa peau. Il laissa alors échapper une plainte sourde, avant de la serrer contre lui avec une telle force que Flora sentit une flèche de plaisir pur fuser en elle

Après l'avoir repoussée doucement, il la fit pivoter d'un demi-tour avant de la serrer de nouveau contre lui, son érection désormais plaquée contre ses fesses. Puis il glissa une main sous son pull avant de la refermer sur son sein nu. Flora ne put retenir un halètement. Lentement, Angelo caressa le mamelon durci, avant de le faire rouler entre ses doigts avec une habileté redoutable. Et quand son autre main se livra aux mêmes tourments exquis sur son second téton, Flora sentit ses jambes se dérober sous elle.

Aussitôt, Angelo la souleva dans ses bras, avant de reprendre sa bouche avec passion.

3

Presque sans s'en apercevoir, Flora se retrouva allongée sur le lit de la petite chambre, la poitrine nue. Horrifiée, elle voulut se redresser, mais un seul regard vers Angelo l'en dissuada. Il avait ôté veste, cravate, et déboutonné sa chemise. Elle contempla, fascinée, son torse puissant à la peau hâlée couvert d'une toison brune, son ventre superbement musclé. Angelo était d'une beauté et d'une virilité sublimes.

— Nous ne... Nous ne devrions pas..., balbutia-t-elle d'une voix à peine audible.

Comment pouvait-elle se conduire ainsi, alors qu'elle venait de perdre sa sœur ? se demanda-t-elle avec un mélange de stupeur et de honte.

— *Dios mío* ! Ne me demande pas de m'arrêter, *querida*, dit-il d'une voix sourde en dardant sur elle un regard brûlant. Je n'ai jamais désiré une femme aussi violemment...

Embarrassée, Flora s'assit et referma les mains sur ses seins ; en même temps, elle ressentait une excitation inouïe à être convoitée aussi farouchement par cet homme. Quand il fit glisser la fermeture de sa braguette d'un geste brusque, elle crut suffoquer de désir.

Elle comprit alors que cette intensité sensuelle était égale à celle du chagrin immense qui la ravageait. Et que face à cette souffrance, l'attention et le désir d'Angelo représentaient une forme de réconfort.

— Tu es si belle, murmura-t-il d'une voix profonde. Et je te désire depuis si longtemps.

— Tu l'avais bien caché, ironisa-t-elle.

— Oui, mais je capitule, répliqua-t-il en se débarrassant de son pantalon.

Flora sentit son souffle se bloquer dans sa gorge. Le boxer de soie noire révélait davantage qu'il ne dissimulait, et pour une femme aussi peu expérimentée qu'elle, la virilité d'Angelo semblait très impressionnante. Elle ne comptait pas lui révéler qu'elle était vierge, d'autant que son manque d'expérience sexuelle était dû aux circonstances et non à un choix délibéré. Depuis la rupture de ses fiançailles, trois ans plus tôt, elle n'avait jamais envisagé de partager de réelle intimité avec quiconque.

— Je ne suis pas belle, lui lança-t-elle, presque avec défi.

— Moi, je te trouve très belle, dit-il en venant s'installer à côté d'elle sur le lit.

— Pour une femme, je suis bien trop grande, insista Flora en redressant le menton.

— Tu es parfaitement à ma taille, répliqua-t-il avec un sourire terriblement sexy.

Puis, sans cesser de sourire, il la repoussa doucement sur le matelas et lui prit les mains ; il les écarta de sa poitrine, exposant ses seins nus. Flora resta immobile tandis qu'il lui caressait les poignets avec ses pouces, son regard incandescent dardé sur ses tétons gonflés et offerts.

— J'adore tes seins.

Etendue à moitié nue en pleine lumière du jour, Flora sentit l'embarras la gagner. Serrant fortement les paupières, elle essaya de reprendre ses esprits, mais quand il l'embrassa de nouveau avec fièvre, toute pensée rationnelle et toute inhibition s'évanouirent.

La bouche d'Angelo lui était déjà devenue nécessaire, essentielle, et ses caresses provoquaient en elle un plaisir divin qu'elle n'avait jamais ressenti. Lorsque sa langue experte enlaça la sienne, Flora s'embrasa tout entière. Jamais elle n'aurait soupçonné qu'un simple baiser put susciter un tel ravissement.

Après s'être écarté de ses lèvres, Angelo pencha la tête et l'embrassa sous l'oreille, puis laissa glisser sa bouche sur son cou, avec une lenteur presque insupportable. Flora ferma de nouveau les yeux et enfouit les doigts dans ses cheveux épais tandis que les lèvres d'Angelo descendaient sur sa gorge.

Quand elle sentit sa langue caresser l'un de ses mamelons, puis ses dents mordiller sa chair excitée, elle ne put retenir un cri. Impuissante à lutter contre les ondes qui déferlaient dans tout son être, elle eut la sensation que son intimité, brûlante, s'entrouvrait sous l'effet de ce séisme sensuel.

Comme s'il l'avait deviné, Angelo posa la main sur son mont de Vénus et entama une lente exploration de ses trésors cachés. Une volupté ruissela alors en elle, si incroyable qu'elle se mit à haleter.

— C'est fou…, murmura-t-elle d'une voix hachée tandis qu'il se redressait pour lui ôter son jean.

— Oui, tu as raison, c'est fou. Je n'avais jamais perdu tout contrôle à ce point, je l'avoue, répliqua-t-il sourdement.

Puis il se pencha vers elle et reprit sa bouche avec fougue. Alors, plus rien n'exista pour Flora qu'Angelo. Et lorsqu'il reprit ses caresses légères dans ses replis secrets, elle ne put retenir un long gémissement.

Peu à peu, une sensation inconnue se déploya au fond de sa féminité, tandis qu'un plaisir prodigieux palpitait entre ses cuisses. Juste au moment où le désir qui la consumait devenait presque insupportable, Angelo s'installa entre ses jambes. Envahie par une appréhension subite, Flora sentit son sexe dur contre sa chair la plus intime. Il la pénétra lentement, et Flora ressentit une douleur qui s'évanouit aussitôt, remplacée par la volupté.

— Tu es fabuleuse…, murmura Angelo.

D'instinct, elle creusa les reins tandis qu'il allait et venait de plus en plus profondément en elle. En laissant échapper un gémissement, Flora réalisa que son corps ne lui appartenait plus. Eblouie, elle se laissait emporter par le rythme sensuel, la cadence excitante qu'il imprimait à leurs deux corps en fusion.

Peu à peu, le plaisir s'amplifiait ; puis, tout à coup, elle sentit son corps se contracter, avant d'être submergée par un orgasme éblouissant, une explosion de pure extase. Elle poussa un cri en s'agrippant aux épaules d'Angelo.

Quelques instants plus tard, épuisée et comblée, Flora flottait dans une sorte de cocon chaud et doux. Les yeux brillants, Angelo la regardait. Puis il l'embrassa de nouveau, avec une ardeur avide. Stupéfaite, Flora comprit qu'il était prêt à recommencer…

Mais elle… que ressentait-elle ? Cette simple question lui fit reprendre ses esprits, et elle eut soudain envie de bondir hors du lit, de se rhabiller et de fuir le plus vite et le plus loin possible.

Seigneur, qu'avait-elle fait ? Affolée, minée par une honte cuisante, Flora ne pouvait contenir le flot de culpabilité et de regrets qui la subergeait. Desserrant ses bras refermés autour d'Angelo, elle se dégagea rapidement de son étreinte.

— Je dois m'en aller, dit-elle d'une voix tremblante en quittant le lit.

Angelo s'appuya sur un coude et regarda Flora en fronçant les sourcils. Il était totalement décontenancé par sa réaction inattendue,

— Qu'est-ce que tu as ?

Elle se tourna vers lui en rougissant. Comment pouvait-il poser une question pareille ? Avait-il oublié le double deuil qui venait de dévaster leurs vies ?

— Ce qui vient de se passer n'aurait jamais dû arriver. Et je suis affreusement embarrassée !

— Pourquoi ? Nous n'avons fait que partager un moment de sexe fabuleux, laissa tomber Angelo en s'asseyant sur le matelas, le dos appuyé au mur.

Contemplant son corps nu… et la preuve flagrante de son désir, Flora devint écarlate. Les hommes ne pensaient vraiment qu'au sexe !

Furieuse, elle se dirigea vers une porte entrouverte en espérant que c'était celle de la salle de bains, avant de constater qu'il ne s'agissait que d'un vaste placard, totalement vide.

— La salle de bains est de l'autre côté du couloir, dit sèchement Angelo.

Sans lui jeter un regard, Flora ramassa ses vêtements épars. Dire qu'après avoir vécu sa première étreinte sexuelle, elle ne désirait qu'une chose : l'oublier !

Une fois dans la minuscule salle de bains, elle se lava du mieux qu'elle put en l'absence de savon et de serviettes — tout comme il n'y avait pas de draps sur le matelas. N'avait-elle pas couché avec Angelo van Zaal comme une prostituée se livrant à une étreinte rapide… ?

A cet instant, on frappa discrètement à la porte. Elle ouvrit.

— Oui ?

— J'ai une maison de campagne et je voudrais y passer le week-end avec toi.

— Le sexe était donc aussi bon que cela ? ne put-elle s'empêcher de répliquer froidement.

— Les aventures passagères ne m'intéressent pas, affirma Angelo d'une voix grave qui la fit frissonner.

— Pourquoi ne retournes-tu pas à ton bureau ?

— Il faut que nous parlions, dit-il avec une certaine dureté. Je t'attends.

Heureusement qu'il n'avait pas remarqué qu'elle était vierge, songea Flora en renfilant ses vêtements. S'il avait compris qu'à vingt-six ans elle n'avait encore connu aucun homme, elle ne se serait pas remise de cette humiliation. Sans compter qu'il l'aurait prise pour une créature désespérée, désireuse de trouver un homme susceptible de s'intéresser enfin à elle. Ce qui n'était pas du tout le cas. En fait, n'ayant pas une très haute opinion de la gent masculine, Flora ne pensait pas qu'un homme soit indispensable à son bonheur. Et après la rupture de ses fiançailles, elle avait cessé de sortir avec des hommes, consacrant toute son énergie à reconstruire sa vie, à Charlbury St Helens.

Quand elle sortit de la salle de bains, elle vit Angelo se

diriger vers le salon. Tout en le suivant, elle se souvint qu'elle avait fait le chemin inverse dans ses bras tandis qu'il l'inondait de baisers brûlants…

Comment avait-elle pu se laisser aller ainsi ? Non seulement, son attitude avait été contraire à tous ses principes, mais, en outre, les aventures éphémères ne l'avaient jamais attirée. Or, elle venait de se livrer à une étreinte torride, sur un lit de fortune !

Angelo observa Flora tandis qu'elle remettait ses chaussures, puis reprenait son trench. Visiblement, elle était pressée de s'éloigner de lui, ce qui était tout à fait nouveau pour lui. D'habitude, les femmes étaient plus que disposées à se montrer câlines après l'amour.

Soudain, sans comprendre pourquoi, il se sentit déstabilisé, comme si son univers venait d'être bouleversé de fond en comble. Tout lui sembla brusquement faux, ou fuyant, alors qu'en temps ordinaire il dominait toujours ses émotions et les événements.

De plus, pour la première fois de sa vie, il venait de coucher avec une femme sans se protéger. Son désir pour Flora avait été si puissant que rien n'aurait pu l'arrêter, même le fait de n'avoir pas de préservatif sur lui. Renonçant à toute précaution élémentaire, il avait accepté sciemment le risque parce qu'il avait été incapable de résister au désir qui le dévorait. Face à Flora, il avait perdu tout bon sens, ce qui le perturbait profondément.

— Utilises-tu un moyen de contraception ? demanda-t-il d'un ton neutre.

Flora redressa vivement la tête en plissant le front. Comment avaient-ils pu négliger cette question ?

— Non… Je…

— Ce qui vient de se passer est tout à fait inhabituel pour moi, fit-il avec un geste rapide de la main.

— Pour moi aussi, répliqua-t-elle en nouant fermement la ceinture de son trench pour se donner une contenance.

— Nous avons couché ensemble sans aucune protection…

Toutefois, je fais régulièrement des bilans de santé, aussi n'as-tu rien à craindre de ce côté-là. Quant à…

Elle l'interrompit brutalement :

— Sois franc : tu as peur que je me retrouve enceinte.

— Ne paniquons pas. Nous n'avons couché ensemble qu'une fois, répliqua Angelo, adoptant un ton délibérément détaché.

Etant donné qu'il ne s'était jamais conduit de façon aussi irréfléchie, le destin l'épargnerait sans doute, tenta-t-il de se persuader. De tels accidents n'avaient aucune place dans sa vie bien planifiée.

Stupéfaite devant son assurance et son indifférence, Flora fut prise d'un pressentiment affreux. Elle ne partageait pas du tout son détachement et redoutait au contraire de devoir assumer les conséquences de ce moment de folie.

— Eh bien, puisque de toute évidence, tu ne veux pas que je reste, poursuivit-il, je vais te laisser explorer le contenu de ces cartons.

— Parfait, dit-elle précipitamment. Et j'aimerais revoir Mariska avant de quitter Amsterdam.

Le regard incisif d'Angelo la fit frissonner. Puis elle le vit sortir une carte de sa poche.

— Tu peux venir quand tu veux. Voici le téléphone de la maison, tu peux t'arranger avec Anke.

Flora contempla la carte qu'il lui tendait. Une telle tension régnait dans l'atmosphère qu'elle avait l'impression que ses nerfs allaient craquer.

— Quant à moi, je t'appellerai, ajouta-t-il d'une voix sensuelle.

Cette fois, elle releva les yeux.

— Ce n'est pas la peine, lança-t-elle, affreusement mal à l'aise.

— Nous devons rester en contact à cause de Mariska. Je tiens aussi à m'assurer que tu n'es pas enceinte. Quand le sauras-tu ?

Choquée qu'il lui pose une question aussi intime, Flora rougit.

— Cela ne te regarde pas !

Angelo lui adressa un regard sombre et dur.

— Si tu portes mon enfant, cela me regardera, que cela te plaise ou non, *querida* !

Dès qu'Angelo fut parti, après lui avoir précisé où laisser la clé, Flora ôta de nouveau son trench et s'attaqua au premier carton. Pensant qu'ils pourraient intéresser Mariska plus tard, elle mit les journaux intimes et les photos de Julie de côté, avant d'y ajouter la véritable armée d'ours en peluche que sa sœur étalait autrefois sur son lit.

Elle ne trouva pas grand-chose d'autre qui soit digne d'intérêt, mis à part quelques cartes postales échangées entre Willem et Julie, plus quelques bijoux bon marché. Ils plairaient peut-être un jour à leur fille, se dit-elle en regardant une photo de sa sœur et son beau-frère prise le jour de leur mariage. Ils semblaient si jeunes, si heureux, si pleins de vie qu'elle fut submergée de nouveau par les larmes.

Après avoir pleuré tout son soûl, Flora se sentit mieux. Elle comprit qu'elle avait besoin d'évacuer ses émotions et son chagrin. Prenant son portable, elle appela alors le manoir d'Angelo et convint avec Anke qu'elle irait voir Mariska dans l'après-midi.

Quand elle retourna dans la salle de bains pour appliquer de l'eau froide sur ses yeux gonflés et rougis, elle fut effrayée par son reflet dans le miroir : elle avait vraiment une mine épouvantable.

Elle secoua lentement la tête, atterrée. Elle avait du mal à croire qu'elle venait de coucher avec Angelo van Zaal, ce playboy arrogant qui avait constamment gardé ses distances avec elle, la traitant avec un mélange de dédain et d'indifférence. Certes, elle avait déjà ressenti une violente attirance pour lui, mais jamais elle n'aurait imaginé que cet attrait se concrétise en une étreinte aussi passionnée... Elle en conclut qu'elle s'était laissée aller ainsi pour oublier la disparition brutale de Julie.

Ce qui la terrifiait plus que tout, c'était l'impression d'avoir perdu tout amour-propre. A présent, quand elle se retrouverait face à Angelo van Zaal, elle serait inévitablement en proie à un embarras épouvantable.

Après avoir rempli le sac qu'elle avait emporté avec elle, Flora quitta la péniche. Puis, elle se retourna une dernière fois et se rendit jusqu'à l'arrêt de tram.

Ayant trouvé une place assise, elle se força à regarder les rues animées qui défilaient derrière la vitre pour ne pas penser à Angelo. Elle l'avait trouvé différent quand, rompant toutes les barrières érigées entre eux, il l'avait embrassée avec passion. Il s'était alors montré si ouvert, si franc — du moins, en apparence.

Il lui avait même dit qu'elle était très belle. A ce souvenir, Flora ressentit de la gêne. Elle ferait mieux de chasser ces souvenirs malvenus et de ne plus jamais y songer !

Cependant, il restait une inquiétude qu'elle ne pourrait repousser aussi facilement : quelles étaient les probabilités pour qu'elle se retrouve enceinte ? Elle fit un rapide calcul, dont le résultat l'angoissa aussitôt : cet accident — car c'était bien de cela qu'il s'agissait — s'était produit au beau milieu de la phase la plus fertile de son cycle. Flora serra les bras autour de sa poitrine pour se libérer du frisson glacé qui courait le long de sa peau. Elle n'avait plus qu'à prier…

Soudain, l'ironie féroce de la situation lui apparut : elle risquait une grossesse alors qu'elle venait de demander à adopter Mariska ! Au départ, elle s'était embarquée dans ce processus avec beaucoup d'espoir, se basant sur le fait qu'ils étaient les deux seuls parents vivants de Mariska. Et jamais elle n'aurait imaginé qu'Angelo désire lui aussi adopter la fille de Willem et Julie.

Et il allait représenter un rival dangereux, songea-t-elle avec inquiétude. En effet, il était impliqué dans la vie de Mariska depuis sa naissance. Quant à son célibat, il ne semblait pas préoccuper les services sociaux. De toute façon, ils étaient à égalité sur ce plan-là puisqu'elle-même n'était pas mariée et vivait seule. Pour étayer sa demande d'adoption, Flora n'avait que sa disponibilité et sa qualification d'assistante maternelle. D'autre part, il faudrait des mois pour que ce dossier soit étudié à fond et qu'une décision finale soit prise. Pendant ce temps-là, Angelo aurait la garde de sa nièce. Mariska pourrait alors s'attacher à lui, ainsi qu'à sa nouvelle demeure.

Une immense tristesse la gagna. Ses chances étaient vraiment minimes, alors qu'elle avait naïvement cru ne rencontrer aucun obstacle, envisageant même de repartir directement à Charlbury St Helens avec sa nièce.

Mariska l'accueillit avec de grands sourires en babillant joyeusement, accueil spontané qui réchauffa le cœur de Flora. En fin d'après-midi, Anke lui proposa de dîner avec elles et de rester jusqu'à l'heure où elle coucherait Mariska. Ayant compris qu'Angelo ne participerait pas au dîner, Flora accepta avec joie.

Après un repas léger, elle prit grand plaisir à assister au bain de sa nièce. Lorsqu'elle l'enveloppa dans une grande serviette moelleuse et qu'elle regarda son petit visage rose, elle vit la réplique exacte des yeux bleus de sa sœur. Durant un instant, les larmes se pressèrent sous ses paupières, mais elle les retint farouchement.

Une fois la petite fille couchée dans son beau berceau rose et blanc, Flora redescendit au rez-de-chaussée, où elle récupéra son manteau.

— Bonsoir, Flora. Je ne savais pas que tu étais encore à la maison.

Angelo avait surgi d'une haute porte donnant sur le hall. Avec son élégante veste de smoking et ses cheveux noirs soigneusement peignés en arrière, il était sublime.

Surprise et affreusement gênée, Flora se pétrifia.

— Je suis restée le plus longtemps possible avec Mariska, dit-elle en s'efforçant d'empêcher sa voix de trembler. Mais à présent, je m'en vais : je suis totalement exténuée.

— Mon chauffeur va te reconduire à ton hôtel.

— Non, ce n'est pas…

— J'insiste, l'interrompit-il d'un ton péremptoire. Tu as effectivement l'air épuisée.

Au moment où elle entrouvrait les lèvres pour protester, Flora se rendit compte qu'Angelo n'était pas seul.

Vêtue d'une superbe robe de soirée sans manches et portant une étole assortie à la main, une femme élégante aux cheveux blond platine et aux yeux sombres se tenait derrière lui. Sans le moindre embarras, Angelo les présenta en souriant.

En serrant la main dédaigneuse que lui tendit la nommée Bregitta Etten, Flora ne put s'empêcher de se demander si elle était la maîtresse d'Angelo. A moins qu'elle ne fût l'une de ces innombrables créatures de rêve avec lesquelles il se montrait souvent en public, comme le lui avait raconté Julie, et dont on ne savait si elles étaient ou non des conquêtes.

Quel que soit son statut, la superbe blonde garda une main possessive posée sur le bras d'Angelo pendant qu'il donnait des instructions pour que Flora soit reconduite à son hôtel. A sa grande stupeur, elle se rendit alors compte qu'elle avait envie d'écarter cette main fine aux ongles carmin. Sa stupeur se transforma en angoisse quand elle comprit qu'elle réagissait ainsi par jalousie.

Evitant de regarder le couple, elle quitta le manoir rapidement ; un instant plus tard, un luxueux véhicule s'arrêta devant elle. Le chauffeur en sortit aussitôt et vint lui ouvrir la portière.

— Je t'appelle, fit tranquillement la voix d'Angelo dans son dos.

Elle se retourna. Ainsi, il l'avait suivie — Bregitta aussi, qui la regardait sans pouvoir dissimuler sa curiosité. Flora acquiesça d'un hochement de tête en souriant d'un air neutre, avant de s'engouffrer dans la voiture.

4

De retour à Charlbury St Helens, Flora s'accorda une brève pause chez elle, puis fila au cabinet vétérinaire, qui comprenait une petite pension où elle avait laissé son chien et son chat.

Jess, la plus jeune des vétérinaires, la reçut à l'accueil. Elle prépara sa facture, tandis que son assistante allait chercher les animaux. Dès qu'il aperçut sa maîtresse, Skipper, un Jack Russel noir et blanc doté de plus de personnalité que de volume, fonça vers elle à toute allure en remuant la queue, avant de jeter son petit corps ferme contre ses jambes. Quant à Mango, un superbe chat noir de taille imposante, il resta enroulé sur lui-même dans son panier en ignorant dédaigneusement sa maîtresse. Chaque fois qu'elle s'en allait, il la boudait à son retour.

— Tout le monde est là et en bonne santé, fit Jess en souriant.

Puis elle fronça les sourcils en scrutant Flora avec une inquiétude sincère.

— Comment vas-tu ? Ça s'est bien passé ?

— Pas trop mal, répondit brièvement Flora.

— Et ta nièce ? L'as-tu ramenée avec toi ?

— Non. Malheureusement, ce n'est pas aussi simple, répondit-elle avec un sourire amer. Il y a d'abord un certain nombre de formalités à régler. En plus, c'est Angelo, le frère de Willem, qui a la garde de Mariska pour l'instant. Il a lui aussi demandé à l'adopter.

— Mais… il n'est pas célibataire ?

— Si. Mais je le suis aussi. En plus, il s'est déjà beaucoup occupé de ma nièce, dès sa naissance.

— Peut-être, mais tu serais une mère fantastique ! s'exclama spontanément son amie. On m'a même raconté que tu avais été très regrettée quand tu as cessé de travailler en tant qu'assistante maternelle pour monter tes chambres d'hôtes.

Flora sourit à Jess avec gratitude avant de prendre congé avec sa ménagerie.

Sa maison, héritée de sa grand-tante, était située à une bonne distance de la route, un peu à l'écart du centre animé du village. De grands arbres formaient un écrin la protégeant du monde extérieur. Dans cette région très prisée par les touristes, les chambres d'hôtes de Flora étaient fort appréciées. Lorsqu'elles étaient toutes occupées, elle employait la mère de Jess, Sharon, pour lui donner un coup de main. Mais pour l'instant, elle y était seule, se dit-elle en retenant un soupir en ouvrant la porte d'entrée. Mariska habiterait-elle un jour ici ?

Elle libéra Skipper, qui alla retrouver ses repères dans le jardin, tandis que Mango s'installait paresseusement au soleil. Refoulant ses inquiétudes concernant le sort de sa nièce, Flora se rendit dans la cuisine pour se préparer un café. Aussitôt, une angoisse chassa l'autre puisqu'elle repensa à la folie qu'avait été de faire l'amour avec Angelo sans se protéger. Et si elle était enceinte ? se demanda-t-elle en mettant de l'eau à chauffer dans la bouilloire. Elle n'aurait pas la réponse avant dix jours, il ne servait donc à rien de se torturer avec cette question. Cependant, elle s'en voulait terriblement pour ce qui s'était passé à Amsterdam.

Le fil de ses souvenirs se déroula jusqu'à Peter, avec lequel elle avait été fiancée cinq ans, après l'avoir rencontré à l'Université. Ils avaient décidé d'un commun accord qu'ils se marieraient une fois leurs situations respectives bien établies. Mais lorsque Peter l'avait quittée après la terrible épreuve professionnelle qu'elle avait traversée, Flora avait perdu toutes ces certitudes.

Pendant ces années, elle avait voulu croire qu'ils formaient le couple idéal, avant de comprendre brusquement qu'elle s'était cruellement trompée. Avec le temps, le manque d'intérêt sexuel de Peter envers elle avait profondément blessé son amour-propre, si bien qu'après leur séparation Flora avait renoncé à toute tentative de relation amoureuse. Il lui était impossible de prendre le risque de revivre un rejet et une humiliation aussi violents.

Cependant, avec le recul, elle comprenait que son enfance l'avait presque autant traumatisée que son expérience avec Peter. Elle n'avait jamais oublié la souffrance de sa mère et les mensonges perpétuels de son père, ni ses trahisons. Sa mère avait quasiment été détruite, traversant plusieurs dépressions graves avant de pouvoir trouver enfin la force de reconstruire sa vie sans son mari infidèle. Malheureusement, se rappela Flora avec amertume et tristesse, cette femme aimante n'avait pu profiter de ce renouveau que durant dix-huit mois.

Malgré ses déconvenues, sa mère n'avait jamais cessé de croire à l'amour vrai et à l'engagement. Alors comment Flora avait-elle pu perdre sa virginité en se donnant à Angelo van Zaal ? Il ne s'était même pas rendu compte qu'il était son premier amant… Elle n'avait rien en commun avec cet homme. Pourtant, lorsqu'il l'avait embrassée, Flora avait oublié tout ce qui les opposait. Ses baisers l'avaient embrasée tout entière, réduisant ses convictions en cendres. Mais si Angelo avait de toute évidence un profond sens des responsabilités familiales — elle voulait bien lui reconnaître cette qualité —, cela ne justifiait en rien qu'elle se soit livrée à l'acte le plus intime avec lui…

Flora donnait sa pâtée à Skipper lorsque le téléphone sonna. Elle ne se pressa pas pour répondre et regretta d'avoir décroché l'appareil lorsqu'elle entendit la voix d'Angelo dans son oreille.

— Pourquoi m'appelles-tu ? demanda-t-elle abruptement.

— Tu appelles chez moi tous les jours, mais en réussissant chaque fois à ne pas me parler, remarqua-t-il d'un ton moqueur.

Flora rougit. En effet, elle demandait toujours Anke.

— Je ne pensais pas que tu tenais à me donner personnellement des nouvelles de Mariska.

— Es-tu toujours aussi sauvage avec les hommes ? fit-il d'une voix suave.

— Je ne suis absolument pas sauvage ! riposta Flora en resserrant les doigts autour du combiné. Je suppose que tu m'appelles pour savoir si je suis enceinte ou non ? Eh bien, je suis désolée, mais je ne le saurai qu'à la fin de la semaine prochaine.

— Dois-je comprendre que nous n'avons le droit de nous parler que s'il y a une mauvaise nouvelle ?

— Je ne...

— Pour l'avenir de Mariska, nous devons entretenir une relation cordiale, l'interrompit-il.

Flora serra les dents. A l'entendre, on aurait dit qu'il lui faisait la leçon ; ce n'était pas la première fois qu'il semblait la prendre pour une gamine mal élevée. De plus, s'il restait aussi sûr de lui, cela signifiait sans doute qu'il était certain d'obtenir l'adoption de Mariska.

— Tu aurais dû penser à cela à Amsterdam, avant de m'embrasser ! répliqua-t-elle vivement.

Aussitôt, elle s'en voulut de sa réaction : Angelo n'était pas le seul responsable de ce qui s'était passé.

— C'est l'hôpital qui se moque de la charité, non ? fit-il d'un ton pince-sans-rire.

Ses paroles provoquèrent une telle fureur en Flora qu'elle resta un instant sans voix.

— Je crois que nous n'avons plus rien à nous dire, ripostat-elle d'une voix tremblante de colère.

Elle lui raccrocha au nez avant de risquer de perdre tout contrôle et de lui lancer des injures.

Mon Dieu, mon Dieu, pria-t-elle en silence, je ne veux pas être enceinte de cet homme...

Angelo avait eu la franchise de reconnaître qu'il s'agirait d'une mauvaise nouvelle. Mais quel homme sain d'esprit aurait pu désirer concevoir un enfant en dehors d'une relation sérieuse ?

Par ailleurs, comment avait-elle pu se mettre dans cette situation épouvantable, après s'être livrée à une relation passagère avec un quasi-inconnu ?

Malgré sa honte, elle se trouva, sans qu'elle puisse s'en empêcher, assaillie par un flot de souvenirs brûlants. Elle se rappela ce qu'elle avait ressenti en caressant son torse musclé couvert d'une toison douce. Au fond, Angelo avait eu entièrement raison de lui citer ce proverbe sur l'hôpital et la charité car, même si sa réaction l'avait mise en colère, Flora devait bien reconnaître qu'elle était totalement consentante ce jour-là, sur la péniche.

La semaine qui suivit fut très stressante. Les universités de la région ayant organisé des journées portes ouvertes, toutes les chambres d'hôtes à des kilomètres à la ronde avaient été réservées par des parents et de futurs étudiants. Les cinq chambres de Flora étaient occupées, si bien que Sharon vint chaque jour l'aider à faire le ménage et à préparer les petits déjeuners.

Le soir, Flora s'écroulait sur son lit, bien trop épuisée pour rester éveillée à se faire du souci. Mais à la fin de la semaine, elle fut bien forcée de constater que ses règles ne venaient pas. Elle se demanda avec anxiété si le stress pouvait être responsable de ce retard et projeta d'aller à la pharmacie pour y acheter un test de grossesse.

Alors que, encore pieds nus et en pyjama, elle venait de prendre cette décision, la sonnette de la porte d'entrée retentit. A cette heure-ci, cela ne pouvait être que la factrice : Flora alla lui ouvrir, un toast à la main. Elle faillit le lâcher tant fut grande sa stupéfaction de découvrir sur le seuil de sa maison Angelo van Zaal.

Les yeux écarquillés, elle le regarda comme s'il débarquait d'une autre planète.

Angelo ne put retenir un sourire. Dans ce pyjama en coton bleu passé, pieds nus, Flora avait l'air très jeune. La surprise faisait briller ses beaux yeux verts, si bien qu'ils ressortaient encore davantage sur son teint clair. Une adorable roseur avait envahi ses joues.

— Qu'est-ce que tu viens faire ici ? demanda-t-elle d'une voix étouffée. Oh ! mon Dieu, Mariska va bien, n'est-ce pas ?

— Elle va très bien, fit-il tranquillement. Je suis plus inquiet pour toi.

— Et tu as fait tout ce chemin pour voir comment j'allais ? lâcha-t-elle d'un ton incrédule.

— Je devais venir en Angleterre pour affaires : j'avais un rendez-vous à Londres très tôt ce matin. Dis-moi, tu pourrais peut-être m'inviter à entrer ?

Flora hésita. Elle n'avait aucune envie de voir cet homme s'immiscer dans son espace privé.

— Quel âge as-tu ? reprit-il d'une voix moqueuse. Vingt-six ans ou quinze ?

— Ce n'est pas ma faute si tu réussis toujours à m'agacer ! répliqua-t-elle brutalement. Et puis, tu aurais pu au moins me prévenir de ta visite !

Elle s'écarta néanmoins avec réticence pour le laisser entrer dans le hall.

Un petit terrier noir et blanc apparut sur le seuil d'une pièce et se mit à aboyer farouchement ; puis il se rapprocha en grondant. Au moment où Angelo commençait à craindre qu'il referme la gueule sur sa jambe, Flora se pencha en parlant doucement à l'animal.

Angelo remarqua alors que son haut moulant remontait sur son ventre, dévoilant sa peau lisse et blanche. Brusquement, il se rappela son corps d'albâtre étendu sur le matelas brut de la péniche. Serrant les poings, il s'efforça de repousser ce souvenir délicieusement érotique.

— Veux-tu un café ? demanda-t-elle d'une voix crispée.

— Non, merci. Nous n'avons pas le temps. Il faut que tu ailles t'habiller…

Angelo remonta son poignet de chemise pour consulter sa montre.

—… rapidement, acheva-t-il.

Perturbée malgré tout par la proximité de cet homme sublime et incroyablement sensuel, Flora tressaillit en prenant conscience que, pour tout vêtement, elle ne portait que son vieux pyjama en coton.

— Comment ça : « nous n'avons pas le temps » ?

— J'ai pris un rendez-vous avec une gynécologue, à Londres. Et nous allons avoir du mal à être à l'heure.

— Pardon ? fit Flora, stupéfaite. Tu as pris un rendez-vous pour moi, avec une gynécologue ?

— J'en ai assez d'attendre : je veux savoir si tu es enceinte ou non, répliqua-t-il en contenant mal sa nervosité. Et j'ai appris qu'il était possible de faire un test fiable même à un stade aussi précoce.

Flora le contempla avec un mélange d'indignation et de stupeur.

— Je n'arrive pas à croire que tu aies eu le culot de faire une chose pareille !

— Bon sang, je n'allais pas attendre que tu t'en occupes, puisque tu ne fais rien ! J'ai bien été obligé d'intervenir.

— Non, ce n'est pas vrai ! Espèce de… de mufle !

Flora serra les dents pour réprimer les injures plus violentes qui lui montaient aux lèvres.

— Figure-toi que j'avais justement l'intention d'aller acheter un test aujourd'hui, poursuivit-elle.

— Je préférerais que le test soit effectué par une professionnelle, avança-t-il d'un ton autoritaire. Ainsi, la marge d'erreur sera moindre. Si tu es enceinte, plus tôt nous le saurons, mieux cela vaudra.

— Je n'irai pas me faire examiner par un médecin que je ne connais pas, déclara Flora du ton le plus ferme qu'elle put.

— Natalie est une excellente gynécologue et elle saura se montrer discrète. Nous devons savoir où nous en sommes le plus rapidement possible, insista-t-il.

— Comment oses-tu intervenir ainsi dans ma vie ? riposta-t-elle en le foudroyant du regard.

Puis elle passa devant lui avant de monter deux par deux les marches du vieil escalier de bois.

— Je ne peux vraiment pas te supporter, Angelo ! lança-t-elle, parvenue sur le palier.

— Mais si je venais dans ton lit, tu ne me repousserais pas, rétorqua-t-il d'une voix douce.

Flora en resta sans voix, pétrifiée en haut des marches.

— La vérité te fait peur, n'est-ce pas ? reprit Angelo avec une assurance insupportable. Eh bien, je suis heureux de constater que je ne suis pas le seul à l'appréhender.

Tout en se raidissant, Flora tenta de se montrer indifférente, en vain. Même au milieu d'un affrontement, elle restait inexorablement sensible à la proximité troublante d'Angelo. Ses seins s'étaient gonflés, ses tétons s'étaient durcis sous son haut et une chaleur brûlante consumait son bas-ventre.

— Pourtant, nous devons connaître la vérité, ajouta-t-il avec impatience.

— D'accord, mais il s'agit de mon corps, lui fit-elle remarquer en redressant le menton.

— J'apprécierais beaucoup que tu acceptes de voir la gynécologue aujourd'hui, dit-il avec une politesse exagérée.

— Tu es tellement autoritaire, c'est intolérable ! répliqua Flora.

Puis elle gagna sa chambre. A vrai dire, elle était également furieuse contre elle-même de renâcler à honorer ce rendez-vous ; car Angelo avait raison : ils devaient savoir si elle était enceinte ou non.

Quand il entra dans le salon, Angelo se rendit compte que ce qu'il avait pris pour un gros coussin noir était en réalité un chat énorme. Celui-ci se redressa nonchalamment sur ses pattes, s'étira langoureusement le dos, puis descendit avec grâce du sofa pour venir se frotter contre ses jambes en ronronnant.

Déjà mal à l'aise dans cette pièce surchargée de meubles, Angelo poussa un juron étouffé devant ces manifestations un peu trop affectueuses à son goût. De son côté, le chien minuscule s'était remis à gronder et lui montrait les crocs. Il s'était réfugié sous la table basse ; visiblement, il préférait rester à couvert, ce qui convenait tout à fait à Angelo.

Il alla s'arrêter devant la fenêtre donnant sur un jardin bien entretenu, agrémenté de parterres de fleurs colorées. Pourquoi Flora contestait-elle systématiquement tout ce qu'il disait ou faisait ? se demanda-t-il, songeur. Pourtant, elle était suffisamment intelligente pour comprendre qu'il avait bien fait d'organiser ce rendez-vous. Alors pourquoi persistait-elle à remettre son initiative en question ? Elle le trouvait autoritaire. Or, prendre des responsabilités faisait partie de son caractère, et jusqu'à présent, sa réussite prouvait qu'il avait eu raison d'agir ainsi. De plus, n'était-il pas naturel qu'il désire savoir si elle portait ou non son enfant ?

Pour l'instant, Angelo refusait d'envisager la possibilité qu'elle soit effectivement enceinte. Flora Bennett n'était pas du tout le genre de femme qu'il aurait choisie pour porter son enfant. Elle était même loin d'être la femme idéale. Trois ans plus tôt, elle avait entretenu une liaison sordide avec son patron, un homme marié, avant de lui faire du chantage dans le but d'obtenir des avantages pécuniaires non négligeables.

Lorsqu'il l'avait appris, Angelo en avait été profondément révolté ; lui-même avait été confronté à des employées ambitieuses, qui n'auraient reculé devant rien pour avancer dans leur carrière. Comme Flora, ces femmes intelligentes se révélaient souvent des créatures calculatrices, rapaces — et très dangereuses…

Flora passa rapidement une jupe courte en jean et un T-shirt rayé, puis enfila un cardigan en coton et des sandales à hauts talons. Elle ignora délibérément les appels d'Angelo qui lui parvenaient depuis le rez-de-chaussée. Après s'être passé les doigts dans les cheveux pour leur donner plus de volume, elle prit même le temps de souligner ses yeux d'un trait d'eye-liner, puis appliqua du mascara sur ses cils avant de s'enduire les lèvres de gloss rouge cerise.

— J'arrive ! cria-t-elle finalement en se dirigeant vers les escaliers.

Angelo faisait les cent pas dans le hall en fulminant. Lorsqu'il entendit des pas dans les escaliers, il se retourna et s'arrêta net. Incapable de détourner les yeux de ses jambes interminables, de ses mollets galbés et de ses cuisses fuselées, il resta silencieux pendant quelques instants.

— Cette jupe est très courte, fit-il malgré lui d'un ton réprobateur.

— Pas du tout. Je ne porte jamais de jupes très courtes. C'est juste que j'ai de très longues jambes !

Angelo n'avait pas besoin de cette précision : il imaginait déjà ces très longues jambes enroulées autour de sa taille. Il réprima un juron : le désir qui rugissait en lui était si lancinant qu'il en devenait douloureux.

— Allons-y, dit-il brusquement.

Quelques instants plus tard, Flora découvrit une superbe limousine noire qui les attendait dans la rue, un chauffeur assis au volant. Elle s'installa dans le luxueux intérieur et regarda Angelo ouvrir un ordinateur portable avant de se mettre à travailler en l'ignorant complètement.

De toute façon, c'était mieux ainsi, se convainquit-elle en prenant le quotidien posé sur la banquette en cuir. Pendant qu'elle le parcourait, Angelo fit preuve d'une énergie professionnelle redoutable, passant et recevant des appels téléphoniques dans plusieurs langues, lançant des ordres ou donnant des instructions à ses différents interlocuteurs.

Une autorité totalement naturelle émanait de lui. Aussi n'était-il pas surprenant qu'elle soit là, dans sa limousine filant vers Londres et un rendez-vous qu'il avait fixé pour elle. Il lui aurait fallu être particulièrement dure et obstinée pour résister à un individu aussi déterminé qu'Angelo van Zaal. Cependant, s'il la poussait à bout, elle saurait se montrer ferme !

Une fois dans la salle d'attente de l'élégant cabinet du Dr Natalie Ellwood, situé dans un quartier chic du centre de Londres, Flora s'assit sur le bord de son siège tandis qu'Angelo continuait à s'occuper de ses affaires.

— Angelo ! s'exclama une brune ravissante en entrant dans la pièce.

Vêtue d'un élégant ensemble pantalon gris perle, la gynécologue se dirigea en souriant vers lui, avant de l'embrasser avec chaleur sur les deux joues.

— Flora, je te présente le Dr Ellwood. Natalie, voici ta nouvelle patiente.

— Connaissez-vous Angelo depuis longtemps ? demanda la jeune femme en la faisant entrer dans son cabinet.

— Non. Et vous ?

Flora n'avait pas pu s'empêcher de lui retourner la question, même si elle avait remarqué que Natalie Ellwood portait une alliance.

— Oh ! nous nous connaissons depuis toujours, répondit celle-ci en riant. Nous nous sommes rencontrés quand nous étions étudiants : Angelo est l'un de mes plus vieux amis.

Elle examina Flora et lui fit subir plusieurs tests, aidée par son assistante, une femme un peu plus âgée, elle aussi fort aimable et bienveillante.

Une fois assise en face de Natalie, elle-même installée derrière son bureau, Flora demanda nerveusement :

— Eh bien ?

— Vous êtes enceinte, cela ne fait aucun doute.

Flora se sentit blêmir.

— Vous en êtes absolument certaine ?

— Oui. Cette grossesse n'était-elle pas désirée ? demanda la gynécologue avec tact.

Totalement anéantie, Flora ne put que hocher la tête en silence. Enceinte ! D'Angelo van Zaal…

Après avoir dit à Natalie Ellwood qu'elle ne désirait pas

en parler davantage, elle regagna la salle d'attente, la bouche affreusement sèche et les jambes tremblantes.

Tout en continuant à parler au téléphone, Angelo se tourna vers elle, le regard interrogateur. Flora vit le moment exact où il comprit, car pour une fois, il s'interrompit, comme si les mots lui manquaient. Mais il se ressaisit rapidement et mit fin à sa conversation téléphonique, avant de glisser son mobile dans sa poche.

Quand il se leva de son siège, il parut à Flora encore plus grand que d'habitude, si bien qu'elle dut lever les yeux pour le regarder. Fugitivement, elle se rappela Peter qui, de la même taille qu'elle, détestait qu'elle porte des talons. « Pour une femme, tu es vraiment grande », lui avait dit un jour sa mère en haussant les sourcils, comme s'il s'agissait là d'un fait déplorable.

— Allons-y, dit Angelo en posant la main sur le dos tendu de la jeune femme.

— Eh bien, tu n'as pas autant de chance que tu le pensais, remarqua Flora d'un ton faussement détaché. Et apparemment, nous ne sommes stériles ni l'un ni l'autre.

— Nous discuterons de cela en privé, fit-il sèchement.

Angelo n'avait pas l'habitude de se retrouver aussi secoué, ni confronté à une situation qu'il ne contrôlait pas. Il comprit qu'à partir de maintenant sa vie resterait indissociablement liée à celle de Flora Bennett, qu'il le veuille ou non. A condition, bien sûr, qu'elle désire garder son enfant…

Une fois installée à l'arrière de la limousine, Flora s'efforça d'assimiler le fait que, dans neuf mois, elle deviendrait mère. Cependant, d'autres options étaient possibles, allant de l'abandon, pour que le bébé puisse être adopté, à l'avortement. D'instinct, elle repoussa ces deux possibilités. Dix-huit mois plus tôt, sa sœur avait refusé d'envisager de telles solutions, choisissant résolument de garder son enfant.

Mais Julie était amoureuse de Willem, et ce dernier avait été très impliqué dans sa décision. La situation de Flora était tout autre. Cependant, elle sentait que son enfant faisait déjà partie d'elle, de son existence. Ce bébé n'avait pas été prévu, certes, mais la vie réservait sans cesse des surprises, plus ou moins faciles à accepter. Et puisqu'elle était prête à réorganiser son existence pour Mariska, elle pouvait très bien le faire également pour son propre enfant.

De plus, elle avait de l'argent en sécurité à la banque, une maison confortable et une activité professionnelle florissante. Peu à peu, le calme envahit Flora, apaisant ses craintes et sa nervosité. Elle aurait pu se retrouver enceinte dans une situation bien pire.

Et surtout, peu importait ce que ressentait Angelo à l'annonce de cette grossesse non prévue. Une fois qu'elle eut compris cela, elle se sentit soulagée d'un poids immense. Elle se redressa sur la banquette avec un regain d'assurance. Elle n'avait pas besoin du soutien d'Angelo.

Elle n'avait besoin d'aucun homme.

5

— Où sommes-nous ? demanda Flora en suivant Angelo dans le hall lumineux d'un luxueux immeuble.

— Je possède un appartement ici, répondit-il d'un ton grave. Nous y serons bien pour parler.

Le visage d'Angelo restait impassible. Il avait décidé de ne laisser paraître aucune émotion, devina Flora. Pourtant, sous son air calme et sûr de lui, il dissimulait une nature brûlante, comme il le lui avait bien montré sur la péniche, à Amsterdam. A ce souvenir, sa féminité réagit inexorablement.

— Ne me regarde pas ainsi, *mi querida*, dit-il d'une voix profonde et douce en dardant sur elle son regard perçant.

Brusquement, l'atmosphère vibra entre eux.

— Qu'est-ce que cela veut dire, exactement, « *mi querida* » ? demanda-t-elle dans un souffle.

— « Ma chérie », répondit Angelo d'une voix rauque.

— Je ne suis pas ta chérie, répliqua nerveusement Flora.

Pourtant, elle dut faire un effort terrible pour ne pas céder à la sensualité irrésistible qui émanait d'Angelo. Au fond, elle ne désirait qu'une chose : se jeter dans ses bras.

— Qu'es-tu, alors ? fit-il, les yeux étincelants.

— Une erreur ? dit-elle d'un air faussement désinvolte.

— Je ne suis pas d'accord, répliqua-t-il en lui saisissant le poignet et en l'entraînant dans l'ascenseur.

Mais il avait menti, car ce mot, « erreur », resurgissait effectivement sans cesse dans son esprit. Néanmoins, quand il laissa descendre son regard sur la bouche pulpeuse de Flora, puis sur les pointes de ses seins dressées sous son T-shirt, il se rendit compte qu'il ne maîtrisait plus les réactions de son corps. Il avait envie d'elle, et rien d'autre ne lui importait.

Incapable de refouler le désir qui se déployait en elle, Flora contempla les pommettes sculptées d'Angelo, son nez aristocratique, sa mâchoire déterminée. A cette heure de la journée, ses joues hâlées étaient déjà couvertes d'une ombre brune qui mettait en valeur le dessin parfait de sa bouche sensuelle. Et lorsque leurs regards se croisèrent, Flora resta fascinée par l'éclat farouche qui émanait des pupilles d'Angelo.

Comme dans un rêve, elle le vit se pencher vers elle. Il prit possession de sa bouche, faisant s'écrouler les barrières qu'elle avait érigées contre lui. Elle avait un besoin vital de ce baiser, aussi répondit-elle avec fougue à l'ardeur d'Angelo.

Lorsque les portes de l'ascenseur s'ouvrirent, Angelo l'entraîna hors de la cabine, sans cesser de l'embrasser. Trébuchant sur ses talons, Flora se retrouva le dos pressé contre un mur, tandis que les mains de son unique amant se refermaient sur ses hanches. Il la serra contre lui et elle constata la puissance de son désir. Mais l'instant d'après, il s'écarta, si bien qu'elle dut s'appuyer au mur pour ne pas s'effondrer. En proie à un véritable vertige, elle s'efforça de respirer calmement pour reprendre ses esprits.

Angelo eut du mal à calmer sa respiration. Après s'être ressaisi et éloigné de Flora, il déverrouilla rapidement la porte de son appartement, puis s'effaça pour la laisser entrer. Il lui fallait faire un véritable effort pour se contrôler. En fait, il était surpris d'avoir réussi à ne pas prendre Flora sur le palier… L'attirance sexuelle qu'elle exerçait sur lui était inouïe, constat qui l'irritait considérablement. Flora Bennett réussissait à réveiller en lui une sexualité dévastatrice, aussi virulente que celle qu'il avait connue adolescent.

Une cascade d'images érotiques, plus audacieuses les unes que les autres, s'engouffra alors dans son imagination. Il réprima un gémissement de frustration. Elle était enceinte, elle portait son enfant, se rappela-t-il *in extremis*. Le sexe n'aurait fait que compliquer la situation et brouiller encore plus leur relation.

Flora s'avança dans le vaste espace sans regarder Angelo. Le plancher blond faisait ressortir l'ameublement contemporain aux couleurs sombres, et l'un des murs était remplacé par une immense baie vitrée offrant une vue spectaculaire sur la Tamise.

Incapable de calmer le tremblement intérieur qui l'agitait, elle resta immobile au milieu de l'immense pièce. L'onde brûlante qui pulsait entre ses cuisses l'embarrassait au plus haut point. Angelo se rapprocha d'elle et posa les mains sur ses épaules ; ce simple contact la bouleversa de fond en comble. Aussitôt, elle détesta sa propre réaction, qui réduisait à néant son emprise sur elle-même et sa capacité de faire face froidement aux événements.

Angelo contempla les mèches cuivrées qui brillaient sous la caresse du soleil, perclus de désir.

— Tu reviendras à Amsterdam avec moi, dit-il, avant même d'y avoir réfléchi.

Flora pivota sur elle-même en écarquillant ses beaux yeux verts, le visage empreint d'une expression de stupeur.

— Je ne vois vraiment pas pourquoi je ferais une chose pareille !

— Principalement parce que, maintenant que tu es enceinte, tu auras besoin de mon soutien.

— Comment cela ? Je suis enceinte, mais je ne suis pas malade ! protesta-t-elle.

— Envisages-tu de garder cet enfant ? demanda-t-il en la regardant dans les yeux d'un air grave. A moins qu'il ne soit trop tôt pour te poser cette question ?

Flora déglutit péniblement. Espérait-il qu'elle choisisse de ne pas assumer sa grossesse ?

— Je sais déjà ce que je veux faire, répondit-elle en relevant la tête. Je garde mon enfant.

Angelo s'étonna d'avoir pu nourrir le moindre doute à ce sujet. Pour une intrigante, avoir un enfant d'un homme riche était le plus sûr moyen de s'assurer un train de vie confortable. Et dès qu'il avait lu le rapport de l'enquête qu'il avait fait mener deux ans plus tôt, il avait compris jusqu'où pouvaient aller l'ambition et l'avidité de Flora Bennett.

Cependant, en couchant avec elle sans protection, il avait choisi de prendre un risque ; aussi ne pouvait-il que se blâmer lui-même. En cédant à son désir pour cette femme immorale, il lui avait offert la possibilité de le tenir en otage pendant au moins les deux décennies à venir.

— Naturellement, je te soutiendrai dans cette décision, à tous les niveaux, affirma-t-il. Mais ce serait plus facile pour moi si tu venais t'installer à Amsterdam.

— Je n'ai pas besoin de toi, répliqua-t-elle aussitôt.

— Tu oublies que Mariska vit à Amsterdam, elle aussi, avança-t-il tranquillement.

Flora tressaillit. Elle avait reçu un tel choc en apprenant qu'elle était enceinte qu'elle n'avait pas pensé à toutes les conséquences de son nouvel état.

— Tu veux dire que… nous pourrions nous partager sa garde ?

— Evidemment, puisque maintenant, tu portes aussi mon enfant, murmura Angelo. Nous pourrions les élever tous les deux ensemble.

— Veux-tu dire par là que nous pourrions également vivre ensemble ? demanda Flora, horriblement mal à l'aise.

Elle sentit son visage s'empourprer en songeant à cette éventualité.

— Ce serait la solution la plus simple, lui fit-il remarquer d'un ton neutre.

Cette absence totale d'émotion, dans sa voix comme sur ses traits, atteignit Flora comme une insulte.

— Et la solution la plus simple est souvent la meilleure, ajouta-t-il tout aussi platement.

Non seulement Flora était abasourdie par la proposition d'Angelo de l'accueillir à Amsterdam, mais la perspective de vivre sous le même toit que lui, d'être forcée de dépendre de lui pour tout, l'emplissait de consternation. Dans un tel arrangement, elle perdrait toute indépendance, totalement à la merci de l'évolution de leur relation. En échange, elle vivrait avec Mariska, comme si elle était sa mère…

— Oui, je comprends qu'en m'installant à Amsterdam je rendrais les choses plus faciles par rapport aux enfants, admit-elle avec réticence. Et je serais heureuse de voir Mariska tous les jours, de faire vraiment partie de sa vie plutôt que…

— Mais ? l'interrompit Angelo avec impatience.

Il pressentait qu'elle allait émettre une objection et cela l'irritait. Comment pouvait-elle refuser le style de vie privilégié qu'il venait de lui offrir ? Devait-il lui énumérer plus clairement les avantages matériels dont elle bénéficierait ?

— Je suis très indépendante. J'ai mes habitudes et j'aime ma liberté. Je suis très attachée à mon style de vie.

— Et pourtant, tu veux adopter Mariska.

— Oui, en effet. Mais tu ne me dis pas ce que j'ai vraiment besoin de savoir, répliqua-t-elle avec une lueur de défi au fond des yeux. Quel genre de relation me proposes-tu, exactement ?

— Je te propose d'être ma maîtresse.

Les paroles d'Angelo résonnèrent brutalement dans la tête de Flora, alors même qu'il n'avait pas élevé la voix.

— Ta maîtresse…, répéta-t-elle, profondément ébranlée. Je pensais que tu songeais à un arrangement… platonique.

Les yeux d'Angelo flamboyèrent. Il avait l'air amusé : un léger sourire retroussait les coins de sa bouche sensuelle.

— Je ne crois pas qu'une relation platonique soit possible entre nous. Je suis vraiment très attiré par toi, *mi querida*.

Cette fois, il n'y avait aucune ambiguïté dans la lueur qui incendia son regard, dont la chaleur se répandit en Flora, atteignant les endroits les plus sensibles de son anatomie.

— Si je comprends bien, tu m'offres de vivre avec toi, et pas seulement pour donner un foyer à Mariska et à l'enfant que je porte. As-tu vraiment bien réfléchi à ta proposition, Angelo ?

— Si ce n'était pas le cas, je ne l'aurais jamais avancée, répondit-il d'un ton cinglant.

Flora ne se laissa pas intimider par son attitude. Il fallait absolument qu'elle sache à quoi il était prêt.

— Je te trouve trop détaché face à une décision aussi sérieuse, dit-elle en soutenant son regard sombre. Puisque tu me demandes de m'installer chez toi, je voudrais que tu précises les conditions dans lesquelles nous vivrions ensemble.

Il haussa un sourcil d'un air hautain.

— Les conditions ?

— Oui, les conditions, répéta-t-elle fermement.

— Je prendrai toutes tes dépenses en charge, bien évidemment, et tu auras accès à tout ce qu'une femme peut désirer.

— Je peux très bien assumer mes dépenses moi-même, Angelo. Je n'ai besoin ni de soutien financier ni d'être gâtée.

Après s'être tue un instant, elle reprit avec effort :

— Tu as dit que je serais ta maîtresse.

— Eh bien, que pourrais-tu désirer de plus ? répliqua-t-il nonchalamment.

Flora détourna un instant les yeux en serrant les poings. Elle avait envie de le gifler. Se comportait-il ainsi avec toutes les femmes, ou seulement avec elle ?

— N'importe qui voudrait un minimum de garanties avant de quitter sa maison et de s'installer chez quelqu'un — surtout quand des enfants sont impliqués, dit-elle calmement en le regardant de nouveau. Des changements brutaux peuvent avoir des répercussions néfastes sur eux. Et Mariska a déjà suffisamment subi de traumatismes dans sa courte vie.

— Quel genre de garanties demandes-tu ?

— Cesse de te comporter comme un idiot ! lui lança-t-elle en se maîtrisant à grand-peine. Tu sais très bien ce que je demande, c'est du simple bon sens : jusqu'où es-tu prêt à t'engager pour que notre relation fonctionne ?

— Je n'ai pas l'intention de négocier, déclara sèchement Angelo.

— Très bien. Alors la discussion est close. Je n'irai pas m'installer à Amsterdam pour vivre avec un homme tellement immature qu'il est incapable de préciser ce qu'il veut et ce qu'il attend de moi ! riposta-t-elle sans plus refréner sa colère.

— Je ne suis pas immature, répliqua Angelo, piqué au vif. Et j'ai suffisamment d'expérience pour savoir que, dès qu'une liste de règles corsète une relation amoureuse, je n'ai plus qu'une envie : les transgresser.

— Eh bien, merci de ta franchise ! Il est hors de question que j'aille m'installer à Amsterdam dans ces conditions, lança Flora avec fermeté.

Pourtant, les paroles d'Angelo lui avaient causé une déception atroce. Elles l'avaient même blessée, constata-t-elle avec une profonde irritation.

— Le fait que tu fréquentes d'autres femmes ne nous aidera certainement pas à construire un foyer heureux pour de jeunes enfants, reprit-elle avec force. J'ai grandi dans une famille désunie et je sais très bien de quoi je parle, Angelo !

— Tu manques de réalisme. Nous ne pouvons prévoir ce qui se passera dans le futur, ni l'un ni l'autre. Alors, quelles garanties pourrais-je t'offrir ?

— Et tu estimes que je devrais renoncer sans certitudes à ma maison et à mon style de vie pour dépendre de ton bon vouloir dans un pays étranger ? Ce serait la moindre des choses que tu t'engages à une relation exclusive.

Elle soutint son regard ciller, mais soudain, une douleur aiguë lui transperça la poitrine.

— De toute évidence, tu n'es pas prêt à envisager de m'être fidèle, ajouta-t-elle en empêchant sa voix de trembler. Malheureusement, je n'accepterai pas moins.

— Tu es franchement déraisonnable, Flora. Je n'ai jamais fait de tel serment à une femme.

Elle esquissa un sourire amer. A présent, elle savait ce

qu'elle représentait vraiment aux yeux d'Angelo. Il la désirait, certes, mais pas suffisamment pour faire des sacrifices ou des promesses. Il était incapable de s'engager dans une relation à long terme et de renoncer à d'autres femmes.

— Très bien, je sais tout ce que je désirais savoir.

— Que fais-tu des besoins de Mariska ? Et de ceux de l'enfant que tu portes ? Ne méritent-ils pas que nous essayions au moins de vivre ensemble ? demanda alors Angelo en serrant les poings malgré lui.

Il estimait lui avoir fait une proposition généreuse. Jusqu'à présent, il n'avait jamais proposé à une femme de vivre avec lui ; et aucune n'avait jamais exigé de lui l'exclusivité. Bien entendu, il avait perçu toutes sortes d'allusions plus ou moins voilées dans le discours de ses maîtresses, mais, chérissant sa liberté plus que tout, il était toujours passé allègrement d'une liaison à la suivante.

Cependant, Flora était différente de toutes celles qui l'avaient précédée : elle portait son enfant. Cela lui conférait-il pour autant le droit de le prendre en otage et de poser ses conditions ? La plupart des femmes auraient considéré comme un honneur d'être invitées à vivre chez lui et à partager son lit. Flora Bennett, elle, avait réussi à transformer sa proposition en une sorte d'affront.

— Les enfants méritent plus qu'un essai. Et, pour cela, il te faudrait t'engager plus que tu ne sembles prêt à le faire. D'autre part, je n'ai pas besoin de ton argent. Apparemment, tu me voies comme une maîtresse temporaire, rien de plus. Eh bien, cela ne m'intéresse pas. Alors, n'en parlons plus.

Flora lui adressa un sourire contraint avant d'ajouter :

— Cela ne servirait à rien de continuer cette discussion.

D'habitude, Angelo était plus que disposé à éviter toute forme d'affrontement avec une femme. Mais cette fois, la façon dont Flora entendait clore leur échange lui déplut fortement. Son attitude l'emplit même d'un mélange de fureur et de frustration qui le surprit. Visiblement, elle entendait lui dicter sa conduite. Comment osait-elle ?

— Comment envisages-tu la suite de ta relation avec Mariska ? demanda-t-il en la toisant.

Elle redressa les épaules d'un air de défi.

— Je viendrai la voir aussi souvent que je le pourrai.

— Cela ne remplacera pas une présence permanente.

Une vague de culpabilité atroce déchira Flora.

— Ce serait encore plus dur pour Mariska si, après avoir vécu quotidiennement avec elle pendant quelque temps, je disparaissais de sa vie.

— Ce n'est pas aussi simpliste.

— Oh ! pour toi, ce serait très simple, j'en suis sûre ! rétorqua-t-elle sans la moindre hésitation. Tu as l'habitude d'agir à ta guise, quelles que soient les conséquences.

Angelo la regarda en s'efforçant de dompter sa fureur. Il ne se comportait jamais de façon égoïste ou destructrice avec les femmes. Elles lui étaient indispensables, de même que le sexe, et il n'avait jamais eu de difficultés à satisfaire ses désirs, avec des partenaires prêtes à respecter ses règles du jeu. Ils se quittaient rarement sur une note amère, parce qu'il ne promettait jamais ni amour éternel ni fidélité. Flora s'attendait-elle vraiment à lui imposer des conditions ? Quel genre d'homme avait-elle donc l'habitude de fréquenter ?

— Je ne viens au Royaume-Uni qu'une fois ou deux par mois, dit-il sèchement. Ce sera difficile pour moi de t'épauler pleinement.

— Je me débrouillerai très bien toute seule, affirma Flora.

Aussitôt, un éclair de colère traversa les yeux bleus d'Angelo. Visiblement, il prenait sa réaction pour un nouveau rejet, une humiliation.

— Je tiens au moins à t'accompagner à tes rendez-vous médicaux, affirma-t-il.

— Ce n'est pas la peine. Je…

— Tu tiens vraiment à m'exclure complètement ! l'interrompit-il avec véhémence.

— Pas du tout, protesta aussitôt Flora.

Mal à l'aise, elle se dirigea vers la porte. Il fallait qu'elle s'en aille, qu'elle fasse taire sa conscience qui commençait à la tirailler. Plus d'un homme fuyait lâchement ses responsabilités après avoir rendu une femme enceinte, aussi Angelo méritait-il du respect pour sa détermination à lui apporter son soutien. Elle se radoucit à cette pensée.

— Je crois que nous pourrons en reparler calmement lorsque le bébé sera né, dit-elle.

Furieux de constater qu'elle s'obstinait à le maintenir à l'écart, Angelo la rejoignit.

— Mon chauffeur va te reconduire chez toi et je resterai en contact. Et ne me dis pas que ce n'est pas nécessaire, s'il te plaît !

Flora rougit et pinça les lèvres : c'était exactement les mots qu'elle s'apprêtait à prononcer. Si elle répondait favorablement à sa proposition, leur relation serait forcément de courte durée. Donc, il serait très dangereux de s'impliquer plus étroitement avec lui. Lorsqu'il la répudierait, la rupture aurait des répercussions néfastes sur ses propres liens avec Mariska, ainsi que sur ceux d'Angelo avec son enfant. Ayant vécu elle-même une enfance terriblement assombrie par les conflits constants entre ses parents, Flora n'avait pas du tout l'intention d'infliger à son tour cette atmosphère douloureuse à Mariska, ni à son bébé à venir.

Angelo regarda la jeune femme s'en aller d'une démarche altière. Il pinça les lèvres. Une fois de plus, Flora Bennett l'avait pris au dépourvu. Il pensait vraiment qu'elle accepterait sa proposition avec empressement, et pas seulement pour des raisons matérielles. Le désir qui vibrait entre eux était réciproque et puissant, plus que suffisant selon lui pour assurer une relation viable. Et pourtant, Flora avait refusé d'en tenir compte. En outre, Angelo avait beaucoup de mal à accepter qu'elle le rejette en bloc, alors qu'elle portait son enfant ; et cela uniquement parce qu'il avait refusé de promettre de ne plus fréquenter d'autres femmes, il en était certain !

Sa conduite ne présageait rien de bon pour l'avenir : puisqu'elle se comportait déjà ainsi avec lui, le laisserait-elle voir son enfant une fois qu'il serait né ?

Une fois au lit, Flora s'efforça de ne pas penser à la vie qu'elle aurait pu partager avec Angelo, à Amsterdam. Cela n'aurait pas tenu plus de cinq minutes, se dit-elle résolument. Il se serait vite lassé d'elle et aurait recherché la compagnie d'autres femmes, la laissant blessée et humiliée. Après tout, elle n'était pas une déesse du sexe, alors qu'Angelo était très beau et follement sexy — et fabuleusement riche. Par ailleurs, une vie commune vouée à l'échec aurait perturbé Mariska…

Pourtant, elle ne put s'empêcher de se demander si cela aurait pu fonctionner, entre Angelo et elle. S'il acceptait finalement de rester fidèle et qu'elle venait vivre avec lui, comment leur relation pourrait-elle évoluer ? Dans l'obscurité, Flora s'autorisa à rêver d'une vie idéale avec Angelo van Zaal. Avait-elle laissé ses craintes pervertir son jugement ? Avait-elle tort de ne lui accorder aucune chance ?

Après s'être retournée sur le ventre, elle donna un vigoureux coup de poing dans son oreiller et se moqua d'elle-même. Pourquoi ne pas imaginer qu'une bonne fée allait lui promettre d'exaucer tous ses souhaits ? Puisque Angelo n'était pas amoureux d'elle, pourquoi cesserait-il de sortir avec d'autres femmes pour lui faire plaisir ? Il ne voyait en elle qu'une obligation temporaire, une liaison à court terme. Rien de durable ne pourrait se construire sur des bases aussi fragiles.

Certes, elle n'avait jamais envisagé de mettre au monde et d'élever un enfant seule, mais elle réussit bientôt à se persuader qu'elle avait fait le bon choix.

Elle n'avait pas besoin d'Angelo et elle poursuivrait sa grossesse sans lui.

6

Après être sorti de sa limousine, Angelo contempla le charmant cottage aux murs recouverts de lierre. En apercevant trois voitures garées à l'ombre de grands arbres, il se demanda de combien de chambres d'hôtes disposait Flora.

Aussitôt, il songea qu'elle aurait répondu que cela ne le regardait pas. Au cours des deux mois précédents, elle lui avait bien montré qu'elle entendait garder ses distances avec lui, et qu'il ne pourrait ni intervenir dans sa vie, ni lui offrir quelque soutien que ce soit. Tous ses coups de fils avaient été accueillis par des réponses impersonnelles ; quant à ses offres répétées de lui verser une pension mensuelle, elles avaient reçu chaque fois un refus net et catégorique.

L'attitude de Flora demeurait pour lui une énigme, ce qui exacerbait son irritation et sa perplexité. D'après les résultats de l'enquête qu'il avait fait mener deux ans plus tôt, Flora Bennett aurait dû être séduite par son offre de soutien financier. Elle aurait même dû se montrer avide d'accepter sa proposition. Or, après ses refus successifs, il était forcé d'admettre que l'enquêteur s'était trompé, ou alors elle jouait à un petit jeu très intelligent.

Car quelle femme intéressée refuserait la chance de s'installer avec un milliardaire et de vivre dans le luxe ? Et pourquoi aurait-elle refusé toute aide financière ? A moins qu'il ne s'agisse d'une ruse destinée à la servir plus tard, quand elle porterait l'affaire devant un tribunal dans le but d'obtenir un arrangement plus substantiel. Il fronça les sourcils : cette éventualité était tout à fait envisageable…

Ses interrogations incessantes ne facilitaient pas sa relation avec la mère de son futur enfant. Pour la première fois de sa vie adulte, face à une relation délicate avec une femme, Angelo ne tournait pas le dos. Au contraire, il se donnait beaucoup trop de mal, y consacrait trop de temps et d'énergie. Dans ces conditions, chacune des fins de non-recevoir de Flora le mettait en rage. L'hostilité constante de Flora bouleversait son équilibre ; l'irritation et la colère qui l'assaillaient régulièrement le mettaient de plus en plus mal à l'aise. Sa concentration en souffrait, ainsi que sa capacité à se focaliser exclusivement sur ses affaires. Souvent, il voyait avec impuissance ses pensées lui échapper. En outre, il remarquait toutes les femmes enceintes, et toutes les femmes rousses. Et, chose qui le perturbait encore davantage, car encore plus inhabituelle pour lui, il n'avait couché avec aucune femme depuis cette rapide étreinte avec Flora, sur la péniche.

Pour lui, le sexe avait toujours représenté une activité aussi simple qu'une bonne séance de musculation. Mais à présent, Angelo était devenu insensible aux charmes des créatures sophistiquées et sensuelles dont la fréquentation avait autrefois plaisamment agrémenté ses heures de loisir. Sa libido auparavant si active semblait l'avoir déserté, sans qu'il sache pourquoi, ni comment la faire revenir.

Il appuya sur la sonnette de la porte du cottage. Il pressentait que sa visite impromptue allait recevoir un accueil glacial. Mais après avoir atteint les limites de sa patience, il avait décidé la veille au soir de prendre l'avion pour l'Angleterre. A ce moment-là, il était trop tard pour prévenir Flora.

La porte s'ouvrit sur un inconnu ; en saluant l'homme qui lui faisait face, Angelo aperçut trois couples d'un certain âge s'affairant dans l'entrée. Il en déduisit qu'il avait affaire à des pensionnaires.

— Où est Flora, s'il vous plaît ? demanda-t-il.

— A l'étage, dans la salle de bain… Elle n'est pas bien, répondit l'une des femmes. Nous nous apprêtons à partir.

— Sans avoir pris de petit déjeuner, ajouta un homme plus âgé d'un ton mécontent.

— Si vous me laissez quelques minutes pour aller voir Flora, je m'en occupe, dit Angelo en souriant.

Puis, sans attendre de réponse, il se précipita vers l'escalier et monta les marches quatre à quatre. Après avoir rapidement repéré où se trouvait la salle de bains, il frappa à la porte peinte en bleu pervenche.

— Flora ? C'est moi, Angelo. Tu te sens bien ?

Les mains agrippées au bord du lavabo, Flora était loin de se sentir bien. Pourquoi diable Angelo était-il revenu la voir ? se demanda-t-elle en essayant de se concentrer sur ses pensées. Elle était trop faible pour protester — ce qu'elle aurait fait en temps normal. Quand elle se sentait en proie à ce genre de nausée, elle était incapable de songer à autre chose. De toute façon, elle savait Angelo si déterminé que protester n'aurait servi à rien.

Tout en s'agrippant à la poignée pour ne pas s'effondrer, elle entrouvrit la porte. Aussitôt, Angelo poussa celle-ci, la forçant à reculer maladroitement.

Angelo, fasciné malgré lui, ne put s'empêcher d'admirer les cheveux flamboyants de Flora, qui faisaient ressortir sa peau laiteuse, ainsi que l'élégance naturelle de sa haute silhouette mince. Elle était tellement plus vivante, tellement plus réelle que les autres femmes. Comme s'éveillant d'un trop long sommeil, sa libido se manifesta soudain avec une intensité stupéfiante.

Foudroyé par cet assaut de désir inattendu, Angelo se ressaisit du mieux qu'il put et observa Flora en plissant le front.

— Je vais bien. C'est juste une nausée, dit-elle avec un faible sourire ironique. Tu vois, c'est ça être enceinte…

Franchement inquiet, Angelo fixa les cernes mauves soulignant ses yeux. Ses pommettes étaient plus saillantes, et Flora semblait avoir minci depuis leur dernière rencontre.

— *Dios mío*, tu as une mine épouvantable ! s'exclama-t-il.

Flora sentit son cœur se serrer : elle chérissait tant le souvenir du moment où il lui avait dit qu'elle était très belle... Cependant, elle savait qu'elle n'était vraiment pas à son avantage, avec son vieux jean et sa chemise informe. De plus, elle n'avait pas eu le temps de se maquiller pour se donner meilleure mine.

De son côté, Angelo était superbe, comme d'habitude. Il était habillé de façon décontractée, d'un jean et d'un pull en cashmere sous une veste en cuir. Le vent avait légèrement ébouriffé ses épais cheveux noirs et une ombre sexy couvrait sa mâchoire déterminée.

— Tu devrais aller t'étendre un peu, suggéra-t-il.

— Je ne peux pas, gémit Flora. Mes hôtes attendent leur petit déjeuner...

Elle redoutait le moment où elle allait devoir le préparer, car certaines odeurs de cuisine lui soulevaient dorénavant le cœur.

— Je vais m'en occuper. Va t'allonger, dit-il avec un aplomb impressionnant.

Jamais Flora n'aurait jamais imaginé qu'Angelo puisse se débrouiller dans une cuisine.

— Mais...

— Va t'allonger, répéta-t-il d'un ton plus ferme.

Cette fois, Flora obéit et se dirigea vers sa chambre sans protester. Dès qu'elle parvint à son lit, elle s'y laissa tomber, sans même repousser la couette. A vrai dire, elle avait l'impression de n'avoir jamais été aussi fatiguée de sa vie. Les nausées continuelles l'assaillaient en effet à n'importe quelle heure de la journée, l'exténuant peu à peu et réussissant à saper son énergie habituelle.

Après avoir refermé la porte de la chambre de Flora, Angelo appela l'hôtel dans lequel il avait dormi la veille au soir. Quelques instants plus tard, il invita les hôtes à monter dans sa limousine, puis demanda à son chauffeur de les emmener prendre leur petit déjeuner à l'hôtel. Tout le monde semblait très heureux de cet arrangement et Angelo remonta tranquillement à l'étage.

Quand il lui eut expliqué quelles dispositions il avait prises,

Flora le regarda avec un mélange d'admiration et de stupeur. Elle aurait beaucoup aimé le voir manipuler une poêle à frire dans sa cuisine, mais l'efficacité dont il venait de faire preuve était à la hauteur de sa réputation professionnelle.

— J'avoue que je ne sais pas grand-chose sur les femmes enceintes, concéda-t-il en regardant le visage pâle de Flora.

Il n'était pas prêt à lui avouer que, tous les soirs, il avait lu des ouvrages sur le sujet ; en fait, il en savait probablement plus sur la grossesse féminine qu'elle.

— J'ai bien sûr entendu parler des nausées matinales, poursuivit-il. Mais je ne crois vraiment pas que ton état soit normal. Tu devrais consulter un médecin.

— Je suis déjà allée le voir, soupira Flora en glissant une main sous sa joue pour essayer de se sentir mieux. Mon généraliste dit que certaines femmes enceintes souffrent comme ça et que, heureusement, ces nausées épouvantables devraient bientôt cesser.

— Je préférerais quand même que tu retournes voir Natalie.

Sombrant déjà dans le sommeil, Flora hocha légèrement la tête avec docilité. A vrai dire, elle était prête à consulter n'importe quel médecin susceptible de l'aider à se sentir mieux…

Immobile à côté du lit, Angelo la regarda s'endormir. Puis il prit le plaid posé dans le fauteuil et l'étala doucement sur Flora avant de quitter sa chambre.

Aussitôt qu'il eut regagné le rez-de-chaussée, il sortit son téléphone de sa poche et appela Natalie. Mais les paroles de son amie ne calmèrent pas son inquiétude.

Flora sentit une main posée sur son épaule et ouvrit les yeux, avant de rencontrer le regard bleu d'Angelo ourlé de longs cils noirs. Aussitôt, son cœur fit un petit bond dans sa poitrine.

— J'ai dormi longtemps ?

— Environ deux heures. Je te réveille parce que Natalie veut te voir cet après-midi, expliqua-t-il.

— Ai-je le temps de prendre une douche ? demanda Flora en se redressant lentement pour éviter de provoquer vertige ou nausée.

Tout en s'habillant, Flora laissa échapper un profond soupir : bien qu'elle ait perdu du poids ces derniers temps, son corps avait changé — et pas en bien. Elle ne pouvait déjà plus fermer aucun de ses jeans, aussi avait-elle acheté une jupe munie d'une ceinture élastique, ainsi qu'un haut une taille au-dessus de l'habituelle. Ses seins avaient également déjà grossi. Elle se regarda dans le miroir en faisant la grimace : si elle avait possédé un soupçon de charme, il était en train de disparaître inexorablement…

Tout en priant pour ne pas avoir de nausée durant le trajet, elle prit son sac et descendit au rez-de-chaussée avant de rejoindre Angelo, déjà installé dans la limousine.

— Pourquoi prends-tu autant de pensionnaires sans te faire aider ? demanda-t-il une fois qu'elle fut assise à côté de lui.

Flora hésita à répondre. Quelques semaines plus tôt, Sharon avait appris qu'elle avait un cancer ; elle suivait actuellement un traitement et ne pouvait évidemment plus l'aider. Flora n'avait pas réussi à trouver de remplaçante et, refusant d'annuler des réservations dans un délai aussi court, elle avait fait de son mieux pour se débrouiller seule.

— Ça a été un peu difficile, reconnut-elle.

— Et pourtant, tu as réussi à aller passer plusieurs jours à Amsterdam avec Mariska, remarqua Angelo.

— Elle est si jeune. Si je ne fais pas l'effort d'aller la voir régulièrement, elle m'oubliera, répliqua Flora.

A cet instant, le téléphone d'Angelo sonna et il répondit à l'appel. Flora en profita pour ôter ses sandales et s'installer plus confortablement sur la banquette. Une seconde plus tard, elle se sentit de nouveau sombrer dans le sommeil et ferma les yeux.

Elle dormait si profondément qu'Angelo dut la secouer pour la réveiller lorsqu'ils arrivèrent à destination.

— Excuse-moi, murmura-t-elle en repoussant ses cheveux, embarrassée. J'ai beaucoup de sommeil à rattraper.

Une fois dans la salle d'attente, Flora observa subrepticement Angelo. Durant leur précédente visite chez Natalie, il s'était comporté froidement, comme s'il s'agissait d'une démarche professionnelle. A présent, son inquiétude évidente l'émouvait et titillait sa conscience. En ne donnant pas suite à ses tentatives de rester en contact, en repoussant son offre de soutien, elle avait rendu les choses plus difficiles. Pourquoi persistait-elle à se montrer hostile avec lui ? Elle ne connaissait pas vraiment la réponse à cette question…

Pourtant, elle ne pouvait nier que, chaque fois qu'elle songeait aux beaux traits d'Angelo van Zaal, elle se sentait affreusement vulnérable et effrayée.

Natalie vint la chercher et la fit entrer dans son cabinet, où elle l'interrogea sur ses symptômes. Après l'avoir écoutée avec attention, elle lui fit une prise de sang, puis son assistante emmena Flora dans une petite pièce où se trouvait le matériel d'échographie.

— Angelo voudrait se joindre à nous, dit Natalie en passant la tête par la porte entrouverte. Je n'y vois pas d'inconvénient, et vous ?

Stupéfaite par la requête d'Angelo, Flora se redressa sur son séant.

— Euh…

Il apparut alors derrière la gynécologue, et elle trouva mesquin de lui refuser la possibilité de voir les premières images de son enfant. Aussi se rallongea-t-elle sur la table tandis qu'Angelo entrait. Il s'appuya discrètement contre le mur, les yeux rivés sur l'écran.

Quelques instants plus tard, Natalie promenait doucement la sonde sur le ventre enduit de gel de Flora.

— C'est bien ce que je pensais, dit-elle en scrutant l'écran. Là, à gauche, le premier bébé… son petit cœur qui bat… et là, le deuxième…

Le médecin s'interrompit un instant, puis reprit :

—… et là, caché derrière lui, le troisième bébé ! Ça alors, je soupçonnais que vous pouviez attendre des jumeaux, mais vous portez des triplés, Flora ! C'est probablement pour cela que vous avez ces malaises : vos hormones fonctionnent à plein régime.

— Des triplés ? répéta Flora d'une voix étranglée. Je porte trois enfants ?

Angelo se rapprocha d'elle et lui adressa un regard indéchiffrable.

— C'est extraordinaire, dit-il d'un ton admiratif en posant sa grande main sur la sienne.

Stupéfaite, Flora observa ses traits. Son visage était étonnamment pâle. Il était sans doute choqué autant qu'elle par cette révélation, mais préférait ne pas le montrer. Quant à elle, la perspective d'avoir trois bébés au lieu d'un la sidérait totalement.

Cette nouvelle donne bouleversait tous ses projets… Dans de telles conditions, continuer à tenir ses chambres d'hôtes allait représenter une véritable gageure. Par ailleurs, il lui faudrait embaucher une nounou pour l'aider à élever ses enfants, ne serait-ce qu'à temps partiel — ce qui lui coûterait une fortune… Durant les premiers mois, elle devrait vivre sur l'argent qu'elle avait mis de côté. Mais cette réserve représentant sa seule sécurité, il serait probablement plus sage de retravailler rapidement pour assurer ses arrières.

— Je ne peux pas encore vous préciser le sexe des bébés, poursuivit Natalie en souriant. C'est trop tôt. Y a-t-il eu des naissances multiples dans votre famille ?

Lorsque Flora secoua la tête, Angelo entrouvrit les lèvres puis les referma, décidé à garder pour lui ce qu'il savait. Une grossesse multiple comportait plus de risques, et l'état de santé de Flora le préoccupait sérieusement. D'autre part, elle avait ressenti un profond choc en apprenant qu'elle portait des triplés, cela s'était vu sur son visage.

Après l'avoir aidée à descendre de la table d'examen, il l'accompagna dans le cabinet de Natalie. Celle-ci conseilla alors à Flora d'éviter tout stress et de se reposer davantage. Puis elle lui recommanda de manger peu à la fois mais souvent, afin de reprendre le poids qu'elle avait perdu. Si les malaises persistaient au même rythme, expliqua-t-elle, il faudrait que Flora soit hospitalisée pour suivre un traitement.

Ses dernières paroles ébranlèrent profondément Flora. Pas un seul instant, elle n'avait pensé que sa santé et celle de son bébé — ses bébés, corrigea-t-elle mentalement — puissent se trouver menacées. Il allait lui falloir beaucoup de force et d'énergie pour porter trois enfants.

Une fois dans la rue, Angelo se tourna vers elle.

— Je voudrais te ramener à Amsterdam avec moi, commença-t-il. Non, ne proteste pas ! Réfléchis plutôt aux avantages dont tu bénéficierais. Tu pourras rester au lit toute la journée si tu en as envie ; tu n'auras même pas à cuisiner. Et tu profiteras de la compagnie de Mariska au lieu de devoir t'occuper d'hôtes exigeants.

— Et elle ne me demandera même pas de lui préparer son goûter, répliqua Flora d'un ton ironique.

Néanmoins, elle avait beaucoup de mal à ne pas se laisser séduire par le tableau idyllique qu'il venait de dépeindre.

— J'ai l'habitude de travailler et d'être occupée, Angelo.

— Mais dans l'immédiat, tu as besoin de repos, c'est évident. Il faut absolument que tu retrouves tes forces.

Flora baissa la tête. Il avait raison. Comme l'avait souligné Natalie, la fatigue et le stress ne faisaient qu'empirer son état. Par ailleurs, elle avait perdu trop de poids, c'était incontestable. Et surtout, elle pourrait s'occuper de Mariska… A cet instant précis, la vision des rues pittoresques et des canaux d'Amsterdam — ainsi que la perspective de ne plus avoir à supporter les odeurs de cuisine — revêtit un attrait irrésistible à ses yeux.

Angelo l'aida à s'installer confortablement dans la limousine puis s'assit à côté d'elle. Il n'avait rien manifesté quand il avait appris la brutale et inattendue nouvelle, mais la perspective d'avoir quatre enfants l'avait totalement anéanti. Encore trois mois plus tôt, il n'envisageait même pas de devenir père un jour !

Il regarda Flora et, dans l'un de ces moments inexplicables où toute concentration lui échappait, il fut frappé par l'image qui s'offrait à lui. Subjugué, il contempla ses seins épanouis qui pigeonnaient dans le décolleté de son simple haut en coton. Aussitôt, il se souvint du goût suave de son intimité et de la senteur fraîche de sa peau. Il y avait indéniablement quelque chose d'incroyablement érotique en cette femme.

— Tu sais, je désire toujours que tu partages mon lit, *mi querida*, dit-il soudain d'une voix altérée par le désir.

Après ce qu'ils venaient d'apprendre, cet aveu stupéfia Flora. Depuis qu'elle s'était éloignée d'Angelo, elle avait en effet cessé de se voir comme un être sexué. Mais il était sincère, elle l'avait perçu dans sa voix et dans la chaleur qui irradiait de lui.

— Tu es tellement sexy, murmura-t-il en se penchant vers elle.

Puis sa bouche prit possession de la sienne, tandis que sa langue se livrait à des caresses si voluptueuses que Flora sentit le sang bouillonner dans ses veines. Ivre de désir, ivre de lui, elle leva les mains et s'agrippa à ses épaules.

— Je te désire comme un fou, chuchota-t-il contre ses lèvres.

Lentement, il laissa glisser la bouche sur son cou, avec un art consommé qui fit haleter Flora. En même temps, il passa la main sous son T-shirt avant de caresser un mamelon gonflé. Cette fois, elle frémit violemment et se dégagea, les yeux étincelants.

— Non ! murmura-t-elle dans un souffle.

Fasciné, Angelo contempla ses yeux : ils scintillaient de mille reflets allant de l'émeraude au vert jade.

— Excuse-moi. Tu m'excites tellement que j'avais oublié que tu ne te sentais pas bien.

— Ce n'est pas grave, répliqua-t-elle précipitamment.

En fait, son rejet n'avait rien à voir avec son état de santé : tout à coup, elle s'était sentie horriblement embarrassée de s'abandonner ainsi dans sa voiture…

— Pas maintenant, ajouta-t-elle en rougissant. A Amsterdam.

— Tu acceptes de repartir avec moi, alors ? dit-il, les traits empreints d'une immense satisfaction.

Flora se sentit incapable de soutenir son regard. Elle venait effectivement d'accepter d'aller s'installer avec lui, sans même avoir pris le temps d'y réfléchir sérieusement. A présent, si elle revenait sur ses paroles, il la prendrait pour une écervelée. Néanmoins, ce manque de réflexion de sa part la consterna : ce genre d'attitude était tellement étranger à sa nature... Elle décida d'essayer de faire marche arrière.

— Je... Je ne sais pas. Je serais obligée d'emmener mes animaux, et je devrais emporter beaucoup trop de choses.

— Je me charge de tout organiser, l'interrompit-il fermement. Je ne veux pas que tu te fatigues.

— Je ne sais pas si je peux vivre avec toi...

Il lui souleva le menton pour la forcer à le regarder dans les yeux.

— Cela ne coûte rien d'essayer, dit-il d'un ton farouche et déterminé.

Même si elle ne partageait pas son avis, Flora resta silencieuse. Elle ne voulait pas s'habituer à la présence d'Angelo, pour ne pas souffrir ensuite de son éloignement. Elle ne voulait pas tomber amoureuse de lui, ni revivre ce qu'elle avait vécu avec Peter au moment de leur séparation. D'ailleurs, serait-elle jamais la femme idéale pour un homme ? Si elle ne s'était pas retrouvée enceinte, Angelo lui aurait-il proposé de s'installer chez lui ? Ces interrogations firent naître un frisson glacé en elle, blessant cruellement son amour-propre.

— Tu te fais beaucoup trop de soucis, dit-il soudain en refermant la main sur la sienne. Je sais que nous devons maintenant tenir compte de quatre enfants, mais rien n'est insurmontable. Et si tu ne peux te montrer optimiste, essaie au moins d'être réaliste.

Ses paroles provoquèrent dans tout son corps un nouveau frisson désagréable. Elle aurait préféré bannir le mot *réaliste* de son vocabulaire. Angelo désirait qu'elle s'installe avec lui parce qu'elle portait ses triplés et était la tante de Mariska. Or, cela ne lui suffisait pas : elle avait besoin d'être désirée pour elle-même.

— Je ne veux pas être réaliste, je veux être aimée, reconnut-elle d'une voix sourde.

Angelo lui adressa un regard ulcéré, comme si elle venait de proférer une insulte.

— Je n'ai jamais été amoureux de ma vie !

— Jamais ? fit-elle en écarquillant les yeux avec incrédulité.

— Pas depuis mon adolescence, répliqua-t-il avec une moue dédaigneuse.

En même temps qu'elles la déprimèrent, ses paroles lui donnèrent envie de le gifler.

— Je suppose que tu ne croies pas à l'amour…

— Je crois au plaisir.

Flora pinça les lèvres et redressa le menton d'un air de défi.

— Vas-y, avoue, murmura Angelo avec condescendance. Tu es tombée follement amoureuse de moi, ce jour-là, sur la péniche, et c'est uniquement pour cela que tu as couché avec moi !

Cette fois, Flora eut tellement de mal à se retenir de le gifler qu'elle se mit à trembler.

— Malheureusement, je n'arrive toujours pas à m'expliquer pourquoi j'ai couché avec toi, fit-elle d'une voix crispée.

— Pour le plaisir, répliqua Angelo avec une assurance suprême.

A ces mots, Flora vit rouge.

— Eh bien, si c'est tout ce que nous avons en commun, je n'irai pas à Amsterdam ! Je peux trouver du plaisir avec n'importe qui : je n'ai pas besoin de quitter mon pays pour ça !

Il lui décocha un regard à la fois stupéfait et furieux.

— Tu te conduis de façon complètement déraisonnable. Je ne peux pas t'offrir d'amour, tu le sais. Je peux te respecter, veiller à ton confort, voire te donner de l'affection et du plaisir. Mais ne me demande pas une chose que je suis totalement incapable de t'offrir.

Du respect, du confort, de l'affection, du plaisir, se répéta-t-elle en silence.

— Pourquoi ? Qu'ai-je qui cloche pour ne pas être aimable à tes yeux ? riposta-t-elle brutalement.

Son obstination exacerba l'irritation d'Angelo.

— Tu n'as rien qui cloche. C'est seulement que je ne veux ni amour ni romantisme.

— Eh bien, je suis trop jeune et trop enthousiaste pour me contenter de respect et d'affection !

Angelo serra les dents et se força à compter jusqu'à dix. Apparemment, Flora plaçait la barre de plus en plus haut, alors qu'il n'avait aucune envie de céder à ses exigences.

— Quoi que je te propose, cela ne suffit jamais !

— As-tu pensé que je pourrais aller vivre avec toi et tomber follement amoureuse d'un autre homme, lui fit-elle remarquer d'un ton doucereux.

— Pas question, *mi querida*, répliqua-t-il tranquillement. Je ne te laisserai pas ce genre de liberté.

— Tu travailles beaucoup, insista-t-elle pour le défier. Envisages-tu de m'enfermer à la cave ?

— Non. J'envisage de te satisfaire au lit ! riposta-t-il en dardant son regard incandescent sur elle. Tu seras tellement comblée que tu n'auras pas besoin d'un autre homme.

— Comment puis-je te croire sur parole ?

Pour toute réponse, la bouche d'Angelo se referma de nouveau sur la sienne avec passion, tandis qu'il la prenait dans ses bras et la serrait farouchement contre lui. Incapable de refouler son plaisir, Flora répondit à son baiser, jusqu'à en perdre le souffle.

Quand elle s'arracha de lui, elle se sentit si faible qu'elle appuya le front contre son épaule pour se ressaisir. Angelo avait le pouvoir d'ébranler tous ses sens, et ce constat la choquait profondément.

— Je te préviens quand même, insista-t-elle en un dernier assaut. Le plaisir ne me suffit pas, et si je rencontre un…

Angelo l'interrompit en posant un doigt sur les lèvres, les yeux étincelant d'une lueur incandescente.

— Cela te suffira, *mi querida*, crois-moi…

7

Une semaine après le résultat de l'échographie, Flora reçut la visite de son amie Jemima, qu'elle n'avait pas vue depuis plusieurs mois.

Ayant épousé un aristocrate espagnol, Alejandro, avec qui elle avait eu deux enfants, Alfie et Candida, Jemima avait quitté définitivement l'Angleterre. Avant la mort de Julie, puis la découverte de sa grossesse, Flora allait la voir régulièrement.

Lorsqu'elle apprit l'évolution récente de la situation, son amie donna franchement son avis.

— Mais oui, tu dois aller t'installer à Amsterdam, évidemment, et donner une chance à votre relation ! Si tout se passe bien entre toi et Angelo, ce sera merveilleux pour ta nièce et les enfants que tu portes.

— Et si ça ne se passe pas bien ? répliqua Flora.

— C'est un risque à prendre. Moi, je ne regrette pas de l'avoir pris en retournant vivre avec Alejandro, même si j'avais terriblement peur que notre mariage échoue une deuxième fois.

Son amie et son mari avaient vécu séparés pendant deux ans, avant de donner une seconde chance à leur mariage, pour le bien de leur fils — Alfie était à l'époque leur seul enfant.

— Tu as peur de souffrir, poursuivit-elle. Tu crains de quitter ta vie, mais pourtant, c'est le seul moyen de savoir si vous êtes faits l'un pour l'autre.

— Nous nous sommes retrouvés liés par accident, opposa

Flora avec force. Mais je ne crois vraiment pas que nous soyons faits l'un pour l'autre.

— Flora, depuis la rupture de tes fiançailles avec Peter, tu te méfies de tous les hommes.

— C'est même probablement plus ancien que cela, soupira Flora. Avant de vivre cette histoire avec Peter, il y a eu mon père, dragueur invétéré, et c'est le problème avec Angelo…

— C'est lui aussi un séducteur ? l'interrompit Jemima en plissant le front.

— Je n'en sais rien, reconnut Flora. Tu comprends, il est superbe, célibataire et incroyablement riche. Donc, il est entouré de toutes sortes de femmes sublimes. Mais il ne croit pas à l'amour, et le romantisme le fait fuir. Je crois qu'il est viscéralement allergique à tout engagement.

— Pourtant, il aime sincèrement Mariska, sinon il ne serait pas aussi déterminé à l'adopter. Alors si j'étais toi, je ne perdrais pas espoir. Un enfant représente un très grand engagement pour un homme célibataire, insista Jemima en la regardant avec attention. Angelo fait également tout ce qu'il peut pour te soutenir et, visiblement, il veut lui aussi ces triplés. Ça fait pas mal de points positifs, tu ne trouves pas ?

— Je ne dis pas qu'il n'a pas des côtés admirables. Et tu as raison, c'est évident qu'il aime les enfants, admit Flora avec réticence.

— Et il te plaît énormément ! glissa son amie. Sinon, tu ne serais pas dans cet état. S'il ne voulait pas de relation avec toi, il garderait davantage ses distances. Je crois qu'en te proposant d'aller s'installer avec lui, il te fait une déclaration, à sa façon… Et pour un célibataire soi-disant réfractaire à tout engagement, ce n'est pas mal, non ?

Encouragée par le point de vue positif de Jemima, Flora commença à considérer l'attitude d'Angelo sous un angle différent. Finalement, elle avait raison ; d'ailleurs, une motivation plus puissante qu'une impulsion l'avait instinctivement poussée à accepter sa proposition. Au fond de son cœur, Flora reconnut soudain que, en dépit de ses craintes, elle désirait vraiment essayer de faire fonctionner sa relation avec Angelo.

Il l'irritait souvent au plus haut point, certes ; il la rendait même parfois folle, mais elle le trouvait terriblement séduisant, et sa compagnie était extrêmement stimulante. Depuis Peter, il était le premier homme qui l'attirait et auquel elle avait envie de s'intéresser.

Trois jours après le départ de Jemima, des déménageurs vinrent emballer les affaires les plus précieuses de Flora, avant de les emmener vers Amsterdam. Par ailleurs, des dispositions particulières avaient été prises pour le transport de Skipper et Mango.

Angelo l'appelait chaque jour ; comme il était très occupé et lui téléphonait souvent entre deux rendez-vous, leurs conversations étaient très courtes. Néanmoins, Flora se sentait beaucoup plus forte depuis qu'elle avait renoncé à ses dernières réserves. A présent, elle s'autorisait à aller se coucher de bonne heure et à passer des journées entières à se reposer. Presque immédiatement, les nausées diminuèrent et son appétit revint peu à peu.

Trois semaines après avoir appris qu'elle attendait des triplés, elle s'envola pour Amsterdam.

Lorsque Flora sortit du taxi qui venait de s'arrêter devant le manoir d'Angelo, Skipper, qui avait fait le voyage deux jours plus tôt, fonça vers elle en jappant avec enthousiasme. Emue et heureuse de le retrouver, elle souleva son petit corps chaud et le prit sous son bras. Quant à Mango, l'informa bientôt Therese en souriant, il dormait dans son panier à côté du poêle, dans la cuisine située à l'entresol.

A cet instant, Anke vint les rejoindre, Mariska dans ses bras.

— Vous n'avez vraiment rien à craindre, s'exclama la nounou en riant. Mango est terriblement gâté : Therese adore les chats !

Comme pour participer à la gaieté générale, Mariska tendit les bras vers sa tante en gazouillant joyeusement. Quand Flora la serra contre elle, toutes ses craintes et ses appréhensions s'évanouirent : en savourant la douceur de la petite joue veloutée contre la sienne, elle comprit qu'elle avait pris la bonne décision.

Après s'être changée pour passer des vêtements confortables, Flora joua à construire de grandes tours en cubes colorés avec Mariska. Alors qu'elles étaient toutes deux concentrées sur l'équilibre de leurs édifices, Anke vint leur annoncer qu'elles avaient une visite.

Quand elle vit s'avancer l'élégante femme aux cheveux blond platine, vêtue d'un pantalon de soie bleu nuit et d'un haut assorti, Flora reconnut aussitôt Bregitta Etten, l'« amie » d'Angelo rencontrée le jour même de leur étreinte sur la péniche…

— J'espère que je ne vous dérange pas, dit celle-ci avec un sourire éblouissant. Quand Angelo m'a dit que vous arriviez aujourd'hui, j'ai voulu être la première à vous souhaiter la bienvenue dans notre ville.

Seigneur… La première fois qu'elle avait vu cette femme, elle venait de concevoir ses triplés. Depuis, Flora n'avait jamais eu le courage de questionner Angelo sur la nature de sa relation avec cette femme ravissante. Si bien qu'à présent elle se sentait particulièrement mal à l'aise.

Quand elle se redressa, Mariska s'agrippa à son pantalon pour se relever elle aussi.

— Merci, répliqua Flora en s'efforçant de sourire à Bregitta.

— Je suis tellement heureuse de vous voir avec la fille de Willem. La pauvre petite… Perdre ses deux parents d'un coup, quelle tragédie, dit-elle avec une compassion apparemment sincère. Bien sûr, quand Mariska aura grandi, elle recevra un immense héritage, ce qui l'aidera à compenser cette perte terrible.

Stupéfaite par cette remarque et par la crudité avec laquelle elle avait été prononcée, Flora fronça les sourcils.

— Mariska va hériter ?

Un éclair de surprise traversa les yeux sombres de Bregitta.

— Lorsqu'elle sera adulte, le legs de son père lui reviendra. Vous ne le saviez pas ?

Flora sentit ses joues s'empourprer. Elle n'avait jamais réfléchi à cela. Ainsi, sa nièce bénéficierait donc un jour de l'héritage dont son pauvre père n'avait, hélas, pas eu le temps de profiter. Elle se demanda pourquoi Angelo avait négligé de mentionner ce détail important.

— S'il en avait eu l'opportunité, Willem aurait dilapidé son héritage, soupira Bregitta. A présent, Mariska, tout comme son père avant elle, représente une lourde responsabilité pour Angelo.

— Je sais que Willem avait des problèmes, répliqua Flora en redressant la tête. Mais je l'aimais bien. C'était un garçon doux, et il aimait sincèrement ma sœur.

— Je ne voulais pas vous offenser, répliqua Bregitta avec empressement.

— Vous ne m'avez pas offensée !

Pourquoi avait-elle autant de mal à répondre à l'amabilité apparente de la jeune femme ? Elle n'eut pas le temps de s'interroger plus avant que Bregitta reprenait déjà, secouant sa belle tête blonde.

— Je n'aurais pas dû me permettre ces commentaires. Et je pensais que vous saviez, pour l'héritage. Angelo a dû oublier de vous en informer. Il a déjà tant de responsabilités.

— C'est sûr, acquiesça Flora.

— Sa vie a toujours été ainsi. Quand son père a fait ce second mariage désastreux, il a dû grandir rapidement ; et ensuite, bien sûr, l'accident de Katja n'a fait qu'empirer les choses.

Katja ? Qui était Katja ? Et que lui était-il arrivé ? s'interrogea Flora, suspendue aux lèvres de Bregitta — qui venait également de lui apprendre que le mariage du père d'Angelo avec la mère de Willem avait été un désastre... Pourquoi ? De plus, constater que la belle blonde en sache beaucoup plus qu'elle sur le passé d'Angelo mettait ses nerfs à vif.

— Mariska a beaucoup de chance de vous avoir, et je suis sûre qu'Angelo vous est extrêmement reconnaissant de vous occuper d'elle. Bien sûr, de nombreuses femmes lui ont récemment offert leur aide et leurs conseils. C'est tellement touchant de voir un homme essayer d'élever une petite fille seul, vous ne trouvez pas ?

— Je ne sais pas, répondit machinalement Flora. Je n'avais encore jamais rencontré d'homme dans cette situation.

— Il a été littéralement submergé de propositions. Les femmes ont toujours trouvé Angelo irrésistible ! répliqua Bregitta avec un petit rire de gorge. Mon mari me racontait souvent que, lorsque lui et Angelo étaient adolescents, il avait déjà toutes les filles à ses pieds !

Flora fronça les sourcils. L'avait-elle rêvé, ou y avait-il eu de l'amertume dans le rire de Bregitta ? Soudain, toute tension la quitta et elle sourit franchement à la jeune femme.

— Votre mari et Angelo étaient des amis proches ?

— Les meilleurs amis du monde… jusqu'à la mort de Henk, l'année dernière, répondit Bregitta avec un faible sourire.

— Je suis désolée. Je l'ignorais.

Mais aussitôt, Flora ne put s'empêcher de penser que, étant maintenant libre, Bregitta faisait peut-être partie des femmes qui trouvaient Angelo irrésistible…

— Henk a été malade pendant très longtemps. Angelo s'est montré un ami merveilleux, pour lui comme pour moi. Mais cessons de parler de moi : Angelo m'a dit que vous aviez été malade et que vous aviez besoin de repos. Comment vous sentez-vous maintenant ?

— Beaucoup mieux, merci.

— J'espère que ce n'était rien de sérieux, insista Bregitta en regardant Flora avec attention. S'occuper d'un jeune enfant demande beaucoup d'énergie.

A cet instant, Flora comprit que la jeune femme ignorait qu'elle était enceinte d'Angelo. Cette découverte la troubla. Le silence d'Angelo signifiait-il qu'elle représentait une entrave pour lui ? Ou que son installation au manoir ne représentant qu'un arrangement pratique, il n'avait pas vu la nécessité d'en parler à ses amis ? Aucune de ces deux explications n'était de nature à lui donner confiance en l'avenir…

Un peu après le départ de Bregitta, Angelo téléphona à Flora.

— A ce moment de l'année, je passe habituellement mes week-ends dans ma maison de campagne, expliqua-t-il après lui avoir demandé comment elle allait. Mais comme tu viens juste d'arriver, je comprendrais que tu préfères rester à Amsterdam.

— J'aimerais beaucoup voir cette maison, répliqua spontanément Flora.

— Très bien. Je vais donner les instructions nécessaires et je te rejoindrai là-bas pour le dîner. J'avais vraiment l'intention d'aller te chercher à l'aéroport, mais hélas, un problème a éclaté dans l'une des usines, en Inde.

Une demi-heure plus tard, une voiture l'emportait, en compagnie d'Anke et de Mariska, vers Huis van Zaal, la maison de campagne d'Angelo. Ils traversèrent des paysages paisibles, parsemés de moulins à vent qui semblaient surveiller avec bienveillance les troupeaux de vaches frisonnes, à la robe noire et blanche. Lorsque Flora aperçut Huis van Zaal derrière une haie de tilleuls, elle sentit son souffle se bloquer dans sa poitrine : il s'agissait d'un véritable petit château, avec deux tours et des douves où flottaient des nénuphars roses.

— C'est un lieu enchanteur ! s'exclama-t-elle en se tournant vers Anke.

— Oui, approuva celle-ci en souriant. Cette demeure appartient aux van Zaal depuis plus de deux siècles. Je la connais bien : mes parents ont une ferme juste à côté.

Finalement, en approchant, Flora constata que la bâtisse n'était pas aussi immense qu'elle l'avait cru. C'était une sorte de manoir, protégé par des remparts, aux fenêtres munies de volets blancs. Tout autour s'étalaient de belles pelouses vertes et des massifs de fleurs superbes.

Dès que le chauffeur eut ouvert la portière, Skipper bondit hors de la voiture ; si Flora ne l'avait pas impérieusement rappelé, il aurait filé droit vers les douves, au risque de tomber à l'eau !

Un vieil homme souriant les accueillit sur le perron. Il se présenta sous le nom de Franz. Flora fut conduite à l'étage, vers une vaste chambre lumineuse. Au centre de la pièce trônait un large lit à baldaquin, drapé de tentures jaune tournesol. Une chaleur lui monta aux joues : allait-elle partager ce lit avec Angelo ?

Heureusement, elle découvrit bientôt que cette chambre avait été préparée exclusivement pour une femme.

Après s'être maquillée légèrement, elle passa une robe vert mousse qui lui arrivait au genou. Puis elle rejoignit Anke, qu'elle trouva en train de donner son bain à Mariska. La petite fille qui riait aux éclats, assise dans une magnifique baignoire ancienne installée dans un cabinet de toilette adjacent à la chambre d'enfants.

Flora achevait de lire une histoire à sa nièce, couchée dans son petit lit de bois peint, lorsque Angelo entra dans la pièce. Aussitôt, Mariska poussa des cris de joie et tendit les bras vers lui. Il adressa un sourire radieux à la petite fille, qui le regardait avec adoration. Puis, il s'approcha du lit et la prit dans ses bras. Flora ne put que constater combien les liens que l'oncle et la nièce avaient développés étaient puissants.

Angelo était vraiment somptueux, vêtu d'un costume gris anthracite taillé sur mesure qui mettait en valeur sa haute silhouette. Sa cravate bleu vif faisait ressortir la teinte de ses yeux. Flora sentait son cœur marteler sa poitrine.

— Je suis désolé : je suis terriblement en retard, dit-il d'une voix grave en la regardant dans les yeux.

Puis il pencha la tête vers Mariska et lui parla quelques instants en néerlandais, avant de reporter toute son attention sur Flora.

— Je suis heureux que tu sois là. Très souvent, je ne vois Mariska que brièvement le matin et un peu le soir, juste avant qu'elle ne s'endorme.

— Et pourtant, tu restes déterminé à l'adopter, alors que j'ai bien plus de temps que toi à lui accorder, ne put s'empêcher de lui rappeler Flora.

— Maintenant, elle nous a tous les deux ; j'espère qu'elle va bénéficier de ce que nous avons de mieux à lui offrir, répliqua-t-il d'une voix douce.

Se sentant mesquine, Flora rougit. Mais elle ne pouvait oublier le désir d'Angelo de devenir le seul parent légal de Mariska. Pour la première fois, elle se demanda si la détermination d'Angelo était basée uniquement sur son affection envers la fille de Willem. Peut-être estimait-il qu'il serait un meilleur parent pour Mariska. A la pensée qu'il l'avait peut-être jugée indigne de s'occuper de la petite fille, Flora ressentit un pincement au cœur. Mais elle repoussa cette pensée en se reprochant d'être trop sensible.

Elle repensa soudain au fait qu'il ne lui avait pas parlé de l'héritage substantiel qui reviendrait plus tard à Mariska. Il faudrait absolument qu'elle trouve le moyen de l'interroger à ce sujet.

Mariska endormie, Angelo alla prendre une douche. Flora descendit au rez-de-chaussée en laissant glisser sa main sur la belle rampe de bois ciré. Franz l'attendait au bas des marches et la conduisit dans un élégant salon. Après lui avoir proposé un apéritif, que Flora refusa, il s'inclina légèrement devant elle, puis s'éclipsa discrètement.

Immobile devant les larges portes-fenêtres, Flora s'absorba dans la contemplation des jardins, qui dégageaient un charme et un calme inouïs.

— Que penses-tu de Huis van Zaal ? fit soudain la voix d'Angelo derrière elle.

— C'est un merveilleux endroit, murmura-t-elle.

Avec ses cheveux noirs encore humides de la douche, rasé de près, Angelo exsudait une telle sensualité qu'elle eut du mal à respirer normalement.

— Je suis content que tu te plaises ici. C'est la maison de mon enfance, et j'y suis très attaché.

Un éclair passa dans ses yeux bleus.

— Ne me regarde pas comme cela, reprit-il.

Flora sentit ses joues s'embraser, mais elle ne put détourner son regard de son beau visage. Le désir palpitait au creux de son ventre. Elle s'était crue beaucoup plus forte et plus maîtresse d'elle-même.

— Pourquoi ?

— Parce que ton regard me trouble terriblement, dit-il d'une voix rauque. Je t'avoue que j'ai beaucoup de mal à me conduire en hôte civilisé alors que nous allons dîner pour célébrer ton arrivée.

— Je n'ai pas encore faim, répliqua Flora malgré elle.

— Tu me tentes terriblement, *mi querida*.

Quand il l'attira dans ses bras et la serra contre lui, Flora sentit son cœur se mettre à battre violemment dans sa poitrine. Angelo prit sa bouche avec une telle fougue qu'elle dut poser les mains sur ses épaules pour ne pas perdre l'équilibre. Sous les assauts de sa langue, toutes ses barrières mentales s'écroulèrent, et le désir déferla en une marée qui emporta tout sur son passage. Elle désirait Angelo aussi sauvagement qu'il la désirait : cette découverte la terrifiait et la grisait à la fois.

— Tu utilises souvent des expressions espagnoles, murmura-t-elle quand il écarta son visage du sien.

— C'est ma langue maternelle.

— Ce n'est pas le néerlandais ? s'étonna-t-elle.

— Comme ma mère n'avait jamais appris à parler couramment cette langue, nous utilisions l'espagnol en famille, dit-il avant de reprendre sa bouche avec fièvre.

Emerveillée, Flora se rendit compte que ce second baiser la faisait trembler tout entière. Avide de le sentir encore plus près d'elle, elle se serra contre lui en s'abandonnant aux caresses de sa bouche.

— Tu sens ce que tu me fais ? murmura Angelo en pressant sa puissante érection contre son ventre. Je te désire tellement que me retenir est douloureux.

— Pourquoi te retiens-tu ? répliqua-t-elle dans un souffle.

— *Dios*, je suis fou de toi.

Il la souleva dans ses bras avant de quitter le salon et de se diriger vers les escaliers.

— Il ne faut pas…, protesta faiblement Flora.

— Nous pouvons faire tout ce que nous désirons, *querida mia*, sans aucune limite.

Flora tressaillit violemment tandis qu'il déposait des baisers brûlants sur son cou. Angelo semblait connaître tous les secrets de son corps, secrets dont elle n'aurait même pas soupçonné l'existence.

Après l'avoir déposée sur le lit à baldaquin, il lui ôta délicatement ses sandales.

— Tu sais, je ne suis pas en cristal, dit Flora. Je ne vais pas me briser.

— Oui, je sais, répliqua-t-il en lui adressant un regard incandescent. Mais aller lentement est plus sexy, et cela fait si longtemps que j'attends ce moment. Je veux te savourer et je veux que tu me savoures.

Flora s'embrasa. Sur la péniche, elle n'avait pas eu le temps de songer à ce qu'ils faisaient. Ils avaient tous deux succombé à un instant de folie. Mais à présent, étendue sur un vrai lit tandis qu'Angelo déboutonnait sa chemise, c'était très différent.

La bouche sèche, elle le regarda écarter les pans de tissu blanc, révélant son torse musclé et son ventre plat. Puis, après s'être débarrassé de sa chemise et l'avoir laissée tomber sur le parquet ciré, il se rapprocha du lit et l'aida doucement à se redresser. Avec une lenteur exquise, il descendit la fermeture de sa robe, en déposant des baisers sur la peau qui se découvrait petit à petit.

« Cela fait si longtemps que j'attends ce moment », avait-il dit. Ces paroles signifiaient qu'elle était spéciale pour lui. Sidérée, elle comprit brusquement qu'Angelo était devenu très important pour elle. Et, pour la première fois depuis une éternité, le fait qu'un homme compte dans sa vie ne l'effraya pas.

Angelo la repoussa avec délicatesse sur les oreillers, puis fit glisser sa robe sur ses hanches en contemplant sa poitrine avec avidité. Avant de quitter l'Angleterre, Flora s'était acheté de la lingerie ; ce soir-là, elle portait un soutien-gorge blanc à pois bleus. D'après l'éclat qui étincelait dans les yeux bleus d'Angelo, elle avait bien choisi. Une seconde plus tard, elle frissonna lorsque son soutien-gorge rejoignit sa robe sur le parquet.

Quand Angelo prit ses seins dans ses mains, un halètement échappa à Flora et elle ferma les yeux. Lentement, il caressa les deux globes, puis fit rouler les pointes rose clair entre ses doigts. Celles-ci étaient gonflées, et merveilleusement dures. Il pencha la tête pour prendre un téton dressé entre ses lèvres.

Quand Flora se mit à gémir sans plus de retenue, il lui ôta le peu de vêtements qui la couvraient encore, avant d'effleurer son entrejambe. Il caressa la chair sensible avec un art qui la fit tressaillir, tandis qu'elle sentait sourdre la rosée de son plaisir. Angelo tira alors doucement son corps vers le bord du lit.

Lorsqu'il lui écarta les jambes, Flora se sentit tellement exposée qu'elle enfonça les doigts dans le couvre-lit de soie.

— Tu ne devrais pas faire ça, murmura-t-elle.

Une lueur farouche traversa le regard d'Angelo.

— Ne sois pas gênée, *mi querida*, répliqua-t-il d'une voix incroyablement sensuelle. J'adore ton corps.

Après s'être redressé, il ôta son pantalon et son boxer d'un seul mouvement fluide, libérant son sexe dressé. Flora frissonna d'excitation tandis qu'il revenait vers elle. Le regard plongé dans le sien, il lui remonta les genoux sur la poitrine pour mieux la contempler. Le désir qu'elle ressentait était de plus en plus violent…

Avec une lenteur presque insupportable, il glissa un doigt en elle, tout en caressant du bout de la langue le bouton qui gardait l'orée de sa féminité.

Un plaisir inouï l'électrisa, tandis qu'elle laissait échapper une longue plainte et que ses hanches se soulevaient instinctivement pour mieux recevoir les caresses de son amant. Jamais elle n'avait atteint un tel plaisir ; rapidement, elle se sentit basculer dans la volupté en poussant un cri.

— Oh… Angelo, haleta-t-elle. C'est merveilleux…

Il l'embrassa avec fièvre, avant de la réinstaller sur le lit et de s'allonger au-dessus d'elle.

Son sexe dur et chaud s'appuya un instant contre son intimité, avant de s'enfoncer puissamment en elle.

— Tu es si étroite, *mi querida…*, chuchota Angelo.

— Je n'ai pas eu beaucoup de pratique…

L'espace d'un instant, il plissa le front, comme s'il se demandait ce qu'elle avait voulu dire, mais Flora ferma les yeux. Pour l'instant, elle n'avait vraiment pas l'intention de s'expliquer davantage.

Angelo resserra les mains sur ses hanches et la pénétra plus profondément. Tremblante, ivre de plaisir, Flora creusa les reins, s'adaptant à son rythme, prête à s'envoler de nouveau dans l'extase.

Les sensations devinrent plus intenses, le désir qui la consumait plus impérieux puis, tout à coup, son corps fut ébranlé d'un long tressaillement tandis qu'un orgasme inouï la submergeait. Elle cria, trembla, traversée par des vagues d'une intensité extraordinaire.

Ensuite, elle resta immobile, nichée dans les bras d'Angelo.

— Cela valait vraiment la peine de t'attendre, murmura-t-il en repoussant délicatement une mèche de cheveux humides de son visage.

Flora ouvrit les yeux et contempla rêveusement le beau visage penché au-dessus du sien. Soudain, submergée par un mélange d'amour et de tendresse infinis, elle serra Angelo contre elle.

Quand était-elle tombée amoureuse de lui ? se demanda-t-elle en se délectant des sensations qui ondoyaient en elle. De cet homme dont elle s'était répété qu'elle ne le trouvait même pas sympathique… Le jour où ils avaient couché ensemble sur la péniche ? Durant les semaines suivantes, quand elle s'était refusé le plaisir de lui parler au téléphone plus de trente secondes ? L'après-midi où elle avait appris qu'elle était enceinte de lui et qu'il lui avait aussitôt offert son soutien ?

Elle n'en savait rien. Mais c'était si bon d'accepter enfin ses sentiments, d'avoir confiance en lui. Et, pour une fois, de ne pas s'attendre au pire de la part d'un homme.

— Depuis combien de temps n'as-tu pas couché avec une autre femme ? demanda-t-elle franchement.

A ces mots, Angelo laissa échapper un bref éclat de rire.

— Depuis que nous avons couché ensemble sur la péniche, je n'ai approché aucune femme.

Envahie par un espoir immense, Flora lui adressa un sourire radieux.

— Je ne sais pas pourquoi, continua Angelo en fronçant les sourcils. Les autres femmes m'ont semblé moins attirantes. Peut-être parce que…

— Non, ne gâche pas mon plaisir en essayant de trouver une explication ! l'interrompit-elle en posant un doigt sur ses belles lèvres sensuelles.

— Je ne crois pas pouvoir expliquer ma faiblesse pour une grande rousse dotée d'un fougueux caractère, *mi querida*, murmura Angelo avec un sourire satisfait. Mais je ne m'en plains pas.

Puis il prit le doigt de Flora entre ses lèvres et le caressa avec sa langue en la regardant dans les yeux. La chaleur l'envahit de nouveau, avant même qu'il ne l'embrasse. Et quand il le fit, elle répondit avec flamme à son baiser. Tout semblait avoir trouvé sa juste place, au moment où elle s'y attendait le moins. Et ils étaient redevenus amants si naturellement…

Quand ils s'installèrent pour dîner ensemble dans le salon aux murs lambrissés, Flora savourait une paix inconnue, Franz leur servit une délicieuse salade au poulet, puis un choix de desserts plus succulents les uns que les autres. Endormi sous la table, Skipper ronflait bruyamment, comme à son habitude.

Une fois rassasiée, Flora se rappela la question qu'elle avait voulu poser à Angelo un peu plus tôt. Relevant les yeux, elle repoussa une mèche de cheveux derrière son oreille en le regardant.

— Je voulais te demander quelque chose…

— Vas-y, répliqua-t-il avec un sourire paresseux.

— Pourquoi ne m'as-tu pas dit que Mariska allait hériter du legs de ton demi-frère ?

Aussitôt, elle comprit qu'elle s'était engagée sur un terrain dangereux. Angelo se raidit et son regard bleu s'aiguisa, tandis que son visage se fermait complètement.

— Qui t'a parlé de cela ?

— Bregitta Etten, quand elle est venue me souhaiter la bienvenue à Amsterdam cet après-midi, expliqua nerveusement Flora. Et j'ai bien sûr trouvé bizarre de ne pas avoir été au courant. Pourquoi ne m'en avais-tu rien dit ?

Quand un silence pesant s'installa dans le salon, Flora ne put réprimer un frisson. Angelo avait dressé une paroi de glace infranchissable entre eux, comprit-elle avec effroi.

8

— Je ne voyais pas de raison de t'en parler, répondit-il avec un calme mesuré. Et puis, il était assez évident que le legs destiné à mon frère reviendrait à sa fille unique, non ?

— Oui, probablement. Mais je n'y avais pas songé parce que, tant que Willem était vivant, il n'avait pas accès à cet argent, lui fit remarquer tranquillement Flora.

— Bregitta n'aurait pas dû aborder ce sujet avec toi, répliqua Angelo d'un ton neutre.

Cependant, une légère moue de mépris courbait sa belle bouche.

— Mais elle l'a fait, et je me suis sentie ridicule. Pourquoi n'étais-je pas au courant, Angelo ? insista-t-elle.

Angelo se leva brusquement en laissant échapper un soupir exaspéré.

— Je ne sais pas si tu ignorais vraiment cette affaire d'héritage, dit-il d'un ton dur. Mais j'étais conscient que ton désir d'adopter Mariska pouvait être influencé par le fait qu'un jour elle deviendrait une jeune femme riche. De plus, si tu obtenais maintenant sa garde, tu pourrais bénéficier d'une somme considérable pour t'aider à l'élever.

Ces deux remarques laissèrent Flora sans voix. Elle aurait voulu croire qu'elle avait mal entendu, ou qu'elle s'était trompée sur le sens de ces paroles, mais, comme toujours, Angelo avait parlé avec une clarté exemplaire.

Ainsi, après avoir passé la moitié de la soirée au lit avec elle, il reconnaissait sans honte qu'il l'avait prise pour une femme intéressée... Alors qu'elle portait ses enfants ! En outre, il pensait qu'elle aurait pu se servir d'une enfant innocente pour s'enrichir.

Absolument horrifiée, Flora se leva à son tour et repoussa sa chaise, le visage en feu.

— Comment as-tu pu penser que je pourrais désirer adopter ma nièce uniquement parce qu'elle héritera un jour d'une somme considérable ? demanda-t-elle d'une voix tremblante de colère. Qu'ai-je fait, ou dit, pour que tu aies une opinion aussi basse de moi ?

— Avant même que Willem n'épouse ta sœur, j'ai eu connaissance du passé de celle-ci, mais aussi du tien, reconnut-il, le visage sombre.

— Tu fais allusion à l'enquête que tu as commanditée, n'est-ce pas ?

Son cœur sombra dans sa poitrine, car elle devina aussitôt d'où venait son jugement erroné. Ce qu'Angelo confirma, d'une voix dénuée de toute émotion :

— Je sais qu'il y a trois ans tu as couché avec ton patron, un homme marié, et que tu as ensuite tenté de lui faire du chantage dans le but d'obtenir une somme lucrative.

Flora recula, comme s'il l'avait giflée. Mais ce qu'il venait de lui jeter à la figure était pire qu'une gifle. En effet, il avait ressuscité un épisode funeste qu'elle croyait avoir laissé derrière elle depuis longtemps. S'y retrouver confrontée quelques années plus tard, et par cet homme qu'elle aimait, c'était la pire et la plus douloureuse des humiliations.

— Ce n'est pas ce qui s'est passé, Angelo, dit-elle en redressant la tête avec dignité.

A cet instant, Skipper surgit de dessous la table et vint se poster devant elle, comme pour la protéger.

— Ces accusations pernicieuses ont été prononcées au cours d'une audience du tribunal de l'emploi, pas devant une instance juridictionnelle. Je n'ai pas couché avec mon employeur et je n'ai jamais essayé de lui faire du chantage !

Un dégoût non dissimulé se lut sur le visage d'Angelo.

— Cela s'est passé il y a quelques années, Flora. Je comprends très bien qu'on puisse commettre des erreurs lorsqu'on est jeune. Et je sais qu'il est possible de tirer des leçons de ses erreurs...

Blessée par son ton paternaliste, Flora sentit une véritable rage monter en elle. Elle serra les dents pour se contrôler, mais ne parvint pas à chasser la sensation terrible de trahison et de vide qui l'avait envahie.

— Je ne te pardonnerai jamais de m'avoir fait cela, Angelo, dit-elle d'une voix tremblante. Comment oses-tu me juger pour un acte que je n'ai pas commis ? Comment peux-tu afficher cette condescendance à mon égard ? J'ai mûri depuis cette lamentable histoire, mais je n'ai pas changé d'un iota. Tout ce que j'ai appris de ce tribunal, c'est qu'on ne pouvait avoir confiance en personne, et que lorsque...

— Je crois que tu n'es pas assez bien pour discuter de ceci maintenant, l'interrompit Angelo, en remarquant que Skipper lui montrait les crocs en grondant sourdement.

— C'est toi qui en as parlé et qui m'as lancé ces accusations sordides à la figure, pas moi ! riposta Flora. Tu ne peux quand même pas me priver du droit de me défendre !

— Tu m'as forcé à t'expliquer pourquoi j'avais été réticent à te parler de la situation financière de Mariska. Je ne te prive pas du droit de te défendre...

— Mon passé ne te regarde pas, coupa-t-elle. Et je regrette vraiment de ne pas pouvoir dire la même chose de mon présent !

Skipper se mit à aboyer agressivement. Jamais elle n'aurait dû accepter de venir à Amsterdam, se reprocha-t-elle.

— Mais puisque tu as une aussi pauvre opinion de moi, pourquoi ne pas m'en avoir parlé plus tôt ? poursuivit-elle. Comment as-tu pu m'attirer à Amsterdam, me proposer de vivre avec toi, alors que tu me méprises autant ? Tu m'as trompée.

— Dis à ton chien de se taire !

La petite créature noire et blanche qui bondissait avec excitation autour des pieds de Flora aboyait si fort qu'il dut crier pour se faire entendre :

— Et je n'ai jamais eu l'intention de te tromper !

— Vraiment ? Une fois de plus, tu te crois supérieur, tu me juges du haut de ta morale ! Mais cette fois, je me fiche de ce que tu penses. Tu m'as bien trompée, lança Flora d'un ton accusateur.

— Je n'avais pas le choix : je ne pouvais pas t'en parler. Comment aurais-je pu évoquer ton passé douteux, alors que tu portais mes enfants et que tu n'étais pas bien ?

Flora tremblait de tout son corps. Même le choix des mots d'Angelo était révélateur : son « passé douteux ». Sans connaître sa version à elle, il l'avait jugée et condamnée.

Avant même de l'avoir rencontrée, Angelo van Zaal avait décidé qu'elle était indigne de sa confiance. Et, plus tard, sa grossesse l'avait forcé à refouler ses doutes sur sa moralité pour tenter d'établir une relation avec elle. Pas étonnant qu'il ait refusé tout engagement, se contentant de lui offrir de partager son lit… S'il l'avait pu, il aurait préféré garder ses distances avec elle et son passé douteux, à n'en pas douter.

— Je te déteste, affirma-t-elle avec force. Et je m'en vais !

Elle se leva et se dirigea vers la porte ; Angelo y parvint avant elle, lui bloquant le passage.

— Je ne te laisserai pas partir…

— Je ne te laisse pas le choix !

Angelo la regarda en silence durant quelques instants, le visage terriblement sombre, mais les yeux étincelants.

— Je ne le permettrai pas.

— Eh bien, je t'informe que je n'ai pas besoin de ta permission ! riposta Flora avec colère. Alors, laisse-moi passer et laisse-moi tranquille !

— *Por Dios*, calme-toi ! ordonna Angelo d'un ton menaçant.

Son attitude acheva de faire perdre tout contrôle à Flora. A présent, il la traitait comme une gamine mal élevée, alors que c'était sa faute à lui si elle se trouvait dans cette situation insupportable. Croyait-il sincèrement qu'elle allait rester chez lui, comme si de rien n'était ? Qu'elle pourrait continuer à vivre avec lui, tout en sachant qu'il la voyait comme une aventurière intéressée uniquement par l'argent de Mariska ?

La souffrance et la colère se fondirent en un chaos épouvantable, si bien que Flora se jeta sur Angelo avant de le frapper de toutes ses forces en pleine poitrine.

— Laisse-moi passer ! hurla-t-elle.

— *Madre mia* ! s'emporta Angelo en faisant un pas de côté pour éviter les crocs de Skipper. A quoi joues-tu, bon sang ?

Prenant soudain conscience des aboiements frénétiques de Skipper, Flora se figea sur place, ses poings retombant le long de son corps. Jamais elle n'avait pensé qu'Angelo pourrait perdre son contrôle légendaire. Visiblement, il était hors de lui : ses narines frémissaient, tandis que des éclairs jaillissaient de ses yeux bleus devenus presque noirs.

— Tu es allé trop loin dans tes accusations, dit-elle pour se justifier. Et tu me bloques le passage.

— Et je ne bougerai pas tant que tu n'auras pas retrouvé ton calme, fit-il d'un ton tranchant.

— Laisse-moi passer ! cria Flora, à bout de patience.

Non seulement elle était ulcérée par l'attitude d'Angelo, mais les aboiements de Skipper lui vrillaient le crâne. Quand elle se pencha vers lui et le tança sévèrement, il se tut enfin.

Quant à Angelo, il recula avec une réticence manifeste. Après être passée rapidement devant lui, Flora se dirigea vers les escaliers, trébuchant presque sur Skipper qui filait entre ses jambes. Lorsqu'elle se raccrocha à la rampe pour ne pas tomber, Angelo la prit par les épaules pour la stabiliser. Flora tourna vivement la tête vers lui.

— Tu n'as rien compris ! s'écria-t-elle avec violence. Je ne veux pas que tu sois là pour moi, et je ne le voudrai jamais, tu m'entends ? Puisque tu crois que je suis venue pour de l'argent, alors que j'ai refusé celui que tu m'as proposé !

Elle redressa fièrement le menton avant d'ajouter :

— J'étais totalement indépendante avant que tu ne surgisses

dans mon existence et que tu insistes pour t'y immiscer. Pourquoi cet acharnement ? Pourquoi ne m'as-tu pas laissée tranquille ?

— Parle moins fort, s'il te plaît.

— Non ! riposta-t-elle aussitôt en s'avançant à grands pas vers sa chambre. Tu as gâché ma vie !

Skipper, qui était allé se réfugier sous le lit, se mit à pousser de petits cris plaintifs.

— *Dios mío*, ma vie aussi a été totalement bouleversée !

Stupéfaite, Flora s'immobilisa. Elle ne s'était pas attendue à pareille riposte.

— Essaie de porter des triplés et on en reparlera ! lui lança-t-elle, bien déterminée à avoir le dernier mot.

Angelo la regarda s'effondrer sur le lit.

— Tu es terriblement pâle. Il faut absolument que tu te reposes, pas que tu luttes contre moi, dit-il avec inquiétude.

Elle se redressa et s'appuya sur les coudes, emplie de rancune.

— Quand tu m'as accusée d'être une femme bassement intéressée, prête à dépouiller ma nièce, tu t'attendais peut-être à ce que je saute de joie ?

— Je refuse de mentir et de prétendre que je ne m'étais pas interrogé sur tes motivations lorsque tu as demandé à adopter Mariska, affirma-t-il tranquillement.

— Mais, malgré tes soupçons, tu as quand même couché avec moi ! lui lança-t-elle avec un mélange d'indignation et d'incompréhension.

— Je n'ai jamais dit que j'étais parfait.

Flora le foudroya du regard, puis roula sur le ventre avant d'enfouir son visage dans l'oreiller. Ainsi, il refusait totalement de reconnaître ses torts… Quel gâchis ! Quel épouvantable gâchis ! Elle avait envie de pleurer, de hurler, mais il était hors de question qu'elle se donne en spectacle devant Angelo. Aussi se contenta-t-elle de marteler l'oreiller avec ses poings. Elle était chez lui et, comme elle était enceinte, Angelo était coincé avec elle.

Leurs liens étaient le résultat d'un accident, rien de plus. Il pouvait désirer son corps, coucher avec elle, mais il n'y avait rien de profond dans ce qu'il ressentait pour elle. Elle avait été tellement stupide de se laisser amadouer, de tomber amoureuse de lui ! Comment avait-elle pu oublier son échec avec Peter ? Elle n'était pas douée pour les relations amoureuses, un point c'est tout.

— Laisse-moi ! s'écria-t-elle d'une voix étouffée. S'il te plaît…

Angelo serra les mâchoires, agacé.

— Les femmes préfèrent habituellement la franchise…

Flora tourna à demi la tête pour le regarder, ses cheveux flamboyants répandus sur ses épaules en une cascade somptueuse.

— Oh ! nous disons cela uniquement pour la galerie ; mais nous ne voulons la franchise que si elle est agréable à entendre, dit-elle avec un sourire désabusé.

Angelo réprima un juron puis inspira lentement, à fond.

— Je ne voulais pas te blesser…

— Je t'en prie, tais-toi, l'interrompit Flora. Tes intentions n'ont rien à voir avec la réalité. Tu nourrissais de fortes réserves envers moi et tu me l'as caché. Vu les circonstances, c'est très injuste. Crois-tu sincèrement que si j'avais su ce que tu pensais de moi, je serais venue vivre ici ?

— Tu ne peux pas savoir ce que je pense vraiment de toi pour la simple raison que je ne le sais pas moi-même.

— Et alors ? Tu crois que je vais me casser la tête à essayer de gagner ta confiance ? Je m'en fiche complètement, affirma-t-elle avec défi.

Puis elle se tourna sur le côté avant de lui lancer un regard accusateur.

— Mais je vais te révéler quelque chose : quand tu as couché avec moi sur la péniche, j'étais vierge. Tu ne t'en es pas rendu compte, je sais, mais cela prouve que je n'avais pas couché avec mon patron, il y a trois ans.

— Vierge ? répéta Angelo d'un ton choqué en fronçant ses sourcils bien dessinés. J'étais ton premier amant ?

— Les pucelles ne crient pas sur les toits qu'elles le sont dans le but d'attirer le premier prédateur mâle venu !

— Je ne suis pas un prédateur, ni le premier mâle venu. Et comme je savais que tu avais été fiancée, je n'avais aucune raison de penser que tu étais vierge.

— Peter me respectait, répliqua-t-elle en pinçant les lèvres.

A ces mots, Angelo la contempla avec incrédulité.

— Il s'est servi de cette histoire sordide comme prétexte.

Flora détourna la tête. La conversation avait pris un tour beaucoup trop intime, et la blessure infligée par Peter n'avait pas encore complètement cicatrisé. Alors qu'elle lui faisait confiance, il l'avait laissée tomber au moment où elle avait eu le plus besoin de lui. Et après avoir tenu la place principale dans sa vie pendant plusieurs années, elle n'avait plus jamais eu de ses nouvelles depuis leur séparation.

— Ton ex-fiancé compte encore pour toi, n'est-ce pas ?

— Nous étions très proches jusqu'à la rupture.

— Tu n'as pas répondu à ma question.

— Puisque tu es allergique à l'engagement et au romantisme, je ne vois pas en quoi cela pourrait t'intéresser.

— Nous nous retrouverons demain matin, dit-il d'un ton cinglant. Tu dois bien te rendre compte que tu ne peux pas partir. Et Mariska ? Et ta santé ?

Tournant le dos à Angelo, Flora se décomposa à la pensée de quitter Mariska ; elle serra les paupières pour refouler ses larmes et ne rouvrit les yeux que lorsqu'elle entendit la porte se refermer.

Aussitôt, un flot d'émotions puissantes prit possession d'elle. Elle était tombée désespérément amoureuse d'Angelo. Le simple fait de le regarder faisait naître des étincelles dans la moindre cellule de son corps. Elle se méprisait pour ces réactions stupides et incontrôlables, mais surmonter cette faiblesse allait représenter un sacré défi…

Pourtant, Angelo avait ravivé la souffrance qu'elle avait vécue au moment de cette crise terrible, trois ans plus tôt.

*
* *

Il n'y a pas de fumée sans feu. Ce vieux cliché n'avait pas joué en sa faveur. Peter et sa famille avaient été horrifiés par les rumeurs colportées dans la presse à scandale, la dépeignant comme une femme avide de vengeance. Leurs fiançailles n'avaient pas résisté aux soupçons et aux médisances — même si sa relation avec Peter avait commencé à se révéler insatisfaisante bien avant cette période.

Quand ils s'étaient rencontrés à l'Université, Flora était farouchement opposée à la sexualité avant le mariage et à la vie commune avec son fiancé. Sa mère avait vécu avec son père durant des années avant que celui-ci n'accepte, avec réticence, de l'épouser. Ensuite, incapable de se satisfaire d'une seule femme, il avait semé le chaos autour de lui, en faisant souffrir tous ceux qui l'entouraient.

Alors étudiant en comptabilité, Peter était issu d'une famille vieux jeu ; aussi les principes affirmés de Flora l'avaient-ils impressionné. Cependant, lorsque, après avoir terminé ses études de commerce, elle avait trouvé un travail où elle gagnait deux fois plus que lui, sans compter les primes, son fiancé avait rapidement montré les limites de son admiration. De leur côté, sa mère et ses sœurs n'avaient pas été avares de commentaires désagréables, faisant passer Flora pour une carriériste invétérée.

Malheureusement pour elle, son poste haut placé s'était vite transformé en cauchemar. Seule femme de l'équipe, Flora travaillait pour un patron despotique qui exigeait d'elle des horaires de présence impossibles et la couvrait de plaisanteries salaces et de remarques embarrassantes sur son physique. Tout d'abord, Flora avait vraiment essayé de ne pas se formaliser de son attitude et de prendre ses réflexions déplacées à la légère ; mais Marvin Henshall en était venu à des propositions plus concrètes. Ayant résisté à ses assauts répétés, elle était devenue une proie encore plus désirable aux yeux de ce trentenaire marié.

Au moment où le harcèlement avait atteint un degré insupportable, Susan, une employée travaillant à la direction, avait confié à Flora qu'elle avait subi le même genre de harcèlement. Elles s'étaient alors associées et avaient déposé une plainte contre Marvin auprès du service des ressources humaines. Dès l'instant où la nouvelle avait circulé, la vie professionnelle de Flora était devenue un supplice : tous ses collègues l'ignoraient, tandis que Marvin faisait en sorte que les dossiers des clients les plus importants de Flora soient peu à peu transférés à ses collaborateurs.

Peter lui avait conseillé de changer de travail ; mais Flora n'avait trouvé aucun poste équivalent et, par fierté, elle avait refusé de laisser Marvin Henshall s'en sortir indemne. Néanmoins, tout s'était retourné contre elle lorsque Susan avait retiré sa plainte et que Marvin avait échafaudé une histoire à la fois sordide et crédible, dont elle n'avait pu prouver la fausseté.

De façon terriblement humiliante, Flora avait alors perdu son procès. Après avoir vu sa réputation impitoyablement détruite par les histoires immondes colportées sur elle par la presse, Flora avait amèrement regretté de ne pas avoir suivi les conseils de Peter.

Lorsque Angelo avait fait resurgir cette histoire et lui avait jeté des accusations fallacieuses au visage, elle s'était sentie atteinte dans son intégrité. Par ailleurs, son attitude injuste et son manque de confiance avaient ravivé son besoin d'indépendance. Elle se promit résolument que jamais plus elle ne s'intéresserait à un homme puisque, tôt ou tard, il la laisserait tomber.

Après avoir passé une nuit quasiment blanche à ressasser ses soucis et angoisses, Flora n'était vraiment pas en forme. Heureusement, le petit déjeuner lui fut servi au lit. Une fois habillée, ne se sentant pas très solide sur ses jambes, elle se rallongea sur son lit pour se reposer un peu.

Toutefois, elle refusait de se laisser abattre ; elle profita de ces moments de calme pour réorganiser ses pensées, car elle était bien décidée à affronter calmement Angelo et à trouver une solution viable.

Quand elle descendit au rez-de-chaussée, elle le croisa dans le long couloir. Mariska solidement arrimée sur sa hanche, il se tenait devant un portrait et parlait à la petite fille en néerlandais.

— Bonjour, Flora…

D'une beauté prodigieuse dans son jean délavé et sa chemise en lin écru à l'encolure ouverte, il darda son regard perçant sur elle.

Une chaleur brûlante se propagea aussitôt le long de ses nerfs, tandis que ses tétons se dressaient insolemment sous son T-shirt. Révoltée par les réactions traîtresses de son corps, elle redressa la tête et soutint le regard d'Angelo.

Mariska lui adressa alors un grand sourire, annihilant son irritation.

— Qui est-ce ? demanda-t-elle en s'arrêtant devant le portrait d'une femme élégamment vêtue.

— Ma mère. Je ne peux hélas pas montrer de portrait de la mère de Willem à Mariska, car mon père n'en avait commandé aucun.

L'ombre d'un sourire se dessina sur sa bouche sensuelle.

— Et même s'il l'avait fait, je ne l'aurais pas accroché ! ajouta-t-il.

— Tu ne t'entendais pas bien avec ta belle-mère ? demanda Flora.

— C'était une vraie mégère, cherchant toujours le conflit avec les amis ou les membres de la famille. Elle a véritablement tyrannisé Willem. Tout le monde l'évitait. Malheureusement, mon père ne le pouvait pas.

— Pourquoi l'avait-il épousée ? répliqua-t-elle en le suivant vers le salon.

— Son mariage avec ma mère avait été très heureux, mais elle est morte alors que j'avais dix ans. Il a cru qu'il serait tout aussi heureux une seconde fois et s'est remarié trop vite, sans connaître vraiment Myrna. Elle l'a beaucoup fait souffrir, avoua Angelo en plissant le front d'un air lugubre. Je reste persuadé que son infarctus a été causé par le stress que lui a fait subir cette femme.

— Les mariages mal assortis peuvent hélas causer de graves dégâts et blesser les enfants qui sont impliqués. Je t'ai déjà parlé de mon enfance et de celle de Julie, poursuivit-elle.

— Oui. Sa mère était la maîtresse de ton père, n'est-ce pas ?

— Elle n'était pas la seule. Mon père n'était pas avare de ses faveurs, expliqua Flora avec un sourire cynique.

Elle se pencha vers Mariska, qui lui tendait les bras en souriant. Tout en la serrant contre elle, Flora s'installa sur un sofa recouvert de velours vert amande. Elle aimait beaucoup le salon, une pièce lumineuse et chaleureuse donnant sur les jardins luxuriants de Huis van Zaal.

Les paupières à demi fermées, Angelo les regarda un moment en silence.

— Je pensais te proposer d'aller faire un tour, pour te montrer les environs.

Flora se raidit. Ainsi, il se comportait comme si leur dispute explosive de la veille n'avait pas existé…

— Pas maintenant. Après avoir voyagé hier, je dois me ménager.

Ses traits virils se durcirent, tandis qu'une lueur ténébreuse passait dans son regard.

— Quant à hier soir…, reprit Flora avec difficulté.

— Je n'ai pas l'habitude de mentir, l'interrompit sèchement Angelo. Et j'aime savoir que je suis libre de dire ce que je pense.

Elle se raidit encore davantage. Visiblement, il ne regrettait pas les accusations injustes qu'il lui avait lancées.

— Je sais maintenant à quoi m'en tenir avec toi, dit-elle plus fermement. Et je crois avoir trouvé la solution pour dépasser cette situation… inconfortable.

Après avoir traversé la pièce à grands pas, Angelo s'arrêta devant la fenêtre et resta immobile, en proie à une tension visible.

— Quelle est cette solution ?

— Eh bien… Après ce qui s'est passé hier soir, il semble

évident que cela ne servirait à rien d'essayer de vivre ensemble. Alors oublions cette idée, dit-elle rapidement. Comme tu possèdes de grandes maisons, vivre séparément sous le même toit ne devrait pas poser de problème à court terme.

Etait-ce le fruit de son imagination ? Soudain, Flora eut l'impression que le halo de vitalité qui émanait d'Angelo s'était brusquement terni.

— Est-ce vraiment ce que tu désires ? demanda-t-il d'une voix étrangement creuse.

Flora laissa échapper un lent soupir.

— Pour l'instant, je ne désire ni complications, ni stress. Je veux me concentrer sur Mariska et les bébés que je porte.

— Je comprends très bien, répliqua-t-il avec un haussement d'épaule éloquent. Mais j'avais espéré que nous pourrions discuter…

— Je ne veux discuter de rien avec toi. Maintenant que je sais quelle image tu as de moi, je vois clairement qu'il n'y a aucun avenir pour nous en tant que couple, affirma-t-elle en évitant son regard. J'ai peut-être besoin de ton soutien actuellement, parce que je porte des triplés, mais dorénavant, je préférerais que tu me traites uniquement en amie ou en… comme une sorte de colocataire.

— Si c'est vraiment ce que tu souhaites…, lâcha Angelo en plissant le front.

Visiblement, il n'avait pas l'habitude qu'une femme se refuse à lui, nota Flora en serrant les poings. Et une fois de plus, il la prenait pour une gamine irresponsable…

— Tu désires la même chose ! riposta-t-elle en perdant son sang-froid. Tu as reconnu toi-même que ta vie avait été chamboulée de fond en comble par ma grossesse.

— Mais il ne s'ensuit pas nécessairement que ce soit une mauvaise chose, dit-il, une lueur indéchiffrable au fond des yeux.

Flora se força à reporter son attention sur Mariska, qui s'assoupissait tranquillement dans ses bras.

— Oh ! arrête, s'il te plaît. Avant que tout bascule, ce jour-là, sur la péniche, tu menais une vie fabuleuse, n'est-ce pas ? ironisa-t-elle. Tu jouissais de la compagnie de femmes superbes, au gré de tes désirs, sans liens ni engagements… Ce genre de situation ne m'aurait jamais satisfaite. Et il vaut mieux prendre conscience de nos différences maintenant, avant la naissance des triplés.

Un muscle tressaillit au coin des lèvres d'Angelo ; son regard devint totalement impénétrable.

— C'est très important que tu sois bien chez moi et que tu t'y sentes en sécurité, dit-il en inclinant légèrement la tête. Je respecterai tes souhaits. Mais je crois néanmoins que tu commets une grave erreur — pour nous deux.

Erreur ou pas, Flora sentit sa poitrine se serrer douloureusement. Car au fond d'elle-même, elle avait espéré qu'il protesterait vigoureusement contre sa décision. Au contraire, il l'avait rapidement acceptée, montrant ainsi qu'il se souciait de son bien-être et de sa sécurité, mais uniquement à cause des enfants qu'elle portait. Ses enfants à lui.

Des larmes brûlantes lui montant aux yeux, elle baissa les paupières pour qu'Angelo ne les voie pas. Elle était tombée follement amoureuse de lui, mais elle ne le laisserait jamais soupçonner cette vérité humiliante.

A partir de maintenant, elle n'afficherait plus que de l'indifférence et du calme…

9

— Vous êtes superbe ! s'exclama Bregitta Etten. Et tellement épanouie !

Flora résista au désir de tirer sa robe couleur lilas sur ses hanches. A sept mois de grossesse, son ventre avait pris des proportions impressionnantes, et rester debout pendant de longs moments était de plus en plus pénible. En outre, Bregitta réussissait toujours à la mettre mal à l'aise.

— Cela vous ennuie si je m'assois ?

— Bien sûr que non. Je vois bien que vous en avez besoin. Ce doit être épuisant de porter tout ce poids supplémentaire, fit la belle blonde en s'installant gracieusement à côté de Flora, sur un sofa au dossier affreusement dur.

Toutes deux participaient à une manifestation caritative, organisée dans un lieu dont le confort était plus tape-à-l'œil que réel.

— Je regrette tellement que Henk et moi n'ayons pu avoir d'enfants, reprit Bregitta.

— C'est triste, approuva aimablement Flora.

En même temps, elle s'ordonna de ne pas chercher Angelo du regard. Les bénéfices de la soirée seraient versés à l'une des fondations qu'il dirigeait et dont la vocation était de s'occuper d'enfants souffrant de lésions cérébrales. Comme Angelo connaissait pratiquement tous les invités, et que son discours avait été particulièrement brillant, il était sollicité de toutes parts. Flora était bien déterminée à ne se montrer ni collante ni encombrante.

— J'ai sûrement des principes dépassés, murmura doucement Bregitta. Mais moi, j'aurais attendu d'être mariée avant de prendre le risque de porter trois enfants d'un coup.

— Vraiment ? fit Flora en ne pouvant s'empêcher de rire.

Elle était désormais habituée aux petites piques de Bregitta et avait compris que celle-ci nourrissait des desseins très personnels envers Angelo. Par conséquent, elle avait été profondément déçue qu'il partage sa vie avec une femme. Lorsque, quelques mois plus tôt, elle avait appris qu'en plus Flora portait des triplés, Bregitta avait apparemment reçu un véritable choc et estimé qu'Angelo lui avait été volé.

A présent, Flora ne se souciait plus du tout de l'attitude de sa fausse rivale. Elle était convaincue qu'Angelo ne partageait pas les aspirations intimes de Bregitta. En outre, alors qu'il n'avait pas dit à ses amis qu'il allait devenir père avant l'arrivée de Flora aux Pays-Bas, Angelo l'avait ensuite quasiment crié sur les toits ! Désormais, elle ne doutait plus de l'enthousiasme qu'il manifestait devant sa paternité imminente. Et puis, voyant chaque jour la façon dont il se comportait avec Mariska, elle avait compris qu'il faisait partie de ces hommes qui aimaient sincèrement les enfants.

Au cours des quatre derniers mois, Flora avait recouvré sa bonne santé, mais au fur et à mesure que sa grossesse avançait, elle était devenue plus limitée physiquement. Elle se fatiguait facilement et, si elle marchait trop longtemps, elle avait mal au dos et aux hanches. S'asseoir sur le tapis pour jouer avec Mariska était désormais devenu impossible, ainsi que dormir des nuits entières. Dans son ventre, les triplés étaient devenus très actifs…

Natalie l'avait mise en contact avec un obstétricien réputé qui la faisait venir chaque semaine pour vérifier la progression de sa grossesse, laquelle n'allait pas sans risques compte tenu des circonstances.

De son côté, Angelo lui manifestait un soutien sans faille. Ironiquement, ce constat rendait Flora presque triste, car plus elle découvrait la vraie nature et les qualités du père de ses enfants, plus elle comprenait pourquoi elle l'aimait. D'une beauté irrésistible et d'une sensualité fabuleuse, il était également courtois, attentionné et toujours prêt à l'écouter si elle se faisait des soucis pour une raison ou une autre.

Il avait, de plus, respecté son désir de solitude, si bien que d'ordinaire ils se retrouvaient uniquement lorsque Mariska était présente. Ils dormaient dans des chambres séparées et prenaient souvent leurs repas à des horaires différents. Cette soirée représentait une exception, car hormis leurs moments partagés avec Mariska, Angelo et elle menaient des vies indépendantes. De toute façon, il passait la majeure partie de son temps à son bureau et, environ une semaine par mois, il voyageait pour ses affaires.

Peu à peu, Flora avait commencé à se demander si elle avait commis une erreur regrettable en essayant de sauver la face. Angelo la laissait tranquille, exactement comme elle le lui avait demandé, si bien qu'elle supposait qu'il fréquentait d'autres femmes. En effet, un homme aussi sensuel que lui ne pouvait sans doute pas vivre en réprimant sa sexualité. Il se montrait très discret sur ses activités extérieures, mais cette discrétion n'apportait aucun réconfort à Flora : la jalousie la dévorait littéralement à la seule pensée qu'il puisse regarder une autre femme.

Paradoxalement, alors qu'Angelo avait l'air satisfait de ce simulacre de vie commune, elle se sentait de plus en plus seule, malheureuse et inquiète. En refusant de continuer cette discussion durant laquelle il l'avait injustement accusée, Flora savait très bien qu'elle avait contribué à dresser un mur d'incompréhension entre eux. Et comme Angelo ne voulait ni la troubler ni réveiller son hostilité envers lui, il ne tentait jamais d'ébranler ce mur. Aussi ne pouvait-il deviner qu'il avait enfin gagné sa confiance…

Flora avait fini par comprendre, et accepter, qu'Angelo était un être entier. Il ne dissimulait rien, disait ce qu'il pensait et ne se cachait sous aucune politesse forcée. Non seulement il ne ressemblait en rien à son père, mais il était d'un caractère bien plus fort que Peter.

— Vous êtes tellement courageuse, Flora. Comment pouvez-vous rester aussi calme ? demanda Bregitta avec une incrédulité feinte. Dans quelques mois, vous aurez quatre enfants de moins de deux ans à charge, et Mariska court déjà partout, prête à faire mille bêtises, comme tous les enfants de son âge. J'avoue que j'ai du mal à imaginer Angelo dans son nouveau rôle de père de famille.

— Il adore les enfants, répliqua Flora en souriant.

— Peut-être, mais il pourrait les adorer plus que vous, faites attention…

Stupéfaite par cette remarque, Flora resta silencieuse. Après tout, Angelo n'était avec elle que parce qu'elle était enceinte ; une fois que les triplés seraient nés, ils devraient trouver un nouvel arrangement. A ce moment-là, ils ne continueraient probablement pas à vivre sous le même toit.

Bientôt, songea-t-elle tristement, la proximité d'Angelo ne serait plus qu'un souvenir chéri.

Dans ces conditions, n'était-il pas grand temps qu'elle se décide à lui parler pour essayer de le convaincre de son innocence ? De son côté, Angelo était-il satisfait de la situation actuelle ? Et s'il ne l'était pas, pourquoi ne disait-il rien ?

— Franchement, poursuivit Bregitta, interrompant le cours interrogatif de ses pensées, la seule femme qui ait jamais réussi à conquérir le cœur d'Angelo, c'est Katja. Et maintenant qu'elle n'est plus, qui d'autre pourrait l'égaler ?

A l'idée qu'Angelo ait aimé et perdu une femme, ou qu'il ait été rejeté par celle-ci, Flora ressentit un véritable choc. Mais sa fierté l'empêcha de questionner Bregitta, qui, à n'en pas douter, avait sciemment jeté le doute dans son esprit.

Elle aperçut Angelo qui bavardait en riant avec une blonde sublime. Celle-ci portait une robe de soirée vermillon, outrageusement décolletée, qui dévoilait les trois quarts de sa poitrine de façon provocante.

A la pensée de la métamorphose spectaculaire de sa propre silhouette, Flora sentit une douleur aiguë lui traverser le corps. Angelo partageait-il une plaisanterie avec cette femme ? Flirtait-il avec elle ? Ou Flora assistait-elle à un échange complice entre deux amants ? Elle ignorait tout de la vie intime d'Angelo. Un véritable gouffre s'était maintenant creusé entre l'homme qu'elle aimait et elle — malgré ses efforts pour se convaincre du contraire, elle l'aimait plus que jamais.

Dix minutes plus tard, Angelo les rejoignit, Bregitta et elle.

— Tu as l'air fatiguée, murmura-t-il doucement.

Flora aurait tant voulu qu'il mente, qu'il dise qu'elle était belle, ou sexy — n'importe quoi, mais pas qu'elle avait l'air fatiguée... Elle ravala sa déception et prit la main qu'il lui tendait pour l'aider à se lever du sofa, comme si elle était devenue une vieille femme impotente.

Soudain, elle détesta être enceinte et envia la blonde au décolleté aguicheur. Aussitôt, elle se reprocha de nourrir de telles pensées superficielles. Pourtant, elle aurait tant aimé qu'Angelo lui montre, ne serait-ce que par un signe infime, qu'il la trouvait encore attirante...

Choquée par l'intensité de ce désir, Flora s'en voulut encore davantage. Une fois rentrée au manoir, elle alla directement se coucher, refusant l'offre d'Angelo de prendre une dernière collation ensemble.

Flora se réveilla avec la sensation que les triplés jouaient au foot dans son ventre. Après être restée immobile pendant quelques instants, la main posée légèrement sur son ventre, elle n'y put plus tenir : elle mourait de faim.

Dès qu'elle entra dans la cuisine, Mango vint se frotter à ses jambes en ronronnant sans discontinuer, tandis que Skipper ronflait tranquillement dans son panier. Flora adorait l'atmosphère de la grande cuisine traditionnelle hollandaise. C'était un endroit merveilleusement chaud et accueillant, avec ses beaux carreaux de Delft couvrant le manteau de la cheminée et ses superbes assiettes anciennes sur le vaisselier de bois peint. Quant aux ustensiles et récipients en cuivre suspendus au mur, ils luisaient doucement, entretenus avec amour par Therese. Dans un coin, la vieille horloge en noyer veillait sur les lieux, son balancier égrenant imperturbablement les secondes.

— Il me semblait bien que j'avais entendu du bruit !

Au son de la voix grave d'Angelo, Flora se retourna ; Skipper émit un jappement paresseux, puis quitta son panier pour accueillir l'arrivant. Son chien avait développé une dévotion inconditionnelle envers Angelo. Le soir, il s'allongeait même devant la porte d'entrée pour attendre le retour de son nouveau maître. Comment celui-ci avait-il réussi à transformer la méfiance de Skipper en adoration, Flora avait du mal à le comprendre. D'autant qu'à sa connaissance Angelo s'était toujours contenté de lui caresser rapidement le dessus de la tête en passant…

— J'aurais dû accepter ton invitation à souper, reconnut-elle en désignant le sandwich qu'elle venait de se préparer. As-tu faim ?

— Merci, j'ai mangé tout à l'heure. Ensuite, je suis resté travailler dans mon bureau.

— Parfois, les bébés bougent tellement qu'ils me réveillent. Alors, je ne dors pas très bien, avoua Flora.

Elle s'installa dans le rocking-chair de Therese, près de la cheminée.

— J'en ai d'ailleurs profité pour réfléchir…, poursuivit-elle.

— A quoi ?

Flora contempla un instant son sandwich avant d'inspirer à fond.

— Je crois qu'il est temps que je te parle de ce procès.

Elle s'interrompit pour mordre à belles dents dans la croûte dorée, sous le regard acéré d'Angelo, immobile à quelques mètres d'elle, sexy sans son vieux jean et sa chemise blanche.

— Que tu me croies ou non, cela te regarde, reprit-elle en redressant la tête d'un air de défi.

— Je suis prêt à écouter ta version de l'affaire.

Reprenant courage, Flora lui raconta ce qui s'était passé.

— Pourquoi ne t'es-tu pas plainte auprès du directeur des ressources humaines dès l'instant où ton boss a commencé à te harceler ? demanda-t-il, préoccupé.

— Au début, je craignais d'être trop susceptible, de mal interpréter l'attitude de Marvin Henshall. Je crois que beaucoup de femmes réagissent ainsi, répondit-elle d'une voix tendue. J'essayais de m'intégrer et je ne voulais pas acquérir la réputation d'être difficile. Quand ses tentatives sont devenues trop évidentes, j'ai commencé à m'inquiéter. J'avais peur que, si je me plaignais de harcèlement sexuel, ma carrière ne soit compromise. Tu comprends, Henshall était très bien vu dans l'entreprise.

Angelo fronça vivement les sourcils.

— Tu n'aurais pas dû réagir ainsi…

— Il ne s'agit pas de choses abstraites, Angelo. Mais de ce qui se passait concrètement. Beaucoup d'étudiants de ma promotion n'avaient même pas trouvé de travail. Je savais que j'avais eu une chance fabuleuse et je ne voulais pas la gâcher.

— C'est ton boss qui gâchait tout, pas toi. Si ce que tu affirmes est vrai, comment as-tu pu perdre ce procès ?

— Deux éléments importants ont joué en ma défaveur, répondit-elle avec un sourire amer. Susan, l'autre femme qui avait déposé une plainte contre Henshall, a eu peur et l'a retirée. Ensuite, Henshall a affirmé que j'avais entretenu une liaison avec lui et que les choses avaient tourné au vinaigre lorsqu'il avait préféré rester avec sa femme. Il m'a accusée de lui avoir fait du chantage et a dit qu'il avait refusé de me donner la prime que je réclamais pour me venger.

Soudain, Flora se sentit affreusement lasse ; mais elle se ressaisit et continua.

— C'est ce qui a attiré l'attention des journaux à scandale et m'a valu de sordides grands titres. Beaucoup de gens ont préféré adhérer à la version de Henshall, parce que personne ne voulait croire qu'un homme marié puisse reconnaître avoir eu une liaison si ce n'était pas le cas, comme je persistais à l'affirmer...

— Pourquoi penses-tu qu'il a prétendu que vous aviez eu une liaison ? demanda calmement Angelo.

— Parce que si j'avais réussi à prouver qu'il pratiquait le harcèlement sexuel, il aurait pu perdre son poste. Il gagnait beaucoup d'argent, alors il a préféré mentir pour me discréditer, en noircissant ma réputation. Sa femme est venue le soutenir au tribunal pour les mêmes raisons. Pourtant, il l'avait déjà trompée une bonne dizaine de fois, alors elle devait savoir à quoi s'en tenir sur son compte.

— Tes fiançailles ont été rompues à peu près au même moment, n'est-ce pas ?

— Quand mon histoire a été étalée dans la presse, Peter et sa famille ont pensé que me fréquenter leur ferait du tort. Finalement, j'ai fini par obtenir cette fichue prime, dit-elle farouchement.

— Vraiment ? fit Angelo, l'air surpris.

— Je l'avais gagnée honnêtement et la direction le savait. Mais je ne l'ai reçue qu'une fois l'affaire retombée. Cet argent est toujours à la banque, avoua Flora en se redressant dans son fauteuil.

— Ça a été une maigre consolation, j'imagine, remarqua Angelo en l'aidant à se lever.

— En effet.

— Je t'accompagne jusqu'à ta chambre, murmura-t-il.

Flora réprima le refus qui lui était monté automatiquement aux lèvres. A présent, elle ne désirait plus maintenir Angelo à distance.

Quand il lui prit le bras, elle sentit les effluves de son eau de toilette boisée lui monter aux narines, faisant resurgir toutes sortes de souvenirs intimes. Elle se rappela la passion brûlante qu'ils avaient partagée, la sensation de sa bouche dévorant la sienne, celle de ses mains expertes caressant les endroits les plus secrets de son corps... Un désir purement sexuel la fit chanceler et, lorsqu'elle franchit le seuil de sa chambre, des images érotiques se bousculaient dans son esprit. Profondément troublée, elle trébucha, mais Angelo avait déjà refermé les bras autour d'elle pour l'empêcher de perdre l'équilibre.

— Doucement, *querida*, chuchota-t-il contre son oreille.

Il leur restait si peu de temps à passer ensemble, songea tristement Flora. Son obstétricien l'avait déjà prévenue qu'elle allait bientôt devoir rester allongée jusqu'au terme de sa grossesse. Une fois qu'elle n'aurait plus la liberté de ses mouvements, elle se retrouverait encore plus isolée et éloignée d'Angelo.

Après l'avoir conduite jusqu'à son lit, il fit délicatement glisser son peignoir sur ses bras. Le visage en feu, Flora s'allongea sur son lit ; mais, quand Angelo se détourna pour se diriger vers la porte, elle lui prit la main sans réfléchir.

Visiblement, son geste le surprit autant qu'elle. Il riva les yeux à la main posée sur la sienne, tandis qu'une tension formidable marquait ses traits.

— Ne t'en va pas, murmura-t-elle. Pas tout de suite…

Angelo leva le regard vers son visage. Puis, lentement, il s'assit au bord du lit.

— Tu te sens bien ? demanda-t-il d'une voix sourde.

Evidemment, il acceptait de rester uniquement parce qu'il pensait aux enfants qu'elle portait, et non à elle en tant que personne. Que femme. Amoureuse.

— Oui…

A cet instant, l'un des triplés bougea brusquement, lui coupant le souffle.

— Ce n'est rien, juste un petit coup de pied, dit-elle en posant la main sur son ventre.

— Je peux ? demanda Angelo.

— Bien sûr.

Dangereusement proche des larmes, Flora resta immobile et contempla sa grande main posée à côté de la sienne. Lorsque l'un des triplés donna un nouveau coup de pied, un véritable émerveillement se lut sur le visage d'Angelo.

Comment un tel homme avait-il pu rester célibataire et ne pas avoir déjà engendré une ribambelle d'enfants ? se demanda-t-elle soudain. Il avait dû être marqué à vie par le second mariage précipité et malheureux de son père. Sans compter que, pour lui, la liberté n'avait pas de prix. Certainement avait-il mené un dur combat contre lui-même pour accepter le résultat de leur brève étreinte. S'était-il senti différent avec la mystérieuse Katja, présentée par Bregitta comme une rivale inégalable ?

— Tu es incroyable, murmura Angelo d'une voix où perçait de l'admiration, en la regardant dans les yeux.

Un désir si puissant se déploya en Flora qu'elle dut faire un effort pour ne pas lui caresser le visage. Ses tétons se dressèrent sous sa chemise de nuit, comme pour réclamer les caresses d'Angelo. Mais il ôta la main posée sur son ventre et se leva, avant de remonter le drap sur elle.

— Il est tard. Je dois te laisser dormir.

Il se pencha pour éteindre la lampe de chevet.

— N'oublie pas que tu as rendez-vous avec l'obstétricien demain après-midi, poursuivit-il d'un ton grave et profond.

Le cœur battant à tout rompre, Flora le regarda se diriger vers la porte, éclairé par la lueur de la lune s'infiltrant dans l'entrebâillement des rideaux. Qu'avait-elle espéré ? Qu'il l'embrasserait ? Qu'il montrerait de l'intérêt sexuel envers elle, ou qu'il exprimerait son regret qu'ils vivent à la fois ensemble et séparément ?

Les larmes jaillirent de ses yeux et roulèrent sur ses joues…

Le lendemain matin, Flora fut réveillée par le bip de son téléphone portable posé sur la table de nuit. Tendant paresseusement la main, elle prit l'appareil et vit qu'elle avait reçu un texto. Stupéfaite, elle découvrit qu'il provenait de Peter Davies. Son ancien fiancé…

Elle se redressa et s'appuya contre les oreillers pour relire le message. Peter lui écrivait que, après avoir rencontré par hasard un ancien ami commun, il avait reçu un choc en apprenant le mort de Julie, et qu'il savait que Flora vivait désormais à Amsterdam, avec sa nièce.

Elle répondit laconiquement et factuellement à son message. Quelques secondes plus tard, elle reçut une réponse. Peter travaillait à Londres pour une compagnie maritime, dont le siège était établi à Rotterdam. Il séjournait actuellement aux Pays-Bas — d'où son premier message — et serait ravi de la revoir avant de repartir en Angleterre, le soir même.

Curieuse de savoir pourquoi il reprenait contact avec elle après un aussi long silence, Flora accepta de prendre un café avec lui avant son départ pour l'aéroport.

10

Comme Flora l'avait redouté, l'obstétricien lui annonça qu'à partir de maintenant elle devrait rester alitée jusqu'au terme de sa grossesse.

— Vous êtes en très bonne santé, mais à présent, chaque jour supplémentaire compte énormément pour vos triplés, lui fit remarquer le Dr Wintershoven. Je devrais même vous conseiller de rester à la clinique.

Il se tourna un instant vers Angelo en souriant.

— Mais avec tous les soins et l'attention que vous prodigue M. van Zaal, continua-t-il, vous pouvez rester chez vous.

— Je vais m'ennuyer à mourir, soupira Flora quand elle quitta la clinique luxueuse où l'obstétricien donnait ses consultations.

Mais elle s'en voulut aussitôt de se plaindre ainsi, car elle savait que le conseil du spécialiste était tout à fait adapté à son état.

— Je vais tout faire pour rendre ton alitement agréable, répliqua Angelo en souriant. Pour commencer, nous allons directement chez ton libraire préféré, et nous achèterons également des DVD.

— Non, je ne peux pas. Je voulais te le dire tout à l'heure, mais j'ai oublié : j'ai un rendez-vous cet après-midi.

— Avec qui ? fit-il brutalement.

— Peter m'a envoyé un texto, dit Flora en rougissant légèrement. Il est en Hollande pour son travail et nous allons prendre un café ensemble avant qu'il ne reparte en Angleterre ce soir.

— Peter ? répéta Angelo avec stupéfaction. Ton ex-fiancé ?

— Oui, répondit-elle en souriant. Il travaille comme comptable dans une compagnie maritime dont le siège est basé à Rotterdam. C'est une drôle de coïncidence, n'est-ce pas ?

— En effet. Je ne savais pas que tu étais restée en contact avec lui.

— Pas du tout. Après mon départ de Londres, nous nous sommes complètement perdus de vue. Il m'a envoyé ce texto parce qu'il a rencontré par hasard un ami commun,qui lui a fait part de la mort de Julie.

Angelo s'était arrêté à côté de la limousine, immobile comme une statue, le visage indéchiffrable.

— Il connaissait ta sœur, bien sûr.

— Oui, mais franchement, ils ne s'étaient jamais très bien entendus.

Peter lui en avait toujours voulu d'accorder trop de temps à sa sœur.

— Je t'accompagne à ce rendez-vous, dit alors Angelo en s'installant à côté d'elle dans la limousine.

— Pourquoi viendrais-tu avec moi ? répliqua Flora, totalement éberluée.

Il pinça les lèvres tandis qu'un muscle tressaillait dans sa mâchoire.

— Vu ton état, je n'aime pas que tu te déplaces seule. Je préférerais vraiment t'accompagner.

— C'est ridicule, protesta Flora. Je n'aurai qu'à sortir de la voiture et faire quelques pas pour me rendre au café où nous avons rendez-vous. Et je rentrerai ensuite directement.

— Je préférerais quand même être là, répéta obstinément Angelo.

— Non, tu ne peux pas venir. Je n'en ai pas envie, répliqua franchement Flora. Si Peter et moi souhaitons parler de choses personnelles, nous ne pourrons pas le faire en ta présence.

— Tu tiens vraiment à le voir, n'est-ce pas ? fit-il en se tournant vers elle, le visage sombre.

Flora hocha la tête sans hésitation. En effet, elle était très curieuse de revoir Peter ; elle ne voyait pas du tout pourquoi elle devrait partager cette rencontre avec Angelo. Ce rendez-vous amical ne le concernait en rien.

Lorsque la limousine se gara devant le café, elle adressa un sourire rassurant à Angelo avant de quitter le véhicule. Mais lorsqu'elle s'éloigna, elle sentit son regard sombre dardé sur elle.

Peter était déjà là, installé au fond de l'établissement. Flora le reconnut immédiatement, tout en remarquant qu'il avait pris du poids et qu'il commençait à perdre ses cheveux. Dès qu'il l'aperçut, Peter bondit sur ses pieds et la contempla en écarquillant les yeux.

— Tu es enceinte ? fit-il, avant même de la saluer.

Devant son expression ébahie, Flora ne put s'empêcher d'éclater de rire.

— Oui. Est-ce tellement surprenant ?

— Tu n'es pas mariée, répliqua Peter en baissant la voix, comme s'il avait peur des commentaires éventuels des clients attablés à côté d'eux.

— Mais toi, si. Nous avons changé tous les deux, et nous avons avancé, dit tranquillement Flora.

Puis elle commanda un café au serveur qui venait de s'arrêter devant leur table.

— Quand t'es-tu marié ? demanda-t-elle une fois qu'il se fut éloigné.

— Quelques mois après notre séparation, avoua-t-il, le visage cramoisi. Elle s'appelle Sandy, nous travaillions ensemble.

— Tu ne m'avais jamais parlé d'elle, fit Flora en souriant.

— Non, c'est vrai. Je me sentais coupable de mon silence, mais à quoi cela aurait-il servi de te le dire ?

— Si j'avais su que tu t'intéressais à une autre femme, je n'aurais pas eu l'impression que j'étais responsable de notre séparation, répondit-elle avec calme. Je me suis sentie coupable, à cause de toutes ces rumeurs sordides qui ont couru sur moi et des répercussions qu'elles avaient eues sur toi et ta famille.

Peter fit une grimace.

— J'ai eu tort, Flora, c'est vrai. Et j'en suis désolé. Je n'ai pas eu le courage de te dire où j'en étais réellement ; je me suis servi de cette histoire pour rompre nos fiançailles. J'en ai toujours eu honte depuis.

— C'est le passé, dit doucement Flora avant de remercier le serveur qui venait de lui apporter son café.

— Je t'ai abandonnée et je l'ai toujours regretté, mais nous n'étions pas faits l'un pour l'autre. Je me sentais davantage ton frère que ton fiancé, reconnut Peter avec embarras.

A ces mots, Flora eut l'impression qu'un nuage se dissipait, éclaircissant sa sombre vision du passé. Peter avait raison : leur relation avait été basée sur de l'amitié plus que sur de l'amour et, au fil du temps, toute attirance réciproque avait disparu entre eux. Peter en avait été conscient parce qu'il avait été attiré par Sandy, qu'il avait épousée rapidement après leur séparation.

— Non, nous n'étions pas faits l'un pour l'autre, tu as raison, dit-elle après avoir pris une gorgée de café.

Vivait-elle la même chose avec Angelo ? se demanda-t-elle en reposant sa tasse. Manquait-il la même étincelle entre eux ? Etait-ce pour cela qu'il gardait ses distances ? Leur vie commune avait-elle créé une familiarité qui avait remplacé la passion qu'ils avaient partagée ?

— Tu as toujours eu une forte personnalité ; tu étais trop ambitieuse pour moi, fit Peter en secouant la tête. Avec Sandy, je me sens sûr de moi…

— Je préférerais que tu ne m'en parles pas davantage, l'interrompit Flora.

Ils bavardèrent pendant environ une demi-heure. Peter lui dit combien il avait été désolé d'apprendre la mort de sa sœur. Puis il ouvrit de grands yeux lorsque Flora lui annonça qu'elle portait des triplés, avant de l'interroger sur le père de ceux-ci. Il lui apprit ensuite que lui-même avait un fils d'un an.

Après qu'ils se furent séparés pour retourner chacun à sa vie, Flora regagna le manoir en taxi, se demandant pourquoi elle s'était reproché aussi longtemps d'être responsable de sa séparation d'avec Peter. Au moment où ils avaient quitté l'Université, ils étaient tous deux des adultes prisonniers d'habitudes et non un couple lié par l'amour. Mais, à l'époque, elle était tellement concentrée sur son nouveau job qu'elle n'avait rien vu.

Alors qu'elle pénétrait dans le hall du manoir, la vue du sac de Mariska déjà prêt lui rappela que le week-end était arrivé et qu'ils allaient se rendre à Huis van Zaal. Se souvenant des recommandations du Dr Wintershoven, elle tressaillit. Angelo pensait-il qu'elle allait déjà s'aliter et ne plus quitter sa chambre ? Elle aimait tant le calme qui régnait à Huis van Zaal et, en ce milieu d'automne, les couleurs de la nature étaient sublimes.

— Où est Angelo ? demanda-t-elle à Anke en entrant dans la chambre de Mariska.

— Je crois qu'il est allé voir Katja, répondit la nounou en souriant. Il m'a chargée de vous dire qu'il vous rejoindrait directement à Huis van Zaal.

Flora mit quelques secondes à digérer toutes les informations que venait de lui donner Anke. Ainsi, Angelo pensait, comme elle, qu'elle garderait le lit après le week-end. Cela la soulagea. Par contre, qui diable était cette Katja qu'il était allé voir ?

Mariska trottina vers elle pour lui montrer sa nouvelle robe, interrompant ses cogitations. Après s'être extasiée, Flora faillit demander à Anke qui était Katja. La jeune femme lui aurait volontiers répondu, elle le savait, mais une appréhension stupide la retint.

Etendue sur une chaise longue pour profiter du soleil automnal, Flora fermait les yeux avec béatitude lorsque la voix grave d'Angelo la sortit de sa douce torpeur.

— Flora... ?

Soulevant les paupières, elle le regarda. Vêtu d'un pantalon décontracté mais élégant et d'une chemise blanche mettant en valeur sa peau hâlée et ses cheveux noirs, il se tenait à un mètre à peine d'elle, les yeux étrangement clairs.

Flora se redressa lentement en cillant pour s'asseoir. Aussitôt, Angelo fut à côté d'elle et l'aida à s'installer plus confortablement.

— Comment va Peter ? demanda-t-il d'un ton neutre.

— Il n'a pas beaucoup changé.

Peu encline à lui raconter son entrevue avec Peter, elle resta silencieuse. Mais, comme Angelo l'observait avec une intensité étrange, elle se sentit bientôt mal à l'aise.

— Je voudrais te demander quelque chose, dit-il soudain.

— Oui ? fit-elle nonchalamment, tout en espérant que sa question n'aurait rien à voir avec Peter.

— Me ferais-tu l'honneur de devenir ma femme ?

Flora s'étouffa presque avec sa gorgée de limonade et se mit à tousser. Angelo avait parlé d'une voix égale. Elle le regarda avec un mélange d'émotion et d'incrédulité. Il lui tapota doucement le dos jusqu'à ce qu'elle ait repris son souffle.

Il venait de lui demander de l'épouser ! Après avoir passé des semaines sous le même toit sans qu'ils aient partagé la moindre intimité, Angelo lui demandait brusquement de devenir sa femme ! Sonnée, elle se concentra sur son visage et comprit qu'il ne plaisantait pas.

— Je… Je…, balbutia-t-elle.

— Apparemment, tu es surprise par ma proposition, dit-il d'une voix tendue.

— Oui. Tu m'as même causé un choc. Je veux dire que… Je ne me doutais vraiment pas que tu allais me demander une chose pareille…

Angelo s'assit dans le fauteuil installé à côté de sa chaise longue, puis lui prit la main en fixant son regard étincelant sur le sien.

— Je serais très fier que tu deviennes ma femme.

A ces mots, Flora dégagea sa main.

— Même si tu penses que je suis une créature bassement intéressée ?

— Après avoir vécu avec toi et appris à te connaître comme je l'ai fait, il faudrait vraiment que je sois stupide pour te croire encore capable de bassesse, *mi querida*. Et je suis loin d'être stupide.

Sa franchise évidente ne suffit pas à réconforter Flora.

— C'est très bien de m'informer maintenant que tu as changé d'avis à mon sujet, mais pourquoi as-tu attendu aussi longtemps pour me le dire ?

— J'avais provoqué une réaction tellement violente de ta part que je ne souhaitais pas reparler de cette histoire, de crainte d'empirer la situation. Et puis, je ne suis pas très doué pour faire amende honorable…, reconnut-il avec réticence.

— Tu es tellement borné ! répliqua spontanément Flora.

— J'ai eu tort de prendre ces rumeurs pour des faits et de les laisser m'influencer.

— Quand j'ai compris que tu avais toujours eu une aussi pauvre opinion de moi, cela m'a terriblement perturbée, reconnut-elle en ne pouvant réprimer un frisson.

— Finalement, j'ai demandé à mon enquêteur de faire des recherches plus poussées, dit-il gravement. Dix-huit mois après ton départ de l'entreprise, Marvin Henshall a été licencié pour faute grave. J'espère que cela va t'apporter un peu de réconfort. Une autre employée a porté plainte contre lui pour harcèlement sexuel.

Flora fut dégoûtée d'apprendre que son ancien patron avait trouvé une autre victime, mais, dans le même temps, elle fut soulagée qu'il ait enfin payé pour son comportement odieux.

— Je suis heureuse que personne ne risque plus d'être exposé au harcèlement que j'ai subi.

— Je regrette que tu aies dû traverser cette épreuve ignoble et ce qui a suivi, répliqua sombrement Angelo. Et tu avais raison : d'une part, j'ai été injuste de croire à ces rumeurs sans chercher à creuser davantage. D'autre part, j'aurais dû t'écouter quand tu as tenté de te défendre. Je n'ai qu'une excuse : notre relation était déjà tendue et je craignais de la rendre encore plus compliquée.

— Tu veux dire que j'étais enceinte, traduisit Flora sans prendre les mêmes précautions que lui.

— Pas exactement. Avant que je sache que tu l'étais, je refusais déjà d'accepter de me contenter de ces instants volés sur la péniche.

— Tu désirais plus que cela ? fit Flora en le regardant avec étonnement.

— *Dios mío* ! Ne t'ai-je pas demandé aussitôt de passer le week-end avec moi, ici même, à Huis van Zaal ? Bien sûr que je désirais davantage. Je ne m'étais jamais senti aussi vivant qu'avec toi sur cette péniche ! protesta-t-il avec force. Avec toi, je me sentais différent. Tout était différent. Même quand nous nous disputions ! Avant de te rencontrer, je n'avais jamais partagé de lien aussi intense avec aucune femme.

Pour la première fois, Flora se rendit compte qu'elle s'était servie de sa grossesse pour empêcher tout véritable rapprochement entre eux. Parce qu'elle aussi s'était sentie coupable de désirer davantage avec Angelo.

— Je pensais que tu ne t'intéressais à moi que parce que j'étais enceinte de toi…

— Comment as-tu pu croire une chose pareille ? fit-il en lui adressant un regard stupéfait.

A cet instant, Skipper vint déposer sa balle à leurs pieds. Angelo la ramassa et la lança au loin ; le chien traversa la pelouse en courant comme un fou, avant de bondir au-dessus d'un parterre de fleurs.

— Je ne t'aurais jamais proposé de partager ma vie si je ne t'avais pas désirée pour toi-même, continua Angelo.

S'appuyant fortement sur les accoudoirs de sa chaise longue, Flora se leva et renfila ses sandales. Elle se leva et fit quelques pas. Elle avait du mal à croire qu'Angelo la désirait vraiment. De son côté, elle avait refusé, par fierté, d'accepter le soutien qu'il lui offrait.

— Quand je suis tombée enceinte, je ne voulais pas de ton aide. Je pensais vraiment que tu désirais m'aider uniquement parce que tu estimais que tu le devais.

— J'avais besoin de t'aider et je le désirais sincèrement, mais tu m'as rendu la tâche très difficile. Parfois, j'étais agacé de voir que tu étais si fière, si déterminée à garder ton indépendance.

— Je suis un véritable parasite, qui vit à tes crochets depuis des mois ! s'exclama Flora. Où vois-tu de l'indépendance là-dedans ?

— Tu n'es pas un parasite. Tu vis chez moi, d'accord, mais quand as-tu fait un seul achat en te servant de mon argent ?

Avec un soupir impatient, il se pencha un instant pour ramasser de nouveau la balle que Skipper fourrait entre ses pieds, puis la relança le plus loin possible.

— Tu vas persister à refuser de dépenser ce que je te donne, n'est-ce pas ? reprit-il en se tournant vers Flora. Que vais-je faire de toi ?

En proie à un mélange d'émotion et d'embarras, elle l'observa à la dérobée.

— Pourquoi m'as-tu demandé de t'épouser, Angelo ? demanda-t-elle en le regardant franchement dans les yeux.

Il serra les mâchoires et soutint son regard.

— Uniquement pour de bonnes raisons, crois-moi.

— Parce que nous allons nous retrouver bientôt avec la charge de quatre enfants, c'est cela ?

De façon totalement inattendue, il éclata de rire.

— Non, c'est étrange, mais je n'ai pas pensé à cela un seul instant !

— Tu n'y as pas pensé… ? répéta Flora, totalement ahurie.

— Dois-je avoir honte de reconnaître que je n'ai pensé qu'à toi et moi ?

— Non, bien sûr… Mais tu n'as toujours pas répondu à ma question.

Angelo lui adressa un regard chargé d'une telle intensité que Flora tressaillit au plus profond d'elle-même.

— Je t'ai demandé de m'épouser parce que, tout à l'heure, quand tu es allée rejoindre Peter, j'ai complètement paniqué. Initialement, j'avais l'intention de te le demander après la naissance de nos enfants…

— Tu as paniqué à cause de Peter? l'interrompit Flora. Qu'est-ce que tu veux dire par là?

— C'est évident : j'ai eu peur que tu nourrisses encore des sentiments pour lui et que vous vous remettiez ensemble.

Il serra les lèvres avant d'ajouter :

— J'étais jaloux. Tu as compris?

— De… Peter? fit Flora dans un souffle, n'en croyant pas ses oreilles. Tu étais jaloux de Peter, alors que je suis dans cet état… ?

— Tu as toujours le pouvoir d'embraser ma libido, *mi querida*, répliqua Angelo d'une voix rauque.

Puis il lui prit les mains et l'attira vers lui.

— Pourquoi n'exercerais-tu pas le même pouvoir sur celle de ton ex?

— Parce que, tout simplement…

Flora hésita un instant avant de poursuivre :

— Rien ne s'est jamais embrasé entre nous, et c'est pour cela que nous nous sommes séparés. Dis-moi : tu es sérieux? Tu me trouves encore attirante, même avec mon corps déformé?

— Je te trouve follement attirante, affirma Angelo d'une voix qui fit naître un violent frisson dans les reins de Flora.

— Mais tu ne m'embrasses plus jamais…

— Aurais-tu oublié que c'est toi qui m'as demandé de te traiter comme une « amie », ou comme une « colocataire »?

— Quand j'ai dit ça, je m'attendais à ce que tu protestes; comme tu n'en as rien fait, j'en ai conclu que cela t'était égal.

— Tu pensais vraiment que cela m'était égal? Je ne suis pas fait de marbre! protesta-t-il vivement.

Puis il lui lâcha les mains pour prendre son visage, avant de lui caresser doucement les cheveux.

— Est-ce que tu te rends compte des efforts inhumains que j'ai dû faire pour ne pas te toucher?

— Non…

Il l'embrassa alors avec une telle passion que Flora se sentit gagnée par un véritable vertige. S'abandonnant aux caresses de ses lèvres et de sa langue, elle s'appuya contre lui en savourant la force de son corps viril terriblement excité. A présent, elle le croyait, sans aucune réserve, comprenant qu'elle-même avait été aveugle et victime de ses propres peurs.

— Le simple fait de dormir avec toi serait un plaisir inouï, murmura Angelo en écartant son visage du sien. Rien d'autre n'est possible pour l'instant, mais je m'en fiche royalement.

— Tu avais pourtant dit que…

— Oublie ce que j'ai dit. Si j'avais su que j'étais ton premier amant, je me serais conduit avec plus de délicatesse, avoua-t-il d'un air presque honteux.

Puis il lui passa le bras autour de la taille et l'entraîna vers la maison.

— Alors, nous nous marions ?

— Donne-moi une bonne raison d'accepter, insista-t-elle.

— Je t'aime. Je t'aime tellement que je ne peux imaginer de vivre sans toi.

Flora s'arrêta pour le dévisager, ébahie. Angelo avait prononcé ces mots comme s'il s'agissait de la chose la plus naturelle du monde, comme s'il les lui avait répétés chaque jour depuis qu'ils se connaissaient !

— Tu n'avais pas dit que l'amour et le romantisme ne t'intéressaient pas ? répliqua-t-elle.

— Eh bien, j'aurais dû ajouter : jusqu'à ce que je rencontre la femme de ma vie, fit Angelo avec un sourire malicieux. Et je l'ai rencontrée…

— Tu réussis pourtant à m'irriter de temps en temps, murmura-t-elle, s'efforçant d'assimiler la merveilleuse et incroyable nouvelle : Angelo l'aimait !

— Nous avons toi et moi le don de faire ressortir le pire chez l'autre : nous sommes fiers, obstinés, impatients…

Flora le regarda en souriant.

— Je préfère que tu me parles d'amour.

— Quand vas-tu me donner ta réponse ? répliqua-t-il d'un air inquiet.

— Je réfléchis encore un peu, dit-elle, en proie à un soudain accès de timidité.

Après avoir enfoncé la main dans sa poche, Angelo en ressortit un petit écrin vert émeraude.

— J'allais oublier : la bague de fiançailles, dit-il en soulevant le couvercle.

— Ouah !

Médusée, Flora contempla la somptueuse émeraude et les deux diamants sertis dans un anneau d'or qui miroitaient sous les rayons du soleil.

— Elle est fantastique : je l'adore ! Hélas, elle ne m'ira pas. J'ai les doigts tout gonflés…

D'un air solennel, Angelo lui passa la bague à l'auriculaire.

— J'aimerais que notre mariage ait lieu dans l'église locale, là où mes parents ont prononcé leurs vœux.

— Quand ? demanda Flora en déposant un baiser au coin de ses lèvres.

— Le plus rapidement possible, chuchota Angelo en la regardant dans les yeux. Je t'aime tant… Je suis impatient que tu deviennes ma femme.

— Mais je suis énorme ! Une baleine !

— Et tu es supposée rester allongée et te reposer, lui rappela-t-il en plissant le front d'un air inquiet.

Une fois rentrés dans la maison, ils montèrent dans la chambre de Flora. Elle laissa Angelo l'aider à s'étendre sur son lit et lui ôter ses sandales. Envahie d'une langueur délicieuse, elle contempla sa bague, puis adressa un sourire radieux à l'homme de sa vie.

— Moi aussi je t'aime, dit-elle enfin. Je t'aime à la folie, depuis des mois.

— Tu as eu une façon charmante de le montrer, *querida mia* ! rétorqua-t-il, amusé.

Il se pencha pour refermer les bras autour de ses épaules.

— J'étais terrifié à la pensée que tu partes aussitôt après la naissance de nos enfants, poursuivit-il.

— Et moi, j'étais terrifiée de partir, parce que je ne t'aurais plus vu chaque jour, avoua Flora. En plus, je croyais que tu fréquentais d'autres femmes.

Angelo nota la lueur anxieuse qui voilait ses beaux yeux verts.

— C'était le cas ? demanda-t-elle d'une voix tremblante.

— Non, je suis tout à toi, *mi amor*. Et je ne suis décidément pas polygame.

Une tendresse infinie irradia de son regard tandis qu'il posait ses mains chaudes sur son ventre.

— Il n'y a plus jamais eu d'autres femmes dans ma vie, et il n'y en aura plus jamais d'autres. A partir de maintenant, je dormirai avec toi en te tenant dans mes bras.

Envahie par une langueur délicieuse, Flora se contenta de sourire et ferma les paupières.

Deux ans plus tard

Debout devant la haute psyché, Flora étudia son reflet d'un œil critique. La robe de soirée de soie turquoise, au bustier brodé à la main, avait coûté une fortune, mais cette teinte mettait vraiment en valeur ses yeux et ses cheveux. Sa coupe ajustée faisait également ressortir ses courbes, retrouvées grâce à des séances acharnées au club de gym après son accouchement.

A l'occasion du bal de charité qu'il organisait chaque année, Angelo avait sorti les bijoux de la famille van Zaal, si bien que Flora portait le magnifique diadème en diamants, le collier et les boucles d'oreilles ayant appartenu à sa mère. A présent, ils miroitaient au moindre de ses gestes.

— Tu es stupéfiante…

Flora se tourna vers la porte et regarda son mari.

— Ils dorment ? demanda-t-elle d'une voix douce.

— Bien sûr.

— Je ne te crois pas. Je parie qu'ils sont déjà sortis de leur lit !

Elle adorait ses fils, mais Joris, Rip et Hendrik bouillonnaient d'une telle énergie que réussir à les faire dormir le soir représentait une véritable gageure. Leur grande sœur, Mariska, qu'Angelo et Flora avaient officiellement adoptée un an plus tôt, faisait de son mieux pour contrôler l'agitation de ses frères ; mais quand les trois bambins de vingt-deux mois se liguaient, maintenir ce contrôle relevait franchement de l'épreuve de force…

— Les garçons sont fatigués, ce soir. Anke et Berna ont réussi à les épuiser. *Señora* van Zaal, vous êtes absolument sublime, insista Angelo d'une voix sourde.

Puis il lui prit le poignet et l'attira contre lui.

— Attention à mon maquillage et à mes cheveux !

— Je ne peux pas te résister, *mi amor*.

— Tu vas devoir faire un effort, répliqua malicieusement Flora en se dégageant doucement.

Après être passée devant son mari, elle s'avança rapidement dans le couloir, en direction de la chambre de Mariska. Là, elle ôta les livres de contes empilés sur son lit et contempla l'enfant endormie. La fille de Julie était une créature heureuse et intelligente, dotée d'une nature aimante et douce. Non seulement elle avait accueilli avec joie l'arrivée de ses bruyants petits frères, mais elle adorait son rôle de grande sœur.

Joris, Rip et Hendrik étaient nés sous césarienne, alors que Flora en était à sa trente-troisième semaine de grossesse ; les nouveau-nés avaient passé leurs premiers jours à la clinique. Rip, le plus petit des trois, avait d'abord souffert de troubles respiratoires, avant de surmonter rapidement ses difficultés. A présent, il était aussi grand et vigoureux que ses frères. Depuis leur naissance, Flora avait embauché Berna, une jeune femme souriante et aussi dévouée qu'Anke, pour seconder celle-ci. Et à vrai dire, même si Flora passait beaucoup de temps avec ses enfants, l'aide de deux nounous n'était vraiment pas superflue…

Quant à la mystérieuse Katja, Flora avait enfin osé questionner son mari. Elle avait alors appris une histoire tragique : Katja était une camarade de classe d'Angelo, renversée par une voiture à l'âge de seize ans. Depuis, elle vivait dans un foyer spécialisé, car elle avait les facultés mentales d'un petit enfant. Après la mort des parents de Katja, Angelo avait pris la jeune femme en charge et assumait totalement les frais inhérents à son bien-être. Il allait la voir quasiment chaque semaine, lui apportant souvent l'un des puzzles figurant des animaux qu'elle adorait. L'ayant accompagné plusieurs fois au foyer, Flora appréciait encore plus la générosité de son époux. Par ailleurs, elle avait compris pourquoi Angelo s'occupait particulièrement de sa fondation destinée à aider les enfants souffrant de lésions cérébrales.

Au cours de ces deux années, Flora n'avait pas manqué d'occupations, ni de grandes joies. Leur mariage s'était déroulé en toute intimité dans la vieille église qui se dressait à quelques kilomètres à peine de Huis van Zaal. Elle s'était mariée dans une robe de grossesse en dentelle couleur ivoire, et avait dû aller se recoucher aussitôt après la cérémonie ; cela n'avait en rien diminué son bonheur, irradié par l'amour et la tendresse lus dans le regard bleu d'Angelo au moment où il avait prononcé ses vœux.

Cinq mois après la cérémonie, ils étaient allés passer une longue lune de miel aux Caraïbes. A l'époque, Bregitta avait cessé ses visites au manoir depuis déjà longtemps, dépitée de constater qu'elle n'aboutissait à rien avec Angelo. Sa présence ne manquait nullement à Flora…

Elle s'immobilisa sur le seuil de la chambre où ses fils dormaient profondément. Un silence inhabituel régnait dans la vaste pièce, constata-t-elle en contemplant les trois petites têtes brunes. Doucement, elle appela Skipper qui aurait volontiers passé la nuit sous l'un des berceaux : il adorait les garçons.

— J'ai une femme superbe et quatre enfants merveilleux, murmura Angelo derrière elle en refermant les bras autour de sa taille.

Il la fit pivoter sur elle-même avant d'ajouter :

— J'ai vraiment beaucoup de chance.

Flora le regarda droit dans les yeux, tandis que les battements de son cœur s'accéléraient dans sa poitrine. Son mari était superbe. Elle lui offrit ses lèvres.

— Ton maquillage, tes cheveux…, lui rappela Angelo d'un ton taquin, avant que sa bouche n'effleure la sienne.

— Oui. Garde des forces pour plus tard, chuchota-t-elle d'un ton provocant.

— D'accord, approuva Angelo d'une voix rauque, en posant les lèvres sur son cou, là où palpitait violemment son pouls.

Puis il laissa sa bouche descendre sur la gorge délicate de sa femme, avant de s'arrêter à la naissance de ses seins adorables.

— Tu sais que je suis fou de toi, n'est-ce pas ? murmura-t-il contre sa peau.

— Oui, mais je ne me lasse de te l'entendre répéter.

— Peut-être juste un tout petit baiser ? fit Angelo en redressant la tête. En guise d'acompte.

Une lueur espiègle traversa le regard de Flora, puis elle s'écarta en riant comme une enfant, avant de descendre rapidement vers le rez-de-chaussée, Skipper bondissant devant elle.

LYNNE GRAHAM

Une proposition incroyable

SAGA
PRÉCIEUX SECRETS

Traduction française de
LOUISE LAMBERSON

♦ SAGAS ♦

HARLEQUIN

Titre original :
JESS'S PROMISE

Ce roman a déjà été publié en 2011.

1

Incapable de trouver le sommeil, Cesario repensa aux événements survenus ces derniers mois. Arrivé à un moment crucial de sa vie, il avait pris une décision radicale qui avait modifié son regard sur l'existence. Et brusquement, il s'était rendu compte qu'après avoir travaillé sans relâche et être devenu un magnat fabuleusement riche, il n'avait quasiment rien accompli dans le domaine de sa vie privée.

Certes, il avait un ami fidèle en la personne de Stefano, le cousin avec qui il avait grandi. Quant aux femmes, Cesario avait partagé son lit avec de nombreuses créatures ravissantes ; mais la seule qu'il eût aimée l'avait quitté pour un autre, après qu'il l'avait effroyablement négligée. A trente-trois ans, il n'avait jamais envisagé de se marier. Etait-il vraiment fait pour le célibat, ou avait-il la phobie de tout engagement ?

Cesario poussa un gémissement sourd, exaspéré par le flot constant d'interrogations existentielles qui l'assaillait depuis quelque temps. Ayant jusque-là consacré toute sa vie à l'action, il n'avait jamais accordé beaucoup de place à réfléchir sur lui-même.

Renonçant à dormir, il enfila un short et quitta sa chambre pour aller arpenter sa somptueuse villa marocaine. A présent, le luxe de sa vie de milliardaire ne lui apportait plus qu'un maigre réconfort, songea-t-il en se versant un verre d'eau fraîche, qu'il vida d'un trait.

Comme il l'avait confié à Stefano, il regrettait, à présent que ses perspectives sur la vie avaient changé, de ne pas avoir d'enfant. Cependant, ne fréquentant que des mondaines superficielles, il n'avait jamais eu ni l'occasion ni le désir de devenir père. Car son fils, ou sa fille, serait élevé dans un cadre moral solide, avec de saines valeurs, il y tenait absolument.

« Il n'est pas trop tard pour commencer à fonder une famille, avait alors affirmé Stefano avec conviction. Fais ce que tu désires *vraiment*, pas ce que tu penses que tu *devrais* faire. »

La sonnerie de son portable lui parvint soudain de l'étage ; Cesario remonta l'escalier en se demandant qui pouvait bien le déranger ainsi au beau milieu de la nuit. Mais Rigo Castello ne l'avait pas appelé pour rien : le chef de sa sécurité l'avertit qu'un vol avait eu lieu à Halston Hall, son manoir anglais. Une peinture achetée récemment, d'une valeur de cinq cent mille livres, avait disparu ; apparemment, le délit avait été commis par une personne travaillant au domaine.

En entendant cette précision, Cesario fut envahi par un véritable assaut de rage ; il serra les poings et se retint de frapper dans le mur. Il se montrait juste envers ses employés, les payait généreusement, les traitait bien. En retour, il attendait de leur part une loyauté sans faille. Lorsque le coupable serait identifié, il ferait en sorte que la justice se montre sévère.

Pourtant, au bout de quelques instants, son courroux s'estompa. A présent, il était *forcé* d'aller faire un tour dans sa belle demeure élisabéthaine, se dit-il en esquissant un sourire. Là, il ne manquerait pas de croiser sa belle madone des écuries, puisqu'elle venait régulièrement s'occuper de ses chevaux. Et, à la différence des nombreuses femmes qu'il avait connues, quasiment interchangeables, sa madone anglaise se distinguait par sa personnalité unique.

Jessica Martin était la seule femme à lui avoir jamais dit non… Il l'avait invitée à dîner un soir et elle l'avait rejeté. Il ne savait toujours pas pourquoi.

***

Tout en passant la tondeuse sur le pelage du chien tremblant de peur, Jess ne cessa pas une seconde de lui parler doucement. Mais lorsque la peau tuméfiée apparut, elle serra les lèvres. La souffrance des animaux la touchait toujours et si elle était devenue vétérinaire, c'était justement dans le but de faire tout son possible pour contribuer à améliorer leur bien-être.

Kylie, la jeune lycéenne qui l'assistait bénévolement le week-end, l'aida à tenir le vieux chien de berger.

— Comment va-t-il ? demanda-t-elle avec inquiétude.

— Pas si mal pour son âge, répondit Jess avec un léger sourire. Il ira mieux une fois que je me serai occupée de ses plaies et que je lui aurai donné à manger.

— Ces très vieux chiens sont terriblement difficiles à placer, soupira Kylie.

— On ne sait jamais, répliqua Jess avec optimisme.

Mais sa jeune assistante avait raison, hélas ! Peu de gens étaient disposés à adopter des animaux trop vieux, mutilés, ou souffrant de troubles comportementaux. Ce qui expliquait pourquoi Jess avait hérité d'une petite troupe hétéroclite, constituée de rescapés qu'elle avait récupérés ces dernières années.

Quand elle avait commencé à travailler comme vétérinaire, à Charlbury St Helens, elle vivait au-dessus du cabinet. Mais elle avait dû déménager lorsque Charlie, le vétérinaire le plus ancien de l'équipe, avait décidé de transformer le studio en bureau. Heureusement, elle avait trouvé un cottage délabré à louer, juste à l'extérieur du village. La maison n'était pas terrible et n'offrait que le confort minimum, mais elle était entourée d'un grand terrain sur lequel étaient construits de vieux abris de jardin. Son propriétaire avait accepté qu'elle les transforme en petits refuges pour animaux.

Même si elle gagnait bien sa vie, Jess était toujours dans le rouge, car elle dépensait une fortune chaque mois en nourriture et en fournitures médicales destinées à ses protégés. Mais peu lui importait puisqu'elle était plus heureuse qu'elle ne l'avait jamais été auparavant.

Timide, mal à l'aise en société, traumatisée par une expérience dramatique survenue alors qu'elle était étudiante, Jess avait du mal à trouver sa place dans la société des humains. En revanche, avec les animaux, elle se sentait parfaitement dans son élément.

Au moment où elle allait commencer à nettoyer les plaies du vieux chien de berger, le bruit d'un moteur de voiture interrompit son geste.

— C'est ton père, dit Kylie en jetant un coup d'œil par la porte de la cabane entrebâillée.

Jess releva la tête, surprise. Robert venait rarement la voir le week-end. Et la dernière fois qu'il était passé, il avait eu l'air anormalement préoccupé par son travail. En général, lors de ses visites, il lui donnait un coup de main, réparant une cabane ou un tronçon de clôture. Elle l'adorait. Bon mari, père formidable, il l'avait encouragée à devenir vétérinaire, alors que le reste de la famille estimait qu'elle visait trop haut.

L'affection et le soutien de Robert avaient d'autant plus de valeur pour Jess que cet homme, qu'elle considérait comme son père, était totalement étranger à sa conception. Ce que peu de gens savaient en dehors du cercle familial.

Le temps qu'il arrive dans sa cabane, Jess avait nettoyé les plaies du vieux chien.

— Je vais m'occuper de lui donner à manger, dit Kylie.

— Je suis à toi dans une minute, papa, fit Jess en se débarrassant des vieux cotons et de ses gants en latex.

Comme il restait silencieux, elle poursuivit sans relever les yeux :

— C'est rare que tu passes un dimanche matin…

— J'ai besoin de te parler, dit-il d'une voix étouffée.

Jess redressa la tête en plissant le front : son père était pâle et avait l'air très fatigué.

— Que se passe-t-il ? demanda-t-elle avec inquiétude.

Elle ne lui avait pas vu cette mine depuis que sa mère avait appris qu'elle avait un cancer, un an plus tôt.

— Termine de soigner ce vieux chien, d'abord.

Refoulant son anxiété avec difficulté, Jess se concentra sur le vieil animal. Sa mère avait-elle fait une rechute ? A cette pensée, ses mains tremblèrent légèrement.

— Va t'installer dans la maison, j'arrive tout de suite, dit-elle en s'efforçant de maîtriser sa voix.

Une fois Robert sorti, elle souleva le chien dans ses bras et l'installa dans un enclos, où sa gamelle avait déjà été préparée par Kylie. En voyant la frénésie avec laquelle il entamait son repas, Jess comprit qu'il n'avait probablement pas mangé correctement depuis des semaines.

Après être passée dans la salle de bains pour se laver vigoureusement les mains, elle se dirigea vers la cuisine. Son père était assis devant la vieille table, les épaules affaissées et l'air affreusement sombre.

— Qu'est-ce qui ne va pas ? demanda-t-elle d'une voix tendue.

Il leva la tête et la regarda d'un air à la fois coupable et anxieux.

— J'ai fait quelque chose de stupide — de *vraiment* stupide, avoua-t-il. Je suis désolé de venir te déranger avec ça, mais pour l'instant, je n'ai pas le courage de le dire à ta mère. Elle a traversé tellement d'épreuves ces temps derniers… J'ai peur que cette histoire ne la brise.

— Bon, dis-moi ce qu'il y a…, l'encouragea doucement Jess en s'asseyant en face de lui.

Le soulagement l'avait déjà envahie : d'une part, cela ne concernait pas la santé de sa mère et d'autre part, son père exagérait probablement la gravité de sa faute. Comment cet homme franc et mesuré, aimé et respecté de tout le voisinage, aurait-il pu commettre un acte répréhensible ?

Robert secoua lourdement sa tête grise.

— Eh bien… Pour commencer, j'ai emprunté beaucoup d'argent ; et pas à la bonne personne…

— C'est un problème d'argent ? fit Jess en écarquillant les yeux. Tu as des dettes ?

— Ce n'est que le début, soupira-t-il. Tu te souviens que j'ai emmené Sharon en croisière, après son traitement ?

Elle hocha lentement la tête. Robert avait offert des vacances fabuleuses à sa femme, alors qu'ils n'avaient jusqu'alors jamais eu les moyens de quitter Charlbury St Helens plus d'une semaine — et encore, pour rester dans la région chaque fois.

— Oui, j'avais été surprise que tu puisses l'assumer financièrement, mais tu avais dit que tu avais des économies.

— J'avais menti, répliqua son père, l'air honteux. Je n'ai jamais réussi à mettre beaucoup d'argent de côté ; avec ta mère, nous avons toujours dû nous serrer la ceinture.

— Alors à qui as-tu emprunté ?

— Au frère de ta mère, lâcha-t-il avec réticence. A Sam.

— Mais Sam est un *usurier* ! Tu le sais bien, pourtant ! s'exclama Jess. Je t'ai entendu des dizaines de fois conseiller à des gens de ne jamais s'impliquer avec lui. Comment as-tu pu lui emprunter de l'argent, alors que tu étais au courant de ses sales combines ?

— Quand j'ai voulu emprunter à la banque, ils ont refusé. Je n'avais pas le choix : je suis allé voir Sam. Il a dit qu'il était touché par la maladie de sa sœur et qu'il me laisserait le temps de rembourser. Il a été très gentil. Mais à présent, ce sont ses fils qui ont pris la relève. Et Jason et Mark ont une attitude totalement différente, crois-moi !

Jess poussa un gémissement. N'ayant pas d'économies elle-même, comment allait-elle pouvoir aider son père ? Elle se sentit aussitôt coupable d'être aussi défaitiste. En effet, elle gagnait plus que ses parents et que ses deux jeunes frères. Peut-être pourrait-elle faire un emprunt…

— Avec les intérêts, la somme que j'avais empruntée a terriblement augmenté, poursuivit son père d'un ton las. Jason et Mark m'ont harcelé presque chaque jour pendant des mois. Quand je travaillais à l'extérieur, ils venaient en voiture ; ils me téléphonaient à n'importe quelle heure, jour et nuit, me rappelant constamment combien je leur devais. Cacher tout ça à ta mère a été un véritable cauchemar. Ces deux crapules me poussaient à bout, je ne savais pas comment faire pour me débarrasser d'eux.

Je n'avais aucun espoir de pouvoir les rembourser prochainement, alors quand ils m'ont proposé un marché…

— Un marché ? l'interrompit Jess, stupéfaite. Quel genre de *marché* ?

— Je me suis conduit comme un imbécile, je sais. Mais ils m'ont dit que si je les aidais, ils annuleraient ma dette.

— Qu'est-ce que tu as fait pour les aider ? demanda-t-elle d'une voix blanche.

— Ils m'ont dit qu'ils voulaient prendre des photos de l'intérieur de Halston Hall, pour les vendre à un magazine… Tu sais, un de ceux que lit ta mère. Tu connais Jason : il s'est toujours vanté d'être un excellent photographe. Mark a ajouté que ces photos vaudraient une petite fortune. Je n'y ai pas vu de mal…

— Tu n'as pas vu de mal à laisser entrer des étrangers dans la maison de ton patron ? répéta Jess avec incrédulité.

Le regard de Robert se fixa sur le bout de ses chaussures. Il semblait porter toute la misère du monde sur ses épaules.

— Je sais que M. Di Silvestri tient par-dessus tout à ce qu'on respecte sa vie privée. Mais je pensais que personne ne pourrait jamais deviner que c'était moi le complice des… des photographes.

Comprenant enfin le fin mot de l'histoire, Jess bondit de sa chaise, horrifiée.

— Oh ! mon Dieu ! Le vol qui a eu lieu au manoir… Le tableau. Es-tu impliqué dans ce cambriolage ? demanda-t-elle d'une voix tremblante.

— C'est arrivé le soir où j'ai donné à Jason et Mark les codes pour débrancher le système de sécurité, ainsi que mon passe magnétique pour entrer dans la maison.

Jess vit combien ces paroles avaient coûté à Robert. Le teint livide, il lui adressa un regard implorant.

— Je croyais sincèrement qu'ils voulaient simplement prendre des photos, Jess. Je ne me doutais pas du tout qu'ils allaient voler quelque chose ; maintenant, bien sûr, je soupçonne que tout était prévu d'avance. J'ai été complètement stupide de gober cette histoire de photos…

— Il faut que tu ailles tout de suite raconter ce que tu sais à la police !

— Je n'aurai pas besoin d'y aller. La police viendra bientôt me voir, répliqua son père, accablé. J'ai découvert hier soir que le système de sécurité de M. Di Silvestri est tellement sophistiqué que Rigo Castello, le chef de la sécurité, pourra lui dire quels codes et quel passe ont été utilisés pour entrer dans le manoir et éteindre les alarmes. Apparemment, nous avons tous des codes uniques, alors Castello saura très rapidement que c'était le mien.

Pétrifiée par cette information, Jess se sentit parcourue par un frisson glacé. Ses cousins, Jason et Mark Welsh, avaient profité de la crédulité de son père pour pénétrer dans le manoir, elle n'en doutait pas un seul instant. Ils l'avaient délibérément harcelé, avant de lui faire part de leur petite proposition en apparence innocente.

Son père avait été assez naïf pour avaler cette histoire de photos, ce qui ne l'étonnait pas. Il était *réellement* candide, aussi les Welsh n'avaient-ils pas dû avoir beaucoup de mal à le persuader.

— Ce sont mes cousins qui ont volé le tableau ?

— Je ne sais rien de ce qui s'est passé cette nuit-là. J'ai simplement transmis les codes et mon passe, que j'ai retrouvé dans ma boîte aux lettres le lendemain matin, comme prévu. Ensuite, Jason et Mark m'ont dit de ne parler de rien à personne ; quand j'ai fait allusion au cambriolage, ils ont affirmé qu'ils n'avaient rien à voir avec ça et que, de toute façon, ils avaient un alibi en béton pour ce soir-là.

Robert se passa nerveusement la main sur la nuque.

— Ils n'ont pas l'envergure de voleurs d'art internationaux, reprit-il, alors je me demande s'ils n'ont pas donné les codes et le passe à quelqu'un d'autre. Mais je ne suis sûr de rien.

Jess songea à Cesario Di Silvestri : le riche industriel italien, propriétaire du manoir, n'était pas homme à laisser un tel crime impuni, ni à pardonner. Et puis, qui croirait à la version de son père lorsqu'il affirmerait qu'il avait communiqué les codes aux neveux de sa femme et leur avait confié son passe ? Au bout du compte, Robert serait considéré comme le responsable du vol de son tableau. Il avait beau travailler à Halston Hall depuis presque quarante ans et ne pas avoir de casier judiciaire, il était impliqué jusqu'au cou dans cette sale affaire.

Au moment de partir, Robert demanda à Jess de ne rien dire à sa mère.

— Tu dois lui en parler, répliqua-t-elle en fronçant les sourcils. Et vite ! Si la police débarque chez vous alors qu'elle n'est pas au courant, ce sera un bien plus grand choc pour elle.

— Le stress pourrait la refaire tomber malade, objecta Robert d'un ton inquiet.

— Nous n'en savons rien. Ne pense pas tout de suite au pire, ça ne fera que noircir la situation.

— Je l'ai laissée tomber…, murmura-t-il en secouant la tête, les yeux emplis de larmes. Elle ne le méritait pas.

Jess resta silencieuse. Qu'aurait-elle pu dire à son père, vu les circonstances ? Elle l'embrassa et le regarda s'éloigner, tête basse, vers sa voiture. L'avenir s'annonçait bien sombre.

La première impulsion de Jess fut d'aller voir Cesario Di Silvestri pour intercéder en faveur de son père. Mais, repensant à ce qui s'était passé le soir où elle avait accepté de dîner avec lui, elle se ravisa.

Elle s'était sentie tenue d'accepter son invitation, par politesse, parce que son père travaillait pour lui, et aussi parce qu'il était le client le plus important du cabinet de vétérinaires. Elle aurait mieux fait de s'abstenir…

Jess sentit ses joues s'embraser. Depuis cet épisode désastreux, elle détestait aller à Halston Hall quand Cesario y séjournait. Pourtant, il ne se montrait jamais désagréable avec elle. Elle ne pouvait pas non plus l'accuser de harcèlement : il n'avait jamais fait la moindre tentative pour la réinviter. Mais il y avait toujours quelque chose d'ironique dans son attitude, dans son regard, qui la mettait mal à l'aise.

Elle y avait réfléchi plus d'une fois mais n'avait jamais compris pourquoi Cesario l'avait invitée — elle ne ressemblait en rien aux superbes femmes du monde ou aux mannequins avec lesquelles il s'affichait d'habitude. L'ancienne gouvernante de Halston Hall, Dot Smithers, une voisine de ses parents, leur avait même raconté des histoires de folles soirées, durant lesquelles des femmes sublimes venaient faire la fête avec de riches invités. Depuis que le milliardaire italien avait acheté Halston Hall, ces rumeurs s'étaient même répandues dans plusieurs journaux à scandale.

Jess n'avait jamais rêvé d'être invitée à dîner par Cesario, chez lui ou à l'extérieur. Elle savait qu'ils ne faisaient pas partie du même monde, et celui du magnat italien ne la faisait pas fantasmer. D'autant que sa mère avait payé cher le fait d'avoir voulu s'aventurer, alors qu'elle n'était encore qu'une adolescente, dans les hautes sphères de la société.

Ce dîner catastrophique avec Cesario l'avait renforcée dans ses certitudes. Ce soir-là, il l'avait emmenée dans un petit restaurant chic, où elle s'était immédiatement rendu compte qu'elle était affreusement mal habillée par rapport aux autres femmes présentes. Ensuite, durant le repas, elle avait été mortifiée de devoir deviner quels couverts il fallait utiliser pour chaque plat — à sa grande consternation, elle s'était servie de sa petite cuiller pour le dessert, alors que Cesario avait saisi une petite fourchette.

Mais le point culminant de la soirée avait été le moment où il lui avait proposé de passer la nuit avec lui, après qu'ils eurent échangé un simple baiser. Cesario Di Silvestri n'était pas rapide avec les femmes : il était supersonique. Sa proposition avait blessé la fierté et l'amour-propre de Jess : avait-elle l'air d'une femme qui couchait avec un homme qu'elle connaissait à peine ?

Le baiser avait été fabuleux, certes. Mais la sensualité

brûlante qui l'avait envahie alors l'avait convaincue de ne pas renouveler une telle expérience, bien trop dangereuse. Jamais elle ne commettrait l'erreur de vivre une aventure avec un tel play-boy. Elle avait bien trop la tête sur les épaules pour s'abandonner à ce genre de passade, qui ne lui apporterait rien, sinon de la souffrance. Si elle avait couché avec Cesario cette nuit-là, il lui aurait sans doute fait passer des moments inoubliables ; mais ensuite, il ne l'aurait plus jamais invitée à sortir avec lui, Jess en était absolument certaine.

De toute façon, elle avait arrêté de sortir avec des hommes depuis quelques années, préférant mener une existence tranquille et sans complications. Son seul regret était de ne pas avoir d'enfant, alors que, depuis son adolescence, elle rêvait de devenir mère. A présent, à presque trente et un an, Jess craignait fort de ne jamais voir cette envie se réaliser.

Il lui était arrivé de songer à concevoir et élever un enfant seule ; toutefois, à la pensée du stress qu'elle se serait imposé, elle avait renoncé à cette idée. En effet, elle travaillait énormément, bien au-delà des horaires habituels. D'autre part, il valait mieux qu'un enfant grandisse en profitant de la présence d'un père. Et il n'aurait pas été juste de demander à Robert de remplir le rôle de substitut paternel.

Le lendemain matin, après une nuit difficile à ressasser, Jess géra les rendez-vous et les urgences au cabinet : un chat souffrant d'une maladie du foie, un poisson rouge mort dans son bocal, un chien hargneux qu'elle fut obligée de museler pour le soigner, un perroquet en train de muer mais en parfaite santé.

Le soir venu, elle ne parvint pas plus que la veille à trouver le sommeil et resta de nouveau éveillée presque jusqu'à l'aube, à se faire du souci pour son père. Apparemment, il n'avait pas encore trouvé le courage de parler à sa femme, sinon celle-ci l'aurait déjà appelée. Ayant toujours été proche de sa mère, Jess sentit son cœur se serrer à la pensée de la souffrance et de l'anxiété qui allaient tarauder celle-ci, une fois qu'elle connaîtrait la situation.

Elle se demanda de nouveau si elle pourrait exercer une quelconque influence sur un homme fortuné et arrogant comme Cesario Di Silvestri. Si elle tentait d'intercéder en faveur de son père, pouvait-elle vraiment en attendre un résultat positif ? De toute façon, elle ne pouvait se permettre de laisser passer la plus petite chance d'aider son père. Elle devait au moins *essayer*. D'autant que Cesario était arrivé la veille au soir à Halston Hall.

Dès qu'il aperçut les trois chiens miteux devant le porche menant à la cour des écuries, Cesario comprit que Jessica Martin était là. Il aurait été difficile de dénicher des bêtes moins attirantes… Le grand chien-loup pleurnichait comme un marmot abandonné par sa mère, le lévrier dormait en rond, tandis que le colley restait craintivement collé contre un pilier, tremblant de terreur sur ses trois pattes.

A cet instant, Perkins, son palefrenier en chef, franchit le porche et se dirigea rapidement vers lui pour le saluer. Tout en lui serrant la main, Cesario laissa errer son regard sur la fine silhouette qui venait d'apparaître : Jessica Martin se dirigeait vers sa vieille Land Rover. La beauté classique de son profil lui rappela aussitôt celui d'une madone de la Renaissance.

Avec son teint de lys, ses traits délicats et bien dessinés, sa bouche pulpeuse et sensuelle, elle était d'une sensualité à la fois discrète et provocante. Et puis il y avait ces yeux stupéfiants, d'un gris lumineux, qui brillaient parfois d'un éclat somptueux, et cette longue chevelure noire et bouclée qu'elle nouait toujours en une juvénile queue-de-cheval.

Non seulement cette jeune femme ne se maquillait jamais, mais elle semblait avoir décidé de s'habiller de la façon la moins féminine possible. Et pourtant, quels que soient les vêtements dont elle affublait son corps mince aux courbes ravissantes, elle réussissait à rester terriblement séduisante.

Ce jour-là, avec son vieux pantalon délavé, ses bottes d'homme et sa veste élimée, elle représentait l'opposé parfait des femmes qui l'attiraient habituellement — sophistiquées, raffinées et très élégantes. Chaque fois qu'il voyait Jessica, Cesario se demandait pourquoi elle exerçait sur lui un pareil attrait. Cette fascination était-elle due au fait qu'elle s'était refusée à lui, le condamnant ce soir-là à s'infliger une douche glacée ? Pourtant, elle avait partagé son désir, il en était certain encore aujourd'hui, même si elle l'avait nié farouchement.

Ou un homme avait réussi à la dégoûter du sexe, ou elle avait un problème de confiance en elle.

Ces pensées n'atténuèrent en rien la puissante réaction de sa libido, tandis qu'il observait la façon dont son pantalon moulait ses cuisses minces et musclées, et la courbe ravissante de ses hanches. Aussitôt, son désir se déploya inexorablement, le forçant à serrer les dents de frustration. Son excitation se transforma alors en exaspération : il n'avait jamais été du genre à se contenter de *regarder* une femme qui lui plaisait.

Pour refréner ses ardeurs, il se répéta que Jessica Martin n'était pas son genre. Ainsi, le soir où il l'avait invitée à dîner, elle portait une robe noire informe et avait à peine ouvert la bouche du repas. Et à présent, elle faisait semblant de ne pas avoir remarqué sa présence, afin de repousser le plus possible le moment de le saluer !

Après avoir pris le tube de pommade qu'elle était venue chercher, Jess referma la portière de sa Land Rover, tétanisée par le regard scrutateur de Cesario. Lentement, elle tourna la tête et le regarda tandis qu'il parlait à Donald Perkins.

Alors qu'elle le connaissait maintenant depuis deux ans, sa beauté et son charisme exerçaient toujours la même fascination sur elle. A l'exception d'une minuscule cicatrice marquant sa tempe, Cesario n'avait aucun défaut. Tandis qu'elle… A la pensée de ses propres cicatrices, elle frissonna.

Mesurant un bon mètre quatre-vingt-cinq, il avait la silhouette puissante d'un athlète. Même dans cette tenue décontractée, il semblait sortir tout droit d'un défilé de mode. Il portait toujours des vêtements coupés sur mesure, qui renforçaient sa large carrure, ses hanches étroites et ses longues jambes musclées. Quant à son visage noble à la peau hâlée par le soleil méditerranéen, il semblait avoir été dessiné par un sculpteur de la Grèce antique : son nez droit, ses hautes pommettes et sa bouche sensuelle formaient en effet un ensemble d'une beauté irrésistible, rehaussée par ses cheveux noirs coupés court.

En se dirigeant de nouveau vers les écuries, Jess se demanda avec anxiété comment elle allait aborder avec Cesario le sujet de son père. Puisque la police ne l'avait toujours pas interrogé, cela signifiait que son rôle n'avait pas encore été découvert.

— Bonjour, Jessica…, murmura doucement Cesario en se rapprochant d'elle.

Jess sentit aussitôt ses joues se colorer traîtreusement. Il était le seul à ne pas utiliser le diminutif par lequel tout le monde s'adressait à elle.

— Bonjour, monsieur Di Silvestri, dit-elle en se tournant vers lui.

Cesario constata avec satisfaction qu'elle avait enfin prononcé son nom sans trébucher sur les syllabes. Mais elle refusait toujours obstinément de l'appeler par son prénom, afin de garder ses distances, lui avait-elle affirmé le lendemain de leur dîner ensemble. Car jusqu'au baiser, elle l'avait appelé Cesario…

A cet instant, Perkins demanda son avis à la jeune vétérinaire, à propos d'un étalon souffrant d'une blessure au tendon. La glace et les bandages n'avaient aucun effet, expliqua-t-il. Après l'avoir écouté avec attention, elle le suivit pour aller examiner le blessé.

Soldier était un cheval de grande valeur, aussi Perkins aurait-il dû l'appeler plus tôt pour qu'elle lui administre des anti-inflammatoires, songea Jess. Mais, de crainte de lui faire du tort, elle ne critiqua pas son attitude en présence de son employeur. Ce dernier en était visiblement arrivé à la même conclusion car il tourna vers son palefrenier un visage sévère.

— Vous auriez dû faire venir Jessica dès le jour où Soldier s'est mis à boiter.

Après avoir terminé de s'occuper de l'étalon, Jess se dirigea lentement vers le porche et quitta la cour, rongée par le stress. Comme Cesario ne faisait aucune tentative pour engager la conversation, elle rassembla tout son courage et se retourna vers lui.

— J'aimerais vous dire quelques mots, Cesario, fit-elle d'une voix horriblement crispée.

Il lui adressa un regard étincelant, sans se soucier de dissimuler sa surprise. Tout en serrant sa sacoche entre ses doigts, Jess rougit de nouveau, horriblement mal à l'aise. Il la contemplait d'un air sardonique, un sourcil légèrement haussé d'un air interrogateur — évidemment, il ne pouvait pas deviner de quoi elle voulait l'entretenir.

— Je suis à vous dans un instant, répliqua-t-il de sa belle voix profonde, teintée de son irrésistible accent italien.

Jess s'adossa au mur, sous le porche, les chiens à ses pieds. Le temps lui parut affreusement long. Et elle n'avait toujours pas la moindre idée de la façon dont elle allait aborder le sujet…

2

— Nous pourrions peut-être discuter autour d'un dîner, qu'en pensez-vous ? proposa Cesario avec un sourire séducteur.

Ainsi, il avait cru qu'elle cherchait à se faire réinviter, comprit Jess, blessée dans son amour-propre.

— Non, je regrette, dit-elle en se tournant franchement vers lui. Je voudrais vous parler d'un problème lié à ma famille.

— A votre… famille ? répéta-t-il d'un air médusé.

Mais même ainsi, il demeurait d'une beauté à couper le souffle, constata-t-elle, soudain incapable de se concentrer.

Un frémissement parcourut sa poitrine tandis que ses tétons se durcissaient sous son pull. Horrifiée par les réactions intempestives de son corps, Jess se raidit aussitôt. Cesario était un homme très séduisant et aucune femme ne pouvait probablement résister à son charme magnétique. Elle n'y faisait pas exception, hélas…

— Je préférerais ne pas en discuter ici, dit-elle en jetant un coup d'œil méfiant vers les écuries.

Cesario contempla son visage tendu et le pouls qui frémissait nerveusement à la base de son cou gracile, dévoré par la curiosité : de quoi pouvait-elle bien vouloir lui parler ? Sa peau d'albâtre était si fine qu'il distinguait le réseau bleu clair dessiné par ses veines. Aussitôt, il désira voir cette peau laiteuse offerte à son regard. Entièrement. Il voulait Jessica nue et *consentante*.

— Dans ce cas, suivez-moi. Nous parlerons à la maison, dit-il en se dirigeant vers sa Ferrari.

Ordonnant à sa libido de se calmer, il s'installa au volant et alluma le contact. Dans le rétroviseur, il vit Jessica soulever le lévrier endormi dans ses bras, sans se soucier des conséquences sur ses vêtements. Il savait qu'elle recueillait tous les animaux abandonnés du coin, ce qui l'avait toujours impressionné. Mais sa nature compassionnelle n'excusait pas son apparence négligée. Alors qu'elle était belle, Jessica faisait tout pour s'enlaidir, attitude qui l'intriguait — mais les femmes du monde ou les mannequins sublimes qu'il fréquentait se montraient toujours tellement prévisibles…

Jess se gara à côté de la Ferrari, au pied des quelques marches de pierre menant à la large porte en chêne. Avec ses façades de pierre grise patinées par les ans, ornées de fenêtres à meneaux dont les vitres miroitaient au soleil, le manoir élisabéthain dégageait beaucoup de charme.

Il avait longtemps appartenu aux Dunn-Montgomery, mais, leurs ressources déclinant, ils avaient été obligés de le vendre six ans auparavant. Au grand soulagement du personnel, qui avait craint de voir la propriété divisée, Cesario Di Silvestri l'avait achetée dans sa totalité et avait gardé tous les employés. Ensuite, il avait fait restaurer la vieille demeure, sauvé les terres grâce à l'application de méthodes agricoles modernes et installé un haras devenu rapidement très réputé.

Tommaso, l'Italien grassouillet et souriant d'une cinquantaine d'années qui remplaçait Dot comme majordome, conduisit Jess jusqu'au bureau de Cesario. Les murs lambrissés de la pièce contrastaient avec un ameublement et un équipement informatique de pointe.

— Alors, que vouliez-vous me dire à propos de votre famille ? fit Cesario avec une légère impatience.

Appuyé nonchalamment contre son bureau, vêtu d'une chemise blanche ouverte à l'encolure et d'un pantalon parfaitement coupé, il était l'image même du *gentleman-farmer* décontracté, avec une touche d'élégance italienne, toutefois…

Après une grande inspiration, Jess se lança :

— Mes parents habitent le village et sont vos locataires. Mon père et mes frères travaillent pour vous, ici, au domaine.

— Je suis au courant, répliqua son interlocuteur avec un sourire ironique.

Jess redressa le menton et raidit légèrement les épaules. Tout en évitant de croiser son regard, elle se demanda si Cesario voulait mettre l'accent sur ses humbles origines. Qui ne l'avaient pas empêché de l'inviter à dîner…

— Je voudrais vous parler du vol, lâcha-t-elle, une boule dans le ventre.

Il se pencha vers elle en plissant le front.

— Le vol de mon tableau ?

— Oui, répondit-elle en blêmissant.

— Si vous avez des informations à ce sujet, pourquoi ne pas être allée voir la police ?

Horriblement tendue, Jess se rendit soudain compte qu'elle avait très chaud. Après avoir ôté sa veste, elle la posa maladroitement sur le dossier de la chaise la plus proche.

— Parce que mon père est impliqué dans cette histoire et que je voulais vous parler d'abord.

Cesario comprit rapidement l'essentiel de la situation. Robert Martin travaillait comme homme à tout faire à Halston Hall et servait également de gardien quand il n'y avait personne au manoir. Par conséquent, il y avait libre accès, à toute heure du jour et de la nuit.

— Si votre père a aidé les cambrioleurs, vous perdez votre temps…

— Laissez-moi d'abord vous expliquer ce qui s'est passé, l'interrompit-elle précipitamment. L'année dernière, on a découvert que ma mère avait un cancer du sein ; une période très éprouvante pour elle et pour ma famille.

— Eh bien, je compatis naturellement au sort de votre mère,

mais je ne vois pas ce que sa santé a affaire avec moi ou avec la disparition de mon tableau, répliqua sèchement Cesario.

— Si vous voulez bien m'écouter, je…

— Non. Je préfère appeler la police et les laisser vous interroger. C'est leur rôle, pas le mien.

Sur ces mots, il tendit la main vers le téléphone.

— Je vous en prie, attendez ! s'exclama Jessica.

Il y avait une telle supplication dans sa voix, dans ses yeux gris, qu'il arrêta son geste. En outre, elle s'était soudain penchée en avant, comme pour interposer son corps mince entre lui et le téléphone.

— S'il vous plaît, laissez-moi une chance de tout vous expliquer…

— Très bien. Allez-y, je vous écoute, dit-il, non sans brusquerie.

Ainsi, le sort avait tourné en sa faveur, songea-t-il avec une profonde satisfaction. A présent, Jessica Martin ne lui opposait plus un silence glacial, ni ne le regardait de son petit air supérieur.

— Mon père était fou d'inquiétude pour maman. Alors, après son traitement médical, il a voulu l'emmener en croisière. Mais pour cela, il a dû emprunter de l'argent ; malheureusement, il s'est adressé à la mauvaise personne : au frère de ma mère, qui lui a accordé un prêt à un taux exorbitant.

Butant sur les mots, elle souligna ensuite le harcèlement auquel avait été soumis Robert Martin, puis rapporta la proposition de ses deux cousins. Cesario l'observa avec attention pendant qu'elle lui racontait l'enchaînement des événements. En dépit de tous ses diplômes, Jessica Martin venait d'un milieu *totalement* opposé au sien.

— Mon oncle a passé la plus grande partie de sa vie en prison, précisa-t-elle. Il se fiche de la façon dont il gagne de l'argent. Mais ses fils n'ont jamais eu maille à partir avec la police. C'est pourquoi mon père a cru ce que Jason et Mark lui ont raconté : qu'ils ne voulaient entrer dans le manoir que pour prendre des photos, afin de les vendre ensuite.

Cesario lui adressa un regard incisif.

— Cette maison est bourrée de meubles anciens d'une valeur inestimable, ainsi que d'œuvres d'art. Vous vous attendez sérieusement à ce que je croie que votre père ait pu se montrer aussi stupide ?

— Il n'est pas stupide ! s'exclama-t-elle farouchement, les joues cramoisies. Je pense qu'il voulait désespérément les satisfaire, pour se libérer de sa dette. En plus, il faisait tout son possible pour protéger ma mère car il redoutait qu'en apprenant son emprunt irréfléchi, elle ne subisse un choc terrible qui aurait pu provoquer une rechute.

Jess vit la belle bouche de Cesario se pincer, comme s'il réprimait sa colère. Elle rassembla son courage pour continuer aussi bravement que possible :

— Je suis tout à fait consciente que mon père a commis une grave erreur en ne réfléchissant pas assez, et je ne tente pas d'excuser son comportement. Il avait libre accès au manoir depuis des années parce qu'il était un employé honnête ; en agissant ainsi, il a trahi votre confiance. Mais je suis convaincue que mes cousins se sont servis de lui.

Il la regarda en fronçant les sourcils.

— Je me moque que votre père ait été utilisé délibérément ou non. La maladie de votre mère, la dette qui s'est ensuivie : rien de cela ne me concerne. La seule chose qui m'intéresse, c'est la disparition de mon tableau ; et, à moins que vous n'ayez des informations susceptibles de le retrouver…

— Malheureusement, je ne sais rien, l'interrompit-elle. Hélas, mon père non plus. Son rôle s'est borné à leur donner son passe ce soir-là et à leur communiquer les codes pour désamorcer les alarmes.

— En agissant ainsi, il s'est rendu coupable de complicité avec les voleurs, affirma Cesario sans hésitation.

— Il ne savait absolument pas qu'ils allaient dérober quelque chose ! protesta Jess avec véhémence. Mon père est un honnête homme !

— Un honnête homme n'aurait pas laissé les hommes que

vous décrivez pénétrer à leur guise dans ma maison, répliqua-t-il d'un ton mordant. Qu'attendiez-vous de moi, exactement ?

— J'espérais que vous comprendriez que mon père ignorait totalement qu'un vol avait été planifié.

Un sourire sardonique se forma sur ses lèvres sensuelles.

— Je n'ai que votre parole. Après tout, il y a eu vol, et si votre père ne s'était pas montré indigne de la confiance que je lui ai accordée, cela n'aurait pas eu lieu.

— Je vous en prie, écoutez-moi ! insista Jess avec véhémence. C'est un homme droit et respectable, je vous assure. Il est anéanti par la perte que vous avez subie à cause de son manque de jugeote…

— *Manque de jugeote !* la coupa brutalement Cesario. A mes yeux, très chère, il s'agit de haute trahison. Je vous répète ma question : qu'attendiez-vous de moi en venant me parler ainsi ?

La jeune femme lui adressa un regard profondément inquiet.

— Je voulais que vous sachiez comment les choses se sont réellement passées.

A ces mots, Cesario laissa échapper un rire dur.

— Et qu'espériez-vous ? Que j'accorde le pardon sans condition à votre père parce que je vous trouve séduisante, c'est cela ?

Le délicat visage ovale de Jessica s'enflamma, comme s'il l'avait giflée.

— Bien sûr que non !

— Soyez franche, bon sang ! répliqua-t-il avec mépris. Je suis peut-être attiré par votre corps ravissant, mais pas au point de pardonner le vol d'un tableau valant plus d'un demi-million de livres sterling. Pour me dédommager de cette perte, il vous faudrait m'offrir bien davantage.

Offusquée par ses propos, Jess le regarda avec stupeur.

— Comment osez-vous me parler ainsi ? Je ne vous offrais pas mon corps !

— Cela vaut mieux. Parce que, en dépit des rumeurs insensées répandues dans la presse à scandale britannique, je ne suis pas prêt à tout pour obtenir les faveurs sexuelles des femmes que je désire.

— Je n'avais pas du tout ce genre de… de contrepartie à l'esprit, pour qui me prenez-vous ? murmura Jess, profondément ébranlée.

Cesario lui renvoya une moue dédaigneuse.

— Dois-je comprendre que j'étais supposé tirer votre père d'affaire *pour rien* ?

— Vous raisonnez de façon aussi sordide que mes cousins, riposta-t-elle avec mépris. Je ne couche pas à droite à gauche, figurez-vous. Et je ne considérerai jamais le sexe comme une monnaie d'échange…

Amusé malgré lui, Cesario constata que Jessica Martin était encore plus prude qu'il ne l'avait pensé. Il dut faire un effort pour ne pas imaginer son corps appétissant tordu de plaisir entre les draps de soie de son lit. Car hélas, ce fantasme resterait probablement inassouvi…

— Je suis ravi d'apprendre que vous n'êtes pas une fille facile ! répliqua-t-il, ironique.

— Je suis vierge !

L'aveu avait franchi ses lèvres malgré elle. Horrifiée, elle resta figée sur place et baissa les yeux. Quand elle osa enfin regarder Cesario, celui-ci la contemplait avec une incrédulité totale.

— Vierge ? Comment est-ce possible, à votre âge… ?

Jess enfonça les mains dans ses poches et serra les poings.

— Je n'en ai pas honte. Je n'ai pas rencontré l'homme adéquat, c'est tout. Et je me porte très bien ainsi.

Soudain, Cesario comprit enfin pourquoi elle semblait si mal à l'aise avec lui. La pensant bien plus expérimentée, il lui avait, après cet unique dîner qu'ils avaient partagé, manifesté franchement son désir. Il s'y était sans doute pris trop brutalement, l'effrayant et la faisant fuir… Par ailleurs, sa réputation de play-boy avait dû l'effaroucher.

Jessica Martin n'avait encore jamais été touchée par aucun homme, songea-t-il avec un frisson délicieux. Même si, de son côté, il n'avait encore jamais couché avec une vierge, il serait ravi d'être le premier amant de cette ravissante créature. Aussitôt, sa virilité exprima violemment son enthousiasme, tandis qu'un flot d'images érotiques déferlaient dans son esprit.

— Ecoutez, reprit-elle d'une voix suppliante. Il doit bien y avoir un moyen de vous faire comprendre que mon père n'a joué un rôle dans cette affaire que malgré lui.

Il n'avait jamais été ému par des pleurs, mais devant la détresse visiblement sincère de Jessica, Cesario se trouva totalement pris au dépourvu. Il l'avait toujours vue comme une femme déterminée ; elle exerçait un métier plutôt masculin, s'occupant sans crainte de ses étalons les plus fougueux. A la vue de ses larmes, il se sentit soudain en proie à une sensation inconnue.

— Promettez-moi de réfléchir à ce que je vous ai dit, insista-t-elle avec ferveur. Mon père est un homme honnête, je vous le répète. Je n'essaie pas de minimiser la perte que vous avez subie, mais je vous en supplie, ne détruisez pas sa vie.

Cesario se demanda pourquoi elle insistait, alors qu'il ne lui avait manifesté aucun signe d'encouragement. Vu sa réputation d'homme d'affaires dur et impitoyable, elle aurait bien dû savoir qu'il ne serait nullement disposé à accorder le pardon à Robert Martin.

— Je vous en supplie…, répéta-t-elle d'une voix étouffée.

Puis elle fit demi-tour pour se diriger vers la porte. Il la rejoignit en quelques pas et posa la main sur la poignée en cuivre ouvragé.

— Je ne changerai pas d'avis, mais je n'appellerai pas la police avant demain matin.

Jessica hocha la tête et sortit sans un mot.

Immobile devant l'une des fenêtres du hall, Cesario la regarda s'éloigner au volant de sa vieille Land Rover. Depuis quelque temps, sa vie était de plus en plus assombrie par une amertume qu'il détestait. Il avait grand besoin d'une distraction. Or, Jessica semblait prête à tout, ou presque, pour venir en aide à son père et empêcher qu'il soit arrêté. Comme pour pimenter la situation, elle n'était ni une intrigante ni une créature intéressée. Au contraire, elle possédait de solides principes et il appréciait cette qualité.

L'idée qui avait germé en lui un peu plus tôt se précisa.

Ses principes empêcheraient-ils Jessica d'accepter la proposition qu'il allait lui faire ?...

Un sourire impitoyable aux lèvres, Cesario décida de tenter le challenge et de lui accorder ainsi une dernière chance, tout en obtenant ce qu'il désirait plus que tout au monde.

Après avoir assuré son tour de garde jusqu'à 21 heures, Jess rentra fatiguée et abattue ; Hugs, Dozy et Johnson dormaient à l'arrière de la voiture — elle emmenait ses six chiens avec elle à tour de rôle, trois par trois.

Elle s'attendait à chaque instant à recevoir un appel désespéré de sa mère, lui annonçant que son père avait été arrêté. Cesario Di Silvestri avait promis d'attendre jusqu'au lendemain matin pour avertir la police, mais pouvait-elle avoir confiance en sa parole ?

Et puis, même s'il ne dénonçait pas personnellement son père à la police, Jason et Mark le feraient sans aucun doute si jamais ils étaient interrogés à propos du vol. Ses cousins n'auraient aucun état d'âme à rejeter le blâme sur Robert. Par conséquent, comment Cesario pourrait-il empêcher que son père soit impliqué dans cette lamentable affaire ?

Elle libéra de leur enclos les trois chiens qui ne l'avaient pas accompagnée aujourd'hui ; ils la suivirent jusqu'à son cottage. Quand elle ouvrit la porte, Magic, le terrier écossais noir complètement sourd, bondit dans la pièce comme s'il était monté sur des ressorts. Weed, un grand chien de chasse gris et squelettique, resta craintivement sur le seuil. En dépit de toute l'affection dont Jess l'entourait, la pauvre bête n'arrivait pas à croire qu'il avait le droit de rentrer dans la maison. Quant à Harley, un vieux labrador diabétique au museau grisonnant, il s'allongea tranquillement sur le sol.

Jess constata en frissonnant que la cuisinière à charbon de

la cuisine s'était éteinte. Elle la ralluma puis alla rapidement se changer pour aller s'occuper de ses pensionnaires.

Après avoir effectué sa routine habituelle — nettoyer, nourrir et donner à boire à tous ses rescapés —, elle rentra et constata avec dépit que la cuisinière s'était de nouveau éteinte. Elle mangea un sandwich accompagné d'un verre de lait debout devant la fenêtre et décida de se coucher tôt tant elle était épuisée.

Elle allait mettre à exécution ce reposant programme lorsque le téléphone sonna.

— Bonsoir, c'est Cesario.

Il avait parlé nonchalamment, de sa voix profonde, comme s'il l'appelait tous les jours, alors que c'était la toute première fois qu'il lui téléphonait.

— Oui ? répliqua-t-elle d'un ton faussement détaché.

— Pourriez-vous venir au manoir demain matin à 9 heures ? J'ai une proposition à vous faire.

— Une proposition ? répéta-t-elle, envahie par une immense curiosité. Quel genre de proposition ?

— Je ne peux pas vous en parler au téléphone. Je peux compter sur vous ?

— Oui. Demain, je ne travaille pas.

Jess reposa le combiné, perplexe. Puis elle poussa un cri et se mit à sauter sur place pour libérer la tension qui l'avait étreinte toute la journée. Ainsi, Cesario Di Silvestri l'avait vraiment écoutée ! Et il avait dû réfléchir à ce qu'elle lui avait dit… Il allait lui faire une *proposition.*

Soudain, sa joie s'évanouit. Il avait été clair : il ne pouvait envisager de pardonner à son père *pour rien.* Et étant donné sa réputation et la façon dont il s'était comporté avec elle, la contrepartie que Cesario allait exiger serait à n'en pas douter de nature sexuelle…

Jess tressaillit en songeant aux cicatrices qui marbraient son ventre et son dos. Tout échange de nature érotique était complètement exclu pour elle. Et puis, à en juger par les confidences de ses anciennes maîtresses colportées par la presse à scandale, elle ne serait jamais à la hauteur des prouesses audacieuses auxquelles Cesario se livrait dans l'intimité…

3

Etant donné que c'était son jour de congé, Cesario avait pensé que Jessica aurait fait un petit effort vestimentaire pour venir le voir. Mais quand, depuis la fenêtre de son bureau, il la vit descendre de son vieux 4x4, bientôt suivie de trois chiens, elle portait un jean et un T-shirt, ainsi qu'un large cardigan en laine.

S'ils voulaient trouver un moyen de se mettre d'accord, ils allaient devoir accepter tous les deux plus d'un compromis… Car si elle n'était pas disposée à s'habiller avec élégance, lui n'était pas prêt à tolérer des traces de pattes de chien !

Jess n'eut pas le temps de sonner à la porte que déjà Tommaso l'accueillait, en souriant, comme d'habitude. Il l'introduisit dans un luxueux salon, où les tons noirs et violets dominaient. De somptueux sofas recouverts de velours, des tables de verre et de stupéfiantes œuvres d'art contemporaines donnaient un ton presque glamour à la pièce.

Quelques minutes plus tard, Tommaso réapparut avec un plateau sur lequel étaient disposés du café odorant et des biscuits, avant de s'éclipser de nouveau.

Incapable de rester assise, Jess prit sa tasse et se dirigea vers une peinture aux couleurs vives. L'artiste avait-il voulu représenter un visage ? se demanda-t-elle en essayant de déchiffrer le sens du tableau. En matière d'art, ses goûts étaient strictement classiques et se limitaient à des paysages et des peintures animalières. Au moment où elle s'approchait pour essayer de lire la signature de l'artiste, son téléphone sonna. C'était sa mère. Jess se dirigea aussitôt vers la table basse pour y poser sa tasse de café.

Sharon était en larmes ; Jess eut d'abord du mal à comprendre ses paroles. Mais elle saisit rapidement l'essentiel. Au cours du petit déjeuner, Robert lui avait tout avoué, avant de disparaître rapidement pour éviter de répondre aux questions et aux reproches, lâcheté typiquement masculine.

A présent, Sharon était dans un état épouvantable, convaincue que son mari allait être traîné en prison d'un moment à l'autre.

— Tout ça à cause de cette croisière stupide dont je me serais très bien passée ! dit-elle entre deux sanglots. Et maintenant, nous allons perdre notre maison…

— De quoi parles-tu ? l'interrompit Jess en plissant le front.

— Eh bien, après ce que lui a fait ton père, M. Di Silvestri ne nous laissera jamais rester dans une maison qui lui appartient ! se lamenta sa mère. Je vis ici depuis l'âge de dix-huit ans, je ne peux pas supporter l'idée de m'en aller… Et tes frères qui travaillent au domaine, que va-t-il leur arriver ? Tu vas voir, nous allons tous être obligés de partir !

Jess fit de son mieux pour la calmer, mais sa mère était d'un naturel pessimiste et réagissait souvent trop émotionnellement. Pour elle, le pire était arrivé, si bien qu'elle voyait déjà toute la famille sans abri, privée de toute ressource. Après lui avoir promis qu'elle la rappellerait dans la matinée, Jess remit son mobile dans sa poche. Au même instant, elle se rendit compte que Cesario l'observait depuis le seuil du salon.

Durant un quart de seconde, elle se contenta de le regarder, agacée de se voir soumise à son examen silencieux. Vêtu d'un costume sombre, rehaussé par une cravate de soie bleu électrique, il était d'une élégance et d'une beauté intimidantes. Jess remarqua qu'une ombre brune couvrait déjà sa mâchoire. Visiblement, il avait commencé sa journée très tôt.

— Ma mère…, commença-t-elle avec embarras. Mon père a enfin trouvé le courage de tout lui avouer. Elle est très perturbée.

— Je comprends qu'elle le soit, répliqua Cesario.

Un stress épouvantable se lisait sur les traits délicats de Jessica, constata-t-il avec une satisfaction intense. Par conséquent, elle devrait accueillir sa proposition avec reconnaissance et soulagement.

Après avoir passé la moitié de la nuit à définir ce qu'il désirait exactement et à envisager la solution la mieux adaptée, il en était arrivé à l'arrangement idéal. Celui-ci serait exempt de tout sentiment et d'attentes irréalistes ; pour l'essentiel, ils garderaient chacun leur indépendance.

— Hier soir, au téléphone, vous avez parlé d'une proposition…, fit-elle nerveusement en enfonçant les mains dans les poches de son jean.

— Ecoutez-moi jusqu'au bout avant de me donner votre réponse, répliqua-t-il tranquillement.

Pourtant, son *self-control* était mis à mal par le regard anxieux de Jessica posé sur lui. Elle semblait si jeune, elle était si adorable en dépit de ses affreux vêtements qu'il dut faire un effort pour se souvenir des arguments qu'il avait préparés.

— J'ai trouvé un arrangement qui vous permettrait de m'aider, continua-t-il, tandis que moi, en échange, je renoncerais à toute poursuite contre votre père.

Son front de porcelaine se plissa tandis qu'une lueur confuse passait dans son regard clair.

— Ne perdez pas de vue que, lorsque notre arrangement arrivera à son terme, vous vous retrouverez dans une position fort avantageuse.

Elle écarquilla les yeux et laissa échapper un soupir.

— Très bien. Expliquez-moi en quoi je pourrais vous… vous aider.

— J'aimerais avoir un enfant, commença calmement Cesario en soutenant son regard. Mais pas de la façon conventionnelle. Je n'ai jamais espéré rencontrer une femme avec qui je désirerais passer le restant de mes jours. Par contre, je me crois capable d'envisager un mariage qui reposerait sur des bases plus pratiques.

Jess fronça les sourcils en essayant de suivre le sens de ses paroles : en quoi celles-ci pouvaient avoir un lien avec la menace qui pesait sur son père.

— Comment un mariage pourrait-il être *pratique* ? demanda-t-elle d'une voix hésitante.

Et comment Cesario Di Silvestri pouvait-il lui parler à elle de *mariage* ? Elle avait dû louper un épisode…

— Un mariage est pratique quand il s'agit d'un contrat libre de tout idéal romantique, de toute attente telle que l'amour, l'exclusivité, ou la permanence, répondit-il avec un sourire presque complice. Si vous acceptez de faire un enfant avec moi, je vous épouserai, avant de vous rendre votre liberté deux ans après, en faisant en sorte que vous n'ayez jamais plus aucun souci d'ordre financier.

Totalement abasourdie par l'extravagance de cette proposition, Jess détourna les yeux. Il lui avait présenté les choses comme on parle d'un étalon saillant une jument, alors qu'il s'agissait d'un *mariage* et d'un *enfant* ! Et manifestement, il était convaincu de lui faire une offre *généreuse*…

— Vous ne parlez pas sérieusement ? fit-elle en tournant brusquement la tête pour le regarder en face. Vous êtes jeune, beau et riche, il doit y avoir une quantité incroyable de femmes qui seraient ravies de vous épouser et de vous donner des enfants.

— Mais je ne veux pas d'une créature intéressée par ma fortune, ni d'une mère inappropriée pour mes enfants. Je veux une femme intelligente et indépendante, qui puisse accepter mes conditions et ne rien attendre de durable de ma part.

Ainsi il la considérait comme une femme intelligente et indépendante, songea Jess avec plaisir.

— Mais, si vous n'êtes pas prêt à vous engager à long terme avec une femme, reprit-elle en se redressant légèrement, pourquoi voulez-vous un enfant ?

— L'un peut aller sans l'autre, j'en suis persuadé. Ne pas vouloir d'un engagement à long terme avec une femme ne fera pas de moi un mauvais père, affirma Cesario d'un ton ferme.

Jess secoua lentement la tête d'un air désapprobateur.

— Pourquoi ne pas attendre d'avoir rencontré la femme idéale pour vous marier et faire un enfant avec elle ?

— Je ne vous ai pas encore tout dit…, commença Cesario.

Après s'être tourné vers la fenêtre, il poursuivit, d'un ton détaché :

— Je suis le descendant d'une très ancienne famille. Mon grand-père était très fier de notre lignée et il a consacré beaucoup de temps à faire des recherches en vue d'établir notre arbre généalogique. Malheureusement, il a pris des dispositions particulières concernant sa propriété toscane. D'après celles-ci, je ne pourrai l'hériter de mon père que lorsque j'aurai moi-même un héritier. Mâle ou femelle, cela n'a pas d'importance, mais je dois avoir un héritier pour obtenir la propriété de ma famille.

— Votre grand-père a agi de façon totalement inconsidérée, répliqua Jess en refoulant un accès de panique. Il a cherché à exercer son contrôle sur vous depuis sa tombe ! Vous auriez pu être gay, par exemple, ou ne pas vouloir d'enfant.

— Mais je ne suis pas gay, répliqua Cesario avec un léger sourire. Et j'ai décidé d'envisager la situation sous un angle pragmatique pour rendre mon projet réalisable.

— Faire un enfant est pour vous un *projet* ? répéta-t-elle, consternée.

Il était néanmoins ironique qu'il puisse nourrir un désir aussi proche du sien, songea Jess, en proie à un épouvantable chaos intérieur. Cesario désirait un enfant pour des raisons pratiques, tandis qu'elle était motivée par une envie venue du plus profond d'elle-même.

Elle prit quelques secondes pour se calmer et reprit d'une voix qu'elle voulait neutre :

— Je crois que vous commettriez vraiment une erreur en faisant un enfant uniquement pour pouvoir accéder à cet héritage.

— La vie de cet enfant serait des plus confortables, répliqua-t-il posément.

— Pourquoi ne faites-vous pas appel à une mère porteuse ? demanda-t-elle brutalement. Cela aurait plus de sens, non ?

— Absolument pas. Je viens d'un milieu très conservateur et je préfère que mon enfant naisse d'un couple normal. Je désire également pour mon fils, ou ma fille, une mère aimante et attentionnée. Après avoir moi-même été privé de mère, je ne désire pas que mon enfant connaisse le même sort.

— Vu ce que vous venez de me révéler, je suis surprise que vous ne demandiez pas la garde exclusive de votre enfant, remarqua Jess.

— Je ne demanderai qu'une garde partagée et le droit de visite. Je crois fermement qu'un enfant a besoin de sa mère pour se développer harmonieusement.

— Et de son père.

Jess ne pouvait oublier combien Robert avait été précieux pour elle, l'entourant d'une affection et d'une attention constantes.

— Bien sûr, approuva Cesario.

Mais la nuance dure qui avait percé dans sa voix et l'austérité de son expression frappèrent Jess. Quel souvenir malheureux avait provoqué le regret qui avait voilé un instant son regard ? se demanda-t-elle.

Tout en tournant et retournant la proposition avilissante de Cesario dans son esprit, elle se força à respirer calmement. Soudain, elle fut tentée de la rejeter en bloc. Non seulement ce qu'il demandait était impossible, mais absurde. Pourquoi devrait-elle épouser cet homme qu'elle ne trouvait même pas sympathique ? Simplement pour partager son lit et faire un enfant avec lui ? A la simple pensée de participer à un tel *projet*, elle tressaillit, et une douleur lui vrilla l'estomac.

— Désolée, je ne peux pas vous épouser.

Cesario encaissa d'autant mieux le coup qu'il s'attendait à cette résistance initiale. Qui ne durerait pas, il en jurerait. Jessica Martin était peut-être troublée par la teneur de cette discussion, mais pas lui, qui s'y était préparé. Par ailleurs, si elle repoussait sa proposition, elle le regretterait ; et lui s'en voudrait de s'être livré devant elle.

— Vous vous rendez bien compte que c'est la seule solution qui s'offre à vous, n'est-ce pas ? Car c'est la seule offre que je puisse vous faire.

— Mais elle est dénuée de tout bon sens ! répliqua Jess en redressant le menton d'un air de défi.

— Je ne partage pas votre avis. Si vous l'acceptez, je consentirai à un immense sacrifice en laissant votre père et ses acolytes impunis. Par ailleurs, je serai privé définitivement de mon tableau, sans aucune compensation financière puisque je ne pourrai ni aller voir la police, ni demander à mon assurance de me dédommager.

Jess déglutit péniblement. Comme il l'avait dit, Cesario ne tirerait pas son père d'affaire *pour rien*. Il n'était pas homme à se retrouver du côté des perdants. Il demandait ce dont il avait besoin à ce moment de sa vie : un enfant.

Aucune femme n'ayant jamais réussi à le retenir longtemps, il ne pouvait envisager de fonder une famille en restant confiné dans les liens du mariage. Aussi lui fallait-il une partenaire commode, capable de se conduire en parfaite épouse sans attendre en retour qu'il lui accorde beaucoup de temps ou d'attention.

Plus elle considérait la proposition du point de vue de Cesario, plus Jess y voyait des avantages *pour lui*. Il lui imposait un mariage dénué de tout sentiment, un contrat dont l'issue était déjà programmée.

Elle se mordilla nerveusement la lèvre. Ce contrat était-il plus détestable que la procréation artificielle à laquelle elle avait autrefois songé ? A l'époque où elle envisageait sérieusement d'avoir un enfant, la perspective de s'adresser à une banque du sperme l'avait conduite à renoncer. Concevoir un enfant avec un homme dont elle n'aurait quasiment rien su l'avait rebutée. Mais au moins, ce processus n'aurait nécessité aucune intimité sexuelle.

— Si je n'étais pas autant attiré par vous, je n'aurais jamais *pensé* à cette solution, Jessica, murmura-t-il.

Sa voix était passée sur sa peau comme une caresse. Jess baissa les yeux. Sous le regard brûlant de Cesario, elle se sentit affreusement exposée et vulnérable. Il était hors de question qu'elle accepte sa proposition, qui allait à l'encontre de tous ses principes. Mais y avait-il une autre alternative pour aider son père ?...

— Si nous ne parvenons pas à un arrangement *maintenant*, j'appellerai la police aussitôt que vous serez partie, laissa tomber Cesario avec un calme terrifiant. J'ai la preuve dont j'avais besoin pour porter plainte contre votre père.

— Pour l'amour du ciel ! s'exclama Jess avec désespoir. Comment pourrais-je accepter de faire un enfant avec vous alors que nous nous connaissons à peine ?

— Chaque jour, des femmes se marient et font des enfants avec des hommes qu'elles n'aiment pas. Le mariage n'est qu'un contrat légal. Bon nombre de femmes se marient pour des questions d'argent, de sécurité, ou pour accéder à un statut social. Je ne vous demande pas un sacrifice immense.

Réprimant les mots qui lui montaient aux lèvres, Jess se contenta de le foudroyer du regard. Il exigeait la seule chose qu'elle ne pouvait envisager de lui accorder. Son offre humiliante montrait simplement son arrogance, son insensibilité et son caractère impitoyable. Et pour elle, secrète et solitaire, faire un enfant avec lui était impensable, voire malsain. Le style de vie de Cesario Di Silvestri, ses habitudes et ses goûts se trouvaient *à l'opposé* des siens. Quant à partager son lit...

— Vous trouvez que ce n'est pas un sacrifice immense ?

— Pour autant que je sache, il n'y a aucun homme dans votre vie ; de mon côté, je suis libre de tout lien. Je vous assure que si vous acceptez de devenir ma femme, je vous traiterai avec respect et générosité. Cette maison sera la vôtre : je ne vous demanderai pas de quitter votre pays pour venir vous installer en Italie. Au fond, votre existence se déroulera pratiquement comme avant.

Jess retint un rire incrédule. Comment sa vie aurait-elle pu continuer *comme avant* dans de pareilles conditions ? C'était totalement impossible.

— Etre enceinte vous effraie peut-être…

— Non ! affirma-t-elle brutalement.

Sa réaction la surprit elle-même autant qu'elle surprit visiblement Cesario.

— J'ai atteint un âge où j'aimerais beaucoup avoir un enfant, même si cela implique une vie de mère célibataire, poursuivit-elle plus calmement. Mais de votre côté, avez-vous *vraiment* bien réfléchi à tout cela ? Nous pourrions nous marier puis découvrir que je suis stérile, par exemple.

— Ce serait le destin. Je serais déçu, mais je l'accepterais de bonne grâce.

A cet instant, un rayon de soleil passa à travers la large fenêtre, nimbant la haute silhouette de Cesario de reflets dorés. Jess sentit son pouls s'accélérer. Quel homme sublime ! Quel dommage que sa proposition n'ait pas été guidée par des sentiments profonds et sincères…

D'un petit geste impatient, elle chassa cette pensée saugrenue et replongea au cœur de son dilemme. Si elle voulait empêcher que son père soit inquiété, voire arrêté par la police, avait-elle le choix ? Si Robert était accusé de complicité, sa femme, ses fils et leurs familles seraient anéantis. Simplement à cause d'un acte irréfléchi, d'une erreur stupide.

Presque trente ans plus tôt, Robert Martin avait promis de l'élever comme sa propre fille ; il avait tenu fidèlement sa promesse. Il avait supporté la réprobation de son entourage, en n'épousant Sharon que lorsque sa fille avait eu presque un an. Tout le monde avait en effet cru que Jess était de lui et, à l'époque, avoir un enfant hors mariage était encore très mal vu à la campagne. En épousant la femme qu'il aimait, Robert avait pris un gros risque : il savait que de son côté, Sharon n'était pas amoureuse de lui. Et pourtant, trente ans plus tard, ils étaient toujours ensemble.

Parfois, se dit Jess, face à l'anxiété et à l'incertitude, la seule façon d'avancer était de fermer les yeux et de sauter dans le vide.

— Très bien, j'accepte…, dit-elle dans un souffle.

Cesario lui adressa un sourire éblouissant.

— Vous ne le regretterez pas, répliqua-t-il.

Puis il lui tendit la main pour sceller leur accord.

— Que vous est-il arrivé ? demanda-t-il en remarquant la pâle cicatrice qui marquait le dos de sa main.

Jess sentit son cœur s'emballer dans sa poitrine.

— Oh ! juste un accident, il y a longtemps, dit-elle d'un ton détaché.

— Un sale accident, on dirait, fit Cesario en lui lâchant la main.

Refoulant les souvenirs affreux qui resurgissaient en elle, Jess hocha simplement la tête. Mieux valait se concentrer sur le futur plutôt que de s'attarder sur ce pénible épisode du passé. Cesario obtiendrait ce qu'il désirait : un enfant, qui serait également le sien. Elle résolut d'éviter de penser à l'aspect intime de leur arrangement — du moins jusqu'à ce qu'elle soit forcée de l'envisager.

— Je vais demander à mon personnel de commencer les préparatifs du mariage, dit Cesario.

— Vous êtes *vraiment* pressé, répliqua Jess en le regardant avec stupeur.

— Naturellement ! Je ne voudrais pas que vous changiez d'avis, *bella mia*.

Cesario laissa errer son regard sur sa gorge, puis descendre lentement sur son buste.

— Et nous n'avons aucune raison de perdre du temps avant de mettre notre projet en œuvre, n'est-ce pas ?

— Vous avez probablement raison, murmura Jess en reprenant sa veste.

Il la lui prit tranquillement des mains, avant de la tenir devant elle pour qu'elle l'enfile. Jess rougit et se tourna pour glisser les bras dans les manches ; quand il souleva sa queue-de-cheval pour qu'elle ne reste pas prisonnière sous le col, elle se raidit brusquement.

— Je suis impatient de voir vos cheveux tomber librement sur vos ravissantes épaules, dit-il d'une voix rauque.

Profondément ébranlée par son geste et par le timbre de sa voix, Jess recula d'un pas. Aucun homme n'avait jamais eu le pouvoir de la rendre aussi consciente de son corps. Cesario lui caressa doucement la joue.

— Vous allez devenir ma femme. Par conséquent, il va falloir vous habituer à ma proximité.

— Et comment suis-je censée y parvenir ? répliqua-t-elle sans réfléchir.

Après lui avoir pris la main, il l'attira inexorablement vers lui.

— Pour commencer, tutoyez-moi. Ensuite, essayez de vous détendre…

L'espace d'un instant, Jess ne put s'empêcher de claquer des dents. Elle crispa les mâchoires et tâcha de se ressaisir.

— N'aie pas peur, je vais seulement t'embrasser, chuchota-t-il.

— Non !

— Il faut bien commencer, *cara mia*.

Jess se raidit. A sa grande surprise, Cesario lui lâcha alors la main. Elle voulut s'écarter mais se rendit compte qu'elle ne pouvait plus se permettre d'obéir à ses propres envies : si elle refusait qu'il l'embrasse, il en déduirait forcément qu'elle serait incapable de respecter leur arrangement et retirerait sa proposition.

Il l'observait, sourire aux lèvres. Il était bien plus grand qu'elle, et tellement plus puissant, songea Jess en frémissant. Soudain, son corps oscilla malgré elle, si bien qu'elle eut l'impression qu'elle allait perdre l'équilibre et tomber littéralement dans ses bras.

— Je suis très doué pour certaines choses, fit alors Cesario, avec une assurance qui confinait à la morgue. Notamment pour ceci, *cara mia*.

Sa bouche effleura ses lèvres closes, aussi douce qu'une aile de papillon. Jess s'attendait à un assaut farouche, mais il se contenta d'abord de ce léger baiser. La tension qui la tétanisait était presque insupportable. Lorsque Cesario passa lentement le bout de la langue sur le contour de ses lèvres, un long tressaillement naquit au creux de ses reins, puis se déploya dans tout son être, comme si son corps s'éveillait à la face sensuelle de la vie.

Jess entrouvrit alors la bouche malgré elle ; le baiser de Cesario fut lent et brûlant. Il enlaça bientôt sa langue à la sienne avec un tel art, un tel érotisme que Jess sentit ses tétons se dresser sous son T-shirt, tandis qu'une chaleur moite faisait pulser son intimité.

— Assez, murmura-t-elle en posant les mains sur ses larges épaules pour le repousser.

Les joues en feu, elle s'avoua que, comme la première fois, elle avait adoré la sensation de la bouche de Cesario sur la sienne.

— Au contraire, ce n'est que le début…

Le désir brûlant qui couvait dans son regard la déstabilisa complètement. Avec un violent frisson elle comprit qu'elle était prise au piège.

— Le mariage, dit-elle précipitamment. Quand aura-t-il lieu ?

— Dès que les dispositions nécessaires auront été prises, déclara Cesario sans hésiter. Ce sera un vrai beau mariage, avec la robe blanche, une foule d'invités et un décor somptueux.

— Est-ce vraiment indispensable ? demanda Jess avec embarras.

En effet, la perspective de jouer à la fiancée rougissante, devant une assemblée d'invités prestigieux la terrifiait.

— Oui, bien sûr. Je ne veux pas d'un mariage à la sauvette, fit-il avec une moue dédaigneuse.

— Mon Dieu, que vais-je dire à ma famille ? s'exclama soudain Jess, effrayée.

— Pas la vérité, en tout cas. Car cela ne regarde que toi et moi, affirma Cesario en fronçant les sourcils d'un air sévère.

Jess songea qu'il avait raison, même si le secret lui semblait difficile à garder. Mieux valait être prudent. Cependant, elle décida en son for intérieur de révéler la vérité à sa mère.

Elle inspira profondément, se rappelant les aspects positifs de l'arrangement qu'elle venait d'accepter : son père ne paierait pas pour son erreur stupide et sa famille n'en subirait aucune conséquence fâcheuse. Avec un peu d'espoir, elle-même sortirait de ce mariage avec l'enfant dont elle rêvait depuis si longtemps.

Dans ces conditions, peu importait finalement qu'il s'agisse d'un *projet réaliste* plus que d'un mariage d'amour. Jess l'assumerait. Elle avait les pieds sur terre et, si Cesario avait autant de talent au lit qu'il en avait montré en l'embrassant, elle parviendrait certainement à affronter les aspects les plus intimes de leur relation. Cesario avait raison : les femmes ne se mariaient pas toujours par amour; les hommes non plus, d'ailleurs, comme il était en train de le lui prouver. Si une telle union était assez bonne pour lui, alors qu'il aurait pu choisir tant de partis plus attirants, elle le serait pour elle aussi.

— Pourquoi m'as-tu choisie? demanda-t-elle néanmoins, curieuse tout à coup.

Sous ses longs cils noirs, le regard de Cesario se fit incandescent.

— Demande-le-moi durant notre nuit de noces, murmura-t-il.

Totalement décontenancée par cette réponse inattendue, Jess resta sans voix.

4

— Je préfère celle-ci, répéta obstinément Jess. En plus, c'est celle qui me va le mieux.

Melanie, la styliste réputée embauchée par Cesario pour l'aider à changer totalement de look, la regarda en haussant les sourcils.

— Elle est superbe, approuva Sharon avec un sourire ravi.

— Si vous aimez le clinquant…, soupira Melanie en demandant à la vendeuse de défaire la robe de son cintre.

Le bustier en dentelle perlée et la grande jupe en tulle pailleté scintillèrent dans la lumière.

— … cette robe n'en manque pas, acheva la styliste.

Jess était surprise elle-même de son choix. Alors que d'habitude, elle préférait la sobriété, elle était tombée en extase devant cette robe de mariée follement romantique. Les efforts de Melanie pour la persuader de choisir un fourreau de soie ultrasobre étaient restés vains.

A vrai dire, elle était ravie d'avoir emporté cette victoire. Afin d'être à la hauteur de son futur rôle d'épouse d'un magnat international, elle avait été contrainte d'accepter une garde-robe complète, tandis que ses goûts et préférences étaient poliment mais résolument ignorés. Cesario s'était montré inexorable et perfectionniste en tout, alors que Jess ne s'était jamais penchée sur de telles questions de chiffons. D'autre part, passer des heures au téléphone avec lui à batailler à propos d'un sujet aussi peu important que l'habillement, lui avait semblé exténuant et absolument inutile.

Depuis l'épisode traumatisant qu'elle avait vécu autrefois, Jess ne s'intéressait quasiment plus à son apparence. A l'époque, elle avait décidé qu'il valait mieux ne pas attirer l'attention des hommes, si bien qu'à présent, elle était complètement dépassée sur le chapitre de la mode et elle ne savait vraiment plus se mettre en valeur. Consciente de ses lacunes, elle avait accepté l'aide d'une styliste.

Elle voyait que son apparence s'était améliorée. Ainsi, ses cheveux noirs indisciplinés avaient été coupés et soumis à un brushing, si bien qu'elle avait maintenant moins de mal à se coiffer. Mais, dans le même temps, elle était horrifiée de constater qu'après avoir passé un temps fou dans le salon de coiffure, elle devait maintenant subir toutes sortes de séances de soins pour le visage, le corps, les mains, les pieds… Le processus était apparemment sans fin !

Au cabinet de vétérinaires, ses collègues se moquaient gentiment d'elle, la comparant au vilain petit canard métamorphosé en superbe cygne.

Trois semaines seulement s'étaient écoulées depuis que Jess avait accepté d'épouser Cesario Di Silvestri. La date du mariage avait été fixée et il ne restait plus que dix jours avant la cérémonie. Depuis l'instant où Jess lui avait donné son consentement, Cesario avait été absent, voyageant à l'étranger pour ses affaires.

A présent, une énorme bague de diamants ornait son doigt. Elle lui avait été livrée par porteur spécial, tandis que l'annonce de leur mariage était publiée dans un journal diffusé à grand tirage dans le monde entier — et qu'aucune des connaissances de Jess ne lisait.

A la suite de cette parution, un paparazzi avait réussi à la prendre en photo au moment où elle revenait d'une ferme voisine, après un vêlage difficile. Jess était exténuée, ses vêtements tachés de sang et ses cheveux dans un état épouvantable. La photo était sortie dans un tabloïd accompagnée de ce titre ironique :

« LA SOMPTUEUSE FIANCÉE JET-SET DE CESARIO DI SILVESTRI. »

Lorsqu'un collègue lui avait mis ce torchon sous le nez, Jess y avait à peine jeté un coup d'œil ; en revanche, Cesario l'avait appelée pour lui dire qu'il parlerait avec elle de cette lamentable affaire dès son retour.

— Ne tombe surtout pas amoureuse de lui, lui conseilla sa mère tandis que Jess la reconduisait chez elle après la séance d'essayage. Si cela t'arrivait, tu souffrirais terriblement.

— Comme ce ne sera pas un vrai mariage, ça ne risque pas de m'arriver, affirma Jess en riant.

Cependant, elle se demanda si elle avait bien fait de dire la vérité à sa mère, qui la couvait d'un regard inquiet.

— Ne te fais pas d'illusions : si tu as un enfant avec lui, ton mariage deviendra tout aussi réel qu'un autre, prédit Sharon. Et je te connais : tu as le cœur bien plus tendre que tu ne le crois.

— J'ai presque trente et un ans et je ne suis jamais tombée amoureuse de ma vie.

— Seulement parce que, autrefois, un salaud t'a dégoûtée des hommes ! répliqua sa mère avec une grimace de dégoût. Cesario est très séduisant et, crois-moi, il serait plus facile de perdre la tête que tu ne le penses. Vous vivrez ensemble, bon sang !

— Mais nous ne partagerons vraiment que le désir de faire un enfant, dit calmement Jess, en rougissant cependant.

Après avoir tout dit à sa mère, elle lui avait demandé de jurer qu'elle n'en parlerait à personne, pour la sécurité de Robert. Celui-ci l'avait crue quand Jess lui avait raconté, pour justifier ce mariage apparemment hâtif, que Cesario et elle se fréquentaient en secret. Il concevait parfaitement qu'un milliardaire ait pu être séduit par sa fille adorée.

— Cesario a été très clair, maman, reprit-elle. Il désire avoir un enfant, mais il tient à sa liberté. Et il ne veut pas d'une épouse qui se prendrait trop au sérieux, je t'assure !

— Je sais : c'est un mariage de convenance, exactement comme ce qui s'est passé pour Robert et moi…

— Non, ce n'est pas pareil, dit fermement Jess. Papa était

amoureux de toi, même si toi tu ne partageais pas ses sentiments à l'époque. Cela fait une grande différence. Avant même de nous être mariés, Cesario et moi avons déjà prévu de divorcer.

— Ce n'est pas aussi facile que tu sembles le croire de mettre ses émotions de côté, insista Sharon, visiblement peu convaincue par les arguments de sa fille.

Jess s'arrêta devant la maison que ses parents occupaient dans le centre du village. Une fois Sharon descendue, elle fit demi-tour et prit la direction de Halston Hall, où elle devait retrouver Cesario pour déjeuner.

Sur le trajet, elle longea le parc que son futur mari avait ouvert au public. Il faisait bon s'y promener sous les arbres et y pique-niquer au bord du lac. En outre, Cesario avait fait aménager une vaste aire de jeux pour les enfants. Ironiquement, un étranger comme lui avait déjà fait plus pour la communauté que les Dunn-Montgomery en plusieurs siècles.

Lorsqu'elle descendit de son véhicule, son cœur battait rapidement. Elle passa mentalement en revue son aspect : elle portait sa bague de fiançailles, ses cheveux étaient propres, bien coiffés et elle était vêtue d'un élégant pantalon ainsi que d'un pull léger en cachmire gris, bordé de dentelle, sous un gilet assorti. Il ne lui manquait plus que le collier de perles, songea-t-elle avec un sourire ironique. Ce matin-là, elle avait à peine reconnu son reflet dans le miroir…

— Bonjour, Jessica, dit Cesario en venant vers elle avec la grâce d'un prédateur.

Dès que le regard de Jess se posa sur son beau visage aux traits ciselés, elle se rappela la sensation et le goût de cette bouche sensuelle sur la sienne. Elle ne put réprimer la chaleur qui l'envahit tout entière. Cet homme était trop séduisant, beaucoup trop séduisant. Quand leurs yeux se rencontrèrent, elle sentit des nuées ardentes exploser dans son ventre.

Cesario laissa errer son regard sur la silhouette mince de

Jessica. Elle portait enfin des vêtements mettant en valeur ses courbes ravissantes. Fasciné par la beauté de ses traits délicats, il contempla son visage de madone et ses cheveux noirs, qui bouclaient élégamment sur ses épaules.

— Tu es stupéfiante…

— Je crois que tu exagères beaucoup, répliqua Jess, gênée.

— Comparée à ceci, je n'exagère pas du tout, répliqua-t-il en prenant le tabloïd posé sur la table basse. Comment as-tu pu te laisser surprendre dans cet état ?

Après avoir accordé un regard à son visage las et ses vêtements souillés reflétés par la photo, Jess redressa la tête et regarda Cesario dans les yeux.

— Je sortais de trois heures très éprouvantes. Tu ne peux pas imaginer ce que peut être un vêlage difficile : le veau est mort mais la mère a survécu de justesse. J'étais sale, en effet, et exténuée. Cela m'arrive souvent, vu le travail que je fais.

— Dorénavant, j'aimerais que tu songes à ton image, répliqua Cesario, comme si elle n'avait rien dit.

— Je n'y suis pour rien si un photographe me surprend au moment où je suis le moins à mon avantage. Et je me fiche complètement de ce genre de journaux.

— Inutile d'en discuter plus longuement. Je ne tolérerai pas que tu apparaisses en public habillée comme une clocharde, déclara-t-il d'un ton péremptoire.

— Dans ce cas, il va y avoir un problème, riposta Jess. Mon travail est souvent salissant et je dois parfois travailler dehors. Or, je n'ai pas l'intention de cesser d'exercer mon métier, ni de ressembler à une poupée pour te plaire.

— Je ne te demande pas de ressembler à une poupée, répliqua Cesario, exaspéré.

— Dans ce cas, pourquoi ai-je déjà l'impression d'en être une, alors que nous ne sommes fiancés que depuis trois semaines ? s'emporta-t-elle. Tu sembles croire que je n'ai rien de mieux à faire que d'aller dans les boutiques de luxe, ou de passer des heures dans un institut de beauté !

L'injustice de Cesario la révoltait : elle avait déjà accepté tellement de supplices pour améliorer son apparence.

— Avant que je ne surgisse dans ton existence, tu ne te préoccupais pas du tout de ton look. Toute femme désire se mettre en valeur, ne serait-ce que par amour-propre. Pourquoi pas toi ?

— Mes motivations ne te regardent pas, s'exclama Jess, réprimant à grand-peine son irritation. En outre, je suis une femme ordinaire, qui travaille pour gagner sa vie.

— Tu travailles même tellement que tu n'as pas le temps d'être une femme, fit Cesario d'un ton réprobateur. Quand je te téléphone, tu n'es jamais chez toi. Et quand, par miracle, tu l'es, tu ne peux pas répondre parce que tu es en train de t'occuper de tes chiens. C'est ridicule !

Indignée par cette critique, Jess lui décocha son regard le plus noir.

— Tu as dit que tu voulais une femme intelligente et indépendante ; apparemment, tu mentais. Mon travail passe avant tout.

— Vu ton attitude envers ton père, j'aurais plutôt pensé que c'était ta famille.

Au lieu de la calmer, sa remarque lui fit l'effet d'un coup de fouet.

— Si tu essaies d'intervenir dans ma vie professionnelle, dit-elle en serrant les dents, notre arrangement ne fonctionnera pas. Pour l'amour du ciel, tu as dit que tu voulais divorcer dans deux ans, alors pourquoi tentes-tu de nuire à ma carrière ?

— Je veux également voir ma femme de temps en temps, et tu es rarement disponible le soir et le week-end.

— Tu sais où est le *vrai* problème ? Tu veux une petite épouse docile, une créature qui serait à la fois une déesse et une parfaite ménagère, et qui passerait son temps à s'occuper de son apparence et à satisfaire tes caprices.

— Une maîtresse parfaite serait plus à mon goût, répliqua Cesario avec un sourire sardonique. Je veux que tu réduises tes heures de travail.

— C'est hors de question !

— C'est sans doute impossible pour l'instant. Mais une fois que tu seras une associée du cabinet et non plus une salariée, tu pourras choisir tes horaires.

Totalement abasourdie, Jess le regarda en écarquillant les yeux.

— De quoi parles-tu ?

— Je vais t'acheter des parts.

— Non ! s'écria Jess d'une voix tremblante de colère. Je t'interdis de te mêler de mes affaires. Ma parole, tu es incroyable ! Dès que tu ne peux pas obtenir ce que tu veux, tu essaies de l'acheter !

— Disons plutôt que dès que je vois un problème, je trouve une solution, répliqua-t-il d'un ton glacial. Et pour l'instant, il est évident que tu as trois options.

— Trois… *options* ? répéta Jess, interloquée.

— Ou tu me laisses t'acheter des parts, ou tu demandes à travailler à temps partiel, ou bien tu donnes ta démission, énuméra-t-il tranquillement. Tu ne peux pas continuer à ce rythme infernal, dans lequel il n'y a de place ni pour un mari ni pour un enfant.

— J'ai accepté de t'épouser, pas de te laisser gouverner ma vie ! rétorqua-t-elle, de plus en plus incrédule. Et certainement pas pour que tu me dises ce que je dois ou ne dois pas faire !

— *Dio mio !* Inspire à fond, calme-toi et réfléchis à ce que je viens de te dire. Tu devras forcément procéder à des changements.

— Non, c'est hors de question !

Jamais Jess ne s'était sentie dans un tel état de rage. Apparemment, Cesario était convaincu qu'il avait le droit de s'immiscer dans sa carrière, voire d'y mettre un terme. Pour qui se prenait-il ? Après lui avoir tourné le dos, elle se dirigea vers la porte. Il fallait qu'elle s'en aille tout de suite, avant de perdre complètement son sang-froid.

— Si tu pars maintenant, ne te donne pas la peine de revenir, lança Cesario. Et sache que mon cousin Stefano et sa femme nous attendent à côté pour faire ta connaissance : ils vont déjeuner avec nous.

Comment osait-il se comporter ainsi avec elle ? songea Jess en serrant farouchement les poings. Il avait le pouvoir de la mettre dans une véritable fureur, elle qui avait toujours été réputée pour son calme et sa retenue.

— Je suis prévoyant, continua-t-il d'une voix plus douce. Par conséquent, j'envisage les éventuelles difficultés à l'avance.

Tout en s'ordonnant de garder son calme, Jess se retourna lentement vers lui.

— Je vis seule et je fais ce que je veux. Je n'ai pas l'habitude que quiconque m'impose des limites.

Cesario contempla son expression ardente en refoulant la réaction de sa libido. L'espace d'un instant, il avait vraiment cru qu'elle allait bondir sur lui comme une petite tigresse. Jessica Martin était d'un tempérament bien plus émotionnel et passionné qu'il ne l'avait pensé. Mais au lieu de l'inquiéter, cette découverte l'excitait terriblement.

— Néanmoins, tu vas réfléchir à ces options et prendre une décision, murmura-t-il.

Au son de sa voix, Jess eut la chair de poule. Totalement désarmée, en proie à un trouble irrépressible, elle sentit ses tétons durcir et la sensation désormais familière en présence de Cesario se propager dans son bas-ventre. Elle tenta aussitôt de se rassurer : c'était une pulsion sexuelle, rien de plus. Il s'agissait d'un besoin humain, aussi n'avait-elle aucune raison de s'inquiéter. Mais cette volonté de se raisonner n'eut pas l'effet escompté ; au contraire, le désir l'embrasa tout entière.

— Oui, je vais y réfléchir, dit-elle en redressant les épaules.

— Et prendre une décision.

— Et tu veux cette décision tout de suite, c'est ça ? lui lança-t-elle avant d'avoir pu se contenir. Tu es tellement impatient que c'en est ridicule !

— Nous avons beaucoup de choses à faire en un court laps de temps. Et j'ai besoin de ta coopération.

Mortifiée de ne pouvoir dompter sa colère, alors que Cesario restait parfaitement maître de lui-même, Jess hocha la tête avec raideur.

— Tu amèneras bien sûr tes protégés à Halston Hall.

Jess resta bouche bée. Pas un seul instant, elle n'avait songé à cette possibilité.

— Je ne vois pas d'autre solution, continua Cesario. Pensant que tu ne voudrais pas te séparer d'eux, j'en ai déjà parlé avec mon régisseur.

— Vraiment ?

— Bien sûr. Pourquoi voudrais-tu te compliquer la tâche et faire sans cesse l'aller-retour ? Du terrain sera mis à ta disposition dans la propriété et tu pourras faire construire des bâtiments spéciaux pour loger tes animaux. Evidemment, j'assumerai tous les frais. Je te suggère également d'embaucher un employé.

Jess sentit que sa colère était retombée.

— Autre chose ? articula-t-elle avec difficulté, toujours sous le coup de l'incrédulité.

— Après le mariage, nous séjournerons en Italie durant environ six semaines. Tu auras besoin de personnel fiable pour prendre soin de ton cheptel en ton absence.

Jess croisa les bras et poussa un long soupir — ce qui valait mieux, songea-t-elle, que de lancer quelque chose à la figure de Cesario ou de s'en aller en claquant la porte. Il pensait vraiment à tout. Aucun domaine de sa vie n'y échapperait. C'était lui qui dirigeait *toutes* les opérations, à présent. Qui dirigeait sa vie…

Cesario ressentait sur sa peau la tension incroyable qui vibrait dans l'atmosphère. Il eut envie de glisser les doigts dans la chevelure somptueuse de Jessica, de poser les mains sur ses épaules raidies pour les détendre. Il aurait voulu lui dire que si elle montrait un peu de bonne volonté, elle ne serait limitée en rien, parce qu'il était prêt à tout pour elle, à tout lui donner. Mais sa prudence naturelle reprit le dessus : pour l'instant, une telle attitude était impossible ; d'autre part, cela aurait pu lui donner des idées dangereuses.

— Viens, je vais te présenter à Stefano et à son épouse, Alice. Ce sont mes plus vieux amis, fit-il en lui posant légèrement la main sur les reins.

Immobile, Jess le regarda d'un air interrogateur. Le désir ondoyait en elle avec une telle force qu'elle eut soudain du mal à respirer normalement. Les effluves de l'eau de toilette raffinée de Cesario lui montèrent aux narines, dans une délicieuse note d'agrumes. Elle dut faire un effort pour ne pas le toucher. Son corps vibrait tout entier, comme s'il était prêt à se mêler à celui de son futur mari. Chaque fois qu'elle se trouvait ainsi tout près de lui, ses réactions étaient plus puissantes, plus enivrantes. Soudain, elle fut traversée par un désir si violent qu'il en fut douloureux.

— Oui, je sais, *cara mia*..., chuchota-t-il d'une voix incroyablement douce et sensuelle, une lueur dorée dans ses yeux bruns. Mais nous sommes attendus pour le déjeuner.

Ainsi, il savait exactement ce qu'elle ressentait, comprit Jess avec un trouble inouï. Ebranlée au plus profond d'elle-même par cette découverte, elle suivit Cesario dans un ravissant petit salon, où les attendaient son cousin et sa femme.

Stefano, un homme costaud au crâne chauve, âgé d'une trentaine d'années, se leva en lui adressant un regard à la fois pétillant et chaleureux. Assise à côté de lui sur un sofa recouvert de velours mordoré, sa femme sourit.

— J'étais vraiment très impatiente de faire votre connaissance, dit-elle avec un léger accent américain en se levant à son tour.

Jess ne put que constater la beauté éclatante d'Alice Di Silvestri, dont les longs cheveux blonds encadraient un visage fin aux traits purs et aristocratiques. Cesario lui passa le bras autour des épaules, la faisant se raidir instinctivement. Elle sourit néanmoins à ses invités.

Soudain, sa colère larvée, son anxiété et son stress s'évanouirent comme par enchantement. Après tout, elle avait traversé des épreuves bien pires qu'un mariage de convenance et y avait survécu. Par conséquent, aucune des règles que Cesario envisageait de lui imposer ne parviendrait à la briser.

5

— Tu es belle comme un cœur ! s'exclama Robert en apparaissant sur le seuil de la pièce, les yeux brillants.

En proie à une nervosité insensée, peu habituée à être l'objet de tant d'attention, Jess contempla son reflet dans le miroir de l'entrée. La maquilleuse avait fait un travail incroyable… Elle avait réussi à lui donner un air à la fois juvénile et sexy, tandis que la coiffeuse avait transformé ses boucles sombres en de douces ondulations qui caressaient ses épaules nues.

Lorsqu'elle bougea la tête, le splendide diadème offert par Cesario étincela de mille feux. Il le lui avait fait parvenir en précisant que ces diamants faisaient partie de l'héritage familial. Jess sourit ironiquement : avait-il craint qu'elle ne pense qu'il s'agissait d'un cadeau personnel ? Jamais elle n'aurait espéré un tel geste de son fiancé.

La libido de Cesario Di Silvestri était sans nul doute explosive, mais son mental froid et impitoyable. Il désirait un enfant, certes, mais ce serait à Jess d'apporter à celui-ci douceur et affection, elle en était certaine.

Son futur mari était un véritable obsédé du contrôle, doté d'une personnalité exigeante, plaçant la barre très haut dans tous les domaines. Comment avait-il pu décider d'épouser une vétérinaire de campagne, issue d'un milieu social bien inférieur au sien, alors qu'il aurait pu choisir une femme riche, fabuleusement belle et sophistiquée ?

Son principal atout était-il son corps ? A cette pensée, ses joues s'enflammèrent : Jess ne se voyait vraiment pas comme une femme fatale. Mais en quoi aurait-elle pu l'attirer, sinon par son physique ?

Autrefois, elle avait représenté un objet de désir sexuel, bien malgré elle, et cela avait failli lui coûter la vie. A ce souvenir, elle frissonna violemment.

Sa nièce et son neveu apparurent à leur tour sur le seuil de la pièce, suivis de Leondra, leur mère. L'arrivée d'Emma et Harry, âgés respectivement de quatre et cinq ans, chassa les sombres pensées de Jess. Ils étaient tellement adorables tous les deux ! Emma portait une robe de demoiselle d'honneur blanche, brodée de boutons de roses couleur framboise, tandis que son frère arborait le costume parfait du petit garçon d'honneur.

Leondra, la femme du jeune frère de Jess, avait accepté d'être la marraine de la cérémonie.

— Si seulement *il* pouvait te voir maintenant, dit gentiment Robert, tandis que Leondra parlait à ses enfants, *il* regretterait tout de suite de ne pas t'avoir reconnue.

— Je ne crois pas, répliqua fermement Jess.

A dix-neuf ans, alors qu'elle traversait une profonde crise d'identité, elle avait subi un rejet très dur de la part de son père biologique. Depuis, elle avait appris à ne plus se faire d'illusions. En revanche, elle avait compris que son vrai père était l'homme qui lui avait toujours apporté affection et soutien. Si elle n'avait pas craint de gâcher son maquillage, elle aurait pris Robert dans ses bras. Mais elle tenait à être parfaite. Pour elle-même, se dit-elle farouchement. Pas pour Cesario.

Et puis elle montrerait un jour les photos du mariage à son enfant, aussi devait-elle faire bonne figure et se concentrer uniquement sur ce but : l'enfant qu'elle aurait avec Cesario. Cela ne dissipa pour autant pas ses inquiétudes concernant la nuit de noces. Elle allait partager son intimité avec un homme qu'elle connaissait à peine…

A la pensée que Cesario allait voir ses cicatrices, son ventre se noua. Avec le temps, Jess avait réussi à s'y habituer. A présent, elle ne les trouvait même plus aussi horribles. Et puis, avec un peu de chance, il ferait suffisamment sombre pour qu'il ne les remarque pas. Néanmoins, Cesario était habitué à fréquenter des femmes somptueuses et il était perfectionniste, en tout.

Réprimant la panique qui déferlait en elle, Jess s'efforça de repousser sa peur qu'il puisse être dégoûté par son corps abîmé — certaines personnes ne supportaient pas la vue des cicatrices, elle le savait…

Lorsqu'elle fut installée dans la voiture qui la conduisait à l'église, elle refoula les pensées déstabilisantes qui menaçaient de la submerger. Elle était stupide de réagir ainsi, s'admonesta-t-elle, et ridicule de s'inquiéter à l'avance.

Le cœur battant à tout rompre, elle contempla la foule qui avait déjà pris place dans la petite église de Charlbury St Helens, décorée de superbes arrangements floraux. Par manque de place, le nombre des invités à la cérémonie religieuse avait dû être limité.

Jess aperçut Cesario, debout au pied de l'autel. Il lui parut tout à coup si grand, si sombre… Immobile à côté de son cousin, Stefano lui adressa un sourire rassurant, comme s'il avait deviné son appréhension.

Brusquement, d'une façon totalement inattendue, Jess se prit à espérer que son mariage fût *réel*. Elle s'imagina que Cesario et elle allaient s'unir par amour, par désir de partager un avenir commun. Et pourtant, l'arrangement qu'ils avaient passé n'avait rien à voir avec de l'amour ; il n'était basé au contraire que sur des intérêts réciproques. Elle se sentit soudain si seule et si triste que les larmes lui montèrent aux yeux.

— Ta fiancée est superbe, chuchota Stefano d'un ton admiratif.

Incapable de continuer à feindre plus longtemps l'indifférence, Cesario se tourna franchement pour regarder Jessica. La vision qui s'offrit alors à lui le prit totalement au dépourvu.

Elle portait une robe longue, dont la jupe évasée scintillait à chacun de ses pas, surmontée d'un bustier moulant qui mettait en valeur sa taille fine. Quand elle s'approcha de lui, ses yeux gris clair brillaient étrangement. Il sentit le souffle lui manquer. Il remarqua que sa bouche sensuelle tremblait, tandis que ses épais cheveux noirs faisaient ressortir le diadème de ses aïeules. Il reporta son attention sur l'homme qui l'avait conduite jusqu'à lui et se souvint soudain que c'était celui-là même qui avait laissé des cambrioleurs pénétrer dans sa maison…

Lorsque le regard de Jess avait croisé celui de Cesario, incandescent, une sensation troublante était née au creux de sa chair, faisant vibrer tout son corps. Le souffle irrégulier, elle se concentra sur le prêtre, qui venait de commencer à parler.

La cérémonie fut assez brève, semblable à celles auxquelles Jess avait assisté lorsque ses amies s'étaient mariées les unes après les autres. Elle ne parvenait pas encore à croire que, cette fois, c'était *elle* la mariée.

Quand Cesario lui prit la main, elle ne put réprimer un tressaillement ; lorsqu'il lui passa l'anneau d'or au doigt, sa respiration se bloqua complètement dans sa gorge. Son désormais mari se pencha vers elle et sa bouche lui effleura la joue. Puis, ils redescendirent l'allée centrale, sous le regard attendri des invités. Jess se rappela qu'elle aussi devait sourire : Sharon exceptée, tout le monde la prenait pour une mariée comblée…

— Tu es d'une beauté stupéfiante dans cette robe, *tesoro mio*, murmura Cesario dans la limousine qui filait vers Halston Hall, où allait se tenir la réception.

— Je l'ai choisie toute seule, ne put-elle s'empêcher de préciser. Melanie aurait préféré un modèle plus classique et plus sobre.

— Tu as fait le bon choix.

Se détendant un peu, Jess soupira.

— Avec toute cette effervescence, j'ai par moments du mal à croire que notre mariage ne soit qu'une simulation.

— Ce n'est absolument pas une simulation, répliqua Cesario en plissant le front.

Même si elle était en total désaccord avec lui, elle jugea préférable de garder le silence.

— Nous sommes maintenant mari et femme, et nous vivrons en tant que tels, poursuivit-il d'un ton convaincu.

— Un mariage temporaire ne pourra jamais être réel, répliqua tranquillement Jess. Souviens-toi du contrat.

Le document qu'elle avait signé deux semaines plus tôt n'aurait en effet pu être plus clair : leur union n'était qu'un arrangement commercial. Les conditions du divorce qui le clôturerait y étaient stipulées tout aussi clairement, précisant tous les détails concernant la pension et la garde de l'enfant à venir. Après avoir apposé sa signature pour sceller un tel accord, comment aurait-elle pu nourrir des illusions romantiques sur la nature de ce mariage ?

Cesario lui adressa un sourire froid.

— Pour l'instant, nous ne savons absolument pas quand notre mariage se terminera. Ce n'est pas à cet aspect de notre union que tu devrais penser en ce moment.

Mais elle n'avait pas envie de penser à l'intimité qu'il lui faudrait bientôt partager avec Cesario. Le moment venu, elle se concentrerait sur l'enfant qu'elle souhaitait désespérément tenir dans ses bras. Néanmoins, tandis qu'elle se tenait au côté de son mari pour accueillir les invités, à l'entrée du manoir élisabéthain, Jess en arriva à la conclusion que se focaliser sur le résultat — un bébé — n'empêcherait pas la nuit de noces d'advenir *concrètement*, dans la vérité des corps nus. Et Cesario jouerait un rôle essentiel dans ce processus…

Jess avait trouvé refuge dans le renfoncement spacieux d'une fenêtre. Elle avala une gorgée de champagne, espérant que l'alcool l'aiderait à se détendre et chasserait son appréhension. Cesario lui avait déjà suggéré à deux reprises de *se relaxer* : apparemment, il considérait sa timidité naturelle et sa réserve comme un défaut. La journée l'avait affreusement fatiguée, elle qui n'avait pas l'habitude de telles mondanités. Que devaient penser tous ces étrangers, avec lesquels elle s'était forcée à parler aimablement, à sourire ? Ils se demandaient sans doute ce que Cesario avait bien pu lui trouver…

S'ils avaient connu la vérité, songea-t-elle, ils n'auraient peut-être pas souri autant. Heureusement, le repas, les discours et la première danse étaient maintenant terminés, si bien que toute l'attention de l'assemblée n'était plus focalisée sur Cesario et elle.

— Je n'arrive pas à croire qu'Alice puisse jouer la comédie à ce point, fit soudain une voix féminine, avec un mépris non dissimulé. Je ne crois pas un seul instant qu'elle soit vraiment heureuse que Cesario ait enfin trouvé une épouse.

De crainte d'être vue, Jess se rapprocha encore de la fenêtre. Elle tendit l'oreille.

— Oh ! moi non plus ! approuva une autre femme. Après tout, Alice a été folle de Cesario autrefois et n'a épousé Stefano que parce que *lui*, il l'adore.

— Je peux la comprendre : après deux ans de liaison, Cesario n'a jamais manifesté le désir de s'engager. Et Alice n'était plus si jeune : n'oublie pas qu'elle a plusieurs années de plus que lui. D'ailleurs, elle n'a pas perdu de temps pour faire des enfants avec Stefano.

— J'ai entendu dire que Cesario avait été anéanti quand elle l'a quitté pour son cousin.

L'autre femme éclata d'un rire incrédule.

— Tu peux vraiment imaginer Cesario *anéanti* à cause d'une femme ? Si Alice avait autant compté pour lui, il l'aurait épousée quand il en était encore temps.

— Je ne comprends toujours pas pourquoi il ne l'a pas fait…

— Moi non plus. Mais notre Cesario est un homme singulier, comme en témoigne le choix de son épouse, fit la voix la plus méprisante. C'est vrai qu'elle n'est pas mal, mais avant de recevoir les invitations, personne n'avait jamais entendu parler d'elle.

— C'est normal : elle s'occupe des chevaux du haras !

Furieuse, Jess faillit bondir de sa cachette pour dire à ces deux pestes sa façon de penser. Oui, elle s'occupait des chevaux. Et pour devenir vétérinaire, elle avait fait de longues et difficiles études, ainsi que de nombreux stages. Mais c'était l'autre partie de la conversation qui la travaillait : ainsi, Alice et Cesario avaient autrefois été amants… Et puisque cette liaison avait duré deux ans, la superbe blonde avait dû compter pour lui. Ce qui la surprenait, c'était qu'ils soient restés amis alors qu'Alice l'avait plaqué pour Stefano.

— Je te cherchais partout ! lança sa mère en se plantant face à elle, l'air inquiet. Viens manger quelque chose. Tu n'as quasiment rien pris de la journée et tu es d'une pâleur à faire peur.

— Je me sens très bien, répliqua automatiquement Jess.

Au même instant, elle aperçut Cesario, qui dansait avec… Alice ! Tout en évoluant gracieusement sur la piste, tous deux semblaient plongés dans une discussion passionnante.

— Qu'est-ce qui ne va pas ? demanda Sharon en plissant le front.

Une fois que Jess lui eut rapporté ce qu'elle avait entendu, sa mère laissa échapper un long soupir.

— Je te l'avais dit : c'est difficile de ne pas mélanger la raison et les sentiments. Tu es à peine mariée avec Cesario que tu deviens déjà jalouse et méfiante !

A ces mots, Jess se sentit devenir écarlate.

— Bien sûr que non ! J'aimerais seulement savoir si c'est vrai.

— Alors ne fais pas attention aux commérages et interroge ton mari, lui conseilla sa mère. Si tu t'y prends bien, il sera sûrement ravi de te raconter ce qui s'est *vraiment* passé.

Elle avait raison, reconnut Jess, mais elle ne parvenait pas à s'imaginer en train de questionner Cesario sur un sujet aussi intime.

Après être retournée s'installer à sa table, elle prit la coupe de champagne que lui offrait une serveuse souriante. Charlie vint alors s'asseoir à côté d'elle ; il lui parla du jeune vétérinaire qu'il avait embauché pour la remplacer au cabinet durant son séjour en Italie.

Finalement, après avoir longuement réfléchi, elle avait décidé de rester salariée. En effet, elle ne voulait pas accéder à un statut plus confortable grâce à l'argent et à l'influence de Cesario. D'autre part, une telle ascension n'aurait pu qu'entraîner un surcroît de responsabilités, ce dont Jess ne voulait pas. Elle avait donc décidé de travailler à temps partiel, ce qui lui permettrait de continuer à exercer son métier tout en assumant les changements qui allaient survenir dans sa vie.

Au moment où Charlie s'éloignait de sa table, un homme jeune, de haute taille, aux cheveux noirs bouclés, se dirigea vers elle en souriant. Ne se souvenant pas de l'avoir vu au cours des festivités, elle fut surprise quand il l'invita à danser ; elle accepta toutefois et se leva de bonne grâce.

— Je ne crois pas vous avoir déjà rencontré, dit-elle en souriant poliment.

— Non, en effet. Je viens juste d'arriver avec quelques amis.

Puis il lui prit la main avec une politesse décontractée.

— Je me présente : Luke Dunn-Montgomery.

Jess écarquilla les yeux, avant de réprimer sa surprise et sa curiosité. Car elle savait précisément de qui Luke Dunn-Montgomery était le fils…

— Quant à moi, je sais évidemment qui vous êtes, reprit le jeune homme une fois qu'ils évoluèrent sur la piste de danse. La preuve vivante des frasques de mon père.

A cet instant, la musique s'arrêta. Jess contempla son cavalier avec stupeur.

— Je ne savais pas qu'à part lui, quelqu'un de votre famille connaissait mon existence.

— J'ai entendu mes parents se disputer à ce sujet alors que j'étais adolescent, confia-t-il. Quand elle a appris que vous existiez, ma mère est entrée dans une rage folle.

— Je ne vois pas pourquoi : je suis née bien avant le mariage de vos parents, répliqua Jess d'une voix tendue.

— En fait, ils se fréquentaient déjà à l'époque où vous avez été conçue, expliqua Luke en baissant la voix.

Une lueur amusée passa au fond de ses yeux noisette.

— J'avais juré de garder le secret.

— Je ne soupçonnais pas que les circonstances entourant ma naissance pouvaient être aussi importantes, avoua Jess avec une légère amertume.

Elle se rappela l'accueil glacial qu'elle avait reçu la seule et unique fois où elle avait tenté de faire la connaissance de son père biologique. Le digne membre du parlement William Dunn-Montgomery, figure du milieu politique, avait en effet refusé tout contact avec la fille illégitime qu'il avait eue avec Sharon Martin, alors qu'il était encore étudiant. Il avait même demandé à son avocat d'écrire à Jess pour lui conseiller de ne plus chercher à l'approcher, pas plus que sa famille. En d'autres termes, il lui avait signifié qu'elle était *persona non grata*, se souvint-elle douloureusement.

Comment avait-elle pu espérer autre chose de la part d'un homme qui avait donné de l'argent à sa mère, encore adolescente, pour qu'elle se fasse avorter ? Et qui, ensuite, avait considéré qu'il était dégagé de toute responsabilité, même après avoir appris qu'il avait une fille ?

— J'ai toujours désiré faire votre connaissance : vous êtes ma seule sœur, dit Luke. Avec ces cheveux et ces yeux, c'est fou ce que vous ressemblez au côté paternel de la famille — même si vous êtes plutôt petite !

A cette boutade, Jess ne put s'empêcher de sourire. Luke était son demi-frère, et elle était contente qu'il se soit donné la peine de venir au mariage pour faire sa connaissance.

— Je ne savais même pas qu'il y avait un Dunn-Montgomery parmi les invités ! dit-elle spontanément.

— Votre mari a rencontré mes parents quand il a acheté cette propriété, et mon père est très fier de ses relations dans le monde des affaires. Je suis sûr qu'il a envoyé des excuses fort polies pour justifier son absence. Mais il a dû recevoir un choc terrible quand il a compris qui épousait Cesario Di Silvestri. A présent, il va devoir tout faire pour vous éviter !

— Mon mari ne sait rien de mes origines, reconnut Jess. Et je n'ai pas l'intention de les lui révéler.

— Je peux comprendre que vous préfériez ne pas lui parler de mon père.

— Parfois, il vaut mieux ne pas faire resurgir les vieux secrets. Et puis, je ne vois pas l'intérêt d'aller mettre quiconque dans l'embarras.

Comprenant l'allusion, Luke changea de sujet et l'entraîna dans une valse, tout en répondant volontiers à ses questions. Avec l'assurance d'un enfant unique et choyé, il expliqua que, selon la tradition familiale, il achevait son droit dans le but de devenir avocat, comme son père et son grand-père avant lui.

Par-dessus l'épaule d'Alice, Cesario aperçut sa femme en train de danser avec un jeune bellâtre. Le visage de Jessica rayonnait de plaisir. Soudain, il faillit trébucher : Jessica riait ! C'était la première fois de la journée qu'il la voyait se détendre. Visiblement, elle appréciait la compagnie de ce dandy, nota-t-il avec irritation.

Leur danse terminée, Luke prit congé de Jess. Aussitôt, Sharon se précipita vers elle, l'air très inquiet.

— De quoi parlais-tu avec le fils Dunn-Montgomery ?

— Il sait tout, répondit Jess en riant. Et il n'aurait pas pu se montrer plus aimable, je t'assure.

— Ses parents ne vont pas apprécier son initiative, fit sa mère en fronçant les sourcils.

— Ce n'est pas mon problème.

— Fais attention, insista Sharon d'un ton anxieux. La famille Dunn-Montgomery tient à sa réputation et…

— Les temps ont changé, maman, l'interrompit-elle d'un ton rassurant. Les Dunn-Montgomery ne sont plus les seigneurs du manoir et les gens d'ici ne sont plus forcés de s'incliner sur leur passage.

Luke vint les rejoindre avec deux coupes de champagne.

Sharon s'éclipsa après un bref salut, embarrassée. Son demi-frère prit Jess par le bras pour la présenter à ses amis. De plus en plus détendue, grâce notamment au champagne, elle découvrit bientôt que ceux-ci étaient très drôles. Alors qu'elle riait comme une folle à la plaisanterie de l'un d'eux, Cesario s'approcha de leur table.

Après avoir salué chacun des jeunes gens avec une politesse glaciale, il la prit fermement par le coude pour la forcer à se lever de sa chaise, puis l'entraîna rapidement.

Furieuse de cette vigoureuse intervention, Jess lui adressa un regard désapprobateur.

— Peux-tu m'expliquer ce qu'il se passe ?

— Il est temps que nous nous retirions.

— Mais nous ne partons en Italie que demain matin ! protesta-t-elle.

Elle redoutait surtout plus que tout le moment de se retrouver seule avec son mari.

— Il est plus de minuit et nos invités commencent à partir. Mais tu étais tellement occupée à flirter que tu ne t'en es sans doute pas rendu compte…

— Je ne suis pas Cendrillon, l'interrompit sèchement Jess. Et je ne flirtais pas !

— Tu n'as pas cessé de flirter avec Luke Dunn-Montgomery pendant une heure ! Bon sang, je t'entendais rire depuis l'autre extrémité de la pièce !

Jess s'immobilisa sur le palier au premier étage avant de se tourner vers Cesario avec fureur. Elle brûlait de lui révéler la vérité, mais elle s'en abstint farouchement. Pourquoi aurait-elle raconté que Luke était son demi-frère, qu'elle était émue qu'il ait cherché à la rencontrer et qu'il l'avait traitée comme une sœur ? Elle ne lui devait aucune explication. Il l'avait épousée, mais cela ne l'autorisait pas à accéder à ses secrets les plus intimes, les plus pénibles ou les plus embarrassants.

— Pour être franche, ça m'a fait un bien fou de rire !

répliqua-t-elle vivement. Il y a longtemps que je n'en avais pas eu l'occasion.

— Je l'avais remarqué ! fit Cesario en ouvrant une large porte.

Jess s'arrêta sur le seuil. Eclairés par le feu crépitant dans la haute cheminée, de beaux meubles anciens luisaient paisiblement dans la vaste pièce, ressortant sur des murs clairs.

Jusqu'alors, elle n'avait jamais eu l'occasion de monter dans les étages de Halston Hall. La somptuosité tranquille de cette chambre formait un contraste saisissant avec la modernité du rez-de-chaussée.

— Que veux-tu dire exactement ? répliqua-t-elle en s'efforçant de prendre un ton détaché.

Mais aussitôt, un vertige lui monta à la tête, si intense qu'elle dut se raccrocher à la poignée de la porte pour ne pas perdre l'équilibre. Avait-elle bu trop de champagne ? se demanda-t-elle en sentant des gouttes froides perler à son front.

— Qu'en dépit de mes efforts pour satisfaire tes désirs, tu t'es conduite comme une épouse boudeuse qui n'en a fait qu'à sa tête ! riposta Cesario d'un ton réprobateur.

Il revit le visage animé de sa femme tandis qu'elle bavardait joyeusement et riait avec ce gandin de Dunn-Montgomery.

— Je suis humaine, donc imparfaite. Tu es surpris de cette découverte ? riposta-t-elle en titubant légèrement.

Quand Jessica voulut refermer la porte, elle la poussa si fort qu'elle claqua bruyamment et le fit sursauter. Décidément, elle semblait décidée à se comporter comme une gosse gâtée, se dit Cesario, irrité. Certes, il était prêt à reconnaître qu'il pouvait se montrer arrogant et exigeant, mais il avait fait des efforts sincères pour adoucir les conditions de leur mariage. Sans compter qu'il avait dû prendre sur lui pour refouler ses instincts et ne pas intervenir pour mettre un terme à son flirt ouvert avec Dunn-Montgomery.

— Alice, elle, est parfaite, j'imagine. Pourquoi as-tu renoncé à elle ? lui lança soudain Jess.

Stupéfaite de l'avoir interrogé aussi franchement, elle se tut, craignant sa réaction.

— Pourquoi me poses-tu cette question ? demanda-t-il, visiblement déstabilisé.

— J'ai entendu deux invitées bavarder alors qu'elles se croyaient seules. C'est comme ça que j'ai appris que tu avais entretenu une liaison avec Alice avant qu'elle n'épouse ton cousin.

— C'est vrai, concéda-t-il d'une voix crispée. Mais il n'est pas bon d'écouter les commérages malveillants. La vérité, c'est que j'ai fait vivre un véritable enfer à Alice. C'est même incroyable qu'elle soit restée aussi longtemps avec moi. En tout cas, il a fallu qu'elle me quitte pour que je comprenne que je l'aimais. Mais à ce moment-là, elle était déjà fiancée à Stefano. Jamais je n'aurais voulu interférer entre eux. Ils sont très heureux ensemble.

Horriblement embarrassée, Jess se sentit pâlir. Elle n'aurait jamais dû poser une question aussi personnelle à Cesario, d'autant qu'elle aurait appris la vérité tôt ou tard. Il avait aimé Alice. Il l'aimait peut-être même encore. Mais il s'était effacé, pour respecter le bonheur de son cousin et de son ex. Cette clarification n'apaisa pourtant pas ses inquiétudes.

Mais après tout, pourquoi s'inquiéter ? se raisonna-t-elle. En quoi cela lui importait-il que Cesario soit amoureux d'une femme mariée à un autre ? En rien. Leur mariage, ou plutôt leur *projet*, n'était pas basé sur des sentiments.

— Au fait, je ne boudais pas ce soir, dit-elle, tout en soulevant sa jupe pour se débarrasser enfin de ses escarpins.

Mais au moment où, en équilibre sur un pied, elle allait ôter le second, elle perdit l'équilibre et heurta une table. Le bouquet trônant sur celle-ci se trouva projeté dans l'air pendant que le vase tombait bruyamment au sol.

— Si, tu boudais ; et en plus, tu as trop bu ! lui fit remarquer Cesario en grimaçant.

Il redressa la table d'une main impatiente.

— Je suis peut-être un peu pompette, mais je ne boudais pas, insista obstinément Jess. Si tu me connaissais mieux, tu saurais que je suis vraiment timide et peu bavarde. Et comme je n'aime pas non plus me retrouver au milieu de la foule, cette journée a représenté une véritable épreuve pour moi.

Cesario se rapprocha d'elle et la regarda dans les yeux. Une lueur brûlante couvait au fond des siens, remarqua-t-elle en tressaillant nerveusement.

— Je pensais que toutes les femmes adoraient les mariages…

Le ventre de Jess s'embrasa tandis que ses tétons se dressaient sous son bustier ajusté. Le visage en feu, elle soutint son regard avec difficulté.

— Je ne t'aime pas, Cesario, et toi non plus, tu ne m'aimes pas. Mais maintenant que nous sommes seuls dans cette chambre, tu t'attends à ce que…

Elle s'interrompit brusquement et baissa les yeux.

— Eh bien, puisque tu es mon mari, poursuivit-elle, tu attends ce à quoi tu as droit. Je n'ai pensé qu'à cela toute la journée, et je…

— Moi aussi, *tesoro mio.*

Elle vit une lueur flamber dans ses yeux avant qu'il ne se penche pour ramasser le vase, dont l'eau s'était répandue sur le tapis. Après l'avoir posé sur la table, il passa fermement un bras autour de sa taille et l'attira vers lui. Elle ne put éviter de se crisper.

— Pourtant, je te désire sobre et consentante…, murmura-t-il.

Jess soutint son regard, emplie d'un désir flamboyant. Sans pouvoir s'en empêcher, elle se haussa alors sur la pointe des pieds et appuya sa bouche sur celle de son mari. Cesario la pressa alors sauvagement contre lui. Son cœur martelait dans sa poitrine et, quand il glissa sa langue entre ses lèvres en un assaut d'un érotisme inouï, elle lui répondit avec fièvre, comme si elle avait attendu ce moment toute sa vie.

— Il y aura d'autres nuits, *bella mia*, chuchota Cesario en écartant d'elle son beau visage, un éclat sardonique au fond des yeux.

Puis il la repoussa doucement avant de se diriger vers la porte.

*
* *

Tremblante, en proie à une excitation insensée, Jess contempla la porte qui venait de se refermer sur son mari. *Je te désire sobre et consentante...* Comment avait-elle pu se comporter ainsi ? Elle avait accepté ce mariage, signé un contrat, et ce n'était pas dans ses habitudes de tricher. Peu importait que Cesario aime Alice ; peu importait même qu'il la prenne pour une mariée insolente et boudeuse. Ils avaient passé un arrangement et elle venait de manquer à sa promesse. Elle se le reprocha, impitoyable avec elle-même, tout en s'extirpant avec difficulté de sa robe.

Après s'être démaquillée, elle se coucha dans le grand lit à baldaquin. Elle resta longtemps immobile, les yeux grands ouverts, car, chaque fois qu'elle tentait de les fermer, la pièce tournait sur elle-même derrière ses paupières closes, lui donnant une nausée épouvantable...

6

Le lendemain après-midi, vêtue d'une élégante jupe en lin blanc, d'un haut assorti et d'une veste turquoise, lunettes de soleil posées sur le nez, Jess monta à bord du luxueux jet privé de Cesario.

Elle souffrait encore d'une migraine effroyable suite à ses excès de champagne et n'avait quasiment pas dormi de la nuit.

Au cours de ces longues heures de solitude, elle avait repensé aux paroles critiques que lui avait adressées Cesario. Il lui avait offert une robe de rêve, lui-même était un mari sublime et la cérémonie puis la réception s'étaient avérées fort réussies. Mais elle n'avait pas eu d'amour, ni l'attention et les mots doux que toute femme était en droit d'attendre le jour de son mariage. Résultat, elle s'était sentie envahie par une désillusion atroce et la sensation affreuse d'avoir été prise au piège. Elle n'avait compris la teneur de son mariage avec Cesario Di Silvestri *qu'après* qu'ils eurent tous les deux prononcé leurs vœux. Mais à l'aube, elle était arrivée à la conclusion qu'ayant accepté cet arrangement, elle devait désormais le respecter.

Cesario la rejoignit à bord du jet ; il revenait d'un rendez-vous matinal à Londres.

— Bonjour, Jessica…, murmura-t-il en s'arrêtant devant son siège.

— Bonjour.

— Je crois que les lunettes de soleil ne sont pas indispensables, fit-il d'un ton légèrement moqueur.

En effet, la pluie commençait à battre le hublot, remarqua Jess en tressaillant. Prenant son courage à deux mains, elle ôta ses lunettes, en sachant que Cesario allait voir ses paupières rouges et gonflées — en dépit du fond de teint qu'elle avait appliqué soigneusement pour se donner meilleure mine.

— Et dénoue tes cheveux, s'il te plaît, poursuivit-il. Je les préfère libres, *tesoro mio.*

— Je n'ai pas eu le temps de m'en occuper ce matin ; c'est pour cela que je les avais attachés, répliqua-t-elle en ôtant néanmoins sa pince.

A cet aveu, un léger sourire se forma sur la bouche sensuelle de son mari. Il se pencha vers elle et passa doucement la main dans la masse épaisse qui tombait à présent sur ses épaules.

— Tu n'as pas besoin d'y faire quoi que ce soit. Ils sont superbes et je les préfère naturels.

Jess doutait qu'il sache véritablement ce qu'était le *naturel*… La veille, elle avait eu tout loisir d'observer les invitées et d'apprécier le degré de sophistication des femmes qui entouraient habituellement Cesario. Si elle voulait ne serait-ce qu'essayer de les égaler, elle aurait fort à faire !

— A propos d'hier soir…, commença-t-elle d'une voix mal assurée.

— Oublie hier. C'est déjà du passé, répliqua Cesario d'une voix douce en s'installant à côté d'elle.

Elle ne put s'empêcher de contempler son profil, fascinée par le relief de ses hautes pommettes, par la pureté du dessin de son nez, par la ligne parfaite de sa bouche sensuelle. L'homme qu'elle avait épousé était vraiment d'une beauté stupéfiante…

— Dis-moi où nous allons, demanda-t-elle en se tournant vers le hublot.

— A Collina Verde. C'est la maison de campagne où j'ai passé mes premières années, avec ma mère. Elle est située dans les collines au-dessus de Pise. C'est très beau là-bas, tu verras.

— Qu'est-il arrivé à ta mère ? demanda-t-elle doucement.

Cesario pinça les lèvres.

— Elle est morte d'une overdose alors que j'avais sept ans.

— C'est tellement triste ! s'exclama-t-elle en se tournant vers lui avec stupeur. Cela a dû être très dur pour toi d'assumer cette perte à un aussi jeune âge.

— J'ai rejeté la responsabilité de son acte sur mon père, fit Cesario d'un ton méprisant. Il avait un nombre incroyable de liaisons extraconjugales ; lui et ma mère vivaient séparément à l'époque. Il me faisait de grands discours pour se justifier : il a dit qu'il n'y pouvait rien, qu'il *avait ça dans le sang* et que je serais comme lui.

Un éclat farouche traversa son regard sombre.

— En tout cas, il n'était pas plus fait pour être père qu'il ne l'avait été pour être un mari. Il détestait être lié. Il se comportait en rival avec moi et il a très mal vécu de vieillir. Rien de ce que je faisais n'était jamais assez bon à ses yeux.

Ainsi, Cesario avait grandi dans un milieu bien moins heureux qu'elle, comprit Jess en assimilant ses paroles. Après ces confidences, il resta muet et elle ne lui posa plus aucune question, respectant son silence. Un peu plus tard, ils prirent une légère collation avant d'atterrir à l'aéroport Galileo Galilei de Pise.

Le soleil brillait encore quand ils montèrent dans la limousine qui les attendait sur le tarmac. En ce début de soirée, il faisait bien plus chaud qu'à Charlbury St Helens. Après avoir quitté rapidement l'aéroport, le véhicule gagna la campagne toscane. Jess aperçut bientôt les collines qui se dressaient au loin, couvertes des rangées régulières et vertes des vignes, interrompues çà et là par les taches argentées des feuillages d'oliviers. Toutes les maisons étaient construites en pierre orangée et les villages médiévaux qui s'étalaient au sommet des collines étaient d'une beauté et d'un pittoresque prodigieux.

Entourée de forêt, Collina Verde était une villa de taille

imposante, mais moins intimidante que Jess ne s'y était attendue. Il s'agissait visiblement d'une ancienne ferme fortifiée bâtie en haut d'un mont, qui dominait un éventail de paysages d'une beauté à couper le souffle.

Lorsque Jess sortit de la limousine, elle se sentit aussitôt envahie par une délicieuse sensation de bien-être. Baissant un instant les paupières, elle offrit son visage à la brise légère qui lui caressait les cheveux.

— C'est très beau, murmura-t-elle en rouvrant les yeux.

A cet instant, un chœur de jappements et d'aboiements familiers se fit entendre. Jess pivota sur elle-même et resta sans voix : ses six chiens traversaient bruyamment la cour pavée pour venir l'accueillir.

— Ça alors ! Comment sont-ils arrivés ici ? demanda-t-elle, incrédule, à Cesario. C'est toi qui as organisé cela ?

— Oui, avec l'aide de ta mère. Je sais que tu avais prévu de les laisser, et je suis sûr qu'ils auraient été très bien traités en ton absence, mais je sais aussi à quel point tu leur es attachée.

Une telle reconnaissance illumina le regard de sa femme que Cesario se sentit largement récompensé de ses efforts.

— Je… Je n'en reviens pas ! avoua-t-elle en se penchant pour caresser les chiens, qui se bousculaient autour d'elle en manifestant leur joie.

Cesario contempla les empreintes de pattes qui maculaient à présent sa jupe blanche. Mais au même instant, Jessica se redressa et lui adressa un sourire radieux. L'ensemble en lin qu'il avait payé une fortune n'avait pas réussi à l'impressionner mais en faisant venir ses chiens en Italie, il avait visiblement réussi à la combler.

— Je sais que tu n'es pas fou des chiens, reprit-elle. Alors, c'est vraiment gentil et attentionné de ta part de…

— Tu ne t'attendais pas à ce que je sois capable d'un tel geste, *tesoro mio* ? l'interrompit-il d'une voix douce.

— Non, je le reconnais, dit-elle sans hésitation. Mais je me trompais.

Cesario fut alors traversé par un léger accès de culpabilité : il n'avait fait que donner des instructions à son personnel, qui s'était occupé de toutes les démarches nécessaires pour organiser le transport des animaux.

— Hugs est tellement perturbé quand il ne me voit pas, expliqua Jess en caressant les oreilles du grand chien-loup.

Cesario remarqua qu'il regardait sa maîtresse avec une véritable adoration.

— Et Magic ne supporte pas de ne pas pouvoir communiquer, ajouta-t-elle.

Etalé sur le sol les quatre pattes en l'air, le terrier écossais offrait son ventre aux caresses.

— Comment cela ? demanda Cesario en fronçant les sourcils.

— Il est sourd, et l'homme que j'ai embauché pour s'occuper du refuge ne connaît pas la méthode de communication non verbale. C'est une sorte de langue des signes pour chiens, expliqua-t-elle.

Elle fit un signe de la main et aussitôt, le terrier roula sur le dos et s'assit en la regardant de ses petits yeux noirs. Cesario en resta coi, puis éclata de rire.

— Je n'ai jamais eu d'animal domestique, dit-il en lui prenant le coude pour l'entraîner vers la maison. Mon père détestait les animaux. Les seuls que j'aie vraiment approchés, ce sont les chevaux.

A cet instant, un grand chien de chasse squelettique nicha son long museau dans sa main.

— Ça alors ! s'exclama Jess avec surprise. Autrefois, quelqu'un l'a maltraité si bien qu'en général, Weed ne fait confiance à personne.

Résistant au désir de repousser ce témoignage d'affection un peu exagéré à son goût, Cesario pénétra dans sa villa, tandis que Weed restait collé à lui comme son ombre.

Une gouvernante vint les accueillir. Il fit les présentations. Elle s'appelait Agostina. Dès qu'elle se fut retirée, Jess demanda à Cesario s'il voulait bien qu'elle fasse seule un tour de la villa.

Après lui avoir adressé un regard indéchiffrable, il se contenta de hocher la tête en silence.

La bâtisse dégageait un charme et un romantisme incroyables, constata-t-elle en s'avançant sur les vieux pavés en terre cuite usés. Visiblement astiqués avec soin, ceux-ci luisaient doucement dans de vastes pièces aux plafonds de bois voûtés. De confortables sofas et de solides meubles campagnards étaient disposés avec art, leurs teintes sombres ressortant sur des murs peints en blanc, mais ornés par endroits de superbes tentures aux couleurs vives.

Plusieurs portes, hautes et étroites, donnaient sur une terrasse surplombant la vallée. Là, une table et des chaises semblaient attendre que l'on s'y installe, à l'ombre d'un immense marronnier.

Après avoir ordonné à ses chiens de l'attendre au bas de l'escalier, Jess gravit les marches de bois patinées par le temps. Leurs bagages avaient été déposés dans deux chambres différentes, remarqua-t-elle, sans savoir si cela lui plaisait ou non. Elle se souvint alors qu'il s'agissait d'un arrangement d'affaires, pas d'une véritable lune de miel. Cette pensée l'attrista. Que son corps soit associé à un *arrangement d'affaires* lui déplaisait profondément.

Après être sortie sur un balcon protégé par une balustrade aux beaux motifs forgés, elle admira la vue somptueuse qui s'offrait à ses yeux.

— Il va falloir que tu protèges ta peau du soleil, fit soudain la voix de Cesario derrière elle.

— Cette maison est vraiment superbe ! répliqua-t-elle en se retournant vers lui.

Un sourire paresseux étira ses lèvres sensuelles.

— Je suis content que nous soyons d'accord sur ce point. Je l'ai fait rénover l'année dernière : c'est l'endroit idéal pour une lune de miel.

Aussitôt, Jess se sentit rougir. Cesario lui prit les mains et l'attira doucement vers lui.

— Il n'en faut pas beaucoup pour te faire rougir, *tesoro mio*, murmura-t-il en dardant son regard brûlant sur son visage.

Lorsque la bouche de Cesario prit possession de la sienne, Jess eut l'impression que l'univers cessait d'exister autour d'eux. Incapable de résister au tourbillon de volupté qui l'enveloppait, elle s'abandonna aux ondes délicieuses qui la traversaient. Et quand Cesario referma les mains sur ses hanches pour la serrer contre lui et que sa langue se livra à des caresses enivrantes, elle sentit fléchir ses jambes.

Le souffle court, il écarta légèrement son visage du sien.

— Avec toi, rien n'est jamais certain, n'est-ce pas ? chuchota-t-il.

Jess resta un instant silencieuse. A présent, le désir la consumait si violemment qu'il annihilait toutes ses craintes et tous ses doutes. Son corps voulait se mêler à celui de Cesario et réclamait l'assouvissement.

— Je ne sais pas…, fit-elle d'une voix tremblante.

— Mais tu en as envie autant que moi, non ? reprit-il d'une voix rauque.

— Oui, murmura-t-elle.

— *Sì*. Ce sera ton premier mot d'italien, *moglie mia*.

— *Sì*, répéta-t-elle docilement. Mais que veut dire *moglie mia* ?

— « Ma femme », traduisit Cesario. C'est ce que tu es.

Pour une raison mystérieuse, ce fut la première fois, grâce à ces deux petits mots, que Jess se sentit vraiment mariée.

Elle sourit, s'autorisant à savourer la chaleur qui envahissait son corps et la douce moiteur qui gagnait sa féminité. A présent, elle ne voulait plus songer à ses cicatrices. Aussi, lorsque son mari dégrafa son bustier en lin, dévoilant son soutien-gorge blanc et turquoise, Jess se laissa-t-elle faire ; puis, sans la moindre hésitation, elle commença à déboutonner sa chemise. Mais, après avoir écarté les pans de tissu couleur ivoire, révélant une peau brunie par le soleil et couverte d'une douce toison brune, la timidité s'empara de nouveau d'elle.

Cesario reprit avec passion la bouche de Jessica ; puis il caressa langoureusement le contour de ses lèvres du bout de la langue. Il en désirait davantage, il désirait *tout* de cette femme, songea-t-il, gagné par une faim insatiable. A cet instant, il la sentit trembler contre lui et soupira de ravissement. La spontanéité de ses réactions lui procurait une fraîcheur qu'il avait crue perdue pour toujours.

Ivre des baisers de Cesario, Jess ferma les yeux en sentant son érection palpiter contre son ventre. Ainsi, elle avait le pouvoir de l'exciter à ce point…, songea-t-elle avec émerveillement.

Il fit glisser la fermeture Eclair de sa jupe et celle-ci tomba autour de ses chevilles ; alors, il la souleva dans ses bras pour la déposer sur l'immense méridienne recouverte de soie damassée jaune d'or. Quand elle fut assise, il lui caressa le dos, avant d'arrêter son geste en fronçant les sourcils.

— As-tu été blessée ? demanda-t-il en effleurant le relief d'une cicatrice.

Jess frissonna mais ne chercha pas à lui dissimuler son dos, si bien que Cesario put contempler sa peau dénudée.

— *Dio mio !* s'exclama-t-il d'une voix sourde. Que t'est-il arrivé ?

Jess s'allongea sur le dos et posa la main sur la cicatrice qui s'étalait entre sa poitrine et son nombril.

— Il y a aussi celle-ci.

Cesario regarda la ligne blanche qui marquait cruellement sa peau laiteuse.

— Ces blessures auraient pu être mortelles, n'est-ce pas ? demanda-t-il dans un souffle.

— J'ai été attaquée… au couteau… quand j'étais étudiante. J'ai perdu presque tout mon sang, répondit-elle d'une voix mal assurée.

Puis elle serra les lèvres ; une telle terreur se lisait au fond de ses yeux que Cesario renonça à lui poser d'autres questions. Il haussa une épaule d'un air détaché, comme s'il voyait tous les jours des cicatrices laissées par des coups de couteau sur le corps de ses maîtresses. Puis il se tourna à demi pour ôter sa chemise et ses chaussures. En réalité, il voulait cacher à Jessica les émotions qui rugissaient en lui à l'idée qu'elle avait été agressée de la sorte. Jessica était si petite, si délicate. . Mais peut-être avait-elle justement représenté la cible idéale, songea-t-il sombrement.

— Excuse-moi, je préfère ne pas en parler, reprit-elle avec embarras.

Elle avait serré les poings, comme si le simple fait de dire ces mots représentait un défi terrible pour elle.

— J'aurais peut-être dû te prévenir, poursuivit-elle. Je sais que mes cicatrices sont hideuses…

Après s'être débarrassé de son pantalon, Cesario s'installa à côté d'elle et pencha la tête vers la cicatrice blanche de son ventre. Le cœur battant à tout rompre, Jess tressaillit violemment quand il posa les lèvres sur la marque indélébile.

— Non, elles ne sont pas hideuses, murmura-t-il. Elles font partie de toi, c'est tout. Je suis désolé que tu aies dû vivre une telle épreuve. Et je n'avais vraiment pas besoin d'être prévenu, *tesoro mio*.

Jess ne fut qu'à moitié convaincue de la sincérité de ses paroles, mais à présent, presque toute sa tension avait disparu.

— Tu vois, je suis loin d'être une poupée parfaite !

— Aurais-tu oublié que je te désirais déjà alors que tu portais une vieille veste pleine de taches et des bottes maculées de boue ? lui rappela doucement Cesario. Et qu'en plus, tu traînais avec toi une meute de chiens…

— Je suis surprise que tu n'aies pas prévu de leur faire subir un relooking complet dans un institut de beauté canin réputé, se moqua gentiment Jess en lui offrant ses lèvres.

Ce nouveau baiser lui procura des sensations si exquises qu'elle se demanda comment elle avait pu vivre sans connaître de tels plaisirs — et sans connaître Cesario.

Peu à peu, elle se rendait compte qu'il était bien plus profond qu'elle ne l'avait pensé, plus qu'un riche homme d'affaires, propriétaire du luxueux manoir où elle se rendait régulièrement pour soigner ses chevaux de race.

Tout en l'embrassant, Cesario lui ôta son soutien-gorge. Il effleura ses tétons durcis avec un art divin, les caressa, les fit rouler entre ses doigts avant de tracer des petits cercles autour des pointes dressées. Quand il écarta sa bouche de la sienne pour prendre un mamelon gorgé de plaisir entre ses lèvres, Jess laissa échapper un long gémissement.

Cesario la caressa de sa bouche et de sa langue jusqu'à ce qu'elle halète sans plus aucune retenue.

— Je veux que cet acte reste un moment inoubliable pour toi, dit-il d'une voix rauque en se redressant. Mais cela sera peut-être douloureux.

— Vas-y, murmura-t-elle avec appréhension.

Il lui sourit avec une telle expression au fond des yeux que Jess tressaillit au plus profond d'elle-même.

— Certainement pas. Un bon amant ne brusque jamais une femme, dit-il en faisant rapidement descendre sa culotte sur ses jambes.

Puis il glissa les doigts dans les boucles de son mont de Vénus pour y chercher le bourgeon frémissant de plaisir. Lentement, il le caressa, tandis que Jess soulevait d'instinct les hanches. La volupté qui avait pris possession d'elle la choqua par son intensité. C'était presque trop violent pour rester supportable.

Cesario se redressa de nouveau et la regarda, les yeux étincelants. Il était l'incarnation même de la virilité, songea Jess en admirant son large torse et les muscles plats de son ventre. Il ôta son boxer, révélant son sexe impérieusement dressé ; Jess laissa échapper un petit cri, impressionnée.

— Je promets d'être doux, dit-il, une lueur amusée au fond des yeux.

Il lui prit alors la main et la posa sur son membre. Jess referma les doigts autour de sa chair tiède, à la fois ferme comme de l'acier et douce comme du velours. Une onde de sensualité la traversa et lorsque Cesario reprit sa bouche avec fougue, elle lui répondit avec la même passion.

Tout en l'embrassant, il continuait à la caresser, s'aventurant de plus en plus loin en elle. Jess se mit à gémir. Son désir était maintenant si puissant qu'elle eut soudain l'impression que si Cesario ne l'apaisait pas, elle allait mourir.

Comme s'il l'avait deviné, il s'installa entre ses cuisses. Lentement, il la pénétra, avant de se retirer presque aussitôt. Puis il recommença, un peu plus vigoureusement. Cette fois, ce fut douloureux, si bien que Jess ne put réprimer un cri. Cesario s'immobilisa alors en la regardant, les yeux emplis d'un éclat doré.

— Pardon, *tesoro mio*, chuchota-t-il en lui écartant doucement une mèche de cheveux du front. La douleur va s'atténuer, j'espère…

Quand son intimité se resserra autour de la virilité de Cesario, il poussa une plainte rauque qui excita terriblement Jess. Il bougeait légèrement, s'enfonçant en elle avec un érotisme inouï. Bientôt, elle ne sut plus où son propre corps finissait et où commençait celui de son amant.

Peu à peu, elle s'accorda à son rythme. Il accéléra ses va-et-vient et tout à coup, les vagues de plaisir qui l'électrisaient semblèrent se soulever et s'unir pour former un raz-de-marée, qui emporta Jess dans un territoire totalement inconnu. Des sensations incroyables l'éblouirent, auxquelles elle s'abandonna complètement en fermant les yeux. C'était prodigieux… Ensuite, elle se sentit retomber doucement, puis se laissa flotter dans une douce torpeur.

Quand elle souleva les paupières, Cesario la regardait avec une intensité farouche, une main refermée sur la sienne. Les mâchoires serrées, la peau luisante, il resta immobile.

— Ne me regarde pas ainsi. N'oublie pas notre arrangement, dit-il dans un souffle. Je ne t'ai pas demandé d'amour et je n'en veux pas. Nous partagerons un lit, rien de plus, jusqu'à ce qu'un enfant nous vienne.

Jess eut l'impression d'avoir été giflée. Evidemment, un

homme comme Cesario percevait le moment exact où une femme risquait de s'attacher un peu trop à lui. Elle afficha une expression détachée, mais en réalité, la colère et la souffrance l'étreignaient avec une force égale à celle de la volupté qui venait de l'emporter.

— Ne t'en fais pas, je n'ai pas d'amour à t'offrir, dit-elle d'un ton neutre. J'aime ma famille, mes animaux et un jour, j'aimerai mon enfant. Cela me suffit. En ce qui concerne les émotions, j'ai les pieds sur terre, ne crains rien.

Un petit muscle tressaillit imperceptiblement sous sa joue tandis qu'il soutenait son regard sans ciller.

— Je ne veux pas que tu souffres, c'est tout.

— Je suis forte. Bien plus que tu ne le crois, répliqua Jess.

Puis, sur un ton exagérément poli, elle ajouta en souriant :

— Passes-tu la nuit avec moi ou faisons-nous chambre à part ?

Il se redressa brutalement, comme si elle lui avait donné un coup dans les côtes.

— Ma chambre est juste à côté.

— Bonne nuit, alors, dit-elle doucement.

— *Buona notte*. Dors bien, répliqua-t-il en quittant le lit.

Puis, après avoir ramassé ses vêtements au passage, il disparut par la porte de communication qui reliait leurs deux chambres.

Dès qu'il fut parti, Jess alla prendre une douche rapide dans la superbe salle de bains attenante, équipée de tout le confort moderne. Ensuite, elle descendit s'occuper de ses chiens avant de revenir s'effondrer sur son lit.

Les effluves désormais familiers d'agrumes et de bergamote imprégnaient l'oreiller. Fermant les yeux, ivre de l'odeur de Cesario, elle s'efforça de ne plus penser à cet homme, qui venait de lui faire vivre l'un des moments les plus intenses de sa vie.

Son mari était un amant fabuleux, se dit-elle. Elle avait vraiment de la chance. Mais aussi incroyablement beau et sexy qu'il soit, elle ne tomberait pas amoureuse de lui. Ne serait-ce que parce qu'il l'avait prévenue dès le départ qu'il ne serait jamais question d'amour entre eux. Et puis n'avait-elle pas un *contrat* à respecter, pour mener à bien leur *projet* ?

Soudain, Jess se demanda si Cesario avait vraiment aimé Alice. Peut-être même l'aimait-il encore… Cela pourrait expliquer sa détermination à préserver leur arrangement de toute implication émotionnelle.

Jess s'installa confortablement sur le côté. Que son mari soit ou non amoureux d'une autre ne changeait rien à l'affaire. Une seule chose comptait : l'enfant que, avec un peu de chance, elle porterait bientôt.

Calmée par la perspective de voir son rêve enfin réalisé, elle sombra bientôt dans le sommeil.

7

Une douleur atroce vrilla le crâne de Cesario. Il avait déjà pris la dose prescrite d'analgésique, mais ses effets ne se faisaient pas encore sentir. En fait, il lui aurait fallu un whisky ; or, il savait très bien que prendre de l'alcool n'était pas du tout recommandé avec ce type de médicament. Il se massa les tempes et essaya de détendre les muscles de son cou, tout en s'efforçant de supprimer les pensées négatives qui menaçaient de le submerger. Il avait été prévenu que l'intensité de ces fichus maux de tête pourrait augmenter, mais celui-ci était particulièrement féroce…

Depuis les paroles qu'il avait prononcées après leur première étreinte, sa femme le prenait sans doute pour un type froid et brutal ; pourtant, il se félicitait d'avoir reprécisé les limites de leur relation. Il ne voulait pas avoir mauvaise conscience et surtout, il ne désirait pas faire souffrir Jessica. Surpris, il se rendit compte qu'il n'avait pas pensé à cela avant de l'épouser. Etait-il aussi égoïste et concentré sur ses intérêts pour n'avoir même pas envisagé qu'il pourrait la blesser ? Probablement, conclut-il.

Cependant, leur mariage n'était qu'un arrangement. Et Jessica était parfaitement d'accord avec lui sur ce point depuis le début. Même s'il la sentait vulnérable, et engoncée dans ce contrat marital, Cesario avait de son côté payé le prix fort en acceptant la perte de son tableau et en renonçant à toute poursuite contre Robert Martin.

Il soupira et, résolutions en berne, se servit un whisky — tout en sachant qu'il se condamnait ainsi à une nuit blanche.

Jess fut réveillée par un tintement de porcelaine ; quand elle ouvrit les yeux, elle vit une servante, qui se tenait en souriant au pied de son lit. Elle contempla les mets appétissants disposés sur le grand plateau que portait la jeune femme, accompagnés d'une rose rouge se dressant fièrement dans un beau vase ancien de verre soufflé.

Tout en repoussant ses cheveux de son visage, Jess se redressa sur son séant et s'appuya aux oreillers. Après avoir posé le plateau sur la table de nuit, la bonne ouvrit les rideaux, puis les portes donnant sur le balcon, laissant ainsi entrer le soleil et une bouffée d'air frais.

Jess se rendit alors compte qu'elle mourait de faim et prit une tranche de pain frais, qu'elle enduisit d'une épaisse couche de miel crémeux.

Une demi-heure plus tard, elle descendit au rez-de-chaussée, vêtue d'un short à fleurs et d'un T-shirt vert émeraude, ses cheveux flottant librement sur ses épaules. A cet instant, une porte s'ouvrit et, dans un concert d'aboiements excités, sa petite troupe bondit joyeusement vers elle. Jess fronça les sourcils : Weed manquait à l'appel. A cet instant, Cesario apparut sur le seuil, le grand chien gris à son côté.

Il était habillé de façon plus décontractée que d'habitude, remarqua aussitôt Jess. Sa chemise en coton bleu ciel mettait en valeur ses larges épaules et son torse puissant ; son jean moulant faisait ressortir ses longues jambes musclées. Il était si beau qu'elle sentit son souffle se bloquer dans ses poumons. Quant à l'ombre brune qui couvrait sa mâchoire, elle le rendait encore plus sexy et viril.

La bouche sèche, Jess ne put s'empêcher de rosir au souvenir du plaisir qu'il lui avait donné la veille.

— Eh bien, Weed, d'où viens-tu comme ça ? fit-elle avec malice pour dissimuler son trouble.

— Il s'était installé sous mon bureau pour dormir, répondit Cesario avec un haussement d'épaules nonchalant.

— Tu te mets au travail drôlement tôt ! Bon, je ferais bien d'aller leur donner à manger…

— C'est déjà fait. Dans mon équipe de sécurité, il y a un maître-chien. Je l'ai chargé de s'occuper des aspects pratiques du séjour de tes protégés.

Il nota la stupéfaction de Jessica, qui lui adressa un sourire d'un naturel désarmant.

— J'ai du mal à m'habituer à ce que des gens fassent les choses à ma place.

— A présent, tu seras choyée chaque jour, affirma-t-il.

Au cours de la nuit, il avait repensé à l'attaque au couteau qu'elle avait subie. Il désirait farouchement connaître la vérité sur cette agression, mais sans prendre le risque de la traumatiser. Elle avait bien précisé qu'elle avait failli mourir.

— Je n'aime pas être choyée. Je ne suis pas une infirme et j'ai trop l'habitude de tout faire moi-même.

Jess se rendit compte qu'elle avait parlé d'un ton brusque, mais elle avait soudain ressenti le besoin de se raccrocher à une routine familière — nourrir ses chiens — et elle ne voulait pas se laisser engloutir par l'univers ouaté dans lequel Cesario semblait vouloir l'enfermer.

— Tu es en lune de miel, *cara*.

— Disons plutôt *en vacances*. N'oublie pas que nous ne sommes pas un vrai couple.

— Si je t'ai parlé comme je l'ai fait hier soir, ce n'était pas pour te blesser, répliqua-t-il en la regardant dans les yeux. Mais pour que…

— Pour que tu ne te retrouves pas avec une femme follement amoureuse de toi et pendue à ton cou ? coupa Jess. Ne crains rien, cela n'arrivera pas. Au contraire, je suis déjà impatiente de retrouver ma liberté et mon ancienne vie.

Durant un bref instant, Cesario sembla sur le point de répliquer, mais il se contenta de lui adresser un regard mystérieux. Jess soupçonna que comme il l'avait connue vierge, il se méfiait de sa propension à tomber amoureuse de l'homme qui l'avait déflorée. Or, elle n'en avait absolument pas l'intention. Son seul but était de sortir de ce mariage avec un enfant.

— Comment allons-nous passer cette première journée de vacances ? demanda-t-elle d'un ton enjoué.

Cesario lui adressa un sourire terriblement sensuel tandis qu'une lueur gourmande éclairait son regard.

— D'accord…, fit Jess, que l'allusion muette avait rendue écarlate. Mais je voudrais aussi visiter la Toscane.

— Tes désirs sont des ordres, *tesoro mio.*

— Encore ? demanda Cesario d'une voix rauque en sentant la main fine de Jessica remonter sur sa cuisse.

La faim insatiable de son épouse le ravissait. Elle le désirait autant qu'il la désirait et, au fur et à mesure que leur lune de miel avançait, il se rendait compte que cette expérience lui redonnait une énergie fabuleuse.

Pourtant, ce jour-là avait débuté par une expédition culturelle. Il l'avait emmenée à San Gimignano, cette ravissante ville perchée en haut d'une colline et parsemée de hautes tours datant du treizième siècle. Aussi fraîche qu'une fleur de printemps dans sa jupe bleu ciel et son haut en dentelle blanche, Jessica avait admiré les fresques de Ghirlandaio, dans la chapelle de Santa Fina, avant de succomber à un fou rire contagieux quand il avait comparé son profil à celui de l'un des personnages peints par l'artiste.

Ensuite, ils avaient déjeuné en prenant leur temps dans un restaurant occupant le rez-de-chaussée d'une vieille demeure médiévale. Au cours du repas, alors qu'ils bavardaient de choses et d'autres, leurs regards s'étaient soudain rencontrés et un appétit beaucoup plus primaire avait pris possession d'eux. Jessica s'était même penchée au-dessus de la table pour murmurer, les yeux brillants :

« Si tu nous trouvais une chambre… »

Ils s'étaient alors précipités vers l'hôtel le plus proche, où Cesario l'avait prise avec passion contre le mur de la chambre, sans qu'ils prennent la peine de se déshabiller complètement. Depuis, ils avaient fait l'amour à trois reprises avec la même fièvre.

Quand Jessica referma sa main fine autour de son érection, puis se pencha pour la caresser de ses lèvres avides, Cesario resta immobile et ferma les yeux, ivre de plaisir. Leur mariage s'avérait finalement bien plus excitant qu'il n'aurait jamais osé l'espérer…

Jess adorait entraîner son amant dans un abîme de sensualité où elle contrôlait la situation. Pour elle, qui était vierge avant de l'épouser, ce pouvoir était grisant. Mais en plus de cela, toucher Cesario, le caresser, lui faire l'amour, ou même simplement *être* avec lui, représentait une source ignorée jusque-là d'un plaisir sans cesse renouvelé.

Elle avait désormais compris qu'il ne servait à rien de se répéter qu'elle s'abandonnait à des émotions dangereuses. Au cours de leurs brûlantes étreintes, elle laissait tomber toutes ses barrières, exprimant et vivant sans réserve son désir. Mais avec son corps seulement, pas avec des mots.

Sa mère avait eu raison de la prévenir : il n'était pas facile de vivre avec un homme en se coupant de ses émotions. Mais Jess ne pouvait s'en vouloir de n'avoir pas réussi à garder ses distances : c'était la faute de Cesario. Il s'était métamorphosé en mari parfait, en amant fantastique et en compagnon merveilleux. Par conséquent, toute femme l'aurait trouvé *irrésistible*.

Après qu'ils eurent fait l'amour pour la quatrième fois avec la même ardeur, Jess resta blottie dans ses bras en sentant son propre cœur cogner dans sa poitrine. Tout en la serrant contre lui, il lui caressa le dos tandis que ses lèvres effleuraient doucement sa tempe.

Il faisait de nouveau semblant de la chérir, songea-t-elle

avec irritation. Si elle était tombée amoureuse de lui — elle ne pouvait plus se mentir —, elle n'avait pas perdu la tête pour autant et n'avait pas besoin de ces simulacres de tendresse. Ils ne partageaient que du sexe, aussi était-elle capable d'assumer la réalité, comme elle avait eu l'occasion de se le prouver.

— Avec toi, le sexe est fabuleux chaque fois, dit doucement Cesario. Tu pourrais me rendre monogame.

— Si je pensais une seule seconde que tu fréquentes une autre femme alors que nous vivons ensemble, je crois que je te tuerais ! répliqua-t-elle farouchement avant d'avoir pu s'en empêcher.

Cesario roula sur le côté en l'entraînant avec lui et lui adressa un regard étincelant d'assurance. Visiblement, il avait pris ses paroles pour un compliment.

— Je t'en crois capable, *moglie mia*. Tu n'es pas le genre de femme à tout accepter de son époux.

— Ne me parle pas comme ça : je ne suis pas vraiment ta femme ! rétorqua-t-elle vivement. Une vraie épouse ne t'entraînerait pas dans une chambre d'hôtel en plein milieu de la journée pour…

— L'épouse de mes rêves le ferait certainement, l'interrompit-il avec un sourire diabolique.

— Je ne suis pas non plus l'épouse de tes rêves.

Aussitôt, Jess se reprocha sa franchise, se demandant s'il avait perçu la pointe d'amertume qui avait teinté sa voix. Elle restait persuadée qu'Alice, l'ancien mannequin américain qui avait épousé Stefano, aurait été la *vraie* épouse de ses rêves.

Le couple et leurs deux adorables petits garçons vivaient à quelques kilomètres à peine de Collina Verde, aussi venaient-ils fréquemment leur rendre visite. Pendant que les deux hommes parlaient avec animation de politique, d'affaires ou de viticulture, Jess et Alice avaient appris à se connaître.

Jess appréciait sincèrement Alice et admirait ses talents de peintre amateur. Mais elle restait toujours douloureusement consciente des nombreuses qualités de sa nouvelle amie. Celle-ci était douce et aimable, irradiant d'une beauté tant intérieure qu'extérieure, si bien que Jess était convaincue qu'après avoir perdu l'amour d'une femme aussi délicieuse, un homme ne pouvait pas passer à autre chose — du moins pas *complètement*.

Elle comprenait à présent pourquoi son mari avait aimé Alice, et pourquoi ils étaient restés proches après leur séparation. Lorsqu'ils se retrouvaient ensemble tous les quatre, elle sentait que la femme de Stefano et son ancien amant se connaissaient à merveille. En comparaison, son propre mariage avec Cesario lui paraissait affreusement vide de sens, si bien qu'elle avait beaucoup de mal à ne pas être jalouse d'Alice.

Lorsqu'elle posa la main sur le ventre plat et musclé de Cesario, il referma les doigts sur les siens tandis que son pouce caressait doucement la cicatrice.

— Dis-moi qui t'a fait cela, dit-il d'une voix tendue. J'ai besoin de savoir ce qu'il t'est arrivé.

Elle dégagea lentement sa main en poussant un long soupir. Devait-elle se livrer à cet homme dont le magnétisme l'attirait inexorablement, au risque de ne plus pouvoir se détacher de lui sans de considérables dégâts émotionnels ?

— En première année à l'université, j'ai attiré l'attention d'un pervers, commença-t-elle d'une voix blanche, après un long silence. Un solitaire, un type que je n'avais jamais rencontré de ma vie. Quand la police m'a montré sa photo, après l'agression, je n'arrivais même pas à le reconnaître…

— Un pervers ? l'interrompit Cesario en fronçant vivement les sourcils. Je pensais que tu avais été victime d'une agression pour vol.

— Non, il ne s'agissait pas du tout de vol, fit-elle avec amertume. Un jour, j'ai commencé à recevoir des cartes postales, puis des petits cadeaux dans ma boîte aux lettres. Et j'ignorais complètement qui me les envoyait. Tout d'abord, j'ai cru qu'il s'agissait d'une manière romantique de me séduire…

Le bras de Cesario se resserra sur elle.

— Tu ne pouvais pas savoir que c'était la manifestation d'un cerveau dérangé.

— En tout cas, je l'ai rapidement découvert. Il faut croire que quand mon pervers m'a vue en compagnie d'un camarade, qu'il a dû prendre pour mon petit ami, son intérêt a pris une tournure carrément malsaine : les cartes sont devenues injurieuses, il me traitait de… de salope et de toutes sortes de qualificatifs immondes.

La voix de Jess s'était mise à trembler sans qu'elle réussisse à la contrôler.

— Cela a dû être terrible pour toi, fit Cesario en lui caressant les cheveux. Visiblement, ce type avait de *gros* problèmes. Es-tu allée voir la police ?

— Ses messages ne disaient pas qu'il voulait porter atteinte à mon intégrité physique ; ce n'étaient pas des menaces de mort non plus. A cette époque-là, la loi ne prévoyait pas ce genre de situation, si bien que je n'avais pas de recours. Je suis devenue vraiment terrifiée quand j'ai compris qu'il m'épiait. Mais mes amis ne le prenaient pas vraiment au sérieux. Ils tournaient mes peurs en plaisanteries. Un soir, alors que je rentrais à l'appartement que je partageais avec deux autres étudiantes, les bras chargés de courses…

— Il t'attendait ? souffla Cesario d'une voix sombre.

Jess frissonna, mais les mots franchirent soudain ses lèvres sans difficulté.

— Un homme a surgi d'un coin du palier ; j'ai tout de suite remarqué qu'il y avait quelque chose de bizarre dans la façon dont il me regardait. J'étais certaine que c'était lui, alors j'ai fait demi-tour et j'ai couru vers les escaliers. J'avais laissé tomber mes affaires, mais je n'ai pas été assez rapide. Quand j'ai vu le couteau, je me suis protégé le visage avec mes mains. Je me souviens que j'ai hurlé, mais j'ai oublié tout le reste. Un voisin est sorti de chez lui, faisant fuir mon agresseur. Il s'est précipité dans la rue et s'est fait renverser par une voiture. Il est mort…

Elle s'interrompit le temps de reprendre son souffle.

— Il est mort et cela ne m'a rien fait, avoua-t-elle d'une voix crispée. Pourtant, s'il avait survécu, j'aurais passé le restant de ma vie dans la terreur.

Cesario la tint serrée contre lui jusqu'à ce qu'elle cesse de trembler.

— Je suis désolé que tu aies vécu une expérience aussi affreuse. Je voulais juste savoir ce qui était arrivé, dit-il doucement. Maintenant, je comprends pourquoi tu n'as plus jamais cherché à mettre en valeur ta féminité…

— Après cette agression, je ne pouvais plus m'habiller sans craindre d'attirer l'attention des hommes, reconnut Jessica avec un faible sourire. Avant, j'étais une adolescente normale : je portais des minijupes et de jolies choses. Je ne pense pas que tous les hommes pourraient être violents, non, mais j'ai compris que la façon dont une femme s'habille peut pousser certains hommes à la considérer comme un objet. Parce qu'ils ne voient que son apparence, en oubliant qu'elle est un être humain, qui respire, qui ressent des choses.

— Je me suis moi-même parfois comporté ainsi, je le reconnais, fit Cesario d'une voix contrite.

Jess releva la tête et lui adressa un regard sévère.

— Oui, je le crois aisément, vu ta réputation…

— Si tu te bases sur les histoires colportées dans la presse… N'oublie pas que les journalistes se sont déchaînés après que j'ai osé laisser tomber leur chère Gilly Carlton.

Surprise par son allusion à l'une des stars de séries télévisées les plus populaires, Jess le regarda en haussant les sourcils.

— Je ne savais même pas que toi et elle…

— Oh ! il ne s'est rien passé : elle était tout le temps ivre. Deux rendez-vous m'ont suffi : elle tombait de sa chaise, de voiture et même sur le trottoir !

— Mais mon opinion sur toi n'a pas été forgée par ce que je lisais dans la presse, lui confia Jess d'un air mystérieux. Pour te dire la vérité, j'avais une source d'informations bien plus… fiable.

— A quoi, ou à qui fais-tu allusion ?

— Je ne te le dirai pas.

Repoussant le drap, Jess se dégagea de son étreinte et quitta le lit.

— Pour une fois, c'est moi qui prends la douche en premier !

— Je me sens d'humeur paresseuse, répliqua Cesario. Nous pourrions rester ici ce soir, dîner à l'extérieur et rentrer à Collina Verde demain, qu'en penses-tu ? C'est notre dernière semaine.

— J'adorerais ça ! fit Jess en passant dans la salle de bains.

Ainsi, il se rendait compte lui aussi que leur lune de miel idyllique touchait presque à sa fin, songea-t-elle avec une joie ridicule. Elle était vraiment émue qu'il tente de profiter au maximum du temps qu'il leur restait.

S'ils ne s'étaient pas mariés dans le seul but de concevoir un enfant, elle aurait pu décrire ces six semaines comme des moments magiques. Pourtant, en ouvrant le robinet de la douche, elle se répéta qu'il ne s'agissait que d'un arrangement. Il fallait qu'elle se calme, qu'elle cesse de se laisser entraîner dans des rêveries absurdes. Dans peu de temps, elle retournerait en Angleterre, où elle retrouverait son travail et sa routine habituelle.

D'autre part, si elle était bien enceinte, comme elle commençait à le soupçonner, dans quelle mesure pourrait-elle espérer voir Cesario durant sa grossesse ?

Elle se demanda s'il avait remarqué que son cycle menstruel ne s'était pas déclenché depuis qu'ils étaient amants. En tout cas, il n'avait rien dit… Peut-être devrait-elle aller voir le médecin local. Pourtant, au fond d'elle, Jess avait du mal à croire qu'elle soit tombée enceinte aussi rapidement.

Ils avaient très souvent fait l'amour, certes. Certains jours, ils avaient à peine quitté leur lit. Un désir insatiable avait pris possession d'elle, à tel point qu'elle ne se reconnaissait plus.

A la perspective d'avoir un enfant dans son ventre, elle se sentit envahie par un mélange d'excitation et d'appréhension. Cette perspective l'emplissait d'une joie immense, mais sa grossesse entraînerait la fin de son intimité avec Cesario. Car une fois que le bébé serait officiellement en route, leur *projet* aurait abouti ; ils n'auraient donc plus aucune raison de vivre sous le même toit. Elle sortit de la salle de bains agitée par ces noires pensées.

Debout devant la fenêtre de la chambre, Jess laissa errer son regard sur les toits en tuiles de terre cuite de la vieille ville. Des souvenirs merveilleux de moments passés avec son mari lui revinrent à la mémoire.

Il lui avait vraiment fait découvrir la Toscane. Ils avaient marché main dans la main à travers des ruelles étroites, heureux de faire des emplettes dans de minuscules ateliers traditionnels, de déguster des spécialités locales dans de petits restaurants pittoresques. Elle se souvint du jour où ils s'étaient promenés pendant des heures sur le marché pittoresque de Castelnuovo di Garfagnana, s'enivrant de parfums délicieux et savourant la vue des couleurs éclatantes qui vibraient sous le soleil toscan.

Ils avaient également pique-niqué au milieu de fleurs sauvages au flanc de collines désertes et partagé de longs dîners romantiques sur la terrasse de la villa éclairée par des bougies, tout en écoutant de la musique classique.

Après lui avoir interdit de tomber amoureuse de lui, Cesario avait changé les règles du jeu sans l'en avertir…

Jess s'habilla machinalement, des images plein la tête. Elle avait adoré Florence et Sienne, même si elle y avait souffert de la chaleur, ainsi que de la foule, très dense à cette époque de l'année. Cesario lui avait alors promis qu'ils reviendraient lorsque ces belles cités seraient moins fréquentées. Tiendrait-il sa promesse ? se demanda-t-elle en regardant deux enfants jouer au ballon dans la ruelle au bas de l'hôtel.

Au cours de ces semaines, elle avait également découvert que son époux souffrait de temps en temps de terribles maux de tête, dont il refusait catégoriquement de parler. Jess avait alors compris que montrer un signe quelconque de faiblesse équivalait pour lui à passer pour une mauviette.

Finalement, sans qu'ils s'en soient rendu compte, leurs vacances s'étaient bel et bien transformées en une véritable lune de miel…

A Florence, Cesario lui avait offert un sac à main somptueux et de nombreux bijoux. Il adorait lui faire des cadeaux. Jess effleura son collier ras de cou fait de feuillages d'or entrelacés, qu'il lui avait acheté pour son trente et unième anniversaire — il s'était rappelé la date sans qu'elle ait besoin d'y faire allusion. Il avait aussi tenu à lui offrir un pendant en diamant et des boucles d'oreilles assorties, comme s'il voulait qu'elle puisse rivaliser à côté d'Alice lorsqu'ils dînaient à l'extérieur avec elle et Stefano.

Il lui avait fait visiter des tombes étrusques, des palais sublimes, et lui avait appris à faire la différence entre un bon vin et un ordinaire. Quand elle lui avait raconté que, lors de ce premier dîner désastreux, elle n'avait pas su quels couverts utiliser, Cesario avait beaucoup ri.

Jess soupira. Oui, elle était tombée amoureuse de son mari. Cesario Di Silvestri était devenu indispensable à son confort et à son bonheur.

A peine le serveur fut-il reparti avec leur commande que Cesario lui demanda de nouveau qui était sa mystérieuse source d'informations. Cette fois, Jess céda et lui révéla que ses parents habitaient à côté de son ancienne gouvernante.

— Elle s'est engagée à respecter la confidentialité, comme tous les membres de mon personnel, dit-il en plissant le front d'un air mécontent. Je n'arrive pas à croire qu'elle puisse répandre de tels commérages sur ma vie privée…

A ces mots, Jess tiqua, embarrassée.

— J'aurais dû me taire — et je n'aurais probablement pas dû l'écouter non plus. Mais je crois qu'elle a gardé une certaine rancœur d'avoir dû prendre une retraite anticipée.

— Quelqu'un s'était aperçu qu'elle se servait dans l'argent liquide destiné aux dépenses ménagères et qu'elle vendait du vin au noir, répliqua sèchement Cesario. C'est pour cela qu'elle a été remerciée et que j'ai embauché Tommaso.

— Et tu ne l'as pas poursuivie en justice ? fit Jess abasourdie.

— Elle n'est plus toute jeune et elle avait travaillé pour les Dunn-Montgomery toute sa vie. Alors, j'ai préféré me contenter de la licencier et de la remplacer.

Ils regagnèrent leur petit hôtel main dans la main. Après avoir traversé la place désormais déserte, Cesario s'arrêta et l'embrassa avec une telle passion que Jess trembla de tout son corps.

— Je t'avais mal jugé, avoua-t-elle d'une voix rauque. Je croyais toutes ces rumeurs qui circulaient sur ton compte. Si bien que, dès la première fois que je t'ai vu, j'ai pensé le pire de toi.

Cesario la regarda, ses beaux traits virils ressortant dans la douce clarté de la lune.

— Mais tu as changé d'avis, à présent.

— Es-tu vraiment un don Juan, comme le racontent les journaux à scandale ? ne put-elle s'empêcher de demander.

Cesario laissa échapper un gémissement sourd.

— Ma réponse va-t-elle se retourner contre moi ?

— Probablement.

— J'ai parfois trompé mes petites amies, effectivement, quand j'étais adolescent et que le sexe représentait encore un jeu pour moi. Mais même à ce moment-là, je ne mentais pas et je ne faisais jamais de promesses que je n'aurais pas pu tenir. Grandissant avec mon père, qui avait toujours plusieurs maîtresses en même temps, j'ai vu ce que ce genre de comportement pouvait entraîner. Je n'ai jamais voulu vivre de la même façon que lui. Les disputes, les cris, les scènes de jalousie et les ruptures amères : rien de tout cela ne m'a jamais attiré.

— Je ne pourrais pas pardonner l'infidélité, avoua Jess. Pour moi, la franchise et l'honnêteté sont plus importantes que tout.

Cesario scruta son regard tandis qu'une tension visible marquait ses traits. Jess comprit alors qu'elle venait de parler trop sincèrement, le mettant mal à l'aise. La trouvait-il trop exigeante ? se demanda-t-elle, déstabilisée. Peut-être pensait-il, à tort, qu'elle essayait d'obtenir des promesses de sa part. A cette pensée, elle rougit.

8

Jess contemplait le test de grossesse, n'en croyant pas ses yeux. Pourtant, le résultat ne laissait aucun doute.

Elle eut soudain envie de se lever et de danser, de crier à tout le monde qu'elle était enceinte. Cela faisait si longtemps qu'elle rêvait d'avoir un enfant qu'elle se sentait folle de joie.

Mais ce bonheur fut étouffé dans l'œuf par un affreux sentiment de désolation. Son mariage était-il maintenant terminé ? Confrontée à cette éventualité, elle fut incapable de se réjouir. Elle aimait Cesario ; la seule idée de le perdre lui était totalement inconcevable.

Leur départ pour l'Angleterre était prévu pour le lendemain. Allait-elle vivre sa grossesse à Halston Hall, seule, attendant les coups de fil occasionnels de l'homme qui avait engendré son enfant ? Cette conception était le seul but de leur mariage, se rappela-t-elle lugubrement. Sinon, Cesario ne l'aurait jamais épousée. A présent que le bébé était devenu une réalité, son mari serait libre de retourner à son ancien style de vie. A cette simple pensée, Jess se sentit gagnée par une appréhension atroce.

Les yeux fixés sur l'emballage du test, l'idée lui vint que, trop bon marché, l'instrument était peut-être peu fiable. Cesario n'apprécierait pas de savoir qu'elle avait effectué elle-même un test. Elle décida que dès son retour, elle irait consulter son médecin pour obtenir un diagnostic sûr.

Dans l'immédiat, elle ferait néanmoins attention, au cas où

elle serait effectivement enceinte : elle éviterait de boire de l'alcool et ne mangerait pas n'importe quoi. Pour l'instant, elle se sentait parfaitement bien.

Partagée entre des sentiments contradictoires, elle posa une main sur son ventre plat. Un bébé pouvait-il vraiment être en train d'y germer ?

Après avoir passé une robe simple couleur rubis, elle descendit rejoindre Cesario pour le déjeuner. Agostina l'informa qu'il était dans le salon avec Alice. Jess s'apprêtait à les rejoindre quand le son d'une voix courroucée la figea sur place.

— Non ! C'est hors de question ! s'exclamait Cesario.

— Mais par moments, j'ai vraiment du mal à soutenir son regard, répliqua Alice avec détresse. Ta femme mérite de connaître la vérité. Tu ne peux pas continuer à la lui cacher ainsi.

Jess resta immobile tandis qu'un frisson glacé la parcourait tout entière.

— Tant qu'elle ne sait rien, cela ne peut pas lui faire de mal, dit alors Cesario. Je ne pense vraiment pas que la vérité soit toujours préférable.

— Peut-être, mais je me sens tellement coupable quand je suis avec elle…

— Tu ne la reverras pas avant assez longtemps : nous partons demain matin pour l'Angleterre…

— Tu as beau dire tout ce que tu voudras, ce que nous faisons est mal, insista Alice avec une émotion perceptible. Nous la *trompons*, Cesario !

— Je refuse de continuer à parler de cela avec toi !

Horrifiée, Jess repartit en sens inverse et remonta les escaliers comme une somnambule avant d'aller se réfugier dans sa chambre.

Ce que nous faisons est mal. Nous la trompons… Ils vivaient une liaison dans son dos et Alice se sentait coupable. Apparemment, celle-ci semblait vouloir mettre fin à cette situation, mais pas Cesario. Bien sûr, il avait d'excellentes raisons pour cela ! Il avait épousé Jess uniquement pour que son enfant soit conçu dans les liens du mariage. Et il désirait avoir un enfant afin de pouvoir hériter de Collina Verde ; par conséquent, il ne voulait pas qu'Alice cède à la culpabilité, car cela aurait fait s'écrouler tous ses projets.

Cette prise de conscience produisit un véritable choc en Jess, à tel point qu'elle se trouva en proie à un malaise. Après s'être assise au bord du lit, elle sentit de la sueur froide perler sur son front, tandis qu'un accès de nausée lui montait aux lèvres. Ce qu'elle venait de découvrir lui répugnait, à tous les niveaux, et l'attitude de Cesario la décevait cruellement. Lui et Stefano étaient aussi proches que des frères. Tous deux fils uniques, ils avaient grandi ensemble. Cesario avait passé beaucoup de temps dans la famille de son cousin après la mort prématurée de sa mère.

Jess l'avait cru profondément attaché à Stefano et maintenant elle apprenait qu'il entretenait une liaison avec Alice ! Stefano serait anéanti s'il découvrait que sa femme adorée couchait avec son meilleur ami. Comment Cesario pouvait-il le trahir aussi lâchement ?

Elle serra les poings. Elle s'était conduite comme une imbécile, aveuglée par son mari et lui faisant absurdement confiance. En tombant follement amoureuse de lui, elle avait peu à peu cessé de penser à tout ce qui les séparait. Elle avait préféré se concentrer sur les aspects positifs de sa personnalité ; elle avait fini par croire que les rumeurs colportées par la presse n'étaient effectivement que des mensonges, destinés aux lecteurs avides de scandales.

Désespérée, Jess se demanda quoi faire, à présent qu'elle connaissait la vérité. Que représentait-elle exactement pour Cesario ? Couchait-il régulièrement avec Alice, ou avait-il interrompu leurs relations intimes en comptant les reprendre dès qu'il en aurait fini avec cet arrangement temporaire ?

Elle inspira un grand coup et s'obligea à réfléchir posément. Depuis leur mariage, Cesario et elle avaient passé presque tout leur temps ensemble. Par conséquent, Alice et lui n'avaient sans doute pas eu l'opportunité de se rencontrer en secret. Pas une seule fois il ne s'était absenté pour affaires et quand elle l'avait appelé sur son mobile, les rares fois où ils avaient été séparés, il lui avait toujours répondu. S'il avait entretenu une liaison, il s'était montré remarquablement discret.

Etait-il possible qu'il y ait une autre explication à ce dialogue qu'elle avait surpris par hasard ? s'interrogea soudain Jess. Après tout, elle s'était peut-être trompée sur le sens de cette conversation.

Jess se décida finalement à redescendre au rez-de-chaussée. Elle arriva devant la porte de la salle à manger en même temps que Cesario.

— Agostina m'a dit qu'Alice était là, dit-elle d'un ton détaché. Elle ne déjeune pas avec nous ?

— Non, répondit tranquillement Cesario. Je le lui ai proposé, mais elle attend des invités pour le week-end. Au fait, elle a laissé un cadeau pour toi. Je crois que c'est pour ton anniversaire — avec un peu de retard.

Il sortit de la salle à manger et revint quelques secondes plus tard, un paquet à la main.

— Tiens, dit-il en le lui tendant.

— Qu'est-ce que c'est ?

— Eh bien, ouvre-le : je crois qu'elle l'a fait spécialement pour toi.

Après avoir ôté le papier d'emballage et le papier bulle, Jess découvrit un très beau dessin encadré, représentant ses chiens étendus à l'ombre du marronnier. Elle se souvint qu'un jour, Alice avait fait un croquis sur la terrasse. Elle avait pensé que la jeune femme dessinait la vue superbe qui s'étalait en contrebas.

— Il est vraiment magnifique, dit-elle d'une voix émue.

En étudiant le dessin avec attention, elle remarqua qu'Alice avait remarquablement traduit l'expression de chaque animal.

— Elle a beaucoup de talent, ajouta-t-elle.

Jess se sentit envahie par une vague de culpabilité. Alice s'était donné la peine de le réaliser pour elle. Etait-il possible que, dans le même temps, elle entretienne une liaison avec son mari ?

Ne pouvant la croire capable d'une telle duplicité, Jess douta de nouveau du sens de la conversation qu'elle avait surprise un peu plus tôt. S'était-elle montrée paranoïaque en pensant que Cesario la trompait ? Etait-elle stupidement envieuse de l'amitié qui le liait à Alice ? En tout cas, elle s'était vraisemblablement précipitée sur des conclusions erronées — par jalousie.

— Tu es bien silencieuse, *cara mia*, remarqua Cesario. Installons-nous pour déjeuner.

— C'est la chaleur, répliqua-t-elle en s'asseyant à sa place avant de déplier sa serviette en lin blanc. Elle me rend léthargique.

— Tu as l'air fatiguée, effectivement. Je ne te laisse pas suffisamment dormir, dit-il en l'observant d'un air contrit. Mais ce soir, je…

— Non ! l'interrompit spontanément Jess.

Elle rougit, consciente d'avoir trahi ses pensées. Un sourire sexy se forma sur la belle bouche de son époux.

— J'adore ta franchise, *moglie mia*.

S'il avait su qu'elle était peut-être enceinte, aurait-il réagi ainsi ? se demanda Jess avec un frisson.

— Mais en attendant ce soir, tu pourrais faire une petite sieste, non ? poursuivit-il. De mon côté, j'ai, hélas, beaucoup de travail.

Dès qu'elle s'allongea sur son lit une demi-heure plus tard, Jess oublia toute interrogation. Elle se sentait si lasse qu'elle sombra rapidement dans le sommeil.

Quand elle se réveilla, en pleine forme, Jess prit une douche rapide, puis partit à la recherche de Cesario. Elle le trouva dans la pièce lumineuse qui lui servait de bureau. Lorsqu'elle poussa doucement la porte, il se retourna aussitôt vers elle.

— Viens voir, dit-il en plissant le front.

Jess se dirigea vers lui et regarda la feuille de papier posée sur le vieux secrétaire en acajou.

— Qu'est-ce que c'est ?

— Une lettre anonyme : après l'avoir scannée, Rigo me l'a envoyée par courriel cet après-midi.

Jess déchiffra les lettres grossièrement découpées dans un journal. Mais l'orthographe était tellement catastrophique qu'elle eut du mal à comprendre le sens des phrases.

— D'où vient ce message ? Et qui est Rigo ?

— Rigo Castello est le chef de ma sécurité. L'original de cette lettre est arrivé ce matin à Halston Hall. On m'offre de me rendre mon tableau en échange d'une rançon.

— Ton tableau ? Celui qui a été volé ? Et on te demande une *rançon* ? répéta Jess d'un ton incrédule.

— Oui. Ceci provient sans aucun doute des cambrioleurs, répliqua Cesario avec une moue sardonique. Ils ne sont probablement pas arrivés à tirer du tableau la somme qu'ils en attendaient, alors ils espèrent maintenant que je vais céder à leurs exigences.

En dépit de ses efforts, Jess ne parvenait toujours pas à comprendre le sens des phrases rédigées en un anglais plus qu'approximatif. Cesario les lui décrypta alors, y compris la dernière phrase, qui l'informait que d'autres instructions allaient suivre pour lui préciser où laisser la somme demandée.

— Que vas-tu faire ? demanda-t-elle avec stupéfaction.

— Je ne vais certainement pas donner de l'argent pour récupérer ce qui m'a été dérobé ! affirma-t-il avec un sourire féroce. Je refuse de céder à ce chantage odieux !

Jess cilla rapidement. S'il était allé trouver la police, Cesario aurait peut-être pu retrouver son tableau, mais il aurait alors dû révéler l'implication de son père dans ce vol. Par ailleurs, ses cousins étaient en cause. Ses cousins ? Soudain, une image lui revint à l'esprit et elle fut convaincue à cent pour cent de l'identité des voleurs.

— Quand j'étais adolescente, Jason et Mark ont un jour envoyé une lettre du même style à un voisin, dit-elle. Ils voulaient l'intimider parce qu'il avait porté plainte contre eux à la police. Leur orthographe était épouvantable, je m'en souviens parfaitement. Je suis sûre que ce sont eux qui ont écrit cette lettre-ci et qui ont ton tableau.

Cesario l'observa, les yeux à moitié clos.

— Eh bien, la famille de ma femme est très intéressante…

— Je t'en prie, protesta Jess avec véhémence. Ne plaisante pas ! Imagine ce que tu ressentirais, si tu étais parent avec de pareilles crapules !

— Tu as raison, *cara mia*. Excuse-moi.

— Je suis vraiment désolée pour ton tableau, dit doucement Jess. Je sais que tu y tenais énormément.

L'expression de son mari s'éclaircit.

— Ce n'est pas ta faute, et je ne te tiens absolument pas pour responsable de ce qui est arrivé. Ne te sens pas coupable parce que ton père a commis un acte stupide et s'est fourré dans les ennuis jusqu'au cou.

Au cours du dîner, Cesario sembla néanmoins préoccupé et, dès qu'ils eurent terminé le dessert, il s'excusa en invoquant du travail à terminer. Ce soir-là, il ne la rejoignit pas au lit…

C'était la première fois depuis des semaines que Jess se retrouvait seule dans le grand lit à baldaquin, aussi resta-t-elle éveillée en pensant à leur retour en Angleterre. Par ailleurs, elle ne put s'empêcher de penser que Cesario gardait maintenant ses distances avec elle à cause de ses cousins à la réputation douteuse.

Il lui avait dit qu'elle n'était responsable de rien, certes, mais s'il l'avait épousée pour porter son enfant, c'était uniquement à cause de ce vol.

Au matin, Jess se trouva la mine si affreuse qu'elle dut se maquiller avec soin, dans l'espoir de camoufler ses yeux cernés et ses traits tirés. Cesario n'apparut pas avant qu'elle ait avalé la dernière bouchée de son petit déjeuner et resta distant avec elle.

Vu les circonstances, elle décida de ne pas perdre de temps : en regagnant sa chambre, elle prit rendez-vous avec son généraliste de Charlbury St Helens. Puis ils partirent pour l'aéroport. Ses chiens ayant voyagé séparément, ils devaient déjà être arrivés à Halston Hall.

— Dorénavant, tu es ici chez toi, *cara mia*, dit Cesario au moment où la limousine franchissait le haut portail de la propriété. Fais effectuer tous les changements que tu voudras dans la maison. Je veux que tu t'y sentes bien.

Ses paroles réconfortèrent un peu Jess, qui essaya néanmoins de ne pas se faire d'illusions. Cesario possédait de splendides demeures dans le monde entier : qu'il la laisse aménager celle-ci n'était gage de rien du tout concernant leur relation.

— Au fait, je t'ai acheté une nouvelle voiture, reprit-il. La tienne était vraiment bonne pour la casse.

— Mais elle me convenait tout à fait ! protesta Jess. Je n'ai pas besoin d'une nouvelle voiture !

— Regarde, c'est la bleue garée devant les autres, répliqua-t-il, faisant fi de sa réaction.

Stupéfaite, Jess découvrit une superbe Range Rover flambant neuve, dont les sièges étaient recouverts d'un revêtement en cuir brun.

— Je suppose que cela fait partie de mon nouveau look, dit-elle en se tournant vers Cesario.

— Non, objecta-t-il d'une voix douce. J'ai simplement pensé qu'il n'était vraiment pas prudent que tu continues à te déplacer dans ton vieux tacot. Surtout quand tu rentres tard le soir.

Au moment où elle allait de nouveau protester, Jess se ravisa : en fait, elle était contente qu'il se soucie de sa sécurité.

— Ce carrosse ne va pas rester propre et impeccable longtemps, répliqua-t-elle en souriant malicieusement.

À cet instant, Tommaso apparut en haut des marches de pierre, souriant imperturbablement au milieu d'une bousculade effrénée, de jappements et d'aboiements frénétiques. Les chiens se précipitèrent vers Jess tandis qu'elle se penchait pour leur dire bonjour, à chacun.

Après lui avoir annoncé qu'il avait un rendez-vous important, Cesario se dirigea vers sa Ferrari, suivi aussitôt par Weed. Depuis le séjour en Italie, le grand chien squelettique avait fait des progrès considérables, accordant toute sa confiance à Cesario et ne le quittant pas d'une semelle. Magic suivit le mouvement.

En proie à un mélange croissant d'impatience et de nervosité, Jess se doucha rapidement avant de se rendre chez son généraliste. Trente minutes plus tard, elle obtenait la confirmation du test : elle était bel et bien enceinte. Profondément ébranlée par cette nouvelle désormais incontestable, elle se rendit directement chez sa mère.

— Cesario était là il y a une demi-heure, dit Sharon dès qu'elle l'aperçut. Il est d'abord allé voir ton père, puis il est venu me poser quelques questions concernant ton oncle Sam.

Jess la regarda le front plissé par l'inquiétude.

— Qu'est-ce qu'il compte faire, exactement ?

— Ton mari veut récupérer son tableau et il est prêt à tout pour ça. Il a dit à Robert qu'il essaierait de ne pas l'impliquer, mais qu'il ne pouvait pas le garantir…

— C'est injuste ! s'exclama Jess avec consternation. Nous avons passé un arrangement…

— Oui, et il veut le respecter. Mais il veut aussi son tableau ! répliqua Sharon.

Jess inspira à fond.

— Tu vas de nouveau être grand-mère.

Interloquée, sa mère la regarda en écarquillant les yeux, avant de la prendre dans ses bras et de la serrer contre elle.

— Ça alors ! Vous avez été rapides ! Tu es contente ?

Refoulant ses doutes et ses interrogations, et désireuse de ne pas inquiéter sa mère, elle lui adressa un sourire radieux.

— Je suis folle de joie ! Mais je n'en ai pas encore parlé à Cesario, alors garde le secret, s'il te plaît.

Avant de regagner Halston Hall, Jess passa au cabinet vétérinaire. Une fois qu'elle eut vérifié le planning, elle monta directement voir Charlie : sa grossesse allait entraîner de sérieux changements dans la répartition des tâches.

En apprenant la nouvelle, son employeur eut d'abord l'air très préoccupé ; il lui sourit néanmoins, avant de la féliciter avec chaleur. Il lui parla même gaiement du temps où il était devenu père pour la première fois.

Quand elle rentra à Halston Hall, Tommaso supervisait dans l'entrée l'installation d'une immense toile. Et, posté dans un coin, un homme solidement bâti surveillait les opérations avec un sourire approbateur. Jess en déduisit que c'était Rigo Castello, le chef de la sécurité de Cesario. Après s'être approchée, elle reconnut immédiatement le tableau volé, grâce à la description que son mari lui en avait faite. La peinture représentait une sorte d'arbre desséché se dressant au milieu d'une tornade.

Ses chiens sur les talons, elle se dirigea rapidement vers le bureau de Cesario.

— Tu l'as récupéré ? Comment as-tu fait ?

Cesario se tourna vers Magic, qui aboyait joyeusement à la vue de sa maîtresse, et lui fit un signe de la main. Aussitôt, le terrier sourd s'assit et se tut.

— Ton oncle Sam est un homme raisonnable.

Puis brusquement, comme si quelqu'un avait subitement tiré le tapis de dessous ses pieds, Cesario pencha d'un côté et s'effondra sur le sol.

Aussitôt, Jess s'agenouilla à côté de lui.

— Tommaso ! hurla-t-elle.

Le teint de son mari était livide, son front couvert de sueur.

Rigo Castello arriva le premier.

— Laissez-moi m'occuper de lui, *signora*, dit-il calmement.

— Je vais appeler le médecin ! s'exclama-t-elle en se redressant.

— Ce n'est pas la peine, *signora*. M. Di Silvestri revient déjà à lui.

Elle vit les cils noirs de Cesario frémir, puis ses paupières se soulever. Il cligna des yeux plusieurs fois ; le cœur de Jess martelait sa poitrine. Le chef de la sécurité s'adressa à son patron à voix basse, dans un italien trop rapide pour qu'elle comprenne ce qu'il lui disait. Tout en se passant une main tremblante dans les cheveux, Cesario lui répondit.

— Je vais appeler le médecin, répéta-t-elle.

— Non ! Je ne veux pas de médecin ! affirma farouchement Cesario en essayant de se relever.

Jess constata qu'il s'appuyait fortement sur Rigo Castello. Affreusement inquiète, elle insista :

— Tu n'es pas bien, c'est évident ! Tu dois consulter un médecin.

— J'ai trébuché sur le tapis et j'ai dû me cogner la tête en tombant, expliqua-t-il vivement.

Puis il fit signe à son gorille de les laisser. Celui-ci quitta la pièce, non sans avoir lancé un regard inquiet à son employeur. Jess baissa alors les yeux sur le tapis : il semblait parfaitement tendu. D'autre part, elle avait vu Cesario tomber brusquement, comme s'il s'était évanoui. Il ne s'était pas pris les pieds dans le tapis, elle en fut certaine.

Pourquoi lui mentait-il ainsi ? se demanda-t-elle, de plus en plus inquiète. Heureusement, elle constata avec soulagement que son visage reprenait des couleurs. De toute façon, il n'aurait servi à rien d'insister pour qu'il fasse venir son médecin : quand Cesario avait décidé quelque chose…

— Tu disais que tu avais parlé à mon oncle ? demanda-t-elle en se souvenant de la raison pour laquelle elle était venue le retrouver.

— Oui. Non seulement il ne tenait pas à avoir d'ennuis, mais visiblement, la perspective de voir arriver la police ne l'enchantait pas du tout… Il m'a dit que si ses fils avaient bien mon tableau, il le récupérerait en moins d'une heure. Et manifestement, *ils l'avaient bien*, conclut-il avec un sourire carnassier.

— Si tu n'avais rien obtenu de Sam, tu serais allé voir la police ?

— Aurais-tu préféré que je laisse tes cousins s'en tirer impunément, en me volant en plus mon argent ? Oui, je serais allé voir la police, affirma-t-il sans hésitation. J'avais prévenu ton père mais, heureusement pour lui, j'ai retrouvé mon tableau. Désormais, l'affaire est enterrée.

— Je suis très contente que tu l'aies récupéré, mais tu n'as pas joué le jeu, répliqua Jess d'un ton de reproche. Je t'ai épousé pour que mon père ne soit pas inquiété et j'ai accepté de te donner un enfant. En dépit de cela, tu étais prêt à sacrifier mon père.

— Pourquoi t'inquiéter puisque cela n'est pas arrivé, *cara mia* ? dit-il en se rapprochant d'elle.

Il prit son visage entre ses mains et lui caressa doucement les joues sous ses pouces.

— Ton père étant innocent du vol lui-même, il ne risquait pas grand-chose. Si la police avait été impliquée, ils en seraient venus à la même conclusion que moi.

Jess vibra, plus affectée qu'elle ne l'aurait pensé par la proximité de Cesario et ses paroles rassurantes. Soudain, tout lui parut plus léger, plus lumineux et, quand elle lui passa les bras autour du cou, il pencha aussitôt son visage vers le sien.

Il l'embrassa avec une telle fièvre que Jess sentit la tête lui tourner et le désir se déployer inexorablement dans tout son être.

— Au lit…, murmura Cesario en la repoussant doucement.

— Mais… il est l'heure de dîner ! protesta-t-elle, alors qu'il l'entraînait déjà vers les escaliers.

— Ne t'inquiète pas ! Tommaso ne nous laissera pas mourir de faim, *tesoro mio*.

Il reprit sa bouche avec passion, annihilant toute protestation. Et quand il écarta son visage du sien, il se mit à rire doucement, la soulevant dans ses bras.

Une fois dans la chambre, il lui ôta fébrilement ses vêtements avant de se déshabiller à son tour. Sans s'encombrer de préliminaires qu'il ne désirait apparemment pas plus qu'elle, il la prit puissamment, avec une plainte rauque.

S'accordant à ses vigoureux coups de reins, Jess se sentit

rapidement proche de l'orgasme. Au moment où elle sombrait dans le plaisir, Cesario s'enfonça une dernière fois en elle, puis resta immobile, enfoui au plus profond de son intimité. Le plaisir la submergea comme une marée brûlante. Perdue dans l'extase, elle en oublia le monde autour — sauf l'homme merveilleux qu'elle aimait de tout son être.

— Jamais je n'avais eu besoin de personne comme j'ai besoin de toi, *cara mia*, murmura-t-il en la serrant dans ses bras.

Dans la lueur du jour finissant, Jess sourit et lui caressa les cheveux avec amour. Elle adorait l'idée qu'il ait besoin d'elle.

Cela aurait été le moment idéal pour lui annoncer qu'elle était enceinte, mais elle s'en abstint, préférant se concentrer sur l'intensité de ces précieux instants. Elle désirait les savourer le plus longtemps possible, sans prendre le risque de voir cette harmonie disparaître comme un mirage. « Demain matin, décida-t-elle. Je lui dirai demain matin. »

La nuit fut longue : après avoir dîné en amoureux, ils firent l'amour plusieurs fois. Cesario se montra infatigable, son désir pour elle semblait insatiable. La fatigue finit par vaincre les dernières résistances de Jess, qui s'endormit rapidement.

Elle se réveilla seule.

Elle s'était promis de révéler son état à Cesario au moment du petit déjeuner, mais elle constata à sa montre que la matinée était déjà fort avancée.

Après s'être douchée rapidement et habillée, elle descendit rejoindre Cesario. Elle le trouva au téléphone, Weed et Magic couchés sous son bureau. Cesario ne l'ayant pas entendue arriver, elle resta immobile sur le seuil et en profita pour le regarder amoureusement, tout en se rappelant l'intimité merveilleuse qu'ils avaient partagée toute la nuit.

9

Dès qu'il l'aperçut, Cesario se raidit clairement et son visage se ferma. Il posa la main sur le micro de son téléphone.

— Je suis à toi dans un instant.

Légèrement blessée par son attitude, Jess demanda à Tommaso de leur apporter du café et s'installa dans un fauteuil.

— J'ai quelque chose à te dire, commença-t-elle dès que Cesario eut terminé sa conversation téléphonique.

A cet instant, Tommaso arriva avec un plateau d'où montait un arôme puissant et le posa en souriant sur la table basse, avant de verser du café dans deux tasses. Quand il se fut éclipsé, Cesario prit l'une d'elles et se dirigea vers la fenêtre.

— De quoi s'agit-il ? demanda-t-il sans se retourner.

Jess contempla ses cheveux noirs scintillant au soleil avant de répondre :

— Je suis enceinte.

Il fit volte-face si brutalement qu'il faillit renverser son café. Il avait l'air totalement abasourdi.

— C'est impossible ! fit-il en fronçant les sourcils. Tu ne peux pas…

— Si, l'interrompit-elle avec un sourire. J'ai vu le médecin hier et il l'a confirmé. Il n'y a plus aucun doute.

— Mais… déjà ? Si rapidement ? Nous avons tous les deux plus de trente ans, alors je… je croyais que ce serait plus long…

— Eh bien, non. Nous serons parents à la fin du mois de janvier prochain, dit-elle en s'animant.

— Le mois de janvier prochain, répéta-t-il lentement.

Jess eut l'impression qu'il avait pâli. La nouvelle lui avait visiblement causé un choc mais son regard restait voilé, si bien qu'elle ne put deviner ce qu'il ressentait vraiment.

— Tu n'es pas content ? demanda-t-elle d'une voix légèrement tremblante.

Cesario se dirigea rapidement vers elle, avant de s'arrêter, hésitant. Cette indécision ne lui ressemblait pas du tout.

— Bien sûr que si ! répliqua-t-il enfin.

Toute trace de l'intimité qu'ils avaient partagée au creux de la nuit avait disparu, constata Jess en se contractant.

— Non, tu n'es pas content. Et je ne comprends pas pourquoi. Ce n'est pas ce que tu désirais ? demanda-t-elle en haussant le ton malgré elle. Ne m'as-tu pas épousée pour cela : pour que je te donne un enfant ?

— Mais qu'est-ce que tu as ? fit Cesario en l'attirant contre lui. C'est le fait d'être enceinte qui te met dans cet état, *bella mia* ?

— Non, répliqua-t-elle d'une voix crispée. C'est ton attitude qui me met mal à l'aise. Tu as changé d'avis, c'est ça ? Tu ne veux plus avoir d'enfant ?

Il la repoussa doucement avant de la regarder dans les yeux.

— Je n'ai jamais entendu d'absurdité pareille. Si tu portes mon enfant…

— Il n'y a pas de *si*, coupa Jess. Je le porte.

— Eh bien, je suis fou de joie, bien sûr ! insista-t-il.

En même temps il la fixait avec une intensité farouche, comme s'il cherchait à la convaincre de sa sincérité.

— Mais je suis confus, poursuivit-il. Parce que malgré cette merveilleuse nouvelle, je dois m'envoler pour Milan cet après-midi et te laisser seule ici. J'ai un problème urgent à régler là-bas.

A la perspective qu'il retourne déjà en Italie, qu'ils avaient quittée la veille, Jess sentit son cœur se serrer ; malgré tout, elle était soulagée : Cesario était tendu parce que la nouvelle de sa grossesse était tombée à un mauvais moment.

— Tout ira très bien, ne t'inquiète pas. Et puis, non seulement il y a Tommaso, mais j'ai aussi ma famille tout près. De toute façon, j'ai tellement de travail au cabinet que je n'aurai pas le temps de m'ennuyer !

— Maintenant que tu es enceinte, tu vas devoir travailler moins, dit-il en plissant le front d'un air soucieux. Il faut que tu te reposes.

— Je serai raisonnable : je vais travailler à temps partiel, dorénavant, lui rappela-t-elle. Et je me réjouis de superviser l'installation du refuge pour mes animaux à Halston Hall.

Jess garda cette attitude optimiste jusqu'au départ de Cesario. Mais lorsqu'elle partit pour le cabinet au volant de sa superbe Range Rover bleue, ses chiens installés à l'arrière derrière un écran spécial, elle ne put réprimer son appréhension. Même s'il avait affirmé le contraire, Cesario avait été loin d'être ravi à l'annonce de sa grossesse.

Avait-il effectivement changé d'avis ? Elle revit son expression, lorsqu'elle lui avait appris la nouvelle : son visage s'était assombri, il avait semblé perplexe et… *coupable* ? Jess fronça les sourcils. Pourquoi avait-elle eu l'impression qu'il se sentait coupable ? Ce devait être le fruit de son imagination puisque lui faire un enfant était son objectif en l'épousant ?

Durant les quatre jours suivants, Jess fut submergée de travail, tant au cabinet qu'au refuge. Cesario l'appela deux fois, brièvement, et comme un ami plutôt que comme un mari.

La nature passionnée de leur relation avait brouillé les pistes et les frontières, à tel point que Jess s'était parfois demandé s'il s'agissait réellement d'un mariage arrangé. A présent, Cesario semblait avoir repris ses esprits. Il mettait de la distance entre eux, la traitant avec une politesse détachée et impersonnelle. Avec un mélange de tristesse et d'irritation, Jess comprit qu'elle était en train de le perdre. Elle était suffisamment intelligente pour savoir qu'elle n'avait aucune prise sur lui : il ne l'avait jamais aimée et maintenant qu'elle portait son enfant, elle ne l'attirait plus sexuellement.

Ce constat lui fit monter les larmes aux yeux.

Six jours après le départ de Cesario, le régisseur du domaine demanda à Jess de le contacter de sa part ; lui-même n'arrivait pas à le joindre et avait une épineuse question à résoudre, ce qu'il ne pouvait faire sans l'avis de son employeur. Après l'avoir appelé à plusieurs reprises sur son mobile et être tombée chaque fois sur sa messagerie, elle appela son bureau. Une assistante aimable lui apprit alors qu'il avait pris quelques jours de congé et ne reviendrait pas avant le début de la semaine suivante.

— Est-il encore à Milan ? demanda Jess.

— M. Di Silvestri est à Londres, *signora*, répondit son interlocutrice d'un ton surpris. Je lui dirai que vous désirez lui parler.

Sous le choc, Jess resta un instant sans voix et sentit son cœur sombrer dans sa poitrine. Ainsi, Cesario était à Londres. Il lui avait fait croire qu'il se rendait en Italie, alors qu'il était resté en Angleterre…

— Non, merci, réussit-elle à articuler d'un ton faussement détaché. Ce n'est pas la peine. De toute façon, je le verrai avant que vous ne puissiez lui transmettre un message de ma part.

Puis elle reposa le combiné d'une main tremblante. En essayant de joindre Alice sur son mobile, elle tomba de nouveau sur un répondeur, aussi appela-t-elle à son domicile. Alice était allée rendre visite à des amis en Angleterre, lui répondit aimablement sa gouvernante.

Pour la seconde fois, Jess se sentit dévorée par des soupçons cruels et douloureux. Et si Cesario entretenait bel et bien une liaison avec Alice… ? Etaient-ils ensemble à Londres, en ce moment même ?

Une souffrance intolérable lui comprima la poitrine et elle ne put refouler ses larmes. Il fallait qu'elle sache. Elle ne pouvait continuer à vivre dans cette incertitude atroce. Elle décida de se rendre à Londres sur-le-champ. Là-bas, elle se rendrait à l'appartement de Cesario et affronterait la vérité, quelle qu'elle soit.

Après avoir gagné la gare, elle monta dans un train bondé ; au cours du trajet, elle ressentit sa première nausée. Ses émotions à vif semblaient se répercuter sur son état physique.

Un taxi la déposa devant un luxueux immeuble, qui se dressait fièrement dans l'un des quartiers les plus huppés de Londres. Dans l'ascenseur, dont les parois en acier étincelant lui renvoyaient son image, Jess fut effarée de voir la pâleur de son visage et son air misérable.

Quelques instants plus tard, Rigo Castello lui ouvrit la porte et la fit entrer dans un vaste appartement lumineux. Le chef de la sécurité n'avait manifesté ni réticence ni surprise, constata-t-elle en regardant autour d'elle. Par conséquent, elle n'allait pas surprendre Cesario en flagrant délit…

Redressant les épaules, elle se dirigea vers les baies vitrées, qui offraient une vue époustouflante sur Londres.

Cesario était dehors, sur la terrasse ; dès qu'il l'aperçut, il vint vers elle à grands pas. Vêtu d'un jean et d'un T-shirt noir mettant en valeur la couleur de ses cheveux et son corps musclé, il était d'une beauté ténébreuse. Comme lui non plus ne semblait pas surpris de la voir, elle comprit que son assistante avait dû l'avertir de son appel.

— Bonjour, Jessica…, murmura-t-il, les yeux étrangement brillants.

— Je devrais être surprise de te trouver ici, dit-elle d'un ton ironique. N'es-tu pas censé travailler à Milan ?

Cesario soutint tranquillement son regard.

— Je suis désolé de t'avoir menti.

— *Pourquoi* m'as-tu menti ?

— Si je te disais la vérité, je ne crois pas qu'elle te plairait, répliqua-t-il. Et c'est justement pour cela que j'ai voulu te laisser dans l'ignorance.

Refusant de s'engager sur ce terrain, Jess inspira à fond, puis demanda franchement :

— Es-tu au moins allé à Milan ?

— Non. Je suis resté à Londres.

— Avec Alice ? demanda-t-elle nerveusement.

Cesario la regarda d'un air éberlué.

— Pourquoi Alice serait-elle ici ?

— Je pensais que tu entretenais peut-être une liaison avec elle, répondit Jess avec effort.

Mais, vu l'expression de Cesario, elle comprit que tout marivaudage était à mille lieues de ses préoccupations.

— Eh bien, tu t'es leurrée, affirma-t-il d'un ton tranchant.

— Si ce n'est pas Alice, insista-t-elle, il s'agit…

— *Dio mio*, te tromper est bien la dernière chose que j'ai en tête en ce moment ! l'interrompit-il avec véhémence.

Sa réaction chassa tout reste de soupçon de l'esprit de Jess.

— Comment veux-tu que je sache ce que tu as en tête ? fit-elle en levant les mains au ciel. Tu m'as dit que tu allais à Milan alors que, manifestement, tu n'en as jamais eu l'intention !

— Je dois t'avouer que depuis notre rencontre, je t'ai caché pas mal de choses, *cara mia*, répliqua-t-il d'une voix lugubre.

— Arrête de parler par allusions ! Dis-moi la vérité ! lui lança-t-elle avec un mélange de colère et d'exaspération.

— Je pensais vraiment pouvoir ne pas te faire de mal, dit-il sourdement. Mais avec le recul, je me rends compte que j'étais très déprimé quand je t'ai demandé de m'épouser. Je cherchais un moyen d'échapper à cet état…

— Viens-en au fait, Cesario ! s'exclama Jess, à bout de patience.

Ses paroles l'avaient profondément irritée, et un peu vexée aussi : il l'avait épousée pour *se distraire* de son état dépressif ?… Et pourquoi aurait-il été déprimé, bon sang ?

— Il y a huit mois, j'ai fait faire certains examens médicaux. Et ce qu'ils ont révélé a fait basculer toute ma vie, dit-il d'un ton neutre.

Mais ses traits étaient tendus à l'extrême et sous son teint hâlé, il avait pâli, remarqua Jess, gagnée par une appréhension affreuse.

— J'avais fait faire ces examens parce que, depuis quelque temps, je souffrais parfois de problèmes d'équilibre et de troubles de la vue, ainsi que de violents maux de tête. Après avoir passé un scanner, j'ai appris que j'avais une tumeur au cerveau.

Totalement hébétée devant cette révélation inattendue, Jess sentit sa colère retomber.

— Une tumeur au cerveau ? répéta-t-elle machinalement.

— Oui. Elle n'est pas très grosse, mais toute intervention aurait risqué de me laisser gravement handicapé, m'ont dit les spécialistes. Je n'étais pas prêt à prendre un tel risque et j'ai soudain compris que je tenais plus à la qualité de ma vie qu'au nombre d'années qu'il me restait à vivre. Alors j'ai refusé tout traitement.

Jess eut l'impression de s'être vidée de toute énergie. Elle s'efforça d'assimiler ce qu'il venait de lui révéler : la vérité était tellement éloignée de ce qu'elle avait craint… Tellement plus affreuse…

— Tes maux de tête… Ta chute, la semaine dernière…

— Oui, tout cela est provoqué par la tumeur, approuva-t-il en serrant les mâchoires. Mon état a empiré plus rapidement que prévu. C'est pour cela que je suis venu à Londres, afin de subir d'autres examens.

— Tu savais que tu étais en train de mourir quand tu m'as demandé de t'épouser, l'interrompit Jess, presque en chuchotant.

Peu à peu, tous les éléments du scénario se mettaient en place…

— Quand tu m'as demandé de faire un enfant avec toi, poursuivit-elle, tu savais donc que tu ne pourrais pas être là pour lui quand il grandirait. Comment as-tu pu me tromper ainsi ?

Cesario la regarda sans ciller, affreusement pâle à présent.

— Je n'ai compris l'étendue de mon égoïsme que lorsque tu m'as dit que tu étais enceinte.

— Tu t'es montré égoïste, certes, mais aussi totalement irresponsable ! répliqua violemment Jess avec indignation. Comment as-tu pu me cacher un fait aussi important ? Je savais bien que tu ne comptais pas rester marié avec moi jusqu'à la fin de tes jours, mais je croyais que tu serais disponible en tant que père. Tu m'as laissée le croire !

Jess comprenait désormais que, alors qu'elle ignorait tout de la maladie de Cesario, Stefano et Alice étaient au courant. A présent, la conversation qu'elle avait surprise entre Alice et Cesario prenait tout son sens. Alice avait dû essayer de persuader son ex de lui avouer la vérité sur son état, surtout si elle ignorait que leur mariage n'était qu'un arrangement et non une union basée sur la confiance et l'amour.

— Raconte-moi tout, dit-elle entre ses dents serrées.

— En te disant que je devais avoir un enfant pour hériter de Collina Verde, je ne t'avais pas menti, reprit Cesario d'une voix terriblement sombre. Les dernières volontés de mon grand-père sont complexes et, pour hériter, je dois réellement avoir un enfant. Mais j'ai profité de cette clause, alors que ce que je désirais vraiment, c'était un enfant à qui laisser ma fortune. Sinon, tout ce pour quoi j'ai travaillé m'aurait paru vain.

Après avoir haussé les épaules, il se tourna à demi, comme pour lui dissimuler ses vraies émotions.

— Je pensais que j'étais clair avec moi-même, mais j'ai agi de façon inconsidérée. J'ai cru faire quelque chose de bien… qui valait la peine…

— Comment aurait-ce pu valoir la peine ?

Brusquement, Jess n'arriva plus à réfléchir. Alors qu'elle était venue à Londres pour savoir à quoi s'en tenir sur l'homme qu'elle aimait, il venait d'anéantir tout ce qu'elle croyait savoir sur lui. Le cœur battant précipitamment, elle le regarda avec de plus en plus d'incrédulité.

— Pour moi, avoir un enfant représentait un investissement pour le futur dont je me voyais privé, continua Cesario. Mais je me leurrais : je ne pensais qu'à ce que je désirais, pas à ce qui comptait vraiment. Et dès le premier instant où je t'ai vue, tu m'as fasciné.

Jess ne se sentait vraiment pas disposée à écouter ce genre de propos. Au fur et à mesure qu'il lui révélait la vérité, elle avait l'impression que sa vie s'effondrait et qu'elle ne pourrait jamais la reconstruire. Rien n'était comme elle l'avait cru. Elle s'était complètement *mystifiée* elle-même. Pour Cesario, leur lune de miel n'avait été qu'un passe-temps, alors que pour elle, ces instants avaient constitué l'expérience la plus fabuleuse de sa vie. En outre, il l'avait cruellement trompée, dès le début : il ne serait pas là pour voir grandir son enfant, l'entourer de l'indispensable amour paternel.

Il ne serait pas là du tout. Ni pour cet enfant, ni pour elle.

— Tout ce que tu m'as dit… ce n'était qu'un tissu de mensonges…

— Et la franchise est très importante à tes yeux, je sais, renchérit Cesario. Je n'essaie pas de minimiser les conséquences de mes actes ou de mes paroles. J'ai eu tort, je le sais.

— Il est trop tard pour le regretter, lança Jess, amère. Je t'ai épousé, et je suis enceinte !

Ses yeux bruns s'assombrirent encore et soudain, elle eut l'impression de le voir pour la première fois. Il était terriblement beau et sexy, mais également insondable. Jamais elle n'avait approché sa vérité, comprit-elle avec douleur.

— Nous pouvons nous séparer dès maintenant si tu le désires. Ce n'est pas un problème, dit-il calmement. J'y suis prêt.

Jess sentit son cœur se déchirer. Elle aurait voulu hurler, lui demander comment il pouvait dire une chose pareille d'un ton aussi détaché ! Mais au fond, Cesario n'avait fait que lui rappeler que leur union reposait sur du vide. Que leur mariage n'était qu'un arrangement pratique.

Se raccrochant à sa fierté, elle refoula farouchement les larmes qui se pressaient sous ses paupières. Il lui rendait sa liberté, comme si leur mariage n'avait été qu'une distraction passagère pour un homme privé d'avenir. Il lui faisait poliment comprendre que, même s'il lui avait menti, cela n'avait finalement aucune importance. Elle ne comptait pas pour lui, aussi n'essayait-il même pas de la retenir.

— L'enfant…, murmura-t-elle.

— Je suis désolé, je regrette vraiment de t'avoir entraînée dans cette histoire, répliqua-t-il d'une voix rauque. Je sais que cela ne suffit pas mais, à part de l'argent et du confort matériel, je n'ai rien d'autre à t'offrir.

Au prix d'un effort surhumain, Jess trouva la force de lui sourire avec mépris.

— Je n'ai pas besoin de ton argent, ni de confort !

— Halston Hall t'appartiendra dans quelques jours. Toutes les formalités ont déjà été remplies.

Horrifiée de voir qu'il s'était déjà concentré sur les aspects financiers de leur séparation, elle se mit à trembler de tout son corps. La sensation de perte était si intense qu'elle eut l'impression de glisser dans un puits sans fond.

— Oh ! c'est fantastique ! s'exclama-t-elle avec un bref éclat de rire ironique. Je vais me retrouver propriétaire de la demeure ancestrale des Dunn-Montgomery…

— Je ne comprends pas…, fit-il en haussant les sourcils d'un air perplexe.

— Je ne te l'ai jamais dit, mais je suis en fait la fille illégitime de William Dunn-Montgomery, répondit Jess d'une voix faussement désinvolte. Quand Robert Martin a épousé ma mère, j'avais dix mois et je n'étais pas sa fille. Mon père est le distingué membre du Parlement à qui tu as acheté Halston Hall. Mais bien sûr, il ne le reconnaîtra jamais. Il était étudiant quand il a mis ma mère enceinte…

— C'est pour cela que Luke était toujours avec toi, le jour de notre mariage : il sait qu'il est ton demi-frère ! s'exclama Cesario en plissant le front. *Dio !* M'as-tu épousé pour Halston Hall ?

Totalement interdite, Jess le toisa en silence.

— Evidemment, vu les circonstances, ma propriété devait t'attirer irrésistiblement, poursuivit-il d'un ton cynique.

Cette fois, Jess se sentit blêmir.

— Vu les circonstances ? répéta-t-elle en redressant le menton.

— Tu as dit toi-même que c'était « fantastique », non ? Tu vas devenir propriétaire de la propriété familiale des Dunn-

Montgomery, alors que ton père biologique a toujours refusé de te reconnaître. Quelle belle revanche ! Mais peu importe. En fait, cela me soulage plutôt que Halston Hall puisse un peu te dédommager des dégâts que j'ai causés dans ton existence.

Jess contempla son visage. Son regard était calme, ses lèvres sensuelles pincées. Pour la première fois depuis son arrivée dans cet appartement, elle comprit exactement ce que Cesario ressentait. Après lui avoir dit ce qu'il avait à lui dire, il attendait maintenant qu'elle parte.

Durant quelques instants, elle resta immobile, soutenant son regard, paralysée par la souffrance. Et quand elle se dirigea vers la porte, elle eut l'impression que ses jambes se mouvaient indépendamment du reste de son corps et sans l'accord de son cerveau.

— Mon chauffeur va te raccompagner à Halston Hall, dit-il en la rejoignant au moment où elle atteignait la porte. Non, ne proteste pas ! Tu es enceinte et je ne veux pas que tu te fatigues dans les transports en commun, surtout à l'heure de pointe.

Jess était en proie à un choc tellement violent qu'elle pouvait à peine penser, mais elle ne put retenir la question qui lui monta aux lèvres.

— Tu as dit que ton état avait empiré… Combien de… ?

Elle s'interrompit, horrifiée par ses propres paroles.

— Ils ne savent pas précisément. Pas plus de six mois, répondit-il avec un calme surnaturel. J'ai une faveur à te demander.

— Oui ? demanda-t-elle faiblement.

— Accepterais-tu que Weed et Magic viennent vivre avec moi ? Du moins, tant que ce sera possible.

Jess sentit sa gorge se nouer si fort qu'elle crut étouffer. Puis elle se rappela la patience dont il avait fait preuve pour apprendre le langage des signes afin de pouvoir communiquer avec Magic.

— Bien sûr, murmura-t-elle.

Rigo Castello la raccompagna en silence jusqu'au garage souterrain et l'aida à s'installer dans la limousine. Brusquement, Jess se souvint de l'attitude du chef de la sécurité de Cesario, lorsque son patron s'était évanoui : lui aussi était au courant de sa maladie.

Décidément, elle avait été la seule à ignorer son état, songea-t-elle avec une amertume atroce. Elle avait été trompée, Cesario lui avait menti, la maintenant à l'écart du cercle de ses intimes. Il désirait la compagnie de ses chiens mais ne voulait pas de la sienne…

10

Dès qu'elle aperçut sa mère, Jess s'effondra. Une fois qu'elle eut laissé libre cours à son chagrin et à son désespoir trop longtemps réprimés, rien ne put arrêter ses larmes.

Ebranlée par son état, Sharon écouta patiemment son récit hoquetant et entrecoupé de sanglots. Quand elle cessa enfin de pleurer, ses yeux étaient si gonflés qu'elle avait du mal à les ouvrir.

— Tu es la première personne de la famille à avoir fait des études et quand tu te trouves face à une vraie crise, tu te conduis comme une parfaite idiote ! s'exclama alors Sharon.

Jess la regarda avec stupeur en reniflant.

— Comment peux-tu dire ça ?

— L'homme que tu prétends aimer est en train de mourir et toi, tu pleurniches parce qu'il t'a menti ! A quoi penses-tu, pour l'amour du ciel ?

L'homme qu'elle aimait était en train de mourir. Jess se rendit subitement compte que c'était justement cela qui l'avait privée de toutes ses capacités de raisonnement. Cette découverte l'avait anéantie, terrifiée, et rendue furieuse parce qu'elle ne savait pas comment faire face à une situation aussi énorme, aussi horrible. Cette menace affectait tout son univers, détruisait tout son avenir.

— Cesario t'a menti pour te protéger. Eh bien, à te voir, il a eu raison, puisque tu restes là assise à pleurer comme une gamine ! reprit sa mère d'un ton mordant. Où est passé ton cerveau, Jess ? Ton mari ne veut pas que tu te sentes obligée de rester avec lui *parce que tu es sa femme et qu'il est malade.* Il sait que tu ne t'es pas engagée à cela en l'épousant et, visiblement, il n'avait jamais envisagé de te le dire. Il pensait pouvoir passer plus de temps avec toi, c'est évident. Il ne veut pas de ta pitié. C'est pour ça qu'il t'a dit que vous pouviez vous séparer dès maintenant : pour que tu sois libre de faire ce que tu voudras.

Battant rapidement des paupières, Jess regarda sa mère.

— Ce que je voudrai ?

— Il y a encore une semaine, tu étais en Italie avec Cesario ; vous étiez très heureux tous les deux, n'est-ce pas ? lui rappela Sharon d'une voix radoucie.

— Oui, mais…

— Pas de *mais* ! Cesario ne peut pas avoir changé autant en aussi peu de temps. Il te donne simplement la possibilité de choisir.

— Tu penses vraiment qu'il essaie de me protéger, pas de se débarrasser de moi ? demanda Jess d'une voix tremblante.

— Je suis certaine que c'est la seule raison pour laquelle il t'a menti depuis le début. Il essaie d'être un type solide et de gérer la situation tout seul.

Jess déglutit péniblement et regarda ses pieds.

— Je ne crois pas que je pourrais supporter de le perdre, murmura-t-elle.

— Alors, ne baisse pas les bras ! Si je t'ai bien comprise, ton mari a déjà renoncé ; ce n'est vraiment pas le moment que tu fasses la même chose. Il y a peut-être encore de l'espoir. Va lui dire qu'il doit absolument tout essayer et se faire soigner, pour toi et pour votre enfant. Avec un peu de chance, il ne sera pas trop tard.

Elle se raccrocha aux paroles de sa mère comme à une bouée de sauvetage.

— J'ai été stupide, aveugle, obsédée par moi-même…

— Tu étais sous le choc. Mais maintenant que tu peux réfléchir, ne te trompe pas. Tu sais, dans la vie, il faut souvent se battre pour les choses qui en valent *vraiment* la peine…

— Je retourne à Londres !

— Demain. Pour l'instant, tu es exténuée et ce dont tu as besoin avant tout, c'est d'une bonne nuit de sommeil, dit fermement Sharon. A présent, tu dois prendre soin de toi et de l'enfant que tu portes.

Le lendemain matin, Jess travailla au cabinet et n'eut pas une seconde à elle pour réfléchir. Tant mieux, eut-elle le temps de se dire entre deux rendez-vous. Par contre, Cesario lui manquait déjà tellement qu'à la perspective de le perdre, l'avenir lui parut de nouveau invivable. Néanmoins, cela lui permit de raffermir sa résolution d'agir.

Quand elle s'engagea dans l'allée bordée d'arbres majestueux qui conduisait à Halston Hall, elle contempla de loin la belle vieille demeure avec émotion : désormais, c'était *sa* maison. Mais soudain, un frisson glacé la parcourut en voyant deux camions garés au bas des marches.

Dans la vaste entrée, des cartons étaient empilés et quand elle s'avança dans le large couloir, elle aperçut des hommes en train d'emballer des affaires dans le bureau de Cesario. Il déménageait déjà ! comprit-elle en sentant sa poitrine se serrer douloureusement.

A cet instant, il apparut dans l'encadrement de la porte de son bureau, Weed et Magic sur ses talons. Il avait l'air si fort, avec son beau teint hâlé et son corps puissant. Mais il était gravement malade et l'avait exclue, au moment où elle aurait désiré être au plus près de lui.

Il s'approcha d'elle, de sa démarche souple et gracieuse, merveilleusement élégant dans un costume classique gris clair ; l'absence de cravate lui donnait un air moins formel. Il était somptueux et terriblement sexy. Malgré la douleur qui l'étreignait, Jess tressaillit.

— Je suis désolé, dit-il calmement. Je pensais être parti avant ton retour.

— Je te suivrai à Londres. Et si tu ne veux pas de moi, je camperai sur le pas de ta porte, dit-elle précipitamment.

Il haussa les sourcils d'un air médusé.

— Pardon ?

— Je veux être avec toi. J'en ai *besoin*, avoua-t-elle sans pudeur. C'est ta faute, c'est toi qui m'as entraînée dans cette histoire.

— Allons dans le salon, répliqua-t-il d'une voix tendue.

— Quoi que tu dises, je ne changerai pas d'avis, le prévint-elle en le suivant.

Il referma la porte avant de se retourner lentement vers elle.

— Tu réagis trop émotionnellement, Jessica. Tu as tort.

— Pense que j'ai tort si tu veux, mais je ne suis pas d'accord avec toi, répliqua-t-elle avec aplomb.

— Tu me vois comme un de ces animaux que tu recueilles dans ton refuge. Avec compassion et des bons sentiments. Je ne veux pas de cela. Je ne pourrais pas le supporter.

— Et comme de mon côté, je ne peux pas supporter que tu affrontes cela seul et loin de moi, nous sommes dans une impasse. Par ailleurs, ce que je vais te dire ne va vraiment pas te plaire…

— Ah bon ?

— Tu dois subir cette opération que tu…

— Non, l'interrompit-il catégoriquement.

— Arrête de penser à toi, pense plutôt à l'enfant que tu as voulu faire venir au monde ! riposta farouchement Jess. Cet enfant mérite que tu te battes ! S'il y a la moindre chance que tu survives, tu dois le faire — tu *nous* le dois !

Cesario lui adressa un regard perçant, mais son visage avait perdu toute couleur.

— C'est un beau discours…

— Non, ce n'est pas un *beau* discours : c'est le seul qu'on puisse tenir vu les circonstances !

— Et que fais-tu des conséquences en cas d'échec de l'intervention ?

Jess redressa les épaules.

— Eh bien, nous les affronterons en temps voulu — *si* cela se produit. Nous surmonterons l'épreuve. En outre, tu as plus de chance que la moyenne car tu peux t'offrir les meilleurs soins médicaux, tu le sais.

— Et si je ne suis pas prêt à prendre le risque de me retrouver handicapé ? dit-il d'une voix terriblement sombre.

— La vie est précieuse, Cesario. Très précieuse, répliqua Jess avec force. Et je peux t'affirmer que notre enfant préférerait t'avoir vivant et handicapé plutôt que ne pas t'avoir du tout.

— Bien sûr ! lâcha-t-il d'un ton cynique. Tu as un chien à trois pattes, un à moitié aveugle, un autre sourd, et plusieurs énergumènes dont les capacités sont assez limitées. Mais je ne suis pas un animal, *cara*, et mes besoins sont un peu plus sophistiqués !

— Tu fais passer ta fierté et ton besoin d'indépendance avant tout autre facteur ; tu pars du principe que le pire arrivera forcément, riposta-t-elle, bien déterminée à contrer son attaque. Pourquoi es-tu aussi pessimiste ? Nous avons conçu un enfant : je te demande de penser à ce que cela représentera pour lui de grandir sans son père.

Cesario pinça fortement les lèvres.

— Je suis mal placé pour en parler : mon père était un salaud fini.

— Raison de plus pour réfléchir à ce que je viens de te dire. Franchement, tu ne crois pas que tu pourras faire mieux que lui ? Moi aussi j'ai eu un salaud pour père, au départ. Il a donné de l'argent à ma mère pour qu'elle aille se faire avorter, estimant ainsi qu'il avait assumé ses responsabilités. Mais c'est Robert Martin qui a été mon vrai père, le meilleur des pères — et il l'est encore ! Il n'a pas fait d'études, il n'est pas aussi intelligent ni aussi riche que mon père biologique, il n'a pas réussi comme lui, mais je l'aime de tout mon cœur. Il a toujours été là pour moi, m'entourant d'affection et m'apportant tout son soutien.

— Tu as eu de la chance.

— Malheureusement, je ne m'en suis rendu compte que lorsque William Dunn-Montgomery m'a fait envoyer une lettre par l'intermédiaire de son avocat, dans laquelle il me demandait expressément de rester à l'écart de lui et de sa famille.

Sans doute surpris par ce détail, Cesario fronça les sourcils.

— Quand est-ce arrivé ?

— Quand j'étais étudiante. J'avais dix-neuf ans et j'avais essayé de rencontrer mon père biologique. C'était juste après mon séjour à l'hôpital, après mon agression. Je traversais une période difficile et je voulais savoir de qui j'étais la fille. J'étais tellement naïve… Dunn-Montgomery a pris peur et il m'a fait clairement comprendre qu'il ne voulait rien avoir affaire avec moi.

Jess fit une grimace de dégoût.

— Il m'a fallu ce rejet pour réaliser quelle chance j'avais d'avoir Robert, qui m'avait toujours traitée comme sa fille et était si fier de moi.

— Je comprends maintenant pourquoi tu as tant voulu le protéger au moment du vol. Je regrette d'en avoir profité.

— Peu importe. Avoir un père a enrichi ma vie. Et je te demande d'essayer de donner la même chance à notre enfant.

Les yeux de son mari s'assombrirent de nouveau.

— Ton désir est compréhensible. Mais j'ai déjà beaucoup réfléchi et j'ai pris ma décision.

Jess laissa échapper un soupir, avant de se ressaisir aussitôt.

— On peut toujours revenir sur une décision !

— Je l'ai prise il y a six mois. Si ça se trouve, l'intervention n'est même plus d'actualité.

Jess n'avait pas envisagé cette éventualité. Il serait tellement cruel que Cesario se décide, pour alors apprendre qu'il n'avait même plus cette possibilité ; qu'il meure faute d'être revenu assez vite sur sa décision.

— J'ai rendez-vous demain pour les examens, avoua-t-il du bout des lèvres.

— Je t'accompagnerai. A partir de maintenant, tu ne pourras plus me tenir à l'écart.

— Nous étions censés nous marier pour des raisons pratiques. Je n'ai jamais désiré que tu sois impliquée là-dedans ! répliqua Cesario avec une exaspération soudaine.

— Je décide moi-même de mes choix, répliqua-t-elle d'un ton péremptoire.

— Tu le regretteras, dit-il d'une voix lugubre. Sens-toi libre de te désengager à n'importe quel moment.

— Je n'en ai pas l'intention. Ah, au fait : sache que je ne t'ai pas épousé pour vivre dans l'ancienne demeure des Dunn-Montgomery. Ni uniquement pour venir en aide à mon père. Je voulais moi aussi avoir un enfant. Alors, tu vois, nous partagions exactement le même désir.

Cesario ferma un instant les yeux et laissa échapper un long soupir.

— D'accord… Mais cela ne change rien au fait que je me suis servi de la situation compliquée de ton père pour t'obliger injustement à m'épouser.

— Ce n'est pas ce que tu pensais à ce moment-là, lui rappela Jess. Et puisque nous restons ensemble, tu veux bien demander à ton personnel de ramener tes affaires dans ton bureau, s'il te plaît ?

A ces mots, les hautes pommettes de Cesario se colorèrent légèrement ; il quitta la pièce pour aller donner ses instructions.

Cesario l'entraîna vers le majestueux escalier, tandis que les déménageurs commençaient à rapporter les cartons dans son bureau. Comment pouvait-il avoir l'air en aussi bonne santé, alors qu'il était si malade ? se demanda de nouveau Jess en sentant son cœur se serrer.

— Allons en haut, nous y serons plus tranquilles. Il y a plusieurs choses dont j'aimerais te parler, *cara mia*. J'aurais voulu le faire en Italie, mais à ce moment-là, j'ai pensé qu'il valait mieux les garder pour moi.

Elle se demanda avec appréhension de quoi il s'agissait.

— A partir de maintenant, nous n'aurons plus de secrets l'un pour l'autre, répliqua-t-elle néanmoins sans laisser percer son inquiétude.

— Je t'ai fait du chantage pour que tu m'épouses, Jessica, dit-il en la regardant avec tristesse. Je te désirais, alors je me fichais des moyens d'arriver à mes fins. Jai été affreusement égoïste de t'impliquer dans cette situation.

— Je suis très résistante ! protesta-t-elle en redressant la tête. Oui, tu m'as fait du chantage, c'est vrai, mais moi aussi, j'étais très attirée par toi, tu sais ; et si tu ne m'avais pas soumise à cette pression, je n'aurais rien fait pour manifester mon désir. Peu importe le futur, je ne regretterai jamais que nous nous soyons rencontrés.

— J'ai quand même l'impression de t'avoir prise au piège ! insista Cesario. Car tu es beaucoup trop généreuse pour faire passer tes besoins en premier et laisser tomber un mari qui est en train de mourir.

— Tu ne mourras pas ! Tu dois absolument considérer la situation sous un angle plus positif, dit-elle avec véhémence. Et je ne suis pas « trop généreuse ». Si je ne voulais pas être avec toi, je ne serais pas ici. Tout simplement parce que je serais incapable de faire semblant.

Il lui caressa doucement la joue du bout du doigt en plongeant son regard dans le sien.

— Non. Je ne crois pas que tu pourrais faire semblant, et c'est l'une des raisons qui font que je t'aime tant. Tu es d'une honnêteté incroyable. Mais je profite de ta précieuse nature et de...

— Tu viens bien de dire que tu m'aimais... ? l'interrompit Jess, qui avait l'impression que son cœur avait cessé de battre.

— Je suis désespérément amoureux de toi — tu ne l'avais pas deviné ? fit-il avec un rire à la fois amusé et attendri. Je pensais que c'était évident.

— Je suis parfois un peu longue à la détente, répliqua-t-elle en tremblant de tout son corps. Quand as-tu compris que tu m'aimais ?

— En Italie, quand j'avais du mal à rester éloigné de toi plus d'une heure, avoua-t-il d'une voix rauque. Je n'avais jamais ressenti cela auparavant.

— Même avec Alice ?

Les mots lui avaient échappé. Aussitôt, elle regretta cet accès de jalousie stupide.

— Jessica, tu n'as vraiment aucune raison de t'inquiéter à propos de la relation que j'ai entretenue autrefois avec Alice, affirma-t-il en la regardant dans les yeux. Je l'aime beaucoup et je la respecte énormément, mais nous n'étions pas faits l'un pour l'autre. A l'époque, j'étais trop jeune pour vouloir m'installer avec une femme. Je l'ai trompée plusieurs fois mais en dépit de mes infidélités, elle est restée avec moi.

Un sourire d'autodérision étira ses lèvres.

— Quand je repense à la façon dont je me suis conduit avec elle, je ne suis vraiment pas fier, je t'assure… C'est seulement quand elle m'a quitté que j'ai compris ce qu'elle représentait pour moi. Mais je ne l'ai jamais aimée comme Stefano l'aime et de toute façon, je ne l'aurais pas épousée : mes sentiments pour elle n'étaient pas assez profonds.

— Je suis désolée de continuer à faire allusion à Alice, s'excusa Jess en lui refermant les bras autour du cou. Mais quand j'ai surpris cette conversation entre vous, juste avant que nous quittions Collina Verde, j'ai été terriblement perturbée, je l'avoue.

— Qu'as-tu entendu ? fit Cesario en plissant le front.

Une fois que Jess le lui eut expliqué, il poussa un juron étouffé.

— Alice et Stefano étaient au courant de mon état dès le début. Elle avait raison d'insister en disant que j'avais tort de te cacher la vérité. Mais ces semaines que nous avons passées en Italie étaient les plus heureuses de ma vie… Je ne voulais pas en gâcher un seul instant en repensant à la réalité, à mon triste état.

A ces mots, Jess sentit les larmes lui monter aux yeux.

— Je suis moi aussi tombée amoureuse en Italie.

— J'avais de l'avance sur toi, affirma-t-il en prenant son visage entre ses mains. Je crois que je suis tombé amoureux de toi dès l'instant où je t'ai vue dans ta robe de mariée, à l'entrée de l'église. Tu étais si belle, à la fois si fraîche et si sexy... Quand je pense que je me suis toujours cru insensible à tout romantisme ! Tu représentais tout ce dont j'avais pu rêver en secret !

— Je t'aime tellement, murmura-t-elle.

— Je ne cesserai jamais de te désirer, *amore mio*, affirma Cesario avec force. Mais je ne voulais pas te faire souffrir. Je voulais te rendre heureuse, pas triste.

— Quoi qu'il arrive, tu me rendras heureuse, répliqua Jess avec certitude. Chaque jour que nous vivrons ensemble sera un cadeau.

— Mais ce n'est pas juste de t'imposer mon état.

Jess suivit lentement le contour de ses lèvres du bout du doigt.

— Comment réagirais-tu si c'était moi qui étais malade ? Pourrais-tu m'abandonner ?

— Tu plaisantes ? répliqua-t-il en écarquillant les yeux avec incrédulité.

— Eh bien, ne t'attends pas à ce que je réagisse différemment. Je t'aime. Je veux être avec toi, quoi qu'il arrive.

Cesario se pencha vers elle et prit sa bouche avec passion. Il l'embrassa jusqu'à ce que Jess en perde le souffle. Après avoir déboutonné sa chemise, elle posa ses mains tremblantes sur son torse puissant et chaud.

Cesario l'aimait autant qu'elle l'aimait ; cela lui suffisait. Elle vivrait au présent et profiterait de chaque instant partagé avec lui.

Du haut de ses cinq ans, Rio, prénommé en réalité Cesario, comme son père, shoota dans le ballon. Aussitôt, un bruit de verre brisé se fit entendre.

— *Mamma !* cria-t-il d'une voix perçante.

Jess quitta l'ombre où elle s'était installée pour surveiller son fils et le rejoignit rapidement, priant pour qu'il ne se soit pas blessé. Après avoir rassuré Rio et vérifié qu'il n'avait pas reçu d'éclat de verre, elle vit Tommaso arriver, avec un sourire doux et résigné, muni d'une pelle et d'un balai.

Rio avait hérité des somptueux yeux bruns de son père et des boucles sombres de sa mère. En le couvant d'un regard tendre, Jess se dit que lorsqu'il serait plus grand, il briserait sans doute plus d'un cœur, lui aussi… Il était né une semaine après terme, mais l'accouchement avait été rapide et facile. Dès qu'elle avait vu son fils, Jess l'avait adoré. Ensuite, la maternité l'avait épanouie au-delà de tout ce qu'elle avait pu imaginer.

Cependant, bien que d'une nature docile, Rio avait eu besoin de peu de sommeil ; si bien qu'après avoir passé de nombreuses nuits trop courtes, Jess avait accepté avec reconnaissance l'aide d'une nounou.

Chaque année, toute la famille venait passer de longues vacances d'été à Collina Verde. Les parents de Jess avaient même décidé de prendre des cours d'italien. Ses demi-frères continuaient à travailler à Halston Hall, mais Robert les avait tous surpris en devenant directeur adjoint dans un centre de jardinage situé non loin du village. Son nouveau poste lui plaisait énormément.

Jess avait par ailleurs gardé contact avec son autre demi-frère, Luke Dunn-Montgomery. L'année précédente, lui et sa petite amie étaient venus passer une semaine avec eux dans la somptueuse villa que Cesario possédait au Maroc. Son père biologique ne s'était jamais manifesté, ce qui convenait tout à fait à Jess. Stefano et sa femme, accompagnés de leurs enfants, venaient régulièrement les voir — Alice était à présent devenue sa meilleure amie.

Peu après la naissance de Rio, Jess avait choisi d'acheter des parts du cabinet vétérinaire et continuait d'y travailler à temps partiel. La même année, son refuge pour animaux avait obtenu le statut d'organisme caritatif ; des employés y travaillaient à plein temps, aidés par des volontaires.

Jess se rassit à l'ombre et prit une gorgée de limonade. Dozy dormait près du mur, à côté de Johnson, le colley à trois pattes. Harley, le labrador, et Hugs, le chien-loup, étaient morts de vieillesse. Etaient arrivés Owen, un jack-russel bouillonnant d'énergie, qui servait de guide à son ami Bix, un grand danois aveugle. Quant à Weed et Magic, elle les vit soudain gambader joyeusement derrière les deux petites filles qui traversaient la terrasse en courant.

Graziella, trois ans et les mêmes yeux gris qu'elle, se précipita dans ses bras. Avec un grand sourire fier, elle lui montra le dessin qu'elle venait de réaliser à l'atelier d'été, où elle se rendait chaque après-midi. Sa petite sœur, Allegra, arriva en trottinant sur ses courtes jambes potelées : elle adorait sa grande sœur et la suivait partout.

Jess prit ses deux filles sur ses genoux au moment où Cesario sortait de la maison, grand et somptueux comme d'habitude. Elle lui adressa un grand sourire. Il lança un nouveau ballon de foot à Rio, qui poussa un cri de joie, avant de raconter à toute allure à son père qu'il avait cassé une vitre.

— Papa n'a pas voulu passer de musique dans la voiture, fit alors Graziella en levant les yeux vers le visage de sa mère, l'air fâché. On a écouté les commentaires de foot !

Durant leurs longs séjours en Italie, Cesario faisait beaucoup d'efforts pour passer le plus de temps possible avec sa famille. A présent, Jess songeait rarement à la période où elle avait tellement craint de le perdre ; elle préférait vivre au présent et songer à l'avenir. Cependant, après cette époque difficile, elle appréciait d'autant plus le bonheur qu'elle avait trouvé avec lui et leurs enfants.

Finalement, Cesario avait changé d'avis et accepté de subir de la chirurgie stéréotaxique assistée par ordinateur. Cette technique de pointe permettait de localiser la tumeur avec une précision extraordinaire et de la cibler avec des doses soigneusement contrôlées de rayons gamma. Grâce à cette méthode, les tissus sains avaient été préservés. Il n'avait passé que trois jours à la clinique et, après la réussite de l'intervention, il n'y avait eu ni complications ni problèmes. La tumeur avait été éliminée et depuis, les contrôles successifs avaient tous été totalement rassurants.

— Tu crois que nous gâtons trop Graziella ? demanda Cesario tandis que la nounou emmenait les enfants pour les faire goûter à l'intérieur. Elle a déjà un sacré petit caractère.

— Je me demande de qui elle tient ça, fit Jess avec humour.

Sa fille aînée menait son père par le bout du nez, surtout quand elle semblait sur le point de pleurer ou qu'elle manifestait sa déception.

— Peut-être est-ce plutôt qu'elle n'aime pas écouter les retransmissions de matchs de foot à la radio ? reprit-elle.

— Dans ce cas, elle tient de sa superbe *mamma*, répliqua-t-il en souriant malicieusement.

— Je ne suis pas superbe, je suis enceinte jusqu'aux yeux ! fit Jess en riant.

Elle arrivait presque au terme de sa quatrième grossesse et savait déjà que ce serait un second fils. Il s'appellerait Roberto, en hommage à son père, Robert Martin.

Cesario se posta derrière elle et posa une main possessive sur son ventre.

— Sa superbe et très enceinte *mamma*, que j'ai eu la chance inouïe de rencontrer et d'épouser, reprit-il d'une voix rauque en refermant les bras autour de sa taille.

Il la serra contre lui. Jess appuya le dos contre son corps puissant et soupira avec ravissement.

— Nous nous sommes trouvés l'un l'autre et une fois que j'ai goûté à toi et à l'Italie, j'ai compris que tu étais l'homme dont j'avais toujours rêvé. Je t'aime tellement, Cesario !

Il la fit doucement pivoter entre ses bras et la regarda dans les yeux avec une intensité vibrante.

— Moi aussi, je t'aime à la folie, *moglie mia*. Tu es l'amour de ma vie, dit-il, avant de l'embrasser avec une tendresse infinie.

Retrouvez en avril,
dans votre collection
♦ SAGAS ♦

Trilogie intégrale : LES FRÈRES McCULLAR
de Gayle Wilson - N°56

L'enfant volée

Depuis que des inconnus ont enlevé Mandy, sa fille de quatre ans, Samantha vit dans la terreur. Et si ces criminels ne lui rendaient pas son enfant, bien qu'elle ait réussi à rassembler l'argent qu'ils lui ont réclamé ? Déterminée à ce que l'échange s'effectue dans les meilleures conditions, Samantha fait appel à Chase McCullar, un expert en négociations. Chase, avec qui elle a vécu une nuit de passion, et qui ignore qu'il est le père de Mandy...

Présumé innocent

En découvrant un inconnu dans la propriété où elle séjourne seule, Anne cède d'abord à la panique. Pourtant, quand celui-ci lui révèle qu'il s'appelle Rio Delgado et qu'il est revenu dans la région pour se dédouaner du meurtre dont on l'accuse, Anne n'a plus peur. Sans qu'elle sache pourquoi, elle est convaincue que Rio n'a rien fait de mal. Parce qu'elle ne supporte pas l'injustice ? Ou bien parce que cet homme aux yeux de braise l'attire plus que de raison ?

L'étranger de Crystal Springs

Mentir et se méfier. Telle est la règle que s'est fixée Mac McCullar depuis son retour à Crystal Springs où, cinq ans plus tôt, quelqu'un a essayé de l'assassiner. Aujourd'hui, avec un nouveau visage et un nouveau nom, il n'a plus qu'une idée en tête : découvrir qui a brisé sa vie. Mais lorsqu'il revoit Jenny, sa femme, c'est le choc. Jenny, qui le croit mort ; Jenny, à qui il ne peut pourtant révéler sa véritable identité, sous peine de l'exposer elle aussi au danger...

Trilogie intégrale : INFIRMIÈRES ET FUTURES MAMANS
de Lynne Graham - N°57

Pour t'avoir dans mes bras

Claire n'a qu'un seul rêve : créer un centre de naissance au sein de l'hôpital où elle travaille. Un projet qui se concrétise quand sa direction accepte, à condition qu'elle engage un obstétricien. Et qui d'autre que le séduisant Campbell Deane pour occuper le poste ? Toutefois, Claire hésite, car Campbell semble plus intéressé par elle-même que par le projet...

Le destin d'Alice

Pour Alice Masters, un stage d'internat au service de chirurgie du Melbourne City Hospital est la dernière étape avant d'obtenir son titre de médecin. Mais son patron, Jeremy Foster, acceptera-t-il dans son équipe une femme enceinte de six mois ?

Après une nuit avec lui

Pour mettre fin aux sarcasmes de son ex-femme, le Dr Fraser McDougal demande à Amelia Peterson, une infirmière de son service, de tenir le rôle de sa petite amie le temps d'une soirée. Une mission qu'elle va accomplir au-delà de ses espérances. Car ce qui devait être une soirée ennuyeuse se transforme en une nuit de passion... aux conséquences inattendues.

OFFRE DÉCOUVERTE !

Vous souhaitez découvrir nos collections ? Recevez **votre 1er colis gratuit* avec 2 cadeaux surprise !** Une fois votre colis de bienvenue reçu, si vous souhaitez continuer à recevoir nos livres, cela se fera automatiquement. Vous recevrez alors vos livres inédits en avant première.

Vous n'avez aucune obligation d'achat et cette offre est sans engagement de durée !

*1 livre offert + 2 cadeaux / 2 livres offerts pour la collection Azur + 2 cadeaux.

☛ COCHEZ la collection choisie et renvoyez cette page au
Service Lectrices Harlequin – CS 20008 – 59718 Lille Cedex 9 – France

Collections	Références	Prix colis France* / Belgique*
❑ **AZUR**	ZZ7F56/ZZ7FB2	6 livres par mois 28,19€ / 30,19€
❑ **BLANCHE**	BZ7F53/BZ7FB2	3 livres par mois 23,20€ / 25,20€
❑ **LES HISTORIQUES**	HZ7F52/HZ7FB2	2 livres par mois 16,29€ / 18,29€
❑ **HORS-SÉRIE**	CZ7F54/CZ7FB2	4 livres tous les deux mois 33,15€ / 35,15€
❑ **PASSIONS**	RZ7F53/RZ7FB2	3 livres par mois 24,49€ / 26,49€
❑ **NOCTURNE**	TZ7F52/TZ7FB2	2 livres tous les deux mois 16,79€ / 18,79€
❑ **BLACK ROSE**	IZ7F53/IZ7FB2	3 livres par mois 24,49€ / 26,49€
❑ **VICTORIA**	VZ7F53/VZ7FB2	3 livres tous les deux mois 25,49€ / 27,49€

*Frais d'envoi inclus

N° d'abonnée Harlequin (si vous en avez un) ______________

Mme ❑ Mlle ❑ Nom : ______________

Prénom : ______________ Adresse : ______________

____

Code Postal : ______ Ville : ______________

Pays : ______________ Tél. : ______________

E-mail : ______________

Date de naissance : ______________

❑ Oui, je souhaite recevoir par e-mail les offres promotionnelles des éditions Harlequin.

❑ Oui, je souhaite recevoir par e-mail les offres promotionnelles des partenaires des éditions Harlequin.

Date limite : 31 décembre 2017. Vous recevrez votre colis environ 20 jours après réception de ce bon. Offre soumise à acceptation et réservée aux personnes majeures, résidant en France métropolitaine et Belgique, dans la limite des stocks disponibles. Prix susceptibles de modification en cours d'année.Conformément à la loi Informatique et libertés du 6 janvier 1978, vous disposez d'un droit d'accès et de rectification aux données personnelles vous concernant. Par notre intermédiaire, vous pouvez être amenée à recevoir des propositions d'autres entreprises. Si vous ne le souhaitez pas, il vous suffit de nous écrire en nous indiquant vos nom, prénom et adresse à : Service Lectrices Harlequin CS 20008 59718 LILLE Cedex 9.
Service Lectrices disponible du lundi au vendredi de 8h à 17h : 01 45 82 47 47 ou +33 1 45 82 47 47 pour la Belgique.

Composé et édité par HarperCollins France.

Achevé d'imprimer en janvier 2017.

CPI
BLACK PRINT

Barcelone

Dépôt légal : février 2017.

Pour limiter l'empreinte environnementale de ses livres, HarperCollins France s'engage à n'utiliser que du papier fabriqué à partir de bois provenant de forêts gérées durablement et de manière responsable.

Imprimé en Espagne.